書法寫我

卧雪庐自述散文

史星文 著

陕西师范大学出版总社

图书代号：WX19N1496

图书在版编目（CIP）数据

书法写我：卧雪庐自述散文 / 史星文著 . — 西安：陕西师范大学出版总社有限公司，2019.11
ISBN 978-7-5695-1088-1

Ⅰ. ①书… Ⅱ. ①史… Ⅲ. ①散文集—中国—当代 Ⅳ. ①I267

中国版本图书馆CIP数据核字（2019）第202674号

SHUFA XIEWO：WOXUELU ZISHU SANWEN
书法写我：卧雪庐自述散文

史星文　著

选题策划	刘东风
出版统筹	郭永新
责任编辑	张　佩
责任校对	王淑燕
出版发行	陕西师范大学出版总社
	（西安市长安南路199号　邮编710062）
网　　址	http://www.snupg.com
印　　刷	陕西龙山海天艺术印务有限公司
开　　本	880mm×1230mm　1/32
印　　张	17.625
插　　页	4
字　　数	300千
版　　次	2019年11月第1版
印　　次	2019年11月第1次印刷
书　　号	ISBN 978-7-5695-1088-1
定　　价	59.00元

读者购书、书店添货或发现印装质量问题，请与本公司营销部联系、调换。
电话：（029）85307864　85303629　传真：（029）85303879

史星文,1957年端午生。
中国书法家协会第七届理事。
陕西省书法家协会第四届副主席兼秘书长。
中国散文学会会员。
陕西省作家书画院副院长。
曾先后被评为"陕西十杰青年书法家""陕西德艺双馨艺术家"和中国书协表彰的"中国书法进万家活动先进个人"。
书法作品入选中国书协举办的全国展览20余次,获全国书法大赛一等奖5次。
散文作品曾在北京大学获奖。
出版书法散文集10余种。系列散文在《书法导报》《书法》《美文》《报刊荟萃》《西安晚报》等连载,并散见于《陕西日报》《延河》《书法报》《散文选刊》等。

序

贾平凹

火山往往被雪覆盖着，史星文也如是。他是书法界大才，平日形态却是混沌样子，与谁初交都显得无能。艺可久身，也可招来嫉妒，嫉妒则恨，恨又会生发种种不测。史星文几十年来，不惹是非，是非不惹，俯仰有节，进退皆宽。其处世无奇，在于他的淳厚，在于他的坦诚和无私。河浅只会浪花飞溅，潭深的才水不扬波。这种人可靠，能以委托，但相坐无趣。

从事文艺，晃的都是才华充满之人，而现今社会诱惑太多，竞争激烈，如果奇技淫巧，哗众取宠，是能成名，却到底难以成功，诚如树都在开花，有的花结果，有的花不结果，是谎花。史星文知道自己在书法上有天分，也知道如何把天分发展壮大，虽长期在省书协专职，本是蝉声可以借秋风，却钟悬空中,默不作声。书法并不是手艺活,更需要的是大的视野,大的见解。他能静能忍,博闻强记,穷思竭虑,在求道习艺路上,也曾规规矩矩,也曾标新立异,最后又全然推开了,终于阴阳相济,宝鼎丹成,翻转出自家面目。

一切艺术都是从实用到无用的审美过程,又都是从事艺术的人以心转化自己的修为过程。这些年来,史星文写了许多关于书法的文章。那都是他的体悟,犹如剖开身子可见舍利。而这本自述体的《书法写我》,篇幅不短,体例更大,开卷依然是心平气和,像老僧在说家常,读到深处,竟叩月敲日,刮天揭地,那么多的真知灼见,滚滚涌来,真感慨是一次火山的喷发。

目 录

卷一 根系长稔原

长稔原 / 3
老屋 / 6
回字巷 / 11
初心看世界 / 20
鸟说甚花笑谁 / 31
一天时光 / 36
四季如歌 / 44
关中男女 / 63
感谢庄稼 / 68
去庙堂上学 / 76

有意思的事 / 82

生活三章 / 88

命运开门 / 96

卷二 道寻渭河南

学医三年 / 103

寻找自己 / 110

未名湖遐想 / 116

习帖时间 / 121

永远的古典 / 126

我的卧雪庐 / 135

向牛学习 / 142

我叫谷子 / 148

当书法成为生活 / 154

书写兴趣与兴趣书写 / 168

路在何方 / 178

卷三 梦追古长安

居长安大不易 / 187

风中的院墙 / 200

华山三友 / 214

猎猎西北风 / 228

从自然到自然 / 239
游与学 / 265
看看大海 / 278
《砚边散墨》《行草例话》
　　　与《五十初度》 / 285
翰墨文心 / 304
砚边记联 / 326
习碑时间 / 387
在书协那些年 / 395

卷四　情寄天地间

走进花甲 / 407
我的慢生活 / 411
习草时间 / 415
书法写我 / 419
斜阳别趣 / 428
卧雪眠云 / 441
回我故乡 / 451

后记 / 454

附录　书法作品

卷一 根系长稔原

长 稔 原

生命的诞生,完全是无中生有的事情。一旦呱呱落地,就会成为一个事实、一个存在,这故事便随之不断发生,成为一部人生长剧。自己过自己的人生,这人生却成了别人的风景。

1957年仲夏端午,一个朝霞满天的早晨,我出生于秦岭北麓的渭南长稔原。

长稔原也叫长寿原,诗意,吉祥。整个平原平展展地一望无际,好像上苍的鬼斧神工有意切削了一般。我们村子在长稔原中央,可以说它就是平原的中心。村子去东西各五里,去南北各十五里,像一块平摊的牛舌大饼。小时候,我站在村口,望着网状的土路全都从我们村子出发伸向天边,就确信了我们村子是整个平原的中心。我甚至固执地认为,平原的中心，也就是世界的中心了。

有一个传说，一直印在我的脑子里。说是长稔原本是一块风水宝地，不知被哪朝哪代哪位皇帝看上了，想着在此建一座都城，无奈平原西边有道深沟留下一个缺憾。不想，这事竟让远在天宫的王母娘娘知道了，王母娘娘就有意要成全这桩人间美事。一日，天刚薄明，王母娘娘就从天而降。她收住飘飘衣裙，就地拢了一堆黄土。这时，正巧遇见一位勤快的老翁要下地干活，王母娘娘便问："这位老翁，你说我衣裙里的这些黄土能不能将眼前这道沟填平？"老翁当然不识眼前这位大仙会有什么神力，一怔，便只是摇头大笑："哪能呢，你可真会开玩笑！"这令兴致正浓的王母娘娘一时有些不悦，遂将衣裙里的黄土扬了出去。黄土远者成岭，这就是长稔原西南方向的那道牛寺岭；余下的黄土就近聚了个冢，这就是长稔原西北方向那个隆起的刘村冢。

这可能是村里人为取乐而编造的一个荒诞故事，但那时我却信以为真了，还遗憾着我们村子因此而没能修个钟楼鼓楼什么的，不然，我的故乡该会多么风光，我们村子因此也一定会热闹非凡。由此，在以后的生活中我竟被潜移默化，关于我们长稔原的神话和我们村子的中心意识，一味在心中滋长，让我原本的自卑心理竟蓬勃而生长出某种自大，我就一直认为天底下唯有我的故乡好，就像我一直认为天底下就数我母亲做的饭好吃一样。故乡在我心中被刻画得美丽绝伦，就连昔日的贫穷与苦难，也都变得分外温馨了。

我爱长稔原。

长稔原五彩缤纷,长稔原诗意曼妙,长稔原让我魂牵梦萦……长稔原春天是绿色,夏天是红色,秋天是黄色,冬天是白色;长稔原春天和风细雨,夏天烈日当头,秋天月光如水,冬天满目冰雪;长稔原春天喜鹊登枝,夏天金蝉长鸣,秋天大雁列阵,冬天啄木声声;长稔原春天垂柳如烟,夏天白杨呼喊,秋天桐叶飘零,冬天柿树如铁;长稔原春天大田开油菜花,夏天菜园开南瓜花,秋天崖畔开野菊花,冬天窗户绽大红花;长稔原春天田野起雾霭,夏天晴空挂云彩,秋天村头绕炊烟,冬天屋舍摇灯光;长稔原春天孩子们唱儿歌,夏天小伙子挥镰刀,秋天村妇们摘棉花,冬天老人们围着火炉抽旱烟;长稔原春天老牛在地里耕田,夏天孩子在涝池戏水,秋天猎人在荒野撵兔,冬天汉子们在饲养室谝闲……我的长稔原啊!岁月漫漫,故乡是一坛陈年老酒;风雨沧桑,故乡早已成迷离大梦。老酒让我沉醉;大梦让我归乡。

老　屋

　　还是从我出生的那个老屋说起吧。

　　老屋是两间旧房子。房子是黄泥墙、蓝屋顶，虽然因破旧而透风漏光，但却是我小时候的安乐窝。我在那两间旧房子的土炕上做过许多温馨的梦。

　　院子也是老院子。院子的地面被岁月的脚步踩得瓷白。母亲勤快又爱整洁，每天的第一件事就是打扫院子。天热的时候，扫干净的院子还要再洒一遍洗脸水，整个院子就氤氲在潮润清新的空气里，显得特别爽神。

　　有事没事我总喜欢傻愣愣地望着院子上面的天空，看一朵朵白云在阳光里变幻着形状和颜色，看一群鸽子绕着屋顶和树梢旋飞，听天边吹来呜呜的风声，也耸着鼻子闻空气里弥漫的庄稼和花草气息。那时的鸟特别多，它们总喜欢落在我家屋檐和树枝上鸣叫。我不知道它们在叫什么,但我一直在认真倾听它们鸣叫,有时竟听出来一些意思。

父亲从地里干活回来,就习惯性地坐在房檐下那个柿子树墩子上,抽旱烟,喝浓茶,想事情。不一会儿,父亲开始在那儿头一点一点地打盹儿,后来就低了头沉沉地睡着了。父亲太劳累了。母亲这会儿正在厨房里做饭,烧火的风箱声有节奏地响起来,屋顶的烟囱飘起了蓝色的炊烟。母亲将饭做好了,一家人便围着一张小桌吃饭。咕咕叫着的鸡也围过来,啄食我们偶尔撒下的饭粒。

天晴的时候,白天整个院子盛满了阳光,连屋子里都变得亮亮堂堂。夜晚有了月亮,月光便水一样洒下来,院子的月光随月亮的移动脉脉流淌。月光照进窗户,将一家人酣睡的样子映照得朦朦胧胧。下雨天了,雨水就顺着房顶上的瓦槽吊成一道道水帘,院子里溅起一种泥土的清香。若遇上连阴雨,院子便满是流动的钉子泡,明灭着就全涌到下水道里去了。冬天,雪往往在夜里落下,悄没声息的,早起推开门便是一个童话的世界。我不敢踩出脚印来,然而鸡一出窝,雪地上便印着一个又一个"个"字了。下雪时鸟儿无处觅食,我便在院子扫一片空地,支起竹筛子捕鸟,总捕不住灰鸽子,倒能捕许多顽皮的麻雀。

偌大的院子生长着两棵枣树,两棵香椿树,三棵洋槐树,还有一棵榆树。枣树开极小极小的花,花藏在叶片里,香味儿也淡,但秋天成熟季节,结的枣子却又红又大又甜,是我平时难得的零食。香椿树春天里冒紫芽,那紫芽肉乎乎的,能生吃，晾干后是一年到头可贵的佐饭佳品，小时候每每到了腊月三十晚上，母亲就教我抱了香椿树唱："椿树椿树你为王，你长粗来我长长。"我一遍又一遍地唱，唱得很卖力，后来椿树长得又高又大做了檩条，而我却终于没能长高。那些年不是我不努力生长，而是生活苦焦，想长高个子很难。洋槐树五月里开白花，清香沁人心脾。洋槐花蒸麦饭可好啦，我遇到蒸槐花麦饭就每每能多吃一大碗，然后拍着大肚皮鼓腹而歌，那真叫一个滋润。最是院子西南墙角那棵弯弯榆树，样子丑陋，但许多年来，却一直生长在我的生命里。

榆树很难成材，是因为榆树很难长得周正。弯弯榆木，榆木疙瘩，这是人们送给榆树的代名词。

因为人们从来不愿正眼看榆树，所以没有人在院子或房前屋后栽榆树，榆树大都是自生自灭，多生长在村外的城墙根或壕沟里。再说"榆"与"愚"谐音，聪明人谁愿意因院子生长了一棵"榆"而将自己整"愚"了呢？

却偏偏我们家后院墙角就生长了一棵榆树，完全是飞来的种子，落地生根，长成了一棵标准的弯榆。据说爷爷曾用铁锨铲过它，铲过好几年，铲了长，长了铲，竟越铲生长得越欢实。这种顽强的较量终于将爷爷弄烦心了，爷爷不想再招理它了。榆树大概是占了得胜的心理，疯了一般很快就蹿过了墙头。只是缘于墙的逼仄，榆树是愈长愈弯，完全成了一棵丑陋的弯榆。到我能走会跑的时候，这棵榆树已生长得与其他树有了一样的尊严。榆树完全是为自己活着。

我竟越来越爱上了这棵榆树，冥冥中它好像是为我而生长的，它在顽强的生长中仿佛一直在等待着我。榆树靠墙生长，只能弯了身子，但这对我倒好，我不爱爬其他树，其他树大都太直太光滑，爬上去太费劲。我爬我们家这棵弯弯榆树非常顺溜，时间一长，我都爬出经验来了。榆树弯着身子是一匹马吧，我骑在弯榆身上就好像骑在了马背上。我喜欢刮风、刮大风，我迎风骑在弯榆身上，看一天的时光缓缓滑过榆树梢头。我在不知不觉中慢慢长大。

榆树长到胳膊粗的时候，爷爷想用它做一根椽，但怎么看它都不像一根椽，只好作罢。当榆树长到能做柱子的时候，父亲想用它做一根柱子，但父亲怎么看它都不像一根柱子，那么弯着身子，它能否撑得起屋，想着都操心。等到它能成檩条的时候，父亲看了好几回都只是直摇头，它弯弯的身子担不住椽，简直就不是个材料！但这棵弯弯榆树才不管人们怎么看它呢，只是默默地生长着，后来竟有了如云般的巨大树冠，它嚣起了风，像龙一样直腾云空。

有一年，我们家养了一头猪，黄瓜嘴，招风耳，样子颇有些凶猛。闲着没事，它竟将榆树根部的皮啃去了一大半，榆树伤透了心，流淌出黏稠如胶的汁液。我仿佛感受到榆树在无声悲泣。不知从什么时候起我对榆树有了感情，我不嫌它丑，我要用自己的力量来保护它。我操起一根木棍，追着猪就是一顿暴打，榆树瑟瑟地抖动着枝叶，隐隐似有感动之姿。

榆树在顽强的生长中愈合了伤痛，生长得更加婆娑茂盛。春天的时候，榆钱繁花似锦，清香沁人心脾。困难的日子里，我们将榆钱蒸成钱钱饭当作主食。多么香甜的钱钱饭啊，它帮助我们渡过难关，它救过我们的命！

有一年，家乡突降了一场大暴雨，我们家的房屋倒塌了。这突如其来的灾难，令父亲一筹莫展。重新盖房时，父亲再一次将目光落在墙角那棵默默无闻的弯弯榆树身上，只见它竟长成了正需要的一根大梁，那道弯弯正是一个拱起的脊梁，体现出一种力量与担当。

老榆树拱起的弯弯多么像父亲那拱起的脊梁啊！

我不曾想到，许多年月这棵弯弯榆树忍辱负重，经风沐雨，无怨无悔，目标竟是为了长成栋梁之材！也许许多伟大的事物始终是以平凡的姿态存在于世，不自视伟大而终于伟大，这是哲学。

（《榆树》）

回字巷

生养我的村子是一个回字形城堡。村子中心簇拥着五六户人家，周边有三十多户人家紧紧拱围。早先城堡四周有很高很厚的土城墙，据老辈人讲，那是为了防土匪骚扰，后来土匪没了，城墙渐渐被村里人当壮土上了地，但村子周围的城壕还在，城堡的格局并没有发生变化。

回字巷的人家盖房屋都是砖瓦土木结构，一律的黄泥墙，蓝屋顶，在绿树掩映下显得朴素而宁静。人生三件事：娶妻，生子，盖房子。盖房子不只是一家一院的私事，它也是全村人的大事。村里只要有人家盖房子，便会引来全村人搭手帮忙，大家借此喝几杯喜酒，热闹热闹，也密切了邻里之间的关系。

　　盖房子先要打好地基,然后才去请木匠;待房子立木好,再去请泥水匠。一般房子围墙要砌齐小腿高的青砖,再用胡基将整个墙砌上去,随后才在房顶上钉橼、铺羽簿子、坐泥、使瓦。我小时候最爱看泥水匠给房子上使瓦,那地上的青瓦被三五页垒成一摞,"嗖——"就扔到房顶的匠人手中,我发现他们从来没有失手过。那时在一旁的我总是跃跃欲试,但无奈年龄小手上没有多少劲儿,终于还是怯场没敢动手。那会儿我就在心里说,鼓足劲儿快快长,长大一定也要当个泥瓦匠。

　　一个村子的格局不是一两代人的功劳而形成,尤其像我们这样的回字巷老村子。它不知道经过了多少辈的努力,才终于形成这个回字形的村庄格局。如果在村子是富裕人家,盖房子当然也就讲究,房子会有门房、厢房和上房,门楼也高耸威严,大门的两侧还会有石狮子日夜守护。大门两侧砖雕的对联是:忠厚传家久,诗书继世长。门额上砖雕的横批是:耕读人家。但我们村子像这样的富裕人家没有几户,大多数人家还都是有多大力量盖多大房屋,或前或后,或左或右,竟也盖得鳞次栉比,错落有致,我就觉得我们村里人特智慧,个个都是艺术家。

　　那一座座黄土墙、蓝屋顶的瓦屋,不仅能为人们遮风挡雨、避暑御寒,而且每当炊烟袅袅升起,鸽哨声声传来,感觉就是一幅赏心悦目的风俗画。

瓦屋是朴素的,瓦屋里住的人也是朴素的。唯其朴素,才更生活。

(《瓦屋》)

我们村子那时生长着许多高大的树,树上顶着许多鸟巢,整个村子从外面远远望去,就是一片稠密的树林。鸟的叫声、家禽家畜的叫声,还有大人小孩嬉笑怒骂的喧闹声,都被笼在那片树林子里,嗡嗡地演奏成生活的和弦。

回字巷的南巷有棵大皂角树,树权上挂着一口大铁钟。那时是生产队,一村子的人全靠那口铁钟统一行动:起床,干活,吃饭,开会,睡觉,生活整齐划一。回字巷的西南角是全村人的自然聚集地,诸如村上开会议事、闲暇谝干话都在那儿。尤其是每逢吃饭时分,大人端个大老碗,小孩端个小老碗,也都在那儿扎堆吃饭。窸窸窣窣的碗筷声,吸吸溜溜的吃饭声,夹杂了抬杠笑骂和打闹声,吃饭就演绎成了一种生活进行曲。我们那时也学习大人们的样子,端着饭碗往土堆上一蹲,听他们说古论今,漫无边际地胡吹乱谝。

那时在回字巷,我们可是没有一刻闲工夫,走东家,串西家,一天到晚都忙得不亦乐乎。我们对回字巷的人事沧桑太熟悉了,熟悉每家的大人和小孩,熟悉每家的狗、猫、猪、羊、鸡和兔,就连站在一边一声不吭的树也能叫出它们的名字来。那时候人们出门也放心,只在门扣上随便挂一把大铁锁。其实一把钥匙就能打开全村所有的大铁锁。于是也有人家随便在门扣上别个木棍儿，不插木棍儿随便将门闭上也没事。

那时家家白天照进屋的阳光特别足，夜里照进屋的月光也特别多。

整个白天回字巷是很热闹的。巷里也经常来些陌生人，有钉锅钉碗的，有拧绳缠筛子的，有抽签算命的，有捏面人吹糖人的，有卖针头线脑的，也有卖瓜果蔬菜的。那时我们的嘴都特别地馋，一见吹糖人的卖瓜果的来就全围了上去。那时我们都没有钱，只是眼巴巴地看着。当然有时会得到大人们的允许从自家的罐子里拿一颗鸡蛋去换，换上糖人瓜果就特高兴，拿在手里好长时间都舍不得吃掉，但这样的好事总是不常有。有时巷里来了打爆米花的，会令全村的孩子都异常兴奋。我们纷纷回家从瓮里抓一大碗苞谷粒，一时间地上盛苞谷粒的碗就排成了一长行。每每打爆米花的机子爆响一开锅，我们的心里和脸上就乐开了花。那时还有从河北、山东一带来练气功卖大力丸的，从河南、安徽一带来变魔术耍猴遛狗的，只要那锣鼓声一响，霎时就拥来一大群人。卖大力丸的都是好气力，他们肚子上放一摞砖任由八磅大锤去砸，长矛直抵了咽喉能让矛杆挤成一张弓，但他们纹丝不动一副若无其事的样子。据说这都是吃了大力丸的功效，于是，那大力丸就卖得特别快。耍猴遛狗的最令孩子们高兴，那狗是小小的笨狗，但会拉车，会钻火圈；那猴子是异常精灵，会翻箱倒柜穿衣服，会翻跟斗会爬竿，但有时也偷懒，若一看见驯兽员挥鞭子，它就特敏捷地蹿到竿顶上去了。有一回，巷里来了耍魔术的，魔术师说谁若进了大木箱子就能看见北京天安门。我们都信以为真！于是有一个小伙伴就被关进了箱子里。一会儿魔术师问：看见北京天安门了吗？他在里面说：没有。一会儿再问，回答还是没有。如此十数八回地一问一答，我那小伙伴终于在箱子里面喊：看见北京天安门了。事后我们问他真看见北京天安门了，他说在箱子里憋得慌就只好说看见了。把戏把戏，都是假的。我们常常在期待中被骗，被骗后又常常充满了期待。那时，邻村有个闲汉也经常来我们回字巷。闲汉不爱劳动，以讨要为生。闲汉懒，穿的衣服补丁也多，但闲汉却出奇地爱干净，衣服袖口和裤管挽得也特别齐整讲究。每每闲汉挎了竹篮，挟了木棍，刚一出现在村口，孩子们就唤来狗让咬他。闲汉忙不迭地边退边喊：莫咬、莫咬，我给你们唱戏、唱戏。于是，我们就和大黄狗一块儿静静地听闲汉唱戏。他会唱《三滴血》和《十五贯》，还会唱《张连卖布》和《梁秋燕》。他一会儿扮男，一会儿扮女，乐得我们只是不停地拍手叫好。末了，我们就回家给闲汉取一个馍，端一碗水，然后嗷嗷地叫着一直将闲汉送出巷子。

　　回字巷的三个出口分别在东南、东北和西北方向，但都是小道，显得非常隐蔽，因此，外地来的陌生人一旦进了回字巷，一个劲地在巷子里打转子。我们就知道那人肯定是走迷了路，我们会非常热情地将他们带出巷子，还唯恐来人再犯迷糊，要拉上人家将三个方向的出口一一指给他们，让他们一定记住了。

　　回字巷的东南口有一个很大的涝池。涝池是村子的眼睛：春天春水一样亮晶晶的是村姑的明眸，冬天一结冰就是老翁戴上了水晶眼镜。

　　一开春，村里人便将涝池解冻了的水汲干，掏出黑泥去肥地，这时的涝池一下子变得空阔无比。一场春雨，回字巷里的下雨水就全涌到了涝池里。天一晴，满当当的涝池就幽深碧绿，像一团迷离的梦。垂柳将影子倒进了涝池里。岸上的行人也将影子倒进了涝池里。天上有一个明晃晃的太阳，涝池里也有一个明晃晃的太阳；天上有一个犯心思的月亮，涝池也有一个犯心思的月亮。清风忽来，平镜似的涝池便被吹起无数皱纹；白云悠悠，云中又慢慢将波光粼粼的涝池揩成一面平镜。常有村妇在涝池岸边捶布洗衣服，棒槌起落后许久才听见回声起落。村民们在涝池汲水浇地或取水和泥盖房子。牛羊猪狗们也常来涝池边试水，但它们却终于没有胆量走进去。鸡也不敢到水里去，鸭子和鹅却敢，但我们村里没有人养鸭子和鹅。

　　倒是天热的时候，涝池便成了我们的乐园。我们一个个都脱得赤条条的，排着队从岸边往下跳，一个个漂亮的水花便飞溅开来。我们是旱鸭子，又缺乏游泳训练，所以游的是狗刨式。那时蝉儿在高高的柳树上鸣叫,蜻蜓紧贴了水面旋飞,涝池散发着阵阵凉气。

夏天的夜晚,涝池成了蛙的世界。蛙声聒噪得人心烦,我们便在岸上使劲一跺脚,四周顿然归于沉寂,但我们刚一离身,身后又是一片蛙鸣。它们好像有意在嘲笑我们,淘气!我们便懒得再招理它们了,任它们聒噪去。

冬天来了。下雪了。雪花落进涝池悄无声息。严冬时涝池就冰封了。涝池冰封后就终于成了我们的滑冰场。

我始终相信涝池是有记忆的,它一直看着一村子人周而复始的生活,它将许多秘密都藏进心里,就是不说出来;不说出来,才更显得神秘,更让人对涝池充满了敬畏。

(《涝池》)

涝池岸边是有一个石碾的。石碾庄严地守望着我们的村庄。曾经过去了多少岁月,太阳将它晒得滚烫,月亮又将它洗得冰凉;风也吹,雨也淋;霜也染,雪也盖,石碾始终就那么忠实地守望着。石碾圆满着人们的生活,石碾的生活也成了一村人的生活。

碾盘浑然是一块巨石凿出。石碾与碾盘已厮磨得光滑玉润。人们用石碾碾谷子、糜子、高粱、荞麦等五谷杂粮，也碾芝麻、辣子、花椒等五香调料，石碾一年四季不管是白天还是夜晚，始终散发着生活的清香。

那时我们还小，总喜欢在石碾上爬上爬下，待后来身体稍长有了狂力，我们便推着石碾欢快地转圆圈。一旦我们兴味索然刚一离去，石碾上就叽叽喳喳地飞来一群麻雀，有时还会有灰鸽子，它们翻飞着在石碾上觅食吃。

石碾是盖在我们村口的印章，石碾是我们村庄的标志。村子不能没有印章和标志，村子一旦有了这样的印章和标志，整个村子在生活中就会变得安稳而自信。

（《石碾》）

时光在不慌不忙地往前走。

回字巷的故事没有开头，也可能没有结尾。

然而时间到了1973年秋天，两个月老天不落一星儿雨。庄稼在地里拧成了绳子。狗伏在地上只是大口大口地喘气。正在村里人为雨而心焦祈祷的时候，突然有一天午后，从东南方向的秦岭山头卷来了黑压压的一大片乌云，继而狂风大作，电闪雷鸣。那次暴风雨来得实在猛烈，连平地上也滚起了一尺多高的水蛟。一时间城壕涝池全被溢满。然而雨还在一个劲地瓢泼，整个村子就成了汪洋大海中的一个小岛。是夜，天黑得伸手不见五指，村子不断发出房屋倒塌的声音。

男人的紧急奔走呼号,加之妇女和小孩子的哭叫,让黑夜更显得恐怖。翌日,城壕里的水才慢慢退却。人们才终于发现水冲开了早先防土匪挖的地下暗道,村子被水泡成了一摊烂泥。我们古老的有着完整回字格局的村庄,一下子变得千疮百孔,破败不堪。

面对突如其来的灾难,村民们一个个神情木然,只是呆呆地望着铅灰色的天空。那年秋天,气候也是怪异得疾速转凉。上级终于做出指示,决定让倒塌了房子的村民往城东和城西地势较高的地方搬迁。

从此,回字巷算是彻底地废了,村子的格局后来就变成了"二"和"三"。但有关回字巷的记忆不会消失,它一直在我永远也做不完的梦里。

初心看世界

农村孩子都是野孩子,像大地上生长的花草树木一样,放任了只管自由疯长。

少年不知愁滋味。那时我们还小,正忙着玩,没黑没白地玩。那时家家孩子都多,不知道娇气,就特别耐摔打。每每夜里玩过了头,就随便往谁家一睡。大人们实在太忙,劳累了一天也懒得去找,便关了大门放心去睡觉。那个年代好像没有不放心的事情。

玩是孩子们的天性,最初的玩可能是蹲下身子随便玩的尿泥,后来就玩灌屎壳郎、蹓马箭、摔面包、打弹子、滚铁环、摺铁油、斗鸡、摔跤、掏鸟巢等等,真是五花八门,别出心裁。而诸如跳大绳、扔沙包、抓石子、走方、踢毽子等等,那都是女孩子们的玩事,我们这些男子汉对此是不屑一顾的。但每每遇到逮大公鸡拔漂亮羽毛做毽子之类的事,我们倒乐于给她们帮忙。我们围追堵截,一时间弄得院子里鸡飞狗跳墙。在这方面我们颇有些逞强显能。

我们玩得最勇敢的游戏是开火车。开火车就是将两个架子车对接起来。平地上开火车那不算本事,显本事的是在公路上从坡顶往坡底开。那时居高临下,火车一旦启动就犹如脱缰野马,威威乎,荡荡乎,耳畔全灌满了风声,眼前天地旋转翻覆,真是一派英雄豪气。而中途翻车是常有的事,胳膊或腿还是额头擦破了皮,渗出了血,我们就地抓一把黄土捂上就没事了。那时人人逞英雄,谁也不愿怯懦变熊。我们玩得最提心吊胆的事是偷瓜果。那时节满世界瓜果飘香,撩弄得人身心荡漾。偷瓜果我们不分白天还是夜晚,关键是要胆大心细把握好时机。分工协作是我们总结的成功经验,声东击西,虚虚实实,四面出击,里应外合,谁能说这不像一场险象环生的战斗。有时不慎就被主人发现了,一时慌了神四处逃散,那种溃败我们事后就羞于启齿。但大多数情况是相互配合得心应手,满怀了胜利果实凯旋。我们尽情地分享着胜利果实,还没忘吹些言过其实的大话。我们玩得最无聊的事是捅马蜂窝。那时我们无所事事,尤其是假期或放学回家,该玩的都玩过了,我们一时都不清楚还有什么好玩的,于是,就有人突然提出去捅马蜂窝,竟然得到了大家的一致赞同。人闲慌了就容易干些不可思议的出格事,捅马蜂窝就是一例。马蜂体态修长,蜂窝一般都结在城壕边或老屋椽头。我们发现马蜂窝时,马蜂正忙碌它们的生活,根本没将我们当一回事儿。当我们头顶衫子,举着木棍,一下子将马蜂窝捅得摔在了地上时,受惊的马蜂一时大乱,我们扑打着在前边跑,它们在后边紧紧地追,我们用衫子乱打,就地乱滚,但终于还是被激怒的马蜂蜇得面目全非。那时我们好像不长记性,这样无聊的事后来还干过好多次。那时要说我们玩得最有意思的事,大概就是去河川捞鱼了。鱼儿离不开水,但我们住在旱原上,心里就特羡慕河川。从我们村子出发,去东西各五里再下一个大坡就是河川了。那时我们结伴而行,在河川看农人插秧,看河水打磨,感觉总是别样的新鲜。那时我们捞鱼其实捞的都是些泥鳅子。但有一回我们去东川上游的阳渭,找到了曾给我们教过书的张志贤老师,他从村上叫了一帮小朋友帮我们捞鱼。那里有一片连一片的稻田,他们帮我们捞了两大罐黄鳝。我们抬着两大罐黄鳝,唱的是"日落西山红霞飞"。我们心里简直是乐开了花。生产队听说我们捞了许多黄鳝,就动员我们分出一些给牛灌胃以防暑,生产队还给我们每人记了三分工。天喜哥家的四女子得了抽嘴风,据说鱼血能治这个病,我们就慷慨地给了几条,天喜哥就让四女子给我们鞠了三个躬。

　　那时的白天特别漫长,一整天我们在村子里玩,在野地里玩,还有一个好去处就是村子西边的窑场。我想象不来那些村子没有窑场的孩子们,他们除了在村子和田野里玩再还能到哪里去玩,我就庆幸我们村子有一个好玩的窑场。

　　我们将窑场称作瓦窑,其实瓦窑不只做瓦,也做砖,也许叫砖瓦窑更合适,但人们为了省事就只是叫瓦窑。那时农村到处都能看见瓦窑,原因是那时农村盖房子都是砖瓦土木结构。那种黄土墙、青砖瓦盖的房子,非常好看,特别入画。我们村就有瓦窑。我们村的瓦窑是三孔罐罐窑,远远地望去,那三孔罐罐窑就像从地里生长的三个大蘑菇。

我们特别喜欢去的地方就是瓦窑。我们去了瓦窑就将裤腿一挽,帮师傅们踩泥或搬生砖瓦坯子。做砖瓦的师傅多是河南人或安徽人。晴天的时候他们忙着做砖瓦,只有下雨天闲着没事了,才来村上和大家闲聊,所以村上的大人小孩都熟悉他们。那时我非常羡慕做瓦的王师傅。我们那里人将师傅叫上手,王师傅是上手。他做瓦是在一个堆满了泥坯的房子里,因此,天再热王师傅却不热。王师傅将泥坯切成饼围在转盘上,两手就持了一对木挡板,随着咔嗒一声响,挡板在拍打中旋转瓦筒便成型了,我觉得非常神奇,就思忖着等我长大了也去当一个"王师傅"。人怀一技,走遍天下都不怕。而当王师傅不干活歇下来的时候,那转盘就成了我们玩泥的游戏,只是那泥坯怎么也不能做好瓦筒,我们就越发羡慕王师傅了。

点火烧窑是窑场的节日,为了求得平顺吉祥,就有一整套的祈祷仪式,一窑砖瓦,就看那几天几夜的一炉大火了。窑烧过几天几夜后熄了火,随后就是渗窑。渗窑同样讲究，弄不好，一窑砖瓦就成了大花脸。烧窑渗窑时，是不允许妇女和小孩子去窑场的，说法是妇女去不吉利，小孩子去容易出危险，只有等出窑时才全然不管。等窑里的砖瓦一腾空，我们便钻进久违了的窑肚子里，望着头顶斜刺下来的阳光，人不敢大声说话，一说话，声音嗡嗡地被放大了许多倍，将我们给镇住，我们越发感到瓦窑处处都充满了乐趣与神秘。

(《瓦窑》)

　　太阳恋恋不舍地掉进西边的地平线。我们送走了又一个漫长的白天。暮鸦驮着余晖呼叫着忙忙归巢。长庚星最早出现了，接着出来的星星数也数不清。月亮悄悄地爬上秦岭的二郎山头，一会儿就像一个银盘挂在了天幕上。晚风从遥远的地方吹来，满地的庄稼像流水一样起起伏伏，村庄的树叶数杨树哗哗啦啦地最响。庄户人家的窗子和门有了摇曳的灯光。这时正是人们收工回家喝汤的时分。真正的夜晚，就这样有条不紊地降临了。

　　但我们还没有玩够呢，我们不想早早地就被按在土炕上睁着双眼去睡觉。我们白天的玩刚刚收场，而属于夜晚的玩才刚刚开始。好像商量好了似的，其实是心照不宣，我们一个个悄悄地溜出家门，便汇集到村东空空荡荡的大场面上。然后我们就兵分两列，手挽了手，相对高唱叫起阵来："珠珠铃，跑马城，马城开，叫谁来，叫你××娃子碰城来！"

对方这时就遣一猛将，猛将"呸"地给掌心吐了口唾沫，憋足了劲儿，气势汹汹地冲刺过来。猛将若碰开了城，会就手抓一个俘虏回去，得意扬扬。猛将若碰不开城，就立马变成了狗熊当作俘虏被留下，搓着双手一副不自在的样子。

　　那时的冬天特别寒冷，寒风无情地撕扯着大地上的一切。我们脚上穿的布鞋前面总是有破洞，经常"大舅""二舅"就露出来，穿的衣服除补丁特别多外，旧棉花也常拥作一团，风就直往身体里钻。最是那鼻子和耳朵无遮无拦，露在外面被冻得通红通红。寒冷是魔鬼，它们四处寻找专拣孩子们欺负，于是，我们就找一个背风的墙角，一块儿挤围围。我们那时都非常卖力，直挤得身上发热、头上冒汗，将寒冷驱赶得无影无踪。

　　而一年四季晚上玩得最多的还是捉迷藏。面对这个世界，那时我们还有些躲躲闪闪，我们通过捉迷藏开始体验漫漫人生。捉迷藏是智力游戏，游戏要求藏得深，找得妙，时间一长我们不管是藏还是找就很有经验了。我们最不爱藏在猪圈里，猪笨，嘴里哼哼着老顶人屁股。倒是牛棚最好隐藏，牛高大又好脾性，一群牛腿里多出几条孩子的腿谁也弄不清。捉迷藏要胆大心细，最危险的地方可能是最安全的地方。那时我们一夜一夜地藏，也一夜一夜地找，等生活真正摊到了眼前，我们就没法再藏了，只能勇敢地站出来面对生活了。

　　20世纪70年代初，家乡还没有通电，我们总是很不情愿地等来一个又一个夜晚。黑漆漆的夜晚，我们重复唱那些歌谣，讲那些故事，无休止地捉迷藏，但终于还是有些无聊了。好在几个月能看一场露天电影，这简直成了我们的盛大节日。

那时偌大一个县才只有几个电影放映队，电影队走乡串村巡回放映，要看一场电影对我们来说真是望眼欲穿。我们成天打听放电影的消息：消息在亲戚朋友那里，消息在同学们中间。有时为看一场电影要跑几十里路，我们追着星星，追着月亮，去时一满是兴奋，回来全然是满足，兴奋与满足让我们忘了路途的遥远与身体的困倦。

那时放电影时，电影队要事先踩一个放映点。若轮到我们这一块放电影，点往往就选在我们村口的学校门前。谁让我们村子是周围村子的中心呢，为此，我们村的大人和小孩就特别得意。

放电影的器材半下午就拉来了。它已准确无误地放在了生产队的仓房里。那时学校放学特别早，但太阳却迟迟不肯落山。夕阳里，我们终于看见了放电影的老王和老权，他们骑自行车的身影出现在了村口。于是，大家急切地询问电影片名。若是新电影，当然给我们带来的是大兴奋；若是老电影，我们也一样不会失落。

那时的电影片不多，当时还有一段顺口溜："中国的新闻简报，越南的飞机大炮，朝鲜的哭哭笑笑，罗马尼亚的搂搂抱抱，阿尔巴尼亚的莫名其妙……"那时我们看得最多的中国影片是《暴风骤雨》《白毛女》《奇袭》《渡江侦察记》《地雷战》《地道战》《南征北战》等;外国影片是《列宁在一九一八》《桥》《瓦尔特保卫萨拉热窝》《打击侵略者》《多瑙河之波》《看不见的战线》《卖花姑娘》等。有些电影翻来覆去不知看了多少遍,以至故事情节和人物对话我们都会演绎了。

在我们村口放电影我们便占了先机,早早地就将短凳长凳占好了位置。天终于黑下来了。发电机急促的运转声给场地带来了一片光明。欢呼声笑闹声其时已混成一片。那时放正式片前还经常放一些幻灯片,配幻灯片的是老王说的快板。老王的嘴真能说,我们就特崇拜老王了。放电影的时候全场一下子变得无比安静,放映机转动的声音竟显得分外清晰。早期的电影多是黑白片,片子老化银幕上也多出现划痕和雪花点,放映机卡片时还会出现烧片现象,幸亏老王老杈技术高手下快,才不至于放映发生中断。那时的电影胶片也少,经常需要去其他放映点跑片,片子跑不过来就只有耐心等待了,为此,一场电影常常要看到夜阑更深。

记得当年看《南征北战》时,我就记住了国民党将领张灵甫。不想多少年后,我才知道他是我们陕西长安人。张灵甫是抗日英雄,却无奈死于内战,他的职业军人的优秀品质,连当时的粟裕大将都为之肃然起敬。更想不到的是,有一年在西安,我与张灵甫的儿子张道宇在饭桌上竟不期而遇了。我曾在一位藏家手里见过张灵甫写的字,就去拍照给张道宇留了纪念。相对一笑,历史就被翻过去了。

(《露天电影》)

那时县上有个秦腔剧团,偶尔也来乡下唱戏,但剧场有人把门收门票,再说那时我们还没有那份耐心看秦腔,也就不怎么热衷;遇上过春节,也有附近村子排戏的,我们又吹毛求疵地嫌水平不咋样,也懒得跑路了。但那时附近村庄常演皮影戏,没有电影看皮影,那纯粹是为了起哄看热闹。

皮影在我们家乡也叫灯影子。说皮影是因为演出的人物和场景均出自牛皮驴皮骡马皮雕刻而成,造型逼真,栩栩如生。说灯影是因为在亮子后面表演时要借助灯光,早先用松明子或蜡烛,后来就用上了汽灯或电灯。

每每夏忙结束,为庆丰收,人们想找一场乐,就说叫一场皮影去;当然婚丧嫁娶逢年过节也有叫皮影的。我们叫的皮影是华县皮影。华县皮影社多,但我们这一带人们最爱叫的有两家:一家是四喜的戏,一家是财娃的戏。四喜的戏火,热闹,年轻人爱看;财娃的戏凉,有韵味,年长者喜欢。为到底叫谁家常常争执不下，最后就只有由队长或主家定夺了。

按照约定，戏班会在当天下午赶到。清一色的五个光葫芦，都戴着圆边石头眼镜，每人骑一辆旧自行车，背着驮着演戏的五马长枪，其形象颇有些类似当年的敌后武工队，在那时倒颇有些时髦或派儿的味道。

戏台通常就搭在场面上，简单的戏台是用几根抬麦秸杆子搭成的，迎面是白亮子布，周围和顶子用的是芦席，而下面悬空棚的是几页木板。说四喜的戏或财娃的戏，是缘于抱月琴唱戏的是四喜或财娃，他们一人多能，生旦净丑，扮啥像啥。据老辈人讲，唱戏人其实是苦人，尤其是要出一个唱戏的好把式，不只天生要嗓子好，还得刻苦练功。传统的训练办法是小时候练嗓子，要连续喝上一百天的童子尿，如此下来才能练成金嗓子。那时我和小伙伴们曾偷偷尝试过，只呷了一小口童子尿，就恶心得哇哇作呕，遂断了练嗓子的念想，只是愈加敬佩了那四喜和财娃。

皮影戏开场总是很晚，这最令我们这些孩子们着急。待大人们吃过喝过，扛了凳子慢悠悠地来到，那戏才喊喊哐哐地算是开场，但半天还是不见那皮影娃娃的影子，看皮影真要有耐心。我们邻村有个瞎子，看皮影戏数他来得最早，戏一开场，他就抱了戏台前的木桩子，脑袋随着剧情唱腔摇着晃着，尽情陶醉。我们那会儿才不会安安静静地看戏呢，争相挤在台子下面看白亮子布里面的表演。看着吵着闹着挤着，不一会儿，那戏台子就开始摇晃起来。这时就有人大声喊："不要挤了，不要挤了，戏台子快要倒了！"果不其然，那戏台已变得歪歪斜斜、摇摇欲坠了。戏只好暂时停住，其时就有几个小伙子上前赶紧扶住，有人立马扛来耙地的耙子死死地将戏台顶住，随后戏又喊喊哐哐地接着演开了。

  皮影戏唱的是碗碗腔，苍凉哀婉，尤其是夜深人静残月西沉、满天只有不会说话的星星时，那真是天籁之音了。但那时已听得我们昏昏欲睡，尤其是去外村看皮影戏，跑了那么多路，来时的兴奋早就像夜一样凉了下来，人一犯困，就窝在场畔的麦草堆里睡着了。等猛然惊醒，发现早已戏散人空，拔腿就往回跑，一路都是庄稼地，又嗖嗖地刮着风，脚步声里总疑惑身后相跟着什么东西。

（《皮影戏》）

鸟说甚花笑谁

听鸟说甚,我不是鸟,我不知道鸟在说甚。但我喜欢鸟叫,我们村是人的家园,也是鸟的家园。

黎明时我正睡得深沉,抑或是正在做梦,窗外的鸟叫会将我唤醒。我一跑出屋子,就有许多鸟争着给我鸣叫,好像是向我问候,抑或是给我讲述它们之间发生的一些有意思的事情。我很认真,仿佛听明白了鸟叫,鸟就心满意足地忙它们的事去了。有时我正上课,就有鸟在教室外边冲我鸣叫,它们不知道我正忙着学习呢,常常弄得我慌神。

鸟和人说话一样各有各的语言系统,就像我们和外国人说话大不相同。我不敢自认为我们人类的语言一定比鸟的语言高明,鸟在蓝天飞翔,见多识广，说不定它们的语言更丰富思想更深刻，这么想来，我在心底里便敬着鸟。我从不打鸟，在鸟面前也从不趾高气扬。我对鸟的态度决定了鸟对待我的态度，我相信生灵都有会通的地方。

那时我们村的喜鹊特别多，喜鹊窝垒在大树顶端。喜鹊是花喜鹊，吉鸟。喜鹊叫，客人到。喜鹊叫有如我们关中人说话：淳朴，热情，泼辣。我们村还有一种叫灰喜鹊的鸟，我们叫它铁燕子。灰喜鹊通体铁灰，脖子略泛一点红，飞翔时体态舒展，尾翼修长，降落时有如舞蹈般轻盈，尤其那叫声婉转而悠扬，很有些绅士风度。村子最多的鸟当然是麻雀，麻雀像一片片枯树叶子，成群结队的，叽叽喳喳的，没有一点儿秩序，像一群顽童。那时谷子成熟时地里要立一个草人，主要是为了驱赶麻雀吃谷子。然麻雀亦有灵性，时间一长它们识破了人们的这些伎俩，我曾经见过麻雀站在草人戴的草帽上鸣叫。我喜欢鸽子，不管是白鸽子还是灰鸽子，它们在瓦房上咕咕鸣叫很有家庭的温馨，而一旦飞起来，不仅姿态优雅，而且鸽哨悠扬动听。燕子是家燕，每年从遥远的南方飞来，啄泥筑巢，养育儿女。燕子的叫声被称为呢喃，像小两口商量着过日子。啄木鸟不见叫，它忙着在树上啄虫，它工作的嘟嘟声就成了它的叫声。春夏之交，杜鹃声声，我们将杜鹃叫布谷鸟，它在提醒人们勿忘农时。杜鹃往往叫得悲切,不由得使人想起"望帝啼鹃"的传说。不如归去,不如归去——杜鹃啼血也不由得使游子顿起怀乡之思。我们村还经常来些不知其名的鸟,体态异样,颜色艳丽,鸣叫时让我们感觉生疏,这就像我们村子经常来的那些外地人说话一样咯里咯啦的让人不知所云,但异样的声音总是让人好生惊奇。乌鸦的叫声,猫头鹰的叫声,还有老鹰的叫声,都颇有些恐怖,我小时一旦听见它们叫就本能地捂紧耳朵,心里好生害怕。后来我慢慢长大了,也长出了勇气,从它们的叫声里也平生了力量。

(《鸟叫》)

问花笑谁,我不是花,我不知道花在笑谁,但我喜欢花开。我们村是庄稼的世界,也是花的世界。

在我们家乡是不需要种那些花花草草的,刻意种花花草草的都是些小情趣。我们村上人种庄稼、栽树、务瓜果,都是直接为了生活,但生活过程却始终相伴着草长花开,莺啼鹭飞。诗意实在应该归于无为。啥叫道法自然,这就叫道法自然。

春天刚一来到,但见崖头乱冈上,蜡黄的迎春花便描出春天第一笔色彩,让才挨过冬天的初春骤然明媚起来。风是和风,雨是细雨,整个大地从梦中一下子苏醒了。柳树变绿,杨树发芽,红杏出墙,桃花漫坡,梨花、苹果花争闹园里,高大的桐树繁花似锦,大田里的油菜花,像画家凡·高将油彩泼洒了一地,春天真正成了花的世界、花的海洋。

当季节的脚步踏进夏天的门槛,枣花、柿子花便悄悄地潜入花期。而洋槐花则一点儿也学不会谦虚,开得热烈而张扬,还招引得远近的蜜蜂一派忙碌。麦子不是为开花而开花,但庄稼人却于麦子扬花有一种由衷的亲昵。他们站在麦田地头,心里一满是喜悦,脸上一满是花开。那会儿瓜园里的西瓜、香瓜开花了,菜园里的黄瓜、南瓜、西红柿、葫芦、辣椒也开花了。开花不只是为了热闹,更重要的是为了结果。开花结不结果是花的事,只有花自己知道了,但开花总是让人们感觉欢欣鼓舞。

秋是金秋,秋寓意的是成熟,是收获。庄稼里豆子一拨赶一拨地开花,荞麦花开得密密匝匝,苞谷出梢、吊缨子,糜子、谷子、高粱抽穗算不算开花?我认为是花的另一种形态,而棉花花后开花,不仅是花更是如花之果了。秋天最后一拨花应该是田间地头、沟沟畔畔永远也开不败的野菊花。野菊花药用能清肝明目,那就多采一些吧,让我们满目留住花之金黄,让我们的心胸多留一些花之清香。更有深秋霜寒降临,树之叶或黄或红,叶便成了花,从而铅华洗尽,遍地尽得风流。

　　冬天因寒凝而萧索,但冬天有不畏寒凝的冬梅,更有漫天飞舞的雪花。雪花落满沟沟壑壑,大地的参差交错就变成了漫幻平和。雪花挂在树的枝枝丫丫,千树万树,琼枝玉珂。举目四望,那真是白茫茫一片大地真干净啊!如果还嫌冬天单调寂寞,那就拿出大红纸和剪刀吧,将对生活的无限向往与憧憬,剪成花团锦簇的剪纸,贴上庄户人家的土墙、门窗,箱子柜子也贴上,米瓮面缸也贴上,他们要的就是个红红火火。这些铰着花儿的姑娘,一个个穿得花枝招展,她们聪慧的心和灵巧的手剪出了新的生活,这样的冬天就是再寒冷,生活依然充满了无限温馨。

(《四季花开》)

一天时光

　　小的时候,一大早出门,我总喜欢等待太阳冉冉升起,那会儿我长长的影子就从西边遥远的野地里开始往回收;正中午的时候,影子就小小地踩在我的脚下;等到太阳落山的时候,影子又猛然长到东边的野地里去了,这令我非常开心。我曾试图甩掉自己的影子,试了好多次都没有用,真实的我与虚幻的影子一直不离不弃,后来我们就处成了朋友。

　　父亲常说:"身正不怕影子斜!"父亲是拿人与影子说事,教育我要过好人生。

　　"同去同行同向前,相随相伴紧相连,面对太阳随身后,背朝月亮站身前。"我们一直在太阳和月亮留下的影子里打发着时光。

(《影子》)

　　时光指的是当时景物，指的是时间和光阴，指的是日子和生活；时光是一条线，也是一个面；时光有长短宽窄，有容量体积，有色彩，也有声音，有速度，当然也有温度。过去的时光只能属于过去，想要回到过去的时光，唯一的办法就是眯缝了双眼去梦里找寻；而未来的时光属于未来，再性急的人也没有用，只有按部就班地去慢慢等待了。我们在时光中拥有时光，享受时光，回味时光，时光让我们的人生过得有了许多意思。

　　我的童年、少年和一部分青年时光都是在老家农村度过的，生活的艰辛和田园的美丽同时描绘了我那段时光难得的诗意。

　　一天的时光是从鸡叫头遍开始的。月光从门缝隙泻进来。风吹拂着窗户纸。夜行人的脚步声穿过村道。狗应付差事地吠几声。那时天地在黑暗的夜气中运行。鸡叫过三遍的时候，东方渐渐有了亮色。那时我们瞌睡却特别多只顾了睡觉。母亲没了瞌睡先醒过来，和衣去纺那永远也纺不完的线团，父亲也没了瞌睡下了炕，趿拉着鞋坐在凳子上抽早烟，想事情。随后窗户纸亮了又暗了瞬间就大放光明。各种鸟被惊醒叫起来，家禽家畜也被惊醒叫起来,整个村子真正活跃起来了。大人们踏着生产队的钟声去干活,我们背起书包急匆匆地走在通往学校的小路上。

早晨好,早晨人的头脑特别清醒,因此一到学校先上早自习,哇啦哇啦开始背课文。当太阳的光芒照到古庙房脊的时候,我们哇啦哇啦的声浪会戛然而止,这时恰好早自习的下课钟声就敲响了,那是夏天。冬天太阳出来得晚,阴天天上根本就没有太阳,但我们凭感觉也能判断出钟声敲响的时间。我们对时光的感觉太敏锐了,根本用不着什么钟表。依赖钟表把握时光的人其实对时光的感应已相当迟钝,他们对自己没有自信才只有相信钟表了。那时的每堂课我们依据阳光在不同物体上标出的刻度就能估摸出时间的长度,时间一长我们心里便有了准确的生物钟。游戏人生竟成了人生经验,不经意地行走可能都有意外的收获。

我父亲母亲在村子是非常勤奋节俭的人,他们非常珍惜时光。一年之计在于春,岁初他们就安排好了一年的事情;一日之计在于晨,每天一起床,他们便安排好了一天的活路。我父亲母亲也没有文化,他们不知道古贤说的"冬乃岁之余,夜乃昼之余,月乃日之余"之类的高论,他们完全是依了淳朴的生活道理做人行事,闲时多为忙时着想,忙时有序而不忙乱,生活从容,源远流长。许多年来,我一直在学习父亲母亲面对时光所秉持的生活态度,尤其是在人生有了一些年纪之后,越发觉得时间珍贵、光阴可人了。

(《时光》)

我小的时候我们村还没有拉电,晚上人们舍不得点灯。在那些没有月光没有星光的夜晚,夜像一口大铁锅将我们罩住,或者像谁用墨汁将所有的物体认真地涂抹了一遍。那是真正的夜晚,夜成了瞎子。大人们劳累了一天便早早地上炕歇乏睡觉了,我们却没有耐心早早地上炕去睡觉,出门在村道瞎玩,但那时我们的眼睛却贼好,视力慢慢地就适应了那样漆黑的夜晚。有几位老年人瞌睡少,就在谁家的门道聚了抽旱烟,却都不说话,只有烟火一明一灭,偶尔就是几声缓不过气的咳嗽。也有几个小伙子还有没消耗完的狂劲,但他们在这样的黑夜也束手无策,不知是谁弄到了一个喇叭、一卷电线,他们就偷偷用竹竿挑了电线挂在城后的电线杆上。那时县广播站给公社传递节目,一旦检查线路的人发现他们在偷听广播,往往夜里就被撵得四处乱窜。而这样的夜晚弄得我们也没法玩捉迷藏,村子里一切的一切都隐藏得太深了,我们真害怕一不小心将自己也藏丢了。

远处的野地里飘动着的是若隐若现的鬼火。谁家的孩子大白天里丢了魂，那会儿大人在远处的土路上往回引魂，他们在前边叫一声，又在后边答一声，风将这高一声低一声吹得颤悠悠的。

偏偏就是这样的黑夜，我们无聊地聚在一起，就有人专门讲鬼故事，黑暗中能听见使人吓得毛发竖起来的声音。害怕，当然害怕，但谁也不愿离开。也不敢离开，男子汉大丈夫，没有这点胆量是迟早要被大家耻笑的。

村子里唯一的一盏长明灯，挂在生产队饲养室的牲口棚里，我们就在黑夜里摸到了饲养室。去了饲养室，就献殷勤讨好，帮饲养员给牛撒料拌草。我最喜欢那头红犍牛。我有时奇怪地思想自己能不能长成那头红犍牛，趁饲养员不注意，我每次都要多给红犍牛撒几把料，这是我不愿告人的一点私心。

而黑夜里有时还没顾得溜出家门，就被大人们赶上土炕让早早睡觉。黑灯瞎火地睡是睡不着的，黑暗里只是睁着两只大眼睛。院子的柴草垛和窗户纸在夜风里窸窣作响。老鼠开始在墙角打洞或嗑咬柜子，一只猫正跑过房顶喵喵地叫，老鼠立即按兵不动，猫跑过了邻家房顶，老鼠又继续行动。那会儿能听见夜晚的时光似流水，流向永远也没有尽头的地平线，有时像母亲永远也纺不完的线团……夜的深处是更黑的夜……睡不着，就开始在心中数羊，一只羊，两只羊，三只羊……满脑子全是羊再也数不过来了，迷迷糊糊中开始犯困，后来就睡去。睡去了，梦却醒着，在梦里大呼小叫地奔跑……人歇不下，夜歇下了，我睡在了不知道时光的时光里。

(《黑夜》)

我喜欢有月亮的夜晚，有月亮的夜晚是令人快活的夜晚。

我一直认为还是我们家乡的月亮最圆最亮，说这话的时候就常有人讥笑，这我毫不介意，我心里热爱的东西谁也改变不了。

我们家乡紧依秦岭北麓，是个平原，面积有二十多平方公里，平展展地一望无际，好像是谁有意进行了加工切削，而逶迤东西的秦岭就自然而然地站成了我们家乡的一道长城，让我那时年少的心是多么放心安心和舒心啊。关于月亮，那时我们经常唱："初一初二不见面，初三初四一条线，初五初六明灿灿……"还唱："月亮爷，丈丈高；骑白马，带腰刀；腰刀长，杀个羊；羊有血，杀个鳖；鳖有蛋，杀个雁；雁要走，杀个狗……"我们在歌唱中月亮就出来了。

我知道月亮不是我们着急盼出来的，但月亮在什么时间从什么地方升起我们早就知道。那时我们家乡还相对闭塞，甚至是贫穷落后，20世纪70年代初还没有通电。而那样的夜晚才是真正的夜晚。在那些夜晚，我们家乡整个一片静寂，月亮与繁星交相辉映，清晖水一般在无声地流淌。我将白天的秦岭形容成远山如黛，而到了夜晚我只能将秦岭形容成远山如墨了。那秦岭永远都是一条黑色长龙，永远都静卧在神秘的夜色里。而不管月亮是一条线，一把弯镰，还是一饼玉盘，如墨的秦岭都是永恒的衬托。

　　许慎《说文解字》认为，"月，缺也，满则缺也"。人生难得圆满，人生多是缺憾，月亮演绎的就是人生的哲学。像白天不能没有太阳一样，晚上也不能没有月亮。如果我们将太阳叫爷爷的话，那月亮就是婆婆了；一样，我们将太阳比作父亲时，月亮也就是母亲了。

　　月亮总是给人以太多的浪漫，月亮自古就是诗人的月亮。唐代的李白和杜甫，宋代的苏东坡和李清照，等等，等等，他们所咏的月亮肯定是同一个月亮。但时代不同，处境各异，诗中所表达的情绪也一定有别。人间遥看月亮时，月亮肯定也在遥看人间。那个成仙后的嫦娥还在月宫吧？广寒月宫，寂寞愁长，被常常思念的不仅仅是嫦娥，还有人间那个后羿，后羿之后还有许许多多的痴情男儿，一往情深，永无绝期。

多少年后，我与一帮诗人去乡下采风，诗人毕竟是诗人，诗人不作常人之思。一路海阔天空，一路风云漫漫。在那个梦一般的夜晚，触景生情，不知是谁由头顶的一轮明月，就一下子说到了嫦娥，一时让诗人个个思绪扶摇，想不尽嫦娥那花容月貌。那会儿，就有人逮住话头冷不丁说："如果嫦娥一下子老了，嫦娥还是那个嫦娥吗？"嫦娥老了，嫦娥怎么会老呢？！诗人们一下子认识到了问题的严重性，就有人一脸严肃深情地吟道："如果嫦娥老了，我就从月亮上跳下，死给你看！"多么痴情，多么决绝，多么惊艳！好诗——众人一齐欢呼了。这就是诗人，这就是诗人对待心中月亮的最后的态度。

（《月亮》）

四季如歌

春生，夏长，秋收，冬藏，这就是变化的四季。四季又被智慧的祖先演绎成二十四节气。二十四节气反映的是气候与物候。作为农家子弟，我自小就会背"春雨惊春清谷天，夏满忙夏二暑连，秋处露秋寒霜降，冬雪雪冬小大寒。每月两节不变更，最多相差一两天。上半年是六二一，下半年是八二三"。这样我就知道了二十四节气的顺序。至于二十四节气的特征，我还会背"立春阳气转，雨水雁河边。惊蛰乌鸦叫，春分地皮干。清明忙种粟，谷雨种大田。立夏鹅毛住，小满雀来全。芒种开了铲，夏至不着棉。小暑不算热，大暑三伏天。立秋忙打靛，处暑动刀镰。白露忙割地，秋分无生田。寒露不算冷，霜降变了天。立冬封了地，小雪河封严。大雪江封上，冬至数九天。小寒忙买办，大寒要过年"。这些都是人们在长期劳动实践中总结出来的经验，它们是我早期劳动的必修课。

我知道春天始于立春，但传统意义的大年初一却是我心里真正春天的开始。新年到，便开始扫屋院，添新衣，做年饭，还有走亲戚，点花灯，望着漫天飞舞的雪花，我们绽放的笑脸祈盼着新年新景象。而当正月十五的元宵节一过，大人们就真正要为一年的农活开始忙碌了。那时我们跟着只是瞎忙，其实我们是被四季推着往前走。

春天阳气开始升腾，那会儿的太阳暖暖地才真正像个太阳了。我们迎着阳光，解开一冬天都不曾松动的纽扣。心急的家伙竟丢剥了臃肿的棉衣，人不敢跑也不敢跳，一旦跑起来跳起来恐怕就要飞起来了。

春天的风再不寒气逼人。春天的风好像也不是风，是大地哈出的气，一丝一缕的，像是给人搔痒痒。大地就这样睡醒了。春天的雨也是"随风潜入夜，润物细无声"的毛毛雨，轻柔，曼妙，像一首朦胧诗，或一幅写意水墨画。垂柳在路边摇曳，一抹抹淡绿淡黄让眼前如烟如梦。大田在迷离的阳光下，"草色遥看近却无"。我们傻愣愣地站在风里雨里阳光里，似乎能感觉到自己也在生长。

春天是自由的春天。碧蓝的天空飘荡着白云，鸟儿叫着叫着就冲到云霄里去了。那时我们做了各式各样的风筝，在田野里迎风奔跑，风筝一下子就飞起来了。风筝飞过我们头顶，飞过村庄的瓦屋和树梢，直追那一朵朵白云……我们尽情地放飞着春天的心情。

不几天，花草树木和庄稼，就由浅绿而深绿，然后，满世界就成了丰富多彩的赤橙黄绿青蓝紫。大自然的鬼斧神工，将万物化育得美丽动人。在如此的季节，人不能不春风得意，人不能不春心荡漾。

那时是春三月，白天懒懒散散地变得特别漫长，我有时迷迷瞪瞪地也不知道要干什么，就悄悄地爬到二爷家的木楼上去。木楼上有叔叔安装的矿石收音机。我随便躺在那里，戴上耳机，就有了遥远的声音开始鼓动着我的耳膜，我尽情地陶醉在奇妙的声音世界里。那会儿我从窗口向外望去，越过后墙是城壕，城壕外面是田野，田野里南北有一条路像带子一般只是看不见两端，更远的天际是一抹浅山。田野里的柿树曲铁似的枝干正抽绿色的叶片。一排柏油电杆架着两根电线，电线上正簇拥着从南方归来的燕子。

一接上清明，我们便通过各种渠道，人人弄得一纸两纸蚕卵，心里别提有多兴奋了。我们养蚕纯粹是为了玩，但玩得庄重认真，俨然是从事一项伟大事业。白天我们将蚕卵纸装在贴身的衣服口袋里，晚上就放在温腾腾的锅项上。那会儿我们的心却着急得不行，总是不停地展开蚕卵纸察看，却总是觉得没啥动静；正迷瞪中，忽然发现有蚕卵一动，竟有一个毛茸茸的小家伙就爬出来了，接着是许多毛茸茸的小家伙争先恐后地往出爬。

嫩桑叶我们早就准备停当，用剪刀剪成细丝儿放进笸篮或纸盒子里,再用毛笔将刚出生的蚕宝宝扫进去。没想到这些小家伙刚出生就学会了吃桑叶,沙沙沙的声音虽然细细但有如潮汐。蚕真能吃,催得我们到处寻找桑叶子。为了给蚕准备充足的"粮食",我那时真有些小聪明,每次都将剩余的桑叶子藏到红薯窖里,那样不仅保鲜,而且保证了蚕有充足的粮食,因此我养的蚕吃得饱,当然也就长得快。

我们能看见蚕生动的吃相,更能看见它们在蓬勃生长。蚕的生长是每蜕一次皮就增长一岁,蚕一生要蜕四次皮,被称为"五龄虫"。第四次蜕皮后蚕便成了老蚕。老蚕为了多吐丝,就抓紧时间不舍昼夜地要再猛吃一个多星期,直至浑身滚圆透亮为止。

麦梢黄,蚕上床,蚕上床就是要吐丝结茧啦。蚕吐丝是挽"8"字,一条蚕吐丝要挽六万多个"8"字。据说一条蚕要吐两三千米蚕丝,这令我大为惊叹。蚕吃的是树叶子,吐的却是能织云锦的丝线,世上的事情总让人感觉有些神奇。蚕结茧化蛾,生命就会很快消失,但我始终相信蚕的精神会长久不灭。

"春蚕到死丝方尽,蜡炬成灰泪始干。"唐代诗人李商隐的诗句,具体,形象,喻义深刻。有一年春节,我们在剧院看秦腔《金沙滩》,当杨继业唱"穿绫罗不知蚕受苦,蚕把丝做成在滚锅里亡"时,我的眼泪一下子就流下来了。蚕吐丝是本能,而尽其本能不计其死,这蚕就表现得非常崇高伟大了。我一直认为,人不要老摆着一副臭架子,应该虚心向蚕好好学习。

(《蚕》)

　　夏是炎夏,尤其是入伏之后,正午的太阳就端直悬在头顶被凝住。蝉儿这会儿爬上大树枝头,扯破嗓子在不停地鸣叫。

　　我们老家人将蝉分为三种:一种叫知了,拇指一般大小,颜色铁灰,身上、翅膀上画了好些漂亮的黑色花纹,振翅时便发出"知了——知了——"的歌唱。那时我们总是笑它们一点儿也不知道谦虚,大千世界知不知都一味地喊知了;另一种我们管它叫黑牛,体型比知了大而魁,通体如墨,"知——"一口气能叫几分钟,声音浑厚洪亮,颇有些著名男高音歌唱家的风度;还有一种叫纺线虫的,"嗡儿——嗡儿——"的像纺线。那些年我很关注纺线虫,但一直没有真正看清它那神秘的身影,于是我想,它会纺线,一定也会像我们村那些姑娘一样长得非常漂亮。

　　伏天是属于蝉的季节,蝉的鸣叫,是蝉给蝉朗诵的爱情诗。这样的季节,爱情不仅浪漫,而且非常热烈。母蝉将爱情的结晶产在树的枝叶上，秋后随着树的枝叶枯黄飘零，于是蝉籽随之落地，生命便开始羽化。据说一只蝉龟要长大，需要整整三年时间，也有说七八年的，反正这期间曾经的艰难困苦只有蝉龟自己知道了。那时节蝉龟从泥土里来到有着一天阳光的地面，它是多么幸运和幸福啊！它大口大口地呼吸着新鲜空气，用积攒了许久许久的力量，一下子挣脱了那身盔甲。蝉兴奋地爬上树的枝头，草上、篱笆上、棚架上、树身上就空留了蝉蜕，而蝉蜕依然保持着战士冲刺时的神态，这情景令我肃然起敬。

我上小学时语文课里学过"螳螂捕蝉，黄雀在后"的故事，就一直期待着那惊心动魄的一幕。螳螂是蝉鸣引来的。螳螂颜色翠绿，腿细身长，我们形象地叫它"绿猴"。螳螂是捕蝉高手，机警敏捷，蝉往往在不知不觉中就被擒获了。但我一直没有等到过"黄雀在后"，没有看到黄雀如何发展后边的故事，这多少令我有些遗憾。

令我庆幸的是我们小时捕过蝉。我们虽说没有螳螂那样敏捷的身手，但我们却有智慧聪明的头脑，智慧聪明表现在善于使用工具上。我们用竹棍儿弯一个圆圈绑在长长的竹竿上，一大早出了门，抬头便见房檐前有蜘蛛正在织网，那网上已黏住许多蚊蝇和蛾子，蜘蛛一看见我们收网便吓得只是仓皇而逃。我们有了这样的捕蝉利器，就颇有些得意扬扬。捕蝉让我们充满了乐趣，也因捕蝉让我们忘了三伏天的炎热。

（《蝉》）

　　天不热，麦子不熟；天热起来，麦子也熟透了。麦子上场了。麦子碾过了。麦秸积堆在了场畔，这时的场面一下子变得空阔无比。

　　夏天的阳光是暴烈的阳光，一大早太阳就坐在二郎山头上，散发出刺猬般灼人的光芒。夏的确是长夏，时间放慢了脚步，正中午的时候，太阳干脆就悬在我们头顶，一动不动地，将我们的影子照耀得缩成一团。田野里的麦茬地是白花花的麦茬地。早秋作物高已齐腰，晚秋作物没过了小腿。炎热激起的地表热浪从遥远的地平线向村子涌来。似乎不怎么刮风，树不摇，云不动，偶尔有股旋风不知从什么地方慌慌张张跑过来，高高地旋起一些尘土柴草树叶子，吓唬吓唬我们倏忽又掉头远去了。整个天地又复归寂静，除了炎热还是炎热了。蝉在树上鸣叫，蛙在涝池鸣叫，牛卧在柳树底下用尾巴扑打着蚊蝇和牛虻，狗匍匐在大门口伸长了舌头大喘气，猫儿望着蜻蜓飞过墙头，鸡不下蛋却静静地伏在窝里。

　　男人们在午歇、抽旱烟、喝大缸子茶，女人们在拉风箱、做饭，待到太阳扭过他们还要下地干活呢。唯有我们，少年不知愁滋味，这阵子学校放了假，夏天整个地归属了我们，便成群结伙想怎么玩就怎么玩。热那会儿已不是困扰我们的主要问题，令我们快慰的是有了完全属于自己的时间。我们不愿待在家里，中午便相伴去村子东口的涝池戏水。我们脱得赤条条地，排了队，从涝池岸上跳下去，水花四溅后，我们开始游狗刨式。整个夏天我们都泡在涝池里，浑身变得黑黝黝的，指头一划净是白印子。

白天我们还喜欢到树上去，尤其是柿子树，树身子不高，枝杈又多，叶子又浓，躺在树的枝枝杈杈上胡吹乱谝，那真是天高皇帝远，自由自在。有时我们就分工协作，去瓜园偷瓜，去果园偷桃偷杏偷苹果，万一没有收获就挎地里的苞谷甜秆或拔萝卜。半下午我们吃过饭一块去地里给猪割草，一边打听夜里哪个村演电影。如果晚上有电影，我们会早早回家，结伴同往；如果没有电影消息，我们会在野地里一直浪到太阳落山，繁星满天。

（《消夏》）

早先我们还小，夏天的夜晚大人们只准我们在屋子和院子乘凉，多用狼吃娃的传说吓我们。

我小时其实没有真正见过狼，但那时我感觉狼无处不在，它好像随时影随着我们，在窥视着我们的行动，给我们使着某种障眼法或花招，我们一直警惕着，才不会上老狼狡猾的当。那时听过许多狼吃娃的故事，也曾目睹过邻村一位妇女被狼扒去了半边脸面，一位老头遭狼咬后脖子留下了一个大伤疤，那样子太吓人了。我上小学时曾学过《狼外婆》和《中山狼传》，《祝福》里祥林嫂的儿子小阿毛就是被狼叼走的，这些都增强了我对狼的痛恨与警惕。据说狼会学小孩哭，会装妇人模样，还会伪装成树桩什么的。那时天一黑我们从不到村外去玩，尤其是村子外面有壕沟，黑乎乎地，说不定那里就有狼伏着。

三伏天，夜里我们在院子乘凉总要关紧大门。听说狼吃娃是专拣睡在中间的先吃，于是我们谁也不敢睡在中间。这样一群孩子一起睡觉时就不停地换来换去，直至困倦而眠。第二天醒来有人竟发现自己睡在中间，不禁吓出一身冷汗，也庆幸自己没被狼吃掉。

那时我们经常结伴去外村看电影看戏。有一回我和伙伴们去邻村看皮影，那不紧不慢的唱腔竟将我们唱瞌睡了，待一觉醒来皮影正在拆台，我们慌忙一路往回跑。路两边是一人高的秋庄稼，而庄稼地里唰唰唰地一直尾随着一个什么东西，是狼吧，是狗吧，说不清，吓得我们只是毛发竖立，腿脚发软,惊恐中好不容易才跑回了家。但我们同学中确实有人遇见过狼,他们看见过狼发绿光的眼睛和拖着地的大尾巴。狗怕砖,狼怕圈,幸亏当时有人带了手电筒,他们打亮手电筒在空中画了几个大圆圈,果然就将狼吓跑了。

那时是大集体,天热时人们喜欢在村东的大场上消夏。有一天夜里人们正在酣睡,不知是谁喊了声有狼,迷糊中人们全都被惊醒,捞起身边的杈耙扫帚便应声追去,直追至村子东南方向的大水渠才将那家伙团团围住一阵乱打,忽听得是一头发情的老母猪在锐声尖叫。怎么是猪呢?看着是狼怎么是猪呢?人们怔住了,这曾在我们村留下一个笑话。

说人怕狼,其实狼也怕人。那时家家养猪养羊,据说狼最喜欢叼猪,猪笨嘛,狼叼猪时是叼着猪的耳朵,狼的尾巴就像鞭子一样赶着猪,而猪竟一声不吭乖乖地跟狼走了。我们邻村有一个人,炎夏晚上正在堂屋光着身子睡觉,忽听得后院里猪在哼哼,他一骨碌爬起来,捞起身边的抬水棍就追了出去。其时西天正一弯残月,一切物体都是黑黑白白影影乎乎。人看见了狼,狼也看见了人。人在情急中忘了惧怕,而狼这时却也是有了从未体验过的惧怕。狼平常都是躲在阴暗的角落,它看惯了穿戴整齐的人的模样,但却从未见过这个赤条条的手持家伙的家伙。狼在胡思乱想中被吓蒙了,便慌了神,扔下到嘴的菜蹿过村东的城壕仓皇而逃。精尻子撵狼,真是胆大的英雄壮举,留下一段佳话被家乡人传颂着。

　　后来我们终于长大了。狼都躲到山里了。屋子院子再也圈不住我们狂野的心了。于是我们和大人们一样,夜晚抱了芦席和被子去场面消夏。月亮从东山爬上来。天上是永远也数不清的星星。村子渐渐安静下来。田野散发着庄稼的清香。大人们喜欢拿一把芭蕉扇驱蚊扇凉,我们则喜欢用自己亲手做的纸扇驱蚊扇凉,我们还喜欢在扇面上用毛笔写一首诗:"扇子有风,拿在手中,有人要借,待到今冬。"

(《说狼》)

　　一过了炎夏,秋天就来了。日子一天天往前赶,秋的天空就越发高远,大地就越发深沉,人是一下子觉得自己是个大写的人了。一种对秋的美的赞叹就从心底涌起,于是,那就放情地仰天长啸吧,让一腔豪情付了秋风,付了白云。

　　秋天,退去了一切浮华,退去了一切轻狂,喧嚣归于沉静,富有而又平凡,一切的一切还了生活的本来面目。秋天一如快要临产的新妇,有了人生最圣洁的光颜,有了生命最成熟的消息。在秋天的季节里,最好走出闷了你许久的屋子,到旷野里去,到农家的场院里去,你的身心融入了秋的宽阔的胸怀,心中没了块垒,有的是精神为之一振。你对了朗朗的秋的天空,情不自禁地就要高呼:"我爱秋天!"秋风把你的话送给遥远。

在秋的季节里,青纱帐不再疯长,那一片连一片的是大地美丽的装饰。玉米挂缨了,棒子结实了;谷子吐穗了,头低伏了;棉花显蕾了,炸得满地雪白;柿子、苹果,疏淡了的叶子再也遮不住红红的果子;沟畔渠边该是一丛丛野菊,静悄悄地,花绽得极繁。野菊,是一年里最后一拨花了。

秋天最快人意的是风,秋风不像春风那一种腻滑,不像夏风那一种燎人,也不像冬天的风那一种刺骨。秋天的风来得清肃,来得怡神,合着庄稼成熟和泥土的芳香吹得很高远很高远。白云悠悠地不再急驰,太阳融融的不再暴烈。秋天的月亮是一轮真正的明月,铅华洗尽,不染纤尘。月光如水,漫过田野,漫过村庄,也漫过我们头顶。秋天的雨也最可人,不需戴帽打伞,路被风吹得硬硬地脚也不沾泥,光着头在雨中徒步,是一种洒脱,更是一种享受。秋愈来愈深的时候,大地也愈空旷了。麦苗齐簇簇的是绿的地毯,农人没来得及收回的禾秆,孤孤地成了秋风里的旗。老得不能再老的柿子树殷红的叶子飘零得没有几片了,有一两个鲜红的蛋柿在树的高枝上炫耀,雀儿一群一群地围着那美物乱飞,时不时会看见有几个猎人手持了土枪牵着细狗从土丘后闪出,"砰——",青烟淡淡,猎人同狗追着青烟狂跑,一个血淋淋的野兔子就被扔进背上的行囊里了。

当田里空阔的时候,农家却收获的是秋天的话题。场里是谷的堆,棉的山。树上像瀑布一样泻下的是金黄色的玉米串子。农家人的后墙吊满了柿子饼、红辣子、萝卜干。太阳扭过的时候,各家各户就飘出一缕缕炊烟,整个村庄被淡蓝色的雾裹着。尔后女人唤儿子,回来的却是自家的狗和女人的丈夫。秋天的夜晚,星稀月明,风在田野里翻滚。农家是一屋子人,电灯白花花地照着一屋子人。农家人总闲不住,边看着电视,手里却不停地剥玉米和没有炸开的棉花桃子。看秦腔的时候,免不了要评说一番,男人家一高兴就放开沙哑的嗓子吼起来,声震屋瓦,一时电视里演戏的和电视前看戏的便一片喧闹,弄得电灯直在空中晃悠。

好个秋天哟,感谢上苍给人间安排了这么好的季节。我歌唱生命里这秋的季节,我歌唱生命里令人神往的辉煌,辉煌属于好个秋。

(《好个秋》)

最后一场秋风过后,日子将我们一步一步领进冰天雪地的冬天。那时北方的冬天特别寒冷,尤其是"交九"之后，简直是滴水成冰，房檐上垂挂的冰凌足有二三尺长。谚语云："三九三，冻破砖""三九四九，冻破石头"，道尽了那时天气的寒冷。一入冬，我们就要早早地换上臃肿的棉衣棉裤，穿上棉窝窝，戴上棉扇扇帽子以防寒。若一家人能在堂屋拥炉而坐，大人们喝着苞谷烧酒讲过去的岁月，我们喝着大人们喝淡了的老砖茶想未来，那样的冬天简直就是一幅美妙的风俗画。

白居易有一首诗："绿蚁新醅酒，红泥小火炉，晚来天欲雪，能饮一杯无。"诗中说的那红泥小火炉，正是我小时候亲手盘出的红泥小火炉。白居易是我们渭南乡党，看来唐代的乡里风俗和我小时候变化不大。我每年在冬天来临前都要亲自盘一个小火炉。盘火炉要用我们家盖菜缸的那块大方砖，先从土壕里挖来细腻的红土，再给红土掺进碎麦草和碎头发，然后加水和成泥，将泥搓成条在大方砖上一层层盘起来。炉齿当然是从墙上拔下来的土铁钉。我们盘的火炉是个罐罐火炉，肚子大收口小，别看它外形不起眼，但肚子里能装不少煤哩。

那时农村生活苦焦，煤炭短缺，生火炉当然要等到天气最寒冷的日子，等待与忍耐便考验着我们的意志。我们早早地就准备好了干柴，从窑场拣回的没有烧化的蓝炭块堆了一墙角。等到生火炉的日子，我们绝不亚于过年一样激动。一阵烟熏火燎之后，小火炉终于冒出蓝色火焰，我们煤黑的脸被炉火映照得黑里透红，一家人围着小火炉真是其乐融融。

那时农村居住条件差，房子土墙四面漏风，小小的火炉到底能给人提供多少热量，这也许并不重要，重要的是有了这小小的火炉照耀，严寒中我们的心里便有了浓浓的暖意。

(《火炉》)

北方的冬天最像冬天。北方的冬天属于冰雪的世界。冬天万物皆藏，叶落了，花谢了，大地失却了往日的生机，整个世界尽显萧索景象。上帝是万民的上帝，上帝不能让子民们太过寂寞看不到生命的希望，上帝便在天国制造出漂亮的雪花，让生硬的冬天漫天开花。雪落满山川旷野，房前屋后，也落满人们的心里。雪覆盖了整个北方，北方成了白茫茫的北方。参差被抚平了，世界没了差别，体现出的是平等祥和。人们活在了童话的世界里。这样的世界，人们心里会升腾起梦想与希望。

我的家乡依了秦岭北麓。秦岭是南北地理分界线。我那时经常站在我们村口，遥望秦岭之高，遥想秦岭之大，我将我对秦岭的感动写成诗献给秦岭，尽情表达我对秦岭的热爱。雪的消息最早写在秦岭山头，那一道白色雪岭逶迤东西，一种莫名的兴奋使我在新寒中倍感温馨。人常说节气不饶人，时令催促着人们赶紧收完最后一垄庄稼，备好过冬的生活用品。这时西伯利亚的寒流会如期而至，一夜寒风就将整个世界变得光秃秃的。那时的云越堆越厚，天成了铅灰色，夜晚就来得特别早。这突如其来的威压吓退了一切的轻狂，往日那些在世界上炫耀的东西只有隐藏起来。夜是沉闷的，也是焦灼的，农家人才不管这些呢，一家人趁此正在火炕上酣睡做梦。天似乎比平时要亮得早，父亲已醒来抽第一锅早烟。随后是母亲醒来。我跟着也醒来了。父亲说："雨下黑雪下明，夜里下雪了。"我果然发现窗户有了雪堆的图案。兴奋催促着我慌忙穿衣、穿鞋，也没忘记戴上帽子。一拉开房门，但见纷纷扬扬的大雪正飘落在早已被大雪覆盖了的世界。我不敢迈出脚步，不忍破坏这无瑕的洁白。鸟儿被惊呆了，鸡也被惊呆了，狗儿猫儿全被惊呆了，但它们还是弄碎了树上的雪，也在雪地里踩出一片片竹叶和梅花印子。这个琼楼玉宇的世界在大寂静过后，一下子就喧嚣起来了。孩子们全拥到雪地里，疯跑着打雪仗，跑累了堆雪人，也有在院子里扫一片空地，支起竹筛子撒一把秕谷逮鸟儿的。

　　大地白茫茫真干净啊！我一时痴想：要是有一种神力永远留住这个洁白的世界该有多好。好在每年一冬天要下好多场雪，下得地上路上房上树上都堆不下了，但天上的雪实在太多，一个劲地不停在下。有一年一冬天不见落雪，人们会说"干冬湿年"，这话果然应验，临近年关时，大雪匆匆忙忙地就赶来了。而有一年一冬天都不见雪的影子，雪让老天收藏了，我们会说"一冬无雪天藏玉"。老天下雪都有定数，我们的心里早已盛满了雪，便希望着下一个冬天与雪相会了。

（《下雪》）

入了腊月，年骤然迫近，不管是操着双手靠着南墙晒太阳的闲人，还是撒着双手忙里忙外的忙人，他们都听到了年的脚步声。也不论各自心境如何，有没有准备，大家都得一块儿过年。

小的时候，我们不知道大人对过年该有多么熬煎，心里总是满怀了期待。新年一到，我们增长一岁，我们正向着成人目标匆匆迈进。

年关年关，一进入腊月人们便预设了一道道年的关口，好像是在为过年做彩排预演。腊月初五，我们老家人过"五豆节"。吃了五豆饭，人可就彻底糊涂啦。这一天，家家户户要用大豆、黄豆、绿豆、豌豆和豇豆熬五豆粥，这是腊月里做的第一顿年关饭，年气从此渐浓。人是诚心要让自己变糊涂吧，添新衣，置年货，送大礼，一年好不容易熬到头了，穷日子也要当富日子过，钱这会儿就不要吝惜啦,只管大方地花吧。腊月初八过"腊八节"。我们老家人不像其他地方人在这一天喝腊八粥,而是吃腊八面。面当然是新麦擀的长面,臊子也是肉丁、豆腐、黄花、木耳和红白萝卜丁等尽其所有。腊八面不仅一家老少围在一块儿吃,其时还要敬墙敬门敬槽头敬鸡舍,希冀着来年能有更大的丰收。腊月二十三入小年,这一天是要敬灶王爷的。辞旧布新,迎灶王爷的像必须说请灶王爷,不能说成买灶王爷,我们要尊重灶王爷;送灶王爷时,要给灶王爷烙大饼,熬灶糖,要讨灶王爷高兴:"上天言好事,回家降吉祥。"灶王爷是我们的灶王爷,我们爱灶王爷,灶王爷当然也就爱我们。入小年后,人们便动手打扫房子,杀猪宰羊,蒸馍做菜,安排走亲。那会儿,我们这些孩子早就准备好了鞭炮,心急的家伙已按捺不住激动开始零星燃放,那时节雪花正在空中曼舞,烟花呛人的气息预示着年气愈来愈浓了。

　　盼望中除夕说到就到了。胖娃娃抱大鲤鱼的年画已贴在正堂。花娘子剪的剪纸已贴上窗户。猛将秦琼和尉迟敬德的门神已分站门扇两边。大红对联恭祝的是岁岁平安、年年如意。屋里屋外还到处贴满了红纸条写的吉语:屋梁上写"抬头见喜";箱柜上写"黄金万两";面瓮上写"米面如山";庭院里写"满院生辉";老年人居室写"寿比南山";

年轻人居室写"身健有为";厨房里写"小心灯火";牲口棚里写"六畜兴旺"——该祝福的都祝福,农家人图的就是个平安吉祥。"一夜连双岁,五更分二年",大年三十的夜晚是新旧交替的夜晚,这样的良宵是要守好的。守岁不只守的是时间,守的更是一份感恩与祝愿。这一夜到处界灯火通明,大人们不睡觉,一家人围坐着拉家常话,我们也不瞌睡,心里还想着早早地放鞭炮呢。然而瞌睡虫终于弄得我们没能守住这个岁末的夜晚,我们将除夕之夜扔给了大人,便一头沉入了梦乡。这时候,新的一年已在我们身边悄然降临。

(《腊月》)

关中男女

我们家乡人经常自嘲说："陕南的才子陕北的将，关中的愣娃站两行。"愣娃可理解成二愣子或冷娃，生噌愣倔是其性格特点。生是不成熟，生茬子，年轻后生看上去憨厚笨拙，做事迟钝，常被以为可欺，一旦被谁惹躁了，这种半生子心里却狠着哩，随时会干冷活；噌是说话不注意方式，嘴里好像吃了炸药，极容易激化矛盾；愣是生性简单，不计利害，经常是一说二骂三动手，还没弄清事情缘由就打起来了；倔是冷倔，愣娃长成老头子了性格一点也没长进就成了倔老头，虽然年老体衰但嘴里说话一点也不松软，榆木疙瘩，一根筋到底。

我们那里人不爱出门也懒得出门,不是万不得已是不动窝的。出门在外,也只知道卖力气,耷拉着头只是一味干活,不善交往,说话也不会活泛一点。这种人往往容易受欺,一旦受欺说不出想不通就只剩下动手了。那会儿也不管在什么地面,也不论对方人多势众,只是捞起身边家伙,只顾当下痛快,不思后果严重。而平时蜗居家里,男人是绝对权威,整天梗着脖子背着手,是个闷葫芦,对待媳妇理论是"打乖的媳妇揉到的面",对待娃们教育是"不打不成才",生活中不知道沟通重要,愈加发展了性格的生噌愣倔。在村上,愣娃碰愣娃,针尖对麦芒,说话遇事一味硬上,愣娃与愣娃较量,那就要看谁更愣了。我们那里人与人一旦起了矛盾,自己不知道化解,周围人说话也说不到点子上,拉不开管不了干脆就扔一句,打的事倒吵咴哩,那两个二愣子果真就如烈火添了干柴一下子就打到一起了。

  关中人这种愣劲由来已久,当年的秦王扫六合,实现了江山的大一统,近现代对付列强侵扰,保家卫国走上疆场奋勇杀敌,其刚烈也是可歌可泣彪炳千秋。细究起来,关中人这种生噌愣倔性格成因可能与关中这块地方环境有关。关中南北有高山峻岭护卫,东西渭河平原逶迤八百余里,这里史上乃皇天后土,很少天灾战乱,人们习惯了"二十亩地一头牛,老婆娃娃热炕头"的自给自足生活,保守,自大,给个皇上都不干,长此一往,就养成了生性简单直截了当的扛脾气。

其实关中人性格的愣并没有外界传的那么邪乎,真实的愣娃心地良善,憨厚拙朴,对人也其实是外冷而内热,愣娃是吃软不吃硬的,你对他一点好,他就会对你千万个好,知恩知报,要命都舍得。随着社会发展,我们家乡人性格也在变化,有了外面文化的浸润,一旦觉悟学会了守方知圆,那我们关中人也一样会出将出才,能成就一番大事业的。

(《关中愣娃》)

我们关中一带,姑娘一旦结婚就被称作婆娘啦。姑娘的时候她们性格还有些内向,行为还有些保守,见人不敢开口讲话,知道羞涩。而姑娘一旦结婚成为婆娘,就像含苞的花朵突然绽放,光鲜,热情,泼辣,一下子变了个人似的让周围人都来不及适应。女人到了如花似玉的年龄,只是迅速成熟,结婚后那隔着的一层窗户纸一下子就被捅破了,倒出脱为女人的本色。再说婆娘们一旦到了一起,那就是一台戏,啥话都敢说,啥事都敢做,耳濡目染,相互学习,新婆娘日渐成熟老到,老婆娘更趋炉火纯青了。

新中国成立后国家提倡男女平等,妇女地位在迅速提升,男人能干的事她们能干,男人不能干的事她们也能干。有道是能者多劳,作为婆娘,辛苦是辛苦,但里里外外一把手,且多数一下子掌了家庭实权,可以吆五喝六,其精神一下子得到了张扬,越苦越乐干活竟越欢实。早先我们那里讲男权,婆娘居从属地位,男人对待婆娘主张"打乖的婆娘揉到的面",新社会阴盛阳衰了,男人打婆娘,婆娘也大了胆子敢对着干,打不过还挨不过嘛,况且多数婆娘已学会了麻缠战持久战,且越战越勇,岁月的磨砺让婆娘们所向披靡。从此好些男人便没了火气,只有甘拜下风了。那些悍婆娘悍起来骂男人,如骂儿子孙子一般,但这骂倒让男人感觉舒坦,骂是爱的另一种表现嘛。榜样让婆娘们一旦相互效法起来,便青出于蓝胜于蓝,竟一个比一个表现得出色优秀。婆娘们在一起说话,男人休想插嘴,讲理浑闹男人都不是婆娘的对手。我们经常见有的男人企图在女人堆讨一点便宜,结果被一群婆娘一哄而上,不是将脚手提起来在地上打夯,就是压在身子底下让吃一顿乱饭;更有胆大的会更出格,将那男子裤带抽掉反绑了双手,给精屁股牛头顶裤,在一片哄笑声中让他颜面扫地。

婆娘们常用的制胜法宝是嘴上功夫,不管在家里还是在外面,屡战屡胜,真正是君子动口不动手。那时经常见有婆娘骂街,婆娘骂起街来就像唱歌一般,颇具表演才能,指桑骂槐,转弯抹角,有的就直接发展成了骂街的专家。而有的婆娘与男人对抗一旦知道较量不过,情急之下,无奈之中便下狠招,狠招就是抹下脸面脱裤子,那大白屁股一亮,直接就将威风的男人给镇住了,他再不敢前进一步,只是连连后退以至落荒而逃。

我们关中婆娘泼辣果敢,然心地清澈良善,她们嘴甜的时候,尽现贤妻良母本色,能让水点灯,柔情似水,春风化雨,再刚强的男人也架不住这等软化。我们关中婆娘,体型大都腰长腿短,臀大胸宽,能干活,更会生娃。她们苦得乐得,时而柔情,时而坚刚,悍婆娘其实也是刀子嘴豆腐心,敢痛敢爱,处事大方,不拘小节,胸腔里装的是冰与火。她们像身后那秦岭山,脚下那黄土地,眼前那黄河水,就是个素面朝天,淳朴坦荡。居家过日子,想想,还是我们关中婆娘好。

(《关中婆娘》)

感 谢 庄 稼

我们家乡土质好，五谷杂粮都能种，但生产队时属大集体，大集体实行的是计划经济，计划经济大面积种植的农作物主要有三种，那就是：小麦、苞谷和红薯。据说人的饮食习惯是有记忆的，当小麦、苞谷和红薯成为我生命成长的基本元素的时候，我的生命永远也不会忘记它们给过我的恩泽。

麦不离八月土。小麦从八月下旬种到来年五月收获，经秋冬春夏四季属满年庄稼。干种棉花麦种泥。在我的印象里，种麦时节天老在下雨。种麦不管是摇耧还是撒种都是技术活，要求种子必须均匀，多少种子种多少地都有定数，等麦子一出土，从麦苗的行气就能看出播种的水平。麦子种前要施底肥,冬季要上浮肥,入冬前还要防霜冻,冬季墒干还要多浇水。那时的麦田在整个冬天是我们的足球场,一望无际的绿色不怕我们踩踏,开春时人们还担心麦子睡过了头呢,还要用石碾子碾一遍,为的是让麦子醒醒神。但一到春后麦子起了身,就绝对不能让任何人或动物再到麦地里去了,人们只能在麦地边伸长脖子朝里望一望。麦子拔节后紧接着就是抽穗,然后扬花、灌浆,升面便如期而至。那时节真是一天一个样,一遇有风,齐腰深的麦田便迎来遍地麦浪欢欣鼓舞。

麦子是"黄瓜咕噜子"叫黄的,麦黄的时候,"黄瓜咕噜子"忙得顾不上休息。

对于麦子成熟人们盼得有些着急,但麦子却总是不紧不慢地在消停生长,麦子好像是有意考验人的耐心。既然着急也没有用,人们干脆就在那会儿躺下了,用睡觉的方式攒足力量默默等待。

就在人们酣然大睡的那个夜晚,一场南风竟一下子将麦子抽黄了。天底下的麦子全黄了,世界成了金色的世界。麦子黄了的消息很快传遍全村,人们一骨碌从炕上爬起来,慌忙中揉着还没睡醒的眼睛,整个村子是一片磨镰声、招呼声和匆匆的脚步声。关中地势是个鸡肠子,南北二百余里,东西八百余里,麦子铺天盖地像河流奔涌在天地之间,而麦子那特有的清香也弥漫了整个天宇。麦子成熟是从东往西，从北向南赶。那时从关中西边的甘肃，秦岭南麓的商洛等地拥来一队一队的麦客，他们头戴草帽，手提镰刀，一路长途跋涉，他们嗅到了麦子成熟的气息，麦香引领着他们也从东往西，从北往南赶，一路割着退着，当关中麦子割完时，他们当地的麦子也刚好开镰了。麦子熟黄，绣女下床。收麦时节时间短，活路重，男女老少齐动手，村村寨寨无闲人。那时节鸡都好像叫得特别早，天也亮得特别早，太阳更是急不可待地早早就跳出了二郎山头。太阳的光芒照耀着金灿灿的大地，繁忙的麦收景象就这样如火如荼地展开了。大太阳底下人们挥动着镰刀，汗从额头脸上顺脖子直往下淌，热当然是热，但人们还是盼望着太阳再焦一些，龙口夺食嘛，太阳越焦，镰刀割麦走镰才快，太阳的光芒点燃了人们的劳动激情。

　　那时节，学校放半个月忙假，学生也要帮大人们抢收麦子。大人们忙是真正的忙，连吃饭睡觉的时间都没有，而我们那时的忙则有些玩的意味，尤其是上小学的时候，只能干些类似送水拾麦子之类的辅助活。那时场畔要盘一个大翻锅烧开水，我们两个人抬一桶开水往地里送。没有茶叶，我们就采一些木瓜叶桑叶薄荷叶放进去，这种自制茶能清凉解暑，大人们表扬我们真是聪明，表扬让我们特别得意。那时割出的麦茬地经常能碰见黄鼠狼洞，这令我们异常兴奋。我们浇进去半桶凉水,那黄鼠狼就迷迷瞪瞪地爬出来了。黄鼠狼会打能能,还会作揖,黄鼠狼不停地给我们打能能作揖时,我们的心一下子就发了慈悲,我们就放了那小家伙。黄鼠狼跑好远了还不忘回头给我们打能能作揖,它竟知道感谢我们。上中学时我们成了小大人,也真正懂得了麦收的意义,我们从大人那里学会了吃苦耐劳,大人们表扬我们劳动能顶个大人时,我们就说我们已经是大人啦。

收麦时节劳累是劳累,但一想到收获,就是再苦再累人们心里总是充满了喜悦。好不容易劳累了一年,盼望了一年,这阵儿最紧要的事是先将新麦磨成面。我们关中麦子生长周期长,土质好,所以麦子磨成的面不但白而且筋道,不管擀的宽面长面还是扯的宽面长面,别说浇上肉菜臊子,即便只调上油泼的辣子和黄豆酱油柿子醋,亦能让人吃得头上冒汗胃里一满是欢天喜地。要是摘一些花椒叶子用新麦面摊上煎饼,蒸上凉皮子,用辣子蒜汁子或浇或拌,口味要多凉爽有多凉爽。关中人习惯吃馍,有时吃馍就算是吃饭,因此关中人不管是蒸馍还是烙馍都能变幻出非常多的花样来,甚至能将馍的花样发展成艺术。

有道是一方水土养一方人,可以说关中人是靠关中麦子养育出来的。我后来经常南北奔走,每每在稠密的人群中,也能准确地分辨出关中人来。他们有麦子经冬历夏的沉稳与豁达,他们通体散发着麦子特有的那种清香,他们浑身的肌肉疙瘩和由此而产生的力量,正是来自关中优良品质麦子的哺育,要感谢,那就感谢麦子吧!

(《麦子》)

我们老家人将玉米叫苞谷。

苞谷是秋庄稼,分早秋和晚秋。我们没有多余的地专门用来种早秋,我们先一步腾出的油菜地大麦地所种的苞谷就被称作是早秋,而收罢小麦的回茬地所种的苞谷就属于晚秋了。苞谷有白黄两种,那时我们经常种的苞谷有金皇后、白马牙、蓖麻系列等等,还有一种叫火苞谷的,生长期只有八九十天时间,真有些火的意思。为了早早腾地种小麦,我们的晚秋种过多年火苞谷。苞谷的生长时间相对较短,所以播种必须及时,而且水和肥都要跟得上。在苞谷地里追肥、灌溉是苦差事,那时天正炎热,风也吹不到地里来,熇得人只是浑身淌汗,那苞谷叶子有如刀子般锋利,汗浸着一道道血印子让人感到火辣辣地疼。我们将苞谷出穗吊缨子叫抱娃,苞谷秆抱的娃越多越大苞谷收成当然就越好。

秋天苞谷成熟后,我们将苞谷收回家就先挂起来或架起来，留作闲了后慢慢去剥。在那些漫漫的长夜，我们全家人不是坐在地上就是坐在炕上剥苞谷，我们从中剥出了许多窍道与经验，借用锥子擢苞谷芯之力，那样我们就剥得既快又省力。那时我还为自己这点小聪明而得意过。

生活中我们当然知道麦子磨的面好吃，但麦子毕竟还是不多，苞谷便顶上来成了我们生活的主粮。我们将苞谷拉成糁子煮稀饭，加红薯加土豆加南瓜，有时也给里边下菜下面条。而苞谷面我们主要用来蒸窝头、蒸发糕、削面片、压钢丝饸饹、打搅团、漏鱼儿。说到打搅团，我想起有一年我们村来了一个下乡干部，他没吃过搅团，也不好意思向主人打问搅团是怎么个吃法。他盯着主人端上来的一大碗搅团心里直犯嘀咕，然后他给碗里放盐、放酱油、放醋、放辣子蒜水，这些步骤按说都对，但接下来他不知用筷子一点一点刨着吃，而是用筷子搅成了一碗酸辣粥，闭着眼睛憋着气，硬是将那碗酸辣粥喝完了，直喝得头上冒汗胃肠翻起巨澜眼前金星变换。主人问好吃吗？他含着眼泪说：还好喝。闻罢女主人直笑得伸不开腰。

（《苞谷》）

红薯，有些地方叫红芋，还有叫白薯的，我们老家人叫红苕。红薯是块茎类作物，最适宜旱原栽培。我们长稔原上栽培的红薯是出了名的，家乡的红薯体态修长，颜色红润光亮，吃起来甘、面有如板栗。

在普遍缺粮的年代，红薯作为高产作物被广泛推广种植，我们那时经常说"红薯下蛋，不是八千就是一万"，红薯被文艺宣传队编成快板小品，就连伟大领袖毛主席也发出指示说"红薯很好吃，我最爱吃，最好今后每人在粮食中配给一部分红薯"。可见当时对栽种红薯是多么重视。我们原上缺水种庄稼产量不高而栽种红薯却收成不错，红薯也就成了主要口粮。红薯的栽种其实并不需要多少技术含量，只是要提前育秧。红薯育秧分凉床和热床。凉床覆塑料膜主要靠太阳光照出苗，苗子虽然苗壮但出苗慢且出苗率低；而热床是人工加温，出苗快且出苗率高，因而被广泛采用。我们村给红薯育秧选址在村南的城壕里，那里背风暖和。热床育秧像我们烧的火炕，红薯苗在温暖的环境里生长得充满朝气。红薯起苗后只需浸在泥水里，要栽红薯的地也只需打成土梁子，红薯苗就栽在土梁子上。红薯苗生命力特旺盛，只要地里有一点墒就能生长，要是有一场雨，红薯苗就会很快拉蔓。红薯生长期也不需要怎么作务，栽苗前施的那些底肥就足够了，只要给翻翻蔓不让再多余生根浪费养分就行。每年过了中秋开始挖红薯，那时麦苗已一片葱绿，霜后的红薯蔓却全变蔫了，裸露的地皮让红薯长裂了缝。红薯生长得是有些着急，这却给我们刨红薯提供了方便，我们用镢或锨，一镢或一锨下去就挖出一窝。新刨的红薯躺在新垦的泥土上，深秋的阳光里就有了淡淡的香甜。

红薯下来切片晒干，磨面蒸馍压饸饹都行，直接粉碎打浆淀成粉吊粉条也行，但更多的是下地窖储藏。我先后给我们家挖过两个红薯窖。红薯窖直筒子有两丈多深，然后开窖口，窖口有一人多高，深进去五六尺还需拐个弯儿，储藏红薯既要通风又丝毫不能受冻，一不小心就容易生黑斑而烂掉。每年我们还要将红薯窖铣一遍，铣就是刷一层土，防的是细菌滋生。这样一来红薯窖就变得越来越大，差不多成了一间大房子。我们家储藏的红薯从没坏过，有时能接上新红薯下来，我心里就总有一种成就感。

我是吃着红薯长大的，我的胃曾因填充了太多的红薯而经常腹胀作酸，但我不能忘了根本。以至于多少年后，当白米细面甚或肉食禽蛋等等多样化的食物提供给我太多能量的时候，我依然忘不了红薯。记忆提醒我，我是吃红薯的命。

（《红薯》）

去庙堂上学

我七岁上学。小学就在我家村口。

小学原来是个古庙,教室也便是古庙堂。庙堂有前后两个大殿,非常气派,我们家乡人为盖庙堂是不惜财力物力的。庙堂地基高出地面四五尺,四围台阶是清一色的白石条。庙堂柱子壮硕高耸,那大梁有几搂子粗,椽一律切方铺排得整整齐齐。外墙一砖到顶。房檐瓦雕吉鸟,房顶砖镂瑞兽,许是年代久远了吧,房上长满了瓦松和蒿草,迎风像飘扬的旗帜。庙堂门窗也一律是花格子。室内地面也铺的是大青砖。灰墙老旧是老旧了,但依稀还辨得清彩绘的神话故事。时不时会有青蛇在椽缝间探头看我们上课,整个教室就尽显了庄严肃穆。那时我们坐在高大空旷的教室里,就越发感到自己太渺小了。

古庙作为教室固然气派，但那是前人留下来的。到我们上学时，村子已穷得没有能力修盖学校，只能借庙堂为学生做教室。而教室也缺课桌课凳，课桌是用胡基盘的土台子，板凳学生上学还得从家里自带。农村孩子大概都是天生的土命吧，每每放学回家，一个个灰头土脸的简直就成了个土人啦。学校条件差，家长意见大，于是村上干部协调七个生产队出工出料，将教室里的桌凳变成了水泥盘的固定桌凳，我们上学就再也不用从家里背板凳了，放学回家也变得干净，很有些洋学生的样子。夏天，我们坐着水泥凳子，赤膊伏着水泥课桌，读书时感觉非常舒服，上课时也感觉非常清新精神。尤其是午睡，那种凉爽让我们睡得深沉香甜。我们最害怕的是冬天，教室没有火炉，水泥桌凳冰得人屁股麻木，写字时手僵硬得连笔也握不住，我们就不停地给手哈气，或将手插进棉衣里用身体取暖。每当老师在课间让同学们搓手跺脚活动时，整个教室一下子就沸腾了，我们激情洋溢，仿佛就有了浓浓的暖意。那时学生多，教室少，老师上课多采用复式教学。复式教学就是一个教室同时坐了两个不同年级的学生，上课与自习轮流进行。那时我们还不知道这样的环境对我们的学习有多大影响，只是感到非常热闹。我上小学四年级的时候，村干部决定想办法彻底改变校舍条件，筹钱筹物筹劳力，一下子就盖起了三间教室，且门窗也安上了玻璃，桌凳全换成了木头的，我坐在新盖的教室里学习，简直就如坐春风了。

　　上小学时，给我们教语文课的老师都是本地人，地方口音重,尤其是我们紧靠秦岭北麓,地方相对闭塞,说话颇有些像砸石头。不过那时我们跟老师用乡土话朗读课文,感觉非常有力量。我们上语文课时是跟老师朗读,上自习课时则是自己给自己朗读。那时我们非常喜欢朗读课文,因朗读我们变得激情洋溢。我们伸长了脖子,张大了嘴巴,鼓足了浑身力量,决不让朗读有丝毫的懈怠,唯恐稍一懈怠自己的声音就被巨大的声浪吞没了,我们每个人都希望能在群体中听见自己的声音。我们一起发声时,有如大江大河,汹涌澎湃,大有一泻千里之势。而上自习课各自朗读时,整个教室就成了百鸟争鸣,只能听见乱糟糟的嗡嗡声。我们的朗读激情有余,却全无章法,也不懂得抑扬顿挫,就类似唱歌,摇头晃脑中一唱到底,中途也舍不得休息,直至将课文唱完才是一个大大的句号。

我自小体弱多病,说是贫血,头总是眩晕,上课时不敢久看黑板,也懒得说话,更不爱参加体育活动。我喜欢耷拉着头,一边听课一边梦游,但每每考试,我的学习成绩却出奇的好,尤其是语文,常能得到老师夸奖。好学生都是夸出来的,我当年就是被老师夸出来的。夸奖激发了我的学习兴趣,培养了我的学习习惯,我几乎年年都是"三好学生",因此我一直都在感恩当年给我代课的那些老师。

读高小是在五里之外的三谊学校。我在那里只上了短短两个月课,"文化大革命"的风暴便开始席卷全国,比我们年龄稍大的中学生都停课闹革命去了,我们只好回家等待复课。后来教育提倡学制要缩短,教育要革命,我们村口的

"段村小学"一下子升格为"段村七年制学校"。七年制就是从小学一直到初中，于是，我又回到我们村口上学了。我上六年级的时候，二弟才一两岁吧，他身体非常虚弱，动不动就犯病，一犯病就休克，病也愈犯愈勤不见好转，令父母亲发了熬煎。我作为家庭长子，无奈中只有回家照看二弟了。白天父母亲下地干活去了，我就抱了二弟在学校门口徘徊，琅琅的读书声搅动着我的心，可我只有到晚上才能拿起课本看一看。一年后，待二弟的病情有了好转、当我再回到课堂的时候，数、理、化课几乎是听天书，我只好留了一级。好在我原本学习基础不错，学习进步很快，成绩不断提高，不长时间还当上了班长。到我考高中的那一年，教育考试制度恢复，升学也开始真枪实弹，其时我已胜券在握，也令父母亲放下了悬着的心。

高中是在崇凝中学，距我们村六七里路。学校早先也是一座古庙，我上学那阵虽然没了古庙的痕迹，但每每遇见村上人还是习惯地说到庙里去上学。上高中要在学校寄宿，我自小还没离开过家，寄宿令我有着莫名的兴奋与好奇。那时生活非常艰辛，我从家里背了一床被子，就只有一床被子，没有褥子。那时家里铺盖有限，同学家里情况大概都差不多吧，再说那时我长得又瘦又小，一床被子铺半边盖半边也就满够了。我对独立出门去过另一种集体生活充满了期盼，心里有一种难以抑制的兴奋。高中学制是两年，每个年级分五个班。学校东南角是女生宿舍，那是一个比较封闭的院子。而男生宿舍在学校东北角，两排平房完全开放。我们班三十多名男同学分住在两间平房里，房间的床是两层木架子打的通铺。人多床铺面积有限，我们的被筒就一个紧挨一个像田地里拥的一排排大葱。那时宿舍夏天没有空调，也没有电扇，冬天没有暖气，也没有火炉。好在我们那时血气方刚，不怕热，更不怕冷。我的同桌叫同小勇。他父亲是高中校长，可小勇没有一点儿特殊的地方，倒是我常常得到他父亲的关心。我和小勇两年共合一铺，打着脚头睡觉，铺的盖的就都有了，当时感觉很是温馨。

我们每个星期三和星期六都要回家背一次馍，馍是我们每顿的饭。馍当然是杂粮蒸的黑馍，没有馍背的时候就背一些红薯、麦饭或炒面。每次背的馍当然是有数量的，必须有计划地享用，不然就得断顿饿肚子。夏天馍怕捂最容易坏，敞开馍袋又多喂了讨厌的麻雀。冬天馍冻成了石头，只能用铅笔刀切开。每到开饭时间，同学们真像是万马奔腾，用冲刺百米的速度去开水灶打一缸子开水，然后就着黑馍蘸一点盐巴和辣子面就算是一顿饭了。生活艰苦是艰苦，但我们正青春年少，风华正茂，没有忧愁，教室里总是洋溢着欢乐的气氛。高中那两年我们的班主任是崔朔玉和沈灵仙夫妇。崔老师才华出众，沈老师美貌文气，这令我们班的同学特别自豪。白天二位老师在教室指导我们学习，晚上二位老师来宿舍关照我们生活起居，真是有如父母，我们不论遇到什么事都愿意给他们说，他们都会帮助解决。这令我们的学习和生活都非常愉快。高中的时候，学校要求语文课推广普通话，沈灵仙老师给我们教语文。沈老师年轻漂亮，普通话标准，朗读课文时声情并茂，我们还从来没有听过这么好听的朗读，便非常喜欢沈老师的语文课。只可惜我们处在浓浓的乡土语境中，上课归上课，下了课我们依然将我（wǒ）念成我（è）。虽然我们说不了普通话，但已感觉到了普通话好听，心向往之。集体生活我们相互影响，思想和生活能力也在迅速走向成熟。集体生活也教会了我们相互包容，相互关心，也让我们知道了人生的冷暖。

那时高中毕业没有高考一说，连城里的知识青年都要到农村的广阔天地去锻炼，我们出身农村的青年，回乡更是唯一选择。学习没有方向，也缺乏动力，倒是偷偷看了不少杂书闲书，这对我后来的生活却是大有裨益。

1975年元月，那天风搅着一天大雪，我背着陪伴了我两年的那床旧被和书包，默默地走在回家的路上。

有意思的事

　　凡事有因，因了我小时的体弱多病，经常头晕，就有了我低头想心事的习惯，想得天花乱坠，想得五彩缤纷。我后来对文学、书法、中医的爱好，就这样顺理成章地贯穿了我的人生。
　　文学缘于丰富的想象。我太能想象了。我整天一动不动地在那儿想象就想象出了这世界的丰富多彩，让生活也充满了希望，有了无穷趣味。我不仅白天在虚无缥缈地想，晚上一闭眼那世界就简直成了我的世界。

　　我自小喜欢做梦。母亲说我一出生不是哭就是笑，要么就一脸惊恐，脚蹬手刨。起先人们怀疑我可能是个傻子，但谁也不敢说破，后来才知道我是在做梦。
　　我不知道特别爱做梦算不算特异功能。我做的梦的确是五花八门，我梦见过自己在空中飞，从悬崖上跌下,被狗或狼在后边追赶,还梦见过自己变成一棵树、一块石头、一只羊、一头牛……我不仅做自己的梦,有时也替别人做梦。我的梦不只停留在当下,有时竟预见了未来。按说梦是思想活动,但我有时将梦拓展到了行动中,和梦中人说话,背上被子在屋子游荡。后来我的这些行为被人们揭穿了,我似乎不再行动变得老实多了,但梦却愈演愈烈。我醒着的时候是一种生活,梦中又是一种生活,我一个人同时过两种人生。

我有时甚至分不清哪些是现实,哪些是梦境。有一回我一早去上学,向老师报告教室的窗玻璃是我弄碎的,老师到教室一看窗玻璃却好好的;有一回我向老师报告我和一位同学打架是我不对,老师问那个同学,那个同学却说根本没和我打过架,我才知道我是在做梦。

我开始将梦密封起来。好多次上课有些新课,我发现在梦中早就学过了,那会儿我就是不说出来。但是一次上数学课,有道数学题竟将老师给难住了,我发现这道题我已然在梦中学过,看着老师着急的样子我终于憋不住举了手,上讲台顺利演算了这道数学题,从此老师和同学都对我刮目相看了,我还只是不说破我的梦。

我喜欢做梦,可以说我睡觉纯粹是为了做梦,我的许多愿望都是在梦中实现的。我在做梦的时候,一直在享受着梦给我带来的快乐。

(《做梦》)

　　我出身贫贱,祖上从没有什么显赫人物,父母亲不识字,自小也听不到什么有名的童话故事之类。但我确信自己像庄稼和花草树木一样是从泥土里长出来的,日月星辰和风云雨雪贯通了我的灵魂。我将我的想象无拘无束地宣泄在作文里,老师说好;老师将我的作文念给同学们,同学们也说好,我从中受到热情鼓励,读书作文就成了我后来的习惯。

　　也就在我低头胡思乱想的时候,手一刻也没有闲着,只是一味地胡涂乱写,着了迷似的胡涂乱写。中国汉字起源于象形,在后来漫长的变化发展过程中被不断抽象化、符号化,但骨子里却依然保留了象形的胎息。也许创造了中国汉字的史官仓颉是我们史姓鼻祖的缘故,我那么热情不减地写来画去,可能冥冥中是在感恩先祖的光辉照耀和对万物的恩泽吧。我好像是在寻绎汉字的密码,我好像是一觉醒来行走在汉字桃花源里的孩子,我怎么玩也玩不够,我玩不够就忘了回家,我忘了回家就只是尽情地玩着,中了魔似的,我在写字,字好像也在写我。小时候我写得最多的是颜真卿和柳公权的楷书,作业本上先将大字写一通,再在大字空隙填小字。然后在背面再将大字写一通,于大字空隙填小字,那时我的大字本吃满了红圈儿,像挂满了一枚枚奖章。因为字写得漂亮,我便经常在学校刻蜡版、出板报,竟在学校初露头角,让我生性的自卑里生长出许多自信。后来我就不断将这种爱好放大，多少年后，就真有人称我为书法家啦，虽是虚荣，但心中得意，这是后话。我们村有位老先生叫杜象山，是个文化人，早年出身行伍，后解甲归田，但写得一手好字，家里有许多字帖，我就常常借了临习。临习缺纸，苦楚的生活能逼着人想出许多办法，我的目光就落在了母亲盖酸菜缸的大方砖上，多少年后，当我再与这块老砖相遇时，不禁感慨万千。

一块砖，大方砖，厚一寸五，宽一尺五，记得小时候母亲曾用它盖过酸菜缸。据说这是爷爷手里留下来的，但它早先来自何处已不得而知了，反正是块老砖。

老砖与我发生关系是因为我上学时曾用它练过字，这大概也是缘分。

那时农村生活条件差，上学老是觉得没有本子用，尤其是我喜欢上了写毛笔字，本子就更成了大问题。生活的困难能促使人想出许多对付困难的办法，这样我就将注意力集中在了那块老砖上。我在院子的捶布石上将老砖的两面磨光，再用墨汁涂成黑底，然后尝试用毛笔蘸清水在上面写字。砖厚，吸水也快，随写随干，感觉就像在纸上书写一样，好极了。我不知道现在的水写纸是谁发明的，但我对用砖来练字这个发明曾兴奋过好长时间。冬天，我将老砖搬到炕桌上；夏天，我干脆将老砖搬到太阳底下。老砖陪我走过了人生最好的时光。

那时字帖少，楷书我主要临颜真卿的《多宝塔碑》和柳公权的《玄秘塔碑》。能从本村一位老先生处借到于右任的《标准草书千字文》来临，在那时实在是三生有幸。在老砖上我完成了对书法最原始的"资本积累"。1978年秋，我因继续学业进了城。我没法背上老砖和我一同去上学。我辞别了老砖，其情依依如对挚友。

后来生活条件越来越好，尤其是我参加了工作，单位有旧报纸，我也有了能力买纸，到如今我的字能被人错爱愿用几刀纸来换一幅字，我是再也不用为纸发愁了，有时竟不太爱惜纸，实在是罪过！

有年春节我回故乡去，在老屋不经意中看见了那块老砖，它依然盖在早已不用的酸菜缸上。它被废弃了，没人再用了，上面落了一层厚厚的灰土。睹物思情，我的心一下子酸楚起来。这些年于老砖我是辜负了，辜负的还不仅仅是一块老砖。人在变，老砖没变，我的曾为我生长过希望的老砖啊！我为老砖拂去灰土，老砖不语，我也难语。那是雪后初霁的中午，太阳很好，我将老砖搬到院子，和许多年前一样享受着我们共同的阳光。

（《老砖》）

人生在世，大概缺少的东西才是自己最需要的东西吧。

比如我小时候缺少健康我就希望自己能拥有健康，和别人一样生龙活虎，健步如飞。

那时农村医疗条件特别差，孩子有了病，不是从锅灶里扒一点灶心土，就是从神庙里求一撮香灰，要么就找巫婆给驱鬼。大人有了病，要么硬往过扛，要么熬一点生姜汤，或自己拔拔火罐，在脑门前庭放几滴黑血。人们看不起病，往往是小病拖大病，大病要了命，令人生无限哀伤。

医生当然是人类健康的守护神，我自小就特崇拜医生，尤其是去药铺看到戴着圆边眼镜、穿着大长衫、须发皆白的老中医，那感觉简直是神仙下凡，好像病人的健康机关尽在他的掌握之中。上小学五年级，我的语文课班主任老师叫王自强，他正是一名中医，医术在四乡闻名，我就拜在了王老师门下，替王老师背药箱走乡串户，在向王老师学习时也伴随着某种虚荣得意。那时不仅简单地学一些中医基础理论，我还买了针灸针，先在自己身上试，练得了胆子就开始给村里人治头疼脑热，针灸在这方面有奇效，我那阵俨然是个小郎中了。我上高中时，王自强老师正好又调到了高中当校医，我几乎成了王老师的助手，在医务室为学生打针换药等，王老师都放手让我来做，真是一个难得的学习的好机会。那时，有部电影叫《春苗》，李秀明演的正是一名赤脚医生，影响颇大。陕北当时有个北京知青叫孙立哲，也是一名赤脚医生，陕北生活更苦，孙立哲全心全意为群众治病服务，事迹上了报纸和电台，当时成了我学习的榜样。中医是一门医学，更是一门哲学。中医后来就指导了我的整个人生。

生活三章

艰难的生活摊在父母亲身上的同时,也早早地摊在了我的身上。生活能教会人怎样生活,我们在生活中成长,然后像父母亲一样再扛起生活向前走。有三件事几乎占据了我早年的全部生活,那就是割草、拾柴火找粮食。

在普遍缺粮的年代,家庭饲养的饲料来源就只有靠割草了。上学与割草在那时对我来说就显得同样重要。我在课堂是向老师和课本学习,而割草时则是在田野向山川风物学习。这两方面的学习构成了我丰富多彩的少年时光,使我漫长的人生变得纯粹而充实。

那时我们上学课程不多,也没有啥课外作业,再说作为农村孩子,上学也不一定就要离开土地,一生与泥土为伴也是顺理成章的事情,割草就是我作为未来的农民而拉开的人生序幕。在大人和大孩子的带领下,我早早地就熟悉了我周围的土地,那一片片庄稼和庄稼地里生长的野草也和我非常非常熟悉,我能叫出任何一棵草的名字,我也知道牛马猪羊它们各自对什么草感兴趣。我们背着草笼,提着镰刀,我们结伴而行,哪里草多我们的脚都知道。阳骄风清,天蓝云白,花红草绿,鸟叫虫鸣。割草作为农村孩子的早期劳动不只是辛劳,诗意的辛劳便成了快乐。那会儿我们的理想是最现实的理想,不像现在孩子的理想那么远大宏伟,我们的理想是关于羊何时长大、猪何时出槽的理想,是关于兔子能生几窝小兔、母鸡能下多少鸡蛋、草交给生产队能挣多少工分的理想。

我们将吃饭穿衣上学一切的希望都寄托在牛马猪羊兔子和老母鸡身上,这也成为我和伙伴们割草的动力。庄稼人种庄稼的那一种狠就是不惜体力,我们那时继承了祖祖辈辈的优秀品质,一样不惜体力。每每夕阳西下星月满天之时,我们肩上扛的是一座草的小山,小山下面是两条短腿在快快地移动,虽然满头满脸浑身淌着汗水,但心里却充溢着喜悦。

孩子毕竟是孩子,孩子的顽皮是天生的顽皮、可爱的顽皮、令人难以释怀的顽皮。那时我们经常走村串户，呼朋唤友，割草成了我们的集体出游和聚会。那时我们割草的时候偷过瓜地里的瓜，也偷过果园里的果，摘过青青的豌豆，也烤过地里的红薯，向生产队饲养室交草时还给草笼里埋过土块砖块，在过秤时还使用过"脚踏锣"骗过饲养员。但孩子顽皮的行为纯粹而不可恶，每每成为后来吹牛炫耀的资本，成为多少年后一段美好的回忆。

多少年过去，农村养猪养羊有了专门的饲料，家长们望子成龙再也不会让孩子干类似于割草那样的小事了，于是田野里到处长满了荒草。我经常梦见自己面对满世界的荒草，一时竟束手无策，我更害怕荒草继续蔓延也让我的心上长满荒草，我甚至异常焦急，在慌忙中去找我的草笼和镰刀，然而多年不用，我的草笼早已散架零落，镰刀也已锈成了一块烂铁。

(《割草》)

居家过日子，柴米油盐酱醋茶，柴被列为首位，可见柴在日常生活中的重要性。

在粮食短缺的年代，柴火也一样短缺，那时人们吃饭取暖主要还是靠柴火。煤当然是好燃料，但买煤一是得花钱，那时的人一样缺钱；二是拉煤得去北山，几百里路程也得好几天几夜超重体力的劳动。

粮食与柴火这两件大事，摊在父母亲生活里的同时,也早早地摊在我的生活里。生活能教会人怎样去生活。那时除了割草之外,另一项生活内容就是拾柴火。父亲的勤快浸染了我,我沿袭了庄稼人最朴素也是最实际的生活思维。在生产队,虽然父亲和母亲一样出工要多挣工分,但在家里,还要遵守父亲主外母亲主内的传统,吃的烧的自然父亲得首先考虑。父亲眼里随时都有活,他每次出工或外出回家都要拾一抱柴火,一有空闲就与村人结伴去秦岭山里砍柴。我家离秦岭山口近三十里,进山又得走二三十里,父亲每次都是半夜里就出门,回来就夜阑更深。父亲心沉,每次扛回来的柴火就像一架小山。父亲是一个活得很仔细的人,他将砍回来的柴于空闲时间剁成短节儿,整齐地码在屋檐底下,而平时让烧的还是庄稼禾秆之类的软柴火,父亲这是有备无患让细水长流。

我向父亲学习生活,是从身边的小事情做起的,比如拾柴火。我不管放学回家,还是到地里给猪割草,回来也要拾一把柴火。父亲常说,烧锅缺一把柴火水也开不了,于是,我总是将自己拾的那一把柴火当作是最终烧开水的那一把柴火,成就感常常弄得我有点儿小激动。

麦后秋后是我拾柴最好的时候,我早早地就准备好了工具,我也悄悄攒足了力量。收麦之后,我们用铁耙在麦茬地里搂柴,遇着高麦茬我们就用柔软的竹竿顺地撅倒。为了将柴搂得更干净，我们通常还要给铁耙子上捆好几块砖以增加吃柴的重量，这于我们当然是一种经验。我那时麦后搂的麦草，细碾一遍还能腾出十数八斤麦粒来，便是意外之喜悦了。而到了秋后我的目光就紧盯着没收净的玉米根棉花根等，遇一场萧瑟的风，我就赶紧往大树底下跑，公路边的沟渠也落满了树叶子，我那阵儿就觉得两只手简直不够用，兴奋让我一时都有些手忙脚乱。冬天万木萧索，落尽叶子的树枝如屈铁直刺苍穹，那时我最爱在树底下转悠，转着转着就会发现枯死了的树枝，我将那些枯树枝想办法弄下来，每每就是个大收获。

　　我高中毕业，浑身长满了力量，就开始跟大人们一同去山里砍柴，去时一路欢歌笑语，一满是兴奋。山里有一眼望不透的柴火，我们恨不得把山背回来。而每每背着柴捆回来时脚步却是越走越沉，一个个都悄没声息，只能听到大口大口的喘气声和汗珠子掉在路上的脆响。有一回我们正在山里砍柴，突然乌云塞满天空，接着就纷纷扬扬地飘起了大雪。我当时心里有点犯急，举起砍刀时，脚底却滑了下去，砍刀没有落在柴上，而是落在了我的左手食指上，一时竟血流不止，我慌忙从衣服上撕下条布条将其紧紧扎住，寒冷让冻僵了的手指忘了疼痛。这一刀就成了我一生不能忘却的纪念，它也让我长了记性,凡事都要专注用心,不能有稍许疏忽大意。而那次下山时,大雪已封盖了路面。山里的石头路陡峭而湿滑,一路摇摇摆摆,跌跌撞撞,一路也不知摔了多少个仰八叉。回到家里时,我们人人头上像戴了个大雪帽子,棉衣也冻成了坚硬的铠甲,俨然成了真人的雕塑。

许多年来,每遇路边满目的柴火我总觉得可惜,长期养成的拾柴习惯让人觉得甚至有些可笑,可我总是情不自禁。情不自禁也许缘自生命里的需要,我知道我的人生里还需要一把柴火为我的生命增添底火,我没有放弃用最传统的方式和我固有的习惯,以确保我拥有充足的生命温度。

(《柴火》)

生产队的时候,家家口粮年年差一大截,尤其是到了年后青黄不接之时,我们将能下咽的东西全都往肚子里塞,但仍饥肠辘辘,时光就感觉太漫长了。那时逢了年馑,村子就有逃荒要饭的,人穷志短,但那时没有办法,谁也不会笑话谁。我的一位同学家里断了顿,他父亲东挪西凑好不容易弄了点钱,买不起粮,就只能买点麸皮,谁知那麸皮里竟掺了一半木渣,没办法,他们就吃着麸皮木渣熬日子。

领略过饥饿的人,方知一日三餐之不易,我一直珍惜来之不易的每一颗粮食,视浪费为罪恶。

我早早地就学会了分担父亲为生活而发的熬煎。那时的生产队，为了给牛补充饲料的不足，就在有限的耕地里给牛辟出几亩地种了苜蓿。给牛增加一些青饲料，也是为了让牛替人完成更繁重的劳动。给牛种一片苜蓿人心里是清楚的，但人争着偷吃给牛种的苜蓿牛恐怕就未必知道了，那时一贯趾高气扬的人在牛面前不得不低下高贵的头颅。二三月青黄不接的茬口，人们饥饿的目光就齐刷刷地盯上了苜蓿地。那些春荒的夜晚，村上的人差不多都成了偷苜蓿的贼。贫穷的日子里人是没有尊严可言的，今天吃穿不再发愁的人很难体会当时偷苜蓿的人们的心境，贼不是好名声，不是万不得已谁愿意背这个贼名呢？老实招来，我那时曾跟随大人偷过好多回苜蓿，心跳过，脸红过，羞耻过后却得到了肚腹的滋润，以至于多少年过去，我还经常梦见自己因偷苜蓿而被追得满野地里乱跑。其实那时为生产队看苜蓿的人和偷苜蓿的人早就心照不宣，好像有了一种默契，看苜蓿的人大呼小叫只是为了虚张声势而已，偷苜蓿的人是大可放心地去偷，说不定今晚的偷苜蓿贼就是明晚看苜蓿的人，而今晚看苜蓿的人就是明晚偷苜蓿的贼，角色的转换让人常感觉是一种游戏。

为了补贴生活，那时我们就想办法搞一点家庭副业，于是，我们村几乎家家编车笆、草笼、粪筐和粮食囤仓。那时我大概才十二三岁吧，但已历练成了熟练的编织工。只是年龄小手上没有劲儿，编出的东西就难免有些走形，我总是不满意，常常自责。而父亲看着我将手都划出了血道子，就一直夸赞我编得好。我编好成品后，父亲就拉上去渭河北岸换粮食。瓮里有粮，心里不慌，这样我们家才不至于断顿。每每吃饭时，父亲就不停叮咛我要多吃一点，我吃着自己通过劳动挣来的粮食，心里便有一种从未体验过的幸福感。

有年秋天，我借了大伯的自行车，往后架上驮了一大口袋自家的柿子，前梁上又驮了一小口袋柿子去渭河北岸换粮食。时值夜半，西天正一弯残月。当我骑车到龙尾坡下那个十八盘大坡时，突然前后车闸断裂，车子就一下子浪奔了起来。那会儿自行车就成了脱缰的野马，耳畔只闻风声呼啸，眼前不时被高崖巨兽张开的大口吞没。我几次想翻身跳下，无奈被前后的口袋紧紧卡住动弹不得。那回多亏是月夜，路上也没有行人车辆，不然，后果真是不堪设想。那时我只听见同伴焦急的叫喊声越来越远、越来越远了。车子一直浪奔到坡底拥入场边的麦秸垛方才停下，其时我已瘫在麦草堆里连话也喊不出来了。那回也多亏我命大，是神明保佑，我相信神明。

(《粮食》)

命运开门

二十世纪六七十年代,城市的知识青年都要到农村广阔天地去锻炼。我是农民之子,回乡当农民,自然天经地义。没有了任何念想,像父辈一样,面朝黄土背朝天,每天将太阳从东山背到西山。无欲望的日子却是平静的日子,我将要从里到外将自己锻炼成为一个庄稼汉。

我开始跟父亲学种地。少年时张狂,曾聪明地认为自己学了一点文化干庄稼活不会困难。我一直认为农活是粗活,只要有力气就行,但事实证明种地也是一门大学问,它需要智慧与历练。父亲在庄稼作务上可谓是行家里手,天底下第一个令我佩服的人就是我父亲。在我的印象里,父亲总是戴一顶旧草帽,手里不是握着一把镢头,就是肩上扛着一把铁锨，要么就是身后拉着一辆架子车，背景永远是家乡的村庄土地和远处的青山。农活里比如往地里撒种子吧，多少种子撒多少地，父亲的手就是秤，他一拎口袋就知道了。种子从父亲手里撒出去，那种子就是一个漂亮的扇面，然后均匀落下，不几天地里就绣出了绿色的地毯。比如碾麦时扬场吧，父亲趁风起锨，麦粒与麦糠就分堆落下；有时不见有啥风，父亲也能将麦粒与麦糠分离出来，这在庄稼行当里是硬功夫。要像父亲一样成为庄稼行当的能手，我还太毛糙还需要历练，我只有将历练交给时间了。

除了每天下地干活，我还当过记工员，开过磨面机。缘于自小对医学的热爱，我后来就在大队当了一名赤脚医生。赤脚医生就是背上药箱是医生，拿起镢头是农民。赤脚医生是对我们身份的形象化诠释。医疗站共有四个人，走村串户，为乡亲防病治病是我们的工作与责任，某种程度上我也是在实现着个人的人生价值。那时公社卫生院经常组织赤脚医生提高业务水平，我还参加过为期一个半月的"三防"学习班，时间虽短，却受益匪浅。

农村生活简单而绵长。太阳从秦岭东头走到秦岭西头，一天就完了。时序走过春夏秋冬，那一年就到了头。几千年延续下来的农耕生活方式很难改变，似乎从没改变，日子赶着日子往前走。面对大自然我们还在靠天吃饭，我们只能在无奈中忍耐与适应。

生活很难让人抱多大希望，现实更让人无力改变，那只有跟着生活的河流往前走了。父辈在我们前面已做出了样子，岁月会如期让未来在我们身上降临，成为父辈们的样子只是迟早的事，一切都在安然入辙，只有默默地等待了。

谁知世事难料，中华大地鼓荡起了改革开放的春风。先进生产力需要文化，教育必当先行。学校恢复了招生制度，十几年积压下来的学子们就处在了同一个起跑线上，谁也不曾有这样的心理准备，好消息简直令人乱了阵脚。平静的生活终于被突然到来的希望所点燃，人生从此可能会全然被改变。我虽扔不下镢头和药箱，但我必须备考，机会到来了，不管是成功还是失败，机会总是稍纵即逝，况且那时我已交二十二岁，不会再有多少机会了，只有全力一搏才是了。

回想起来，那些年在学校学业上是全然荒芜了，回乡后又整天与土地为伴，繁重的体力劳动和艰难的生活，让我曾经充满了梦想的大脑变得迟钝麻木。当重新拿起课本时，只是满眼生疏，一种强烈的饥饿感与糟糕的消化能力苦苦地困扰着我。那时我只要稍一用力就能扛起一百多斤的粮食桩子，却不一定能逾越过一道道简单的数学题给我预设的高度。再说那时心也浪野了，眼睛在书本上，心却在田野里跑马游荡。离考试的时间越来越近，我在极力拉回那个浪野了的自己，拼了全力晚上开夜车。终于连天上的星星也困了，一颗一颗地遁去，最后我就独守了那颗启明星。因上火嘴上起了燎泡，迟睡早起，大脑负荷过重，额头总是发热就敷一条冷毛巾，但终于因体力不支，有天早晨就一头栽在地上被磕得鼻青脸肿。

  当时大学与中专招考只能二选一，我本想考大学，临到报考时，斟酌再三还是报考了中专。我想十几年的学子们全拥在一起过独木桥，此时我不能再这山望着那山高，而争取一个学习机会对我却十分重要。

  苍天怜我，我终于事如人愿，考上的也是我心仪的中医专业。

卷二 道寻渭河南

学医三年

1978年秋天，在回乡当了三年零七个月农民，犁完最后一垅地，拉完最后一车粪之后，我又去上学了。

我上的是渭南中医学校中医专业。

虽然是中等专业学校，但那时在家乡也是凤毛麟角。学校管生活，毕业包分配工作，也就是说从此我就成了准公家人了。父母亲说我争气，乡亲们也为我高兴，他们以不同的方式为我送行。望着生于斯长于斯二十二年的故土，我一时间双眼蒙眬充满泪水。是这块土地生养了我，从此，我就是走遍天涯海角，根永远还在这里。我在感伤中离别，在离别中对未来充满了希望。

学校在渭南城西。家乡距学校三十多里路，按说不算出远门，但因我从来没有远行过，还是有一种莫名的兴奋与期盼。学校四周都是田野，环境十分安静，绝对是学习的好地方。学校教学楼和宿舍楼都是四层，我平生还没见过如此高耸的大楼。我仰望高楼和高楼上边的蓝天白云，心绪就禁不住要飞扬起来。后来生活中我看见了更多的高楼大厦，但中医学校那四层楼却始终在我心头耸立着，它好像高扬的帆，送我出海远航。

我们这一级有四个班，每班五十名同学，男女同学各半。同学们分别来自渭南、安康、西安、榆林和延安五个地区。入学成绩我在班上排名第一，这于我却是压力。那时我们青春年少，风华正茂，适逢改革开放，一切正百废待兴，用如饥似渴形容当时的学习风气一点也不为过。中医是我的选择，也是我的所爱，我只是在心里给自己鼓劲加油。我认为中医是一门生命管理科学，哲学是其理论支撑，就中国古代科学技术而论，唯有中医形成了完整的理论体系。纵观历代中医大家，无不是文史农哲与理工农医诸多方面的通才，他们的世界观、人生观，也决定了他们的中医观。作为一门古老的传统医学，熟练掌握历代中医经典是进入中医殿堂的不二法门，然后取精用宏，方能卓然成器。时间对任何人都是一样公允的，珍惜时间就是珍惜生命。诵读中医经典成了中医专业学生学习的一道风景，不管是晨光曦微，还是夜阑更深，其情景真像在寺庙里的和尚诵经一般。

学校待久了，出了校门便是田野。学校正南有一大片药园，我在那里认识了许多药草。东南方向蜿蜒着一条铁路，时不时会有铁龙吞云吐雾徐徐驶过。东边有一大片荷塘，荷花盛开的时候,伴有蛙声四起。北边有一簇农庄,土墙瓦屋,炊烟袅袅,时闻鸡鸣犬吠。西边有一条长长的水渠,渠边垂柳婆娑,长夏蝉鸣不绝于耳。在校外的土路上漫步、诵读,实在显得诗意曼妙。能继续学业,又选择了我心仪的专业,真让我百感交集。

紧张的学习生活弄得我头昏脑涨,我的思绪老是在惯熟了的田间地头游荡。没课的时候我就带上书本独自出了校门。

学校西边一满是空地,有条水渠真像是我们村东那条水渠。我沿着水渠一边走一边看书,天蓝云白,惠风和畅,令我心旷神怡,感觉头脑不再发涨,于是我又喜欢在田野里游荡了。我沿着水渠走得有些累了,正好水渠边就有一块大石头在等着我,我便坐在大石头上看书,想事情。我身边有一丛野菊,一丛五枝,枝干不粗叶子也不硕大,于秋天的阳光下伸展得很有姿态,秋风徐来,绿影摇曳,真让人快意。我好像找到了一个好去处,一不上课我就坐在那块大石头上看书,那丛菊看着我看书。坐久了,我总感觉这丛菊似乎与我有了某种关系,我不知道是啥关系,但我是很欣赏它了。我看书也看得心情舒展。

那一回我照例到水渠边的大石头上看书,竟猛然一惊,只看见那丛菊一下子变得枝残叶乱，狼藉一片。我俯下身，发现那丛菊有四枝全然断掉了，另一枝没有全断但仅连了一点儿皮，断伤处渗出了许多汁液，它是菊秆淌出的泪吧，我想。这菊的伤痛一如我的伤痛，我不知道这是羊踩的牛踩的还是人的故意所为。我在秋风中站了很久，那丛菊瑟瑟地抖动着枝叶，我的心一下子悲凉起来。那个下午我全然没了情绪看书，我不忍心看见生命的凋零。

　　后来是一场秋雨接着一场秋雨，天终于放晴了。我又一次出去看书，不觉竟又走到了那块大石头前，我陡然发现那枝仅连着点皮的菊并没有枯萎，它竟生机勃勃地昂起了头，依偎于地的茎生出了许多白根。它没有被命运击倒，生命在呐喊中再次挺立。这情景令我感动不已，我不禁将这丛菊的命运与自己的命运联系在一起。我对菊的顽强品性充满了敬意。

　　秋天在一步步往前走，终于有一天，那劫后还生的菊竟努出了一个小小的花蕾，竟赶在晚秋别的花竞相绽放之后悄然绽放。花虽说只有指甲一般大小，但金黄金黄，在晚秋的阳光下格外醒目。

　　那丛菊开出的花实在是太小了，但那是它拼足全力才绽出的花呀！

　　从此，我的生命里就一直绽放着那朵小小的秋菊，它是一朵晚花。

面对生活,我鼓足了勇气。

(《晚花》)

我还是喜欢梦想,再说那时我正是做梦的年纪,便不免有些自负,也有些痴呆。在宿舍一入住,我就选择了靠里边的架子床上铺,那里好像隐藏了某种秘密,事实后来证明那里的确隐藏了我许多秘密。床铺靠窗,我躺在床铺上能看到窗外的花草树木和蓝天白云,我的思绪就从那窗口飘出去了。

我从学校图书馆借来的有中医方面的典籍,也有越来越多的古今中外的文学名著,好多书过去我只听过书名,而今却捧在了手中,眼前仿佛一下子打开了一个又一个奇幻的世界,令我心驰神往。一心不能二用,我却不能不二用。我是那些年曾被饿慌了的一个,动物普遍的心态是饥不择食,我无法控制被激情重新燃烧的自己。这真有点儿像做贼一样是偷偷地借偷偷地看,我知道我这有点儿不务正业,我知道那也许是误入歧途,但文学的梦幻让我经不住诱惑,明知不可为而为之,我只能是在理想的感召中亢奋,而在现实生活的沼泽地却越陷越深了。

在我读过《莎士比亚戏剧全集》后,在我读过曹禺《雷雨》《日出》《北京人》后,在我看过新时期话剧《于无声处》《血总是热的》等等之后,我竟禁不住悄悄构思写了一部十幕话剧,当然有明显的模仿痕迹,但其时却让我激动不已。写这样的剧本在当时根本没有什么用,也不会有用,我明知道没用但我还是写了出来,写了就独自儿高兴。这真有点像得了自闭症的患者,在自己给自己讲故事,讲得自己乐不可支。我还禁不住偷偷地将我的同学们安排进我写的剧本里充当角色,他们便在我的眼前或脑海活灵活现起来,我只是不告诉周围同学,将自己的秘密藏在心里。

还有对书法的痴迷也让我奈何不得,我用毛笔记课堂笔记,为学校出黑板报。我因写字在同学们眼里好像有了点名气,这让我一贯的自卑里倒蓬勃出些小骄傲。周围就有同学拿出最好的笔记本让我在上面随心所欲地写画,我就热情洋溢地写画。

是1979年春天的一个星期天吧,我借了同学一辆自行车,带了几个冷馍,就只身去了百里之外的省城西安。我想去看看碑林,那是世界最大的石质书库,那是一个奇幻的世界。我骑了一整天自行车,赶夜幕时分,才在西安公路学院找到我昔日的同学吕鹏民。第二天一大早,他就领我去了碑林。我在碑林泡了一整天,深情地抚摸着一块又一块冰凉的石碑,而心里却一阵又一阵热血在沸腾。碑林观览无疑是一次书法洗礼,它令我销魂,也令我对中国书法更加迷恋。

我只是难以改变自己的玩性了,却每每在大考来临时显得有些手忙脚乱,我开始开夜车,我是个好面子的人,我不想丢下薄纸一样的面子。说实话,在中医学校我的专业课成绩不是最好,但也不是最差,比上不足,比下有余,这在某种程度上也成就了我后来在生活中的慢性子。但我心中却依然有着老秦人的那股豪气,这让我于谦卑中又有几分倔强,甚至有时让人不可理喻地有不撞南墙不回头的执拗。

那年初冬，我去合阳县医院实习，于暮色苍茫中去看了一回黄河。其时河谷风在吼，天际水在流，我扯开嗓子狂喊，顿然山鸣谷应，一种浩然之气令我荡气回肠。从此，这条北方的大河，就一直在我心中慢慢流淌。

寻 找 自 己

1981年秋,我从中医学校毕业,被分配到渭南县丰原公社卫生院做医生。卫生院距我老家只有五六里路,虽然我没有远走他乡,但已经离开了生养我的那块土地而成了真正的公家人。

那时年轻,刚踏入社会,虽身处基层,但思想却如头顶的白云飘忽不定。在医院我一会儿想搞内科,一会儿又觉得外科好,但基层卫生院医务人员其实都是多面手,我们叫"万金油"。心比天高,现实就难如人愿,不免有些心气浮躁,憋闷了就一个人去旷野,像困兽般找不到出路。我有一点所谓的文才,那时也好炫耀笔墨,医院领导就将医院的板报交我去办。那时我正急于表现,也想证明自己的能力,便调动浑身解数,处处都想彰显示强。板报半月一换,图文并茂，来人都说好，我的虚荣心很有些膨胀。但办板报并不能代表自己的医疗业务水平，那时心情只能用喜忧参半来形容。第二年春天，县卫生局领导来医院检查工作，对医院工作没有太多表态，而对我办的板报大加赞扬，还专门到我住的宿舍和我谈了话，当面说，卫生局就需要像我这样的人才。

我还真的成了"人才"，二十多天后县卫生局召开全县卫生工作会议，便抽调我去办会，主要是组织会议材料。会议结束，我整理的会议纪要就印发全县各卫生部门，嗣后，卫生局就通知我到卫生局正式报到。我被分配到了业务科，工作是调查研究，为领导提供可行性报告，相当于秘书角色。行政事务渐多，而与所学之中医专业实践则渐行渐远了，心里只是纠结，只是无奈，但只有适应，只有努力。有些事情是不能以自己的意志为转移的，环境能在潜移默化中改变人，那时我还不能真正找见那个自己。

卫生局为我在国营六旅社租了一间房子，屋内一床一桌一凳，别无他物。我那时单身，蜗居在那间小屋倒觉得很聚气。一下班我就一个人待在小屋里，虽无开门见山林之景，却有了闭门即神仙的精神逍遥。那时也开始学着喝茶、抽烟，茶烟皆品质低劣，便没有成为一个瘾君子；茶烟只是我打发大把闲暇时间的道具而已。旅社虽然人来人往，但都与我无关，若言大隐隐于市的生活大概与此相类吧。我关了门窗，拉了窗帘，开亮台灯，思绪便在完全属于自己的世界里飞翔。舞文弄墨有了场地，这也成了我那时最快乐的消遣方式。依然爱写字，看见啥学啥，依葫芦画瓢，完全是模仿秀。继续做文学梦，晚上舍不得睡觉，写小说，写散文，写杂感，也写诗，不求质量，但求数量，在狂妄中纵情挥洒着青春时光。广种薄收，有时就撞了大运得一笔小稿费，买书，买笔墨纸砚，也稍作铺张满足一下自己的肚腹之欲。

20世纪80年代，年轻人也都好学上进，不仅正规院校在扩大招生，还派生出如电大、函授、刊授等教育模式。大家都在为理想而奋斗，在那样的大潮中，人人书生意气，像在天天追赶太阳。因为共同的志趣，那时我收获了爱情，单纯但很美好。1983年年底，我们终于有了小家庭。而结婚那天的经历随后想来简直有些荒诞。上午妻子还在单位上班，中午我和单位同事老陈每人骑了一辆自行车前去迎接，车头上还挂了红绸子挽的大红花。而到妻子单位接亲她单位人竟全然不知，只因我们将婚事谁也不敢告诉之故。我和妻子家都在农村，十一个兄弟姐妹中我们俩都是两头的老大，那时讲"一头沉"，我们实际是"两头沉"，经济拮据，结婚请不起客。而那天唯一有点响动的是进旅舍那间所谓的婚房时燃放了一挂爆竹。我们当时都说形式并不重要，但形式毕竟还是重要的，我们只是无奈，这就留下了我对妻子永远的歉疚。

凭了热情，于生活于事业我只有加倍努力了。希望是一种虚幻的东西，但虚幻的东西能给人以向往和坚定信念，激发人的热情，成为前进的动力。有段时间，卫生局想将我作为重点培养，让我去一地段医院担任院长，我却不感兴趣，原因是一旦离开医疗太久我理想的天平便开始倒向了书法与文学，我满脑子尽装了些虚无缥缈的东西。是对是错我已无从判断，生活只是裹挟着我往前走。

1986年秋，我考上了"电大管理专业"，这种脱产两年的充电机会令我充满了期待。

电大实际是各地政府自主办学。我所上的电大校址是渭北信义乡一所闲置了的农业中学旧址。校舍倒是不少，因为闲置不免有些荒索。一百多名学员的到来，一下子让这空寂的校园有了生气，尤其是当上课铃声响起，又有了琅琅的读书声和对某些课程内容的激烈争辩，这里就有了一个很好的学习气氛。管理专业属文科，于我真是求之不得，眼前仿佛展开了瑰丽的画卷，我沉醉在课堂与书本里，在青春的时光里总在寻找诗意的东西。我的书法竟被同学们推崇，写了条幅被张之于教室和宿舍墙上。我还为电大题写了"渭南广播电视大学"校牌，白底黑字，颜体行楷，颇得好评。好评总是给人带来快慰，学习时光便很惬意。

因上学我只能搬到妻子工作的工厂家属院去暂住，那是十多平方米的一间屋子，吃喝拉撒睡全在其中，但我们已非常满足，还在深深地感谢着工厂领导的开恩关照。这期间，妻子怀孕，1985年年底便有了一个胖乎乎的儿子。生活只是累苦了妻子。我们家距学校二十多里路，为了照顾妻儿，早晨我迎着晨曦骑着自行车一路向北，晚上骑着自行车碾着月光一路朝南，而来去走过的渭河留下了我当年匆忙的身影。

两年的电大学习顺利结束，儿子过了半岁也如小狗般会爬了，有时竟能与我噢噢对话，生活就充满了人间温情。毕业后，我没有回原单位卫生局，而是去了一个新成立的单位司法局。新单位答应建房时给我一套房子,当时房子是个大问题,安居才能乐业,在现实面前我还是妥协了。这样我就要完全告别我所学的中医专业,曾也惶惑遗憾,但中医的哲学观念不仅指导了我的人生,还指导了我后来热爱的艺术。

到司法部门工作后,1987年秋,我被推荐到省政法干部管理学校举办的"律师班"学习。这是新单位的岗位培训,也是非常好的拓展学习机会。再说西安是一座古城,在古城学习对我今后人生会是一个历练与提升。律师班班主任叫王迺芳,是部队转业干部,他妻子叫杨蕊琴,给我们教民法课。王老师是个书法爱好者,听说我也是个书法爱好者,同气相投,便一见如故,迅速超越师生关系而成为朋友。他是西府乾县人,有一手好厨艺。他几乎天天邀请我去他家里吃饭,末了就带我去逛美术书店,看书画展览,拜访刘自椟、宫葆诚、陈少默、程克刚等西安书法名家,耳濡目染,令我眼界大开。那学期,政法干校还举办了一次书画展览,我的书作被评为一等奖。本来是学习法律,却因书法出了风头,种豆得瓜,世上的事情还真难捉摸清楚。

事情一旦有了开头,人好像就循着谁写的剧本在走,过程往往比结果更有意义。我在书法上取得的一点小成绩便引起单位领导重视,那时正值"一五"全国大普法,我便被安排在宣传科从事普法宣传。那时经常搞法律知识竞赛、法制案例宣传画展,因此有了笔墨纸砚,有了充足的时间保证,我的书法水平也有了长足进步。不曾想,1988年就在"全国第二届神龙杯青少年书法大赛"中获了青年金奖。那时的参赛者有十多万人，一举夺魁，也俨然一时成为书界新星。于我，这无异于糊里糊涂中了大彩，光环甚至一时弄得我有些眩晕。事情有时颇有些偶然，像我这次获奖，就完全是一次撞大运。人常说别拿运气当本事，但社会往往还是将运气与本事作等价观。我仿佛成了一个"人物"，连当时的渭南市委书记孙安华也招我去他办公室叙谈了整整一个下午，问我有啥要求，我说我不会仕途，就喜欢读书写字，他说这样也好。多少年来他一直关心着我的成长，我们后来就成了朋友。

人的名是传播开来的，我开始参加更多的展览，也被邀请向更多的朋友讲述自己学习书法的所谓经验。其实我入道不深，满腹空空如也，我有时觉得自己好像是个"南郭先生"，或是那个在猎场上被围追堵截拼命奔跑的兔子。

未名湖遐想

浪得了一点虚名,本来是快活的事,而我却为虚名所累,这就像一个人学成了雷锋,整个社会就需要你一直做好事,希望你是一个完人。人一旦不是真实地为自己活着,生活中就无形背了重负,甚至会露出许多狼狈相来。获奖,给我的喜悦是短暂的,自卑有时大于自信,竟常常怀疑自己,害怕欺骗了别人,也害怕欺骗了自己。依然废寝忘食,依然通宵达旦,愈是要证明自己,愈心浮气躁,便愈往往事与愿违。为一点所谓的收获,人必须要承受出巨大的牺牲,舍与得有如一架天平,舍与得也体现的是一种公平。

1990年初秋,在我心情忐忑彷徨的那段日子,无意中获得一个消息,北京大学将要举办首届书法研究班,而且是面向全国招生。北大是中国知名学府,北大举办这样的研究班好像也是开天辟地头一回,而对于我,也太需要这样的文化洗礼了。我一时心情大动,但又顾虑重重,便先说服妻子,妻子全力支持,再说服单位领导,领导知道我求学心切,但一时并不轻易表态,让我的心只是在空中悬着。我一方面争取上学的费用,一方面努力工作争取单位领导获允。许是我太过心诚,我去北大学习一事终于获得单位领导批准。

第一次去北京,第一次去北大,那是一个金色的秋天,夕阳收回它最后一缕阳光,我坐上火车向东北进发,哐哐啷啷车轮撞击铁轨的声音好像在给我鼓劲加油,我兴奋得竟一夜无眠。

我向往北大,更向往北大的未名湖。

在北大的旗帜下,一时云集了全国百十位书法爱好者。进北大后,我来不及洗去一路风尘,便急不可待地要去看未名湖。其时正值中秋,阳光将北大所有的建筑物和花草树木都映照得金碧辉煌,未名湖在金碧辉煌中更显得深邃静谧。我站在湖畔,岸上一个博雅塔,湖里也有一个博雅塔。夜幕降临了,月亮爬上了岸上的博雅塔,湖里的月亮也爬上了博雅塔,加上满天的繁星和满湖的繁星闪闪烁烁相互辉映,我真的已弄不清此身此时此地是真实还是虚幻了,我随口吟出一联:"未名沉大梦,燕府起高情",表达的正是我当时的心境。

因为是首期书法研究班,北大派出了最强的师资阵容,陈贻焮、袁行霈、陈玉龙、吴小如、李志敏、高明、叶朗、葛路、杨辛、卢永璘、张辛等先生纷纷走上讲台,还从校外聘请了欧阳中石、沈鹏、王玉池、钱绍武等名家前来授课。北大之所以是北大,是北大以素有的宽阔胸襟容纳了众多的文化精英,他们以义不容辞的社会担当撑起了北大精神的大厦,他们的智慧也烛照了一批又一批莘莘学子去知识的海洋里探索,从而服务于我们这个民族和国家。

书法是一门传统艺术,更是中国传统文化的精粹,北大充分发挥自身资源优势,教学中不仅立足书法本体,更拓展至本体之外,将书法作为大文化来关照,来建构。北大是插根木棍儿也能发芽长成大树的地方,北大弥漫着浓郁的学术空气。那时我则像一块海绵,正在贪婪地吸纳着知识的营养。我每天天不亮就起床,书包里装得鼓鼓的,除过听书法研究班的课程之外,我还赶着去听大学生们的课,老大不小的我坐在课堂里,俨然成了一个刚刚入学的小学生。没课的时候,我就去图书馆看书,要么就徜徉在未名湖畔,我在一步步地走进我心中的未名湖。

在北大,我拜访过陈贻焮、袁行霈、陈玉龙、李志敏、吴小如、卢永璘和张辛等许多先生,而接触最多的陈贻焮先生对我影响最大。

陈贻焮先生是北大古典文学教授,他给我们讲诗词欣赏,我喜欢听他讲课,也喜欢课后去他家听他聊天。陈先生是湖南人,体胖,慈祥,一派儒家风范。在北大,大家亲切地称他为"老顽童"。他讲课非常风趣幽默,课堂里会时不时爆发出一阵阵会心的笑声,听他讲课,是一种精神享受。陈先生诗词欣赏讲得好,是因为陈先生本身就非常热爱写诗,他在那本《论诗杂著》里坦言:"自己写诗是不甘寂寞,想借此过过创作瘾罢了。"虽是自谦,但从中可以看出陈先生的诗人情怀。陈先生是著名学者,他写过百万字的学术专著《杜甫评传》,被公认为杜甫研究专家。其实他曾对小说倾注过极大的精力,曾写过以李白杜甫为主,反映盛唐诗人生活风貌的长篇历史小说《英灵传》,当时的《北京文艺》还发表过其中一章《曲江踏青》。也许是因为学者兼诗人的原因,陈先生谈诗更能左右逢源,更是汪洋恣肆。我清楚地记得他讲汉乐府民歌《江南》时,将"鱼戏莲叶"的情景描述得活灵活现,让人真有如临其境的感觉。陈先生很看重自己的诗,如果有人表扬陈先生的诗写得好,他会高兴得跟孩子似的,会把最近写的诗一首首地吟出来和你一同欣赏。课间休息,我们喜欢将课堂笔记拿上讲台,陈先生会非常乐意地将自己的诗抄在笔记本上,然后还要写上"雅正"一类的话。陈先生上的最后一堂课最让人感动,那堂课结束时,我们简直是与陈先生依依不舍了,掌声、热烈的掌声,一次又一次,陈先生热泪盈眶,我们都热泪盈眶,最后,他与我们含泪一一握手辞别。后来我将那样的情景写进了散文《未名湖遐想》里,后来那篇散文在北大获了奖。在那个寒冷的冬夜,我抱着那篇散文去朗润园拜访陈先生。在陈先生书房,他很仔细地看了我的文章,然后伸出那宽厚的手很有力地和我握在一起,还不停地拍着我的肩膀说:"谷子(我的笔名),我们永远是朋友!"他目光灼灼,手久久没有松开。那个冬夜我们叙谈良久,感觉真是如沐春风。

北大学习，增长了我的见识，也陶冶了我的心智。就学习书法而言，让我厘清了中国文字演变史，加深了对书风嬗变的认识，而真正的笔墨精神，是建立在思想的高塔之上。我的书法的天空一下明亮了起来，我将告别过去在书法这条道上的盲从，从头筑好自己的根基，构建属于自己的书法大厦。

学习期满，告别未名湖的时候，我特意带了一瓶未名湖的水。回来我将这来自未名湖的水供奉在卧雪庐的书架上，我用颜体楷书恭恭敬敬地写了三个字："未名湖"。从此，未名湖就一直在我心中碧波荡漾。

习帖时间

学习书法要有正确方法，观念对，一对百对，观念错，则一错百错。所谓捷径，就是少走弯路或不走弯路。

通过在北大为期半年的系统学习，我对书法发展的来龙去脉有了一个较为清晰的认识。北大深厚的文化积淀，也开阔了我的文化视野。我在检讨以往的书法学习，实在是有些东一榔头西一棒子，只是随心所欲，竟然毫无方向。这种只顾低头拉车，不顾抬头看路式的盲目学习，到头来只能是哪里天黑哪里歇，绝对不会抵达一个理想的高度。况且以往的学书也根本不知道理想在哪里，只是凭了过剩的热情在行事。

书法是以汉字为载体，利用特殊的书写工具和媒材，抒发作者思想感情的一门视觉艺术。这是我对书法下的定义。

遥想汉字产生于生活，生活又因汉字而有了诗文，随后可爱的先祖就提着自己发明的毛笔满世界即兴挥洒了。字、文、书三星共照，从此便有了书法璀璨的星空。当三星辉映了卧雪庐，我的心底也一片光明。因为虔诚而生静心，于是，我经常仰望星空。寻找是生命里一直在发生的事情，我曾欣喜地找到过许多东西，继而又随手抛却了。春夏秋冬复春夏秋冬，经历了太多的岁月淘洗，如今唯有书法融入了我的生命。生命成长的过程，无疑也将会成为我今后书法成长的过程。我和所有的花草树木一样来自大地，思想虽如云般在头顶飘飞，但我坚定地认为双脚须臾不敢离开大地。树大根深，我匆忙的双脚什么时候才能扎根呢？

（《我的卧雪庐》序）

定力，是一个人从事任何事业的心理素质和行动准则。我将我的书法学习规划为三个十二年，即十二年习帖，十二年习碑，然后进入十二年的草书学习时间。结果已无所谓，我希望这个相对漫长的人生过程能让自己得到历练与升华，不至于因碌碌无为而痛悔。

帖学是指研究法帖的源流优劣以及书迹真伪的一门学问，也指崇尚魏晋以来法帖的书法学派。法帖包括帛书、纸书等墨迹，也包括五代以后开始出现的刻帖。帖学起源历史悠久，由篆隶发展而来，历经周秦汉魏晋而五体皆备，特别是王羲之、王献之父子将其更加完善成熟，形成了完备的笔法与书体。"二王"以降数千余年，帖学方兴未艾，代有才人，几乎贯穿了整个书史，彪炳了帖学的辉煌。可以认为"二王"以降的帖学书法是中国书法的正脉和主线。而就书法的审美而言，帖派书风追求的是飘逸、潇洒、妍媚之美。帖学讲笔墨，讲气韵，多能准确地反映作者当时的心境与时空观，进而彰显书法的写意精神。中国书史上的三大行书，如王羲之的《兰亭集序》，作者放浪形骸，纵情笔墨，穿越时空，发悲悯情怀，而成千古绝唱；颜真卿的《祭侄文稿》，作者满怀忠义，笔如刀枪，满腔忧愤，化成点点墨痕，而成千古檄文；苏轼的《寒食诗帖》，作者身处逆境，苦雨疾风，高怀旷朗，真气弥漫，而成旷代豪歌。可以说三大行书堪称帖学的杰出代表，其思想性、艺术性卓然高标。书文双桨并荡，形式与内容完美统一，其光芒辉映中国书史。

思想需要涵养，笔墨需要历练，以历代优秀帖学为蓝本上下求索，千锤百炼，让毛笔生长在自己身上，成为肢体的延伸，在潜意识里变成肌肉记忆，这需要时间。我之所以将这段时间初步规划为十二年，也许其中暗含了某种秘义，其实十二年的时间在当时实在是灵机一动。我觉得这种习帖真正要产生固化效果起码需要十二个年头。

> 那时在农村，我跟父亲种过多年庄稼，我老认为，我们种的不只是种子，而是希望。我除了吃饭、睡觉，就一直在田地里守望着，守望中希望便

生长开花结果，最终就有了丰收的喜悦。我家住在秦岭北麓的土原上。我曾给父亲做帮手打过一口深井，当井打到快要出水的料礓石层面时，那是最为艰难的时刻，我不知疲倦忘了双手满是血泡的疼痛，铆足劲只管掘进，后来就有了一汪属于自家的甘泉。我还跟父亲盖过房子，父亲说盖房子关键是要打好地基，我高举石锤将锤窝砸得紧密而坚实，每临吃饭与睡觉，我也绝不松手抓紧时间再猛追几锤。后来我住在和父亲亲手建造的房子里，吃粗茶淡饭亦香，睡土炕尽做美梦。如今书法已成为我的志业，我是用早年跟随父亲学习种地、打井和盖房子获得的那些经验对待书法，我想，既然生活都如此简单，那么，对学习书法我也就充满自信了。

(《我的卧雪庐》序)

中国书法，只能生长在中国这块土地上，这是中国人崇尚自然和注重整体的思维观念使然。在书法这块古老的土地上，迄今书法已生长了几千年。文字有多古老，书法就有多古老，由实用而发展为艺术，完全是在自然行走中留下的一路风景。看山是山，看山不是山，看山还是山，这是从实用到艺术的三种境界，这是由共性到个性的化育与升华。如何由法及理，由技达道，只要脚踏实地一步一个脚印地往前走，迎接我们的将是理想中的海阔天空。人类学习大概有三个途径：学习经典、师徒授受与自我觉悟。历代书法经典汗牛充栋,繁星丽天,它们是楷模,令我们只有膜拜。我们随时遇到的他们或她们,不论老幼,也不论尊卑,我们遇到的每一个人都有可能成为我们的老师。至于自我觉悟,大千世界无不是天地人合一的世界,我们在这样的世界里,必然会在成长中觉悟,在觉悟中成长。一千片树叶有一千个不同面目,我们希望在这个自我觉悟与修为中成为最美的"这一个"。习帖是笔墨历练的过程。只有用最大的气力打进去,才能有勇气走出来。我们面对的是经典,经典后面是创造了经典的智者和哲人。书学即人学,什么人写什么字,我一直信奉这句老话。当智者和哲人将自己的心像化为物象成为经典,我们如今在解读诠释经典进而获得自己的心像时,这种转化亦犹如蚕食桑叶、吐丝作茧、破茧而成为飞蛾。这正是我们建立自己心像创造创新的过程。这是一个漫长的痛苦的磨炼,大苦则大乐,艺术最终眷顾的也正是那些痴者愚人。我们平常说以我神化他神,大致与此相仿佛。"我书意造本无法,点画信手烦推求",这是苏东坡的境界。苏东坡的境界就是老子说的"道法自然"的境界。此时的苏东坡因通脱而无法为至法。苏东坡是大才,要解其意我们只有虔诚地伏下身子,慢慢地学着想着悟着了。

永远的古典

生长在中国这块土地上，吃的是中国饭，说的是中国话，写的是中国字，当然决定了思维也就一定很中国。这，是我的生命底色。

具体到书法而言，其载体是汉字，书写内容是诗文，当然也要借助诸如笔墨纸砚等媒材，才能抒情达意，笔墨才能产生图腾。

远取诸物，近取诸身，化天地万物，才有了文字的初创。人法地，地法天，天法道，道法自然，中国文字是道法自然的结果。文字演变发展不断使其符号化、抽象化，便有了形声、指示、会意、转注和假借等，被东汉许慎在《说文解字》中称为六书。六书丰富了中国汉字，取向多元，仪态万方，但其骨子里依然保留了象形的胎息。中国汉字取类比象的隐喻性，让书法带给人丰富多彩的意象。意象，是中国书法的魂。

中国人对美的追求，可以说是与生俱来，创造的文字当然亦莫例外，因此，汉字有多么古老，书法当然也就有多么古老。从世界文字化育发展来看，唯有中国汉字音、形、义三大功能兼得。其一，读音最动听。中国文字，一字一音，每个音又有四声，便形成跌宕起伏的音乐节奏，其妙笔生花的诗文，便有了抑扬顿挫之美。特别是别具一格的诗词曲赋，讲平仄对仗，便诵之朗朗上口，非常适合抒发情感。其二，字义颇具关联性。中国语言是因字而词，以至数量拓展至无限。即使组成的新词，也容易被人理解而接纳，简洁明确，别具风采。其三，字形非常优美。不管是独体字，还是复合体，均对称、平稳，秩序感特别强。中国汉字优美的造型，让人能遥想到天地万物，其丰富的意象，让人能意会出一个个鲜活的生命。

中国书法是内容与形式的完美统一。将实用的文字，发展为具有文化人格的书法艺术，这是使用汉字的人的莫大福分。汉字是一种化育了的生命形态，这种生命形态的神圣，让我们只有心存恭敬。任何随意肢解破坏汉字的行为，都是对汉字所具有的人性和神性的冒犯，都当之为罪过。多年前，我们在推行文字改革时，因违反汉字造字规律，随便任性，大胆妄为，才导致了简化字中诸如"开而无门，单翅难飞，产而无生，乡里无郎，面无麦味，云上无雨，亲却不见，爱中无心"等尴尬。我们在书法创作中，如果对汉字缺少了应有的恭敬，便只会哗众取宠，为追求感官刺激从形式到形式，只顾个人痛快，不管别人视觉污染、心理蒙尘，那样就真会成为中华民族不肖之子孙了，留给后人的也只能是无语和嘲笑。这里需要说明的是，我反对的是兴妖作怪恶意破坏中国汉字的乱书坏书和恶俗之书，而具有一定审美价值的"丑书"我是不反对的。戏剧中不是有生旦净丑角色吗？丑是别一种审美形态，戏台上我们看到的丑角往往地位卑微，但却心地良善，外在的丑衬托的却是内在的美，我认为这种丑要比那些表面光鲜甜媚而内在龌龊阴暗的恶俗之书不知要高出多少倍。身不由己，造化随缘，我虽生相丑陋，但我母亲爱我。我母亲一直教导我要有善心，多善行，做个对社会有用之人，这样一来我就没了自卑，素面朝天，我常自嘲是因为自己的丑陋才映衬了周围一群俊男靓女，这也体现了生活中的审美多元。大书家傅山曾有"宁拙毋巧，宁丑毋媚，宁支离毋轻滑，宁直率毋安排"之论，这是哲人之哲思，它是对陈陈相因的媚俗书风的反叛。傅山以自己的书法实践，重风骨，实内质，不做花拳绣腿的表面文章，傅山的书法精神高度一直令我膜拜仰视。我在书法实践中逐渐走向厚重朴拙一路，是我在生活和艺术中对美的质的升华。"不求人夸好颜色，只留清气满乾坤"。这是王冕写梅的心得，好诗！我行我素，不苟且，不盲从，我又想起郑板桥的一首诗："咬定青山不放松，立根原在破岩中，千磨万击还坚劲，任尔东西南北风。"让我再给一个赞！

书法与汉字，从来都是如影随形。如果没有中国汉字，书法就是无本之木、无源之水，可以说书法就无法存在。从有限的资料实证形成的共识是：殷商有甲骨文；西周有金文、籀文；秦统一文字有小篆；两汉隶书成熟，而隶变又兵分两路，一是楷书渐次形成，二是行草书得到热捧。中国汉字之篆、隶、行、草、楷五种字体从此齐备，而嗣后的数千年来，历代书法大家应运而生，作为书法载体的五种字体却再没有增加。而书家所形成的各自风格，犹如五条藤蔓上盛开的花和结出的果，让作为艺术的书法成为人们精神象征的高标。

有书法理论讲"用笔千古不易"，不易，说明我们守成的是老笔法。也有书法理论讲，"书法当随时代"，随时代，不管是世风影响形成的晋人尚韵，还是唐人尚法，宋人尚意，元明人尚态等等，一茬又一茬的新收获还是在古老的沃土上生长的具有老味道的果。作为古典意义的书法艺术，必然有古典的元素蕴含其中，任何异化改良或别出心裁，都会使书法原有的古典元素衰减或丧失殆尽。书法是古典艺术，而非现代科学技术，某种意义上讲，守成比创新更需要智慧与定力，书法高古的精气神可能更接近书法给人精神指向的最本原的道。一块古玉，如果有好事者一味求新，认真打磨，再讲究地雕刻，那么这块古玉虽然还是那块古玉，但它已失却了原有的高古气息。这也像一架古琴，它有五根弦或七根弦，本是弹给三五素心人欣赏的雅乐，如果人为改造，试图整出一台大型交响或摇滚，那古琴已不再是古琴，那音乐也不再是古琴发出的乐音了。我这会儿记起我小时候吃的西红柿和黄瓜来，那西红柿并不全红，柿蒂周围泛绿，多炸裂纹，但吃起来质实多汁，滋味酸甜绵长；那黄瓜多绒刺，能真的变黄，而黄了的黄瓜更是香甜生脆，醇正的味道长留唇齿。那时的西红柿和黄瓜是老品种，施的是农家肥，也不打农药，生长缓慢，便保留了老味儿。而后来的西红柿和黄瓜对品种进行了改良，大棚温室栽培，上化肥，打农药，产量高，外形整齐划一，光鲜得几乎挑不出瑕疵，但吃起来味同嚼蜡，只能说吃的是像西红柿和黄瓜的东西。有着老味道的西红柿和黄瓜，我们只能在记忆中寻找了，而后来的人们，没有了我们早先那种口福，也就没了我们那种难得的记忆，想来真是悲哉！作为古典艺术的书法，就好像那块老玉、那架古琴，那具有原始味道的西红柿和黄瓜。书法只有回归传统、深入传统，才能真正寻找到书法迷人的桃花源。如果舍本逐末，不在传统上下功夫，就只能玩表面花样了。浮躁中所谓的泛美意识助长的是形式至上，没了精神向度，投机者就只有开始炫技作秀，装神弄鬼与行妖作怪者就会沉渣泛起，留给历史的也只会是笑柄。

　　愈传统的书法，才愈现代；愈民族的书法，才愈世界。我们要守好生长书法的这块沃土，保持好书法的固有品性，我们要坚持给它施有机肥，不打农药不催熟，求其自然地慢生长，这样获得的书法才最有味道，有生命的体温，有精神的光芒。

　　具体到书法创作上，我们通常将笔法、墨法和章法称为书法的三要素。三要素是我们遵守的法则，体现的也是中国传统的哲学思想。法则看似是一种约束，而约束下的自由才是真正的自由。

一、笔法。毛笔的特点是尖、圆、齐、健,外形像个毛锥子,它凝结的正是中国人难得的智慧。蔡邕有言:"惟笔软则奇怪生焉。"毛笔能写出千变万化的点画来,外柔内刚,至柔至刚,这是中国文化的特质。传统的执笔方法是五指拨镫法,即"擫、押、钩、格、抵"。我一直推崇这种传统的执笔法,因为这种执笔法能做到指实掌虚,五指发力,符合阴阳之道。而行笔我也推崇中锋,中锋讲藏头护尾,讲逆入涩行,在形似的直线中隐含了一个优美的"⌒"形。所谓直中有曲,曲中有直,才能显现出如绵裹铁与浑厚华滋的点画来。在篆、隶、楷书中,中锋运笔更是贯穿始终,贯穿始终才最具有高古的气息。行草书虽有侧锋、破锋、绞锋等,但中锋也一直是主导。通过蓬勃的骨肉筋血气进而焕发出神采,毛笔的特性让点画含蓄而多情。

二、墨法。中国书法就是白纸写黑字,黑白之道也是阴阳之道。墨分五色,不是实指五种颜色,而是形容色的丰富,是最为丰富的色相饱和。玄之又玄,众妙之门。古法的墨是研出来的,研出来的墨是活墨,活墨在书家的挥运中才极尽万千变化,其神秘莫测的墨相体现的也是人的精神图腾。我推崇浓墨与清水分置,在书写中蘸墨蘸水让其交融生发。黄宾虹有"五笔七墨"之法,作书作画才显出了浑厚华滋,让人产生无限之遐想。

三、章法。一字有一字之法,通篇有通篇之布局。章法布局,有如将军布阵。成熟的书家总是成竹在胸,起笔落墨,阴阳相生，形势出焉。中国人的思维是整体思维，在一以贯之的统领下进而随机应变。书法是视觉艺术，它不只有空间感，更能在行笔过程中感受到时间的转换与推演。若片面强调形式构成和块面对比，这不符合中国人在书写中的时空观，写的意味也会大大衰减，在审美上也只能悦之于目，却难以会之于心。闻一多讲诗有三美，即音乐美、色彩美和建筑美，其观点与书法创作中的笔法美、墨法美和章法美好有一比，这也是艺术门类难得的会通吧。

书法创作，实际就是不断制造矛盾与不断解决矛盾的过程。矛盾是对立的，对立中找平衡那就是统一。日月经天，宇宙无言，大千世界在恒久中变动，又在变动中归于恒久。书法是人预设的时空，预设的时空在消长变化中总是充满玄机。矛盾的两方面，诸如：方与圆、高与低、内与外、提与按、松与紧、锐与钝、刚与柔、徐与疾、爽与涩、收与放、曲与直、开与合、强与弱、藏与露、疏与密、倚与正、有与无、进与退、虚与实、浓与淡、行与止、黑与白、短与长、粗与细、拙与秀、隐与显、续与断、擒与纵、动与静、抑与扬、繁与简、满与缺、干与湿、大与小、出与入、蓄与泄、思与忘等等，我这里只是随意走笔罗列，但也足以看出阴阳之间的消长变化来。阴阳消长变化落实在笔墨上是形而下，而寓之于意象则是形而上，书法的无穷奥妙大概就缘于此吧。

有一年，我在北京旧货市闲逛，无意间觅得了四块方形砖雕，砖雕上的文字是："履中蹈和"。砖是老砖，我估摸当属清代或民国旧物，书为行楷，凝重敦厚，令我大喜，二话没说就付款抱了回来。砖雕从此就一直安放在我的书柜上，为的是我能朝夕与之晤对。《中庸》有言："喜怒哀乐之未发，谓之中；发而皆中节，谓之和。中也者，天下之大本也；和也者，天下之达道也。致中和，天地位焉，万物育焉。"知常曰明，知常才能通变；常是常识，书法守的正是常识；常识，也是书法最本源的道。

技进乎道，技是达道的必要准备。技来自法，法是方法，是手段，是登山者的手杖，是渡河人的桥或舟。书法有法，法是通往自由境界的捷径。约束之法使书法有了自己的属性，属性让书法成为艺术百花园里的"这一个"。法需要历练才能获得证明，法通过历练才能获得新生。万法归一，法为我用。化他法为我法，化他神为我神。让法生长在我们的潜意识中，求得道法自然，成为我们的肌肉记忆。让毛笔生长在我们身上，让毛笔成为我们肢体的延伸，进而心手双畅，贯通神明。

那个庖丁解牛的故事永远地留在我们脑海里，为我们所效法，成为我们的知与行。庖丁解牛，是因为庖丁具有了非凡的解牛技术，而直抵理想之道了。起初的庖丁还是用眼睛去看，而后来的庖丁直接是凭了精神和牛接触。庖丁依照牛的生理结构游刃有余，终于直入化境。庖丁解牛是令后人仰望的精神高标，庖丁身后成长了千千万万的庖丁。

有一年，我去一家国防企业参观采风，遇见一位全国劳动模范。他是世界顶尖的钻孔专家。他敬业爱岗，事业融入了他的生命。数十年来，为了保持良好的视力和专注的精神，他不看电视，不玩手机电脑，生活中也从不抽烟喝酒，我以为他是个高尚而纯粹的人了。据说他的钻孔技术比电脑的精密计算还准确，心到眼到手到，他是大国工匠，他像庖丁解牛一样，他也是得了道的。

我们经常热捧欧美足球比赛和美国NBA篮球比赛，赛场上球员个个技术精湛，不管是传切配合，还是攻防转换，一如行云流水，心到球到，遍地开花。他们是一群超人，他们是上帝派下来的天才。我们只看到了他们出神入化的球技，但遗憾的是那些平日里挥洒在球场上的汗水我们看不见，那些深藏在胳膊上的钢钉和植入在腿骨上的钢板我们看不见。超人有出处，天才有来路。他们也一如庖丁解牛，他们也是得了道的。

与古为徒，这是学习书法的态度。古往今来，那些大书家无不是苦其心志，劳其筋骨，才思接千载，神通八极。所谓的灵感，也无不是长期积累，才偶然得之。所谓的鬼斧神工，是上帝眷顾而惠赐给大悲苦之人的鬼斧神工啊！王羲之书法遒丽天成，颜真卿书法古拙雄强，怀素书法笔走龙蛇，苏东坡书法元气浑脱，祝枝山书法萧散烂漫，徐渭书法沉着痛快，傅山书法云烟满纸，吴昌硕书法融会篆籀，于右任书法碑化帖神，林散之书法一派天机……他们也一如庖丁解牛，他们也是得了道的。

我的卧雪庐

附庸风雅,我为自己的书斋起了一个名:卧雪庐。

我似乎一下子变得和别人一样富有,真像是一脚踏进了一种境界里,心里是十分的快活。其实那时我根本没有书斋,我住的房子不大腾不出书斋。要说有书斋,那就是在会客、吃饭、睡觉为一体的一间小屋子支了一张书桌就算是书斋了。这大概是我最初的卧雪庐。我不知道它像不像一个真正的卧雪庐,面对现实,我不会将吃饭、睡觉的地方挪到屋外给自己专门弄一个书斋。相较之下,我觉得吃饭睡觉更为重要,我吃饱了饭睡足了觉才有精力给自己造一个卧雪庐,这一点我想不会错。

(《我的卧雪庐》)

我在那张仅有的桌子上做饭、吃饭、读书、写字，桌子就和我一样地忙碌。那时经济拮据，买宣纸也就十数八张，舍不得用，用也必对裁三裁的，不然被视为浪费。每每有了满意的作品，就用唾液粘在墙上，还要让妻子品评，妻子念我辛苦虔诚，竟然每次都说好，一次比一次好。我知道这是妻子在热情鼓励，我不进步还真不好意思呢。那时儿子小，还不会说话，我们抱上儿子一让看墙上的字他就笑，我们就跟着笑了，妻子说这是儿子在表扬你呢，我想也是吧。但有天夜里突然停电，妻子点了蜡烛寻找东西，不经意间点燃了墙上的"作品"，随即连窗帘子也着了火，幸亏扑救及时，才没酿成大祸。正庆幸着，却一时竟不见了儿子，我们急着喊寻，儿子就从床底下钻出来了，这家伙还会自我保护，一家人喜极而泣。我只是自责，谁让我贴了满墙的字呢；妻子也在自责，遗憾一把火全烧了我的"佳作"。

我不大喝酒，很少抽烟，也没时间去玩麻将，省下钱就去书店买书，积少成多，就在桌边架成个小山，埋首书山，让我好不快活。

　　言发之为声，声记之为文，文汇之为书。书是人类智慧的结晶，书延续了人类文明，书点石成金，书使愚顽变得聪明。若是你有了一个雅致的书房，书房有三架五架图书，那窗也明，几也净，最好再燃一支檀香儿，其乐也陶陶，其情亦融融，身心在一日日充实，你从此也就豁达了、大度了，看得清满世界的人和事，便要一千个一万个感谢书了。书是妻，是儿，是亲，是朋，与书终日相厮相伴，相思相恋，说你书呆，说你书虫，你便默认了，还会说，书是我的命。书是命，爱书爱到如命的分上，人是进入另一个境界了。

　　物以类聚，人以群分。书迷们到一起，不说吃，不说穿，说最近读的书，然后就坐了或站了，海阔天空，一任枝蔓。这样地耳濡目染，相互熏陶，书迷对书一日日爱得笃深，一日不把卷翻阅，一日就寝食难安，说是病，是病，恋书的病，一看书，病就没了。

　　书迷凡事看得淡，不会钻营，不谋当官，更不会赚钱；书迷都姓穷，说穷多不好，其实穷也不穷。腹有诗书气自华，人穷志不穷，真正活得超然的是书迷，超然来自读书。

　　书迷对生活要求不高，只要有书，吃粗茶淡饭也香，睡木板硬床亦安。书迷手头宽余了，就想着逛书店，书店里书真多，书迷对书店特熟，他是书店的常客，说买书，就买了，钱掏得潇洒，表现了书迷的达观。

　　书迷书看得多，见识广，激情一上来就要发言论，或笔头子一动就收不住。有的就这样成了作家,让人羡慕,真想不来那么其貌不扬的家伙竟能写那么漂亮的文章。但也有书迷因为发了言论,写了文章,后来倒了霉。倒霉了,自认了,书还是要读,倒霉是因为书没读到家。书迷是活在书的世界里,书迷出门办事有时可能就把事办砸了,书迷是有智慧的,书迷心性高,见识远,不计较办砸的小事儿,来日方长,一旦书迷有了用武之地,当然就是龙,是大才。书迷等着那一天,等不着,就拉倒,他依然终日优哉乐哉与书为伴,看那太阳,太阳是圆,看那月亮,月亮是船。

《书迷》

我一直希望自己能有一个独立的书斋,任我读书写字,不至于再苦了妻儿。

1994年冬天,我终于有了自己独立的书斋,是因为单位给我分了一套大房子。尽管书斋不大只有九平方米,但能安下三个书橱,一张书桌。虽没有开门见山林的情景,却有了闭门即神仙的精神逍遥。那一年我去北京,还专门到北大朗润园请陈贻焮先生为我题写了一个"卧雪庐"的书斋名,从此卧雪庐便是名副其实了。

卧雪庐很朴素,没有装修。我不喜欢装修,我害怕一装修就不是我想要的卧雪庐了。卧雪庐四周的墙是雪白的,书案上的毛毡是雪白的,宣纸也是雪白的,我常常研一池浓墨,提一支毛笔,在雪白的灯光下尽情地挥洒心中的块垒,卧雪的境界就一下子显现出来了。

卧雪庐整夜整夜地撒一屋子白光,我喜欢书斋经常有一屋子白光,不管有人没人我都喜欢卧雪庐有一屋子白光。

毛主席说,一张白纸,没有负担,好写最新最美的文字,好画最新最美的图画。毛主席说得好。坐在卧雪庐我经常琢磨毛主席这句话,感觉毛主席说得真好。

人一旦精神像白雪一样没了挂碍,心里会生出许多静气,沉静是艺术的根。我在卧雪庐终于想通了许多人生道理,也升华了人生境界。

那会儿我之所以将书斋取名卧雪庐,也许是读过一册叫《菜根谭》的书,受了"卧雪眠云"的启示;也许是心里在祈祷,书斋即是我学习的地方的意会;也许什么都不是,它纯粹就是个名字,像张三或李四什么的。我懒得去做无聊的猜想,卧雪庐就是卧雪庐,它是我读书写字安顿心灵的所在。我将在这里了却一桩心愿,完成人生的一个过程,一切都来得很自然很自然。我不会像装修房子一样将自己也装修一番显得自己很富丽堂皇,那样我会觉得很不踏实,吃不好,也睡不安稳。

卧雪庐不只是我的,也是朋友们的。卧雪庐经常来朋友,各方面的朋友都有。一杯清茶,一堆话题,这样卧雪庐就不很寂寞。在卧雪庐没有经济纷争,没有日鬼捣棒槌的事情;来卧雪庐的朋友谈的都是艺术,谈的都是人生,艺术和人生要的就是本真的东西。

我在卧雪庐住久了,就觉得卧雪庐不仅仅是这九平方米的小天地,大概从一开始我就有这样的认识,只不过是那时感觉还没有发芽还没有生长出来。我学过中医,知道什么是辩证思维,我不会将自己永远地囚在一个小天地而自我陶醉。卧雪庐不仅仅是一个实指,它也许是一个象征。许多年来我心里的卧雪庐一直飘落着大雪,它一次又一次将我漂白,澡雪了我的精神,也滋养了我的灵魂。

今年春节雪下得很大,一如我心里多年来飘落的那一场又一场大雪。我回到故乡,故乡的雪原也一如我心里的雪原。我看不见雪原的尽头,大地像一张宣纸,天地多像卧雪庐,我的感觉一下子得到了验证,我为我的发现激动不已。那天天不亮我就独自走出老屋,在茫茫雪原漫无目的地走着。雪在脚下,雪在空中,好大的卧雪庐啊!我一直走到天黑,我是走在属于自己的卧雪庐里,这一天害得我的父母妻儿在村口张望了我好多回,他们害怕我走失了,找不到回家的路。我想我怎么能走失呢,我在心里的卧雪庐已走了许多年了,我熟悉这冰雪的世界,我知道回家的路。

(《我的卧雪庐》)

向牛学习

那些年在老家,一年到头最劳力的不光是人,还有那一群牛。我是跟着一群人的影子长大的,也是跟着一群牛的影子长大的。老实坦白了吧,多少年来,许多人都成了我学习的楷模,成为我学习楷模的当然也有我心仪的牛。曾经有朋友从我走路和说话的神态里捕到了这方面的消息,我只是默然无语,会心一笑。

我家有三口人,两个属牛的;对门一家也有三口人,两个姓牛的。今年是牛年,过春节的时候我给两家都写了"牛年大吉"的门额和颂扬牛的对联,"牛"们一个个都乐悠悠的,是为牛而自豪。

这一天窗外飘着雨雪,我拥炉看一本牛的年

历,从北京回来探亲的一位画家将我家的门敲开了。我们就彼此祝福牛年好。画家就从随身的包里往外掏东西,掏出来一组照片,照片全是画家画的牛。我们便一面喝酒一面说牛,一面说牛一面喝酒。天是黑严了,雨雪也越下越大。后来画家说他要走了,画家的父母就住在我的楼下,他摇摇晃晃地下楼,他醉了;我扶门送他,我也醉了。妻儿已睡去。灯很亮。眼前的一切都悠悠晃动,晃动成一群一群的牛,我一歪身子就软在沙发里了。

满脑子是牛,大的牛,小的牛,在走,在跑……小的时候,第一个认识的动物就是牛。后来上学了,老师在课堂教"牛"字,我们跟着念"牛";老师让写"牛",老师说"牛"字的一竖像牛的尾巴;我就写"牛",将那一竖写得很长很长,我觉得牛的尾巴很好玩,冷不丁老师就给了一巴掌。这一巴掌打走了我小时候的瓜呆,我记住了牛,像牛一样老实了。后来学鲁迅的诗:"横眉冷对千夫指,俯首甘为孺子牛",我知道牛吃的是草,挤出的是奶,做人就应该学牛,这就是当人民的老黄牛。

"文化大革命"那阵,一时间满街都是牛鬼蛇神,将牛鬼蛇神列为被批判的对象。我那时少知世事,想,牛怎么能和鬼神同类,一时怎么也明白不了,但在我心目中牛的形象依然很高大。

高中毕业，我回乡当了农民。跟牛犁地，我套的是一头棕色的老牛，很瘦，脊梁像刀子一般。那时我年轻，总嫌牛走得太慢，犁不完定额的地，就急得拿鞭子打牛的屁股。牛怕我，使劲往前走，走着走着，牛一下子就跪在了地上，拿泪眼儿看着我。牛浑身是汗，冷而腻。我的心一下子就酸楚起来。我不敢再挥动手里的鞭子了。就这样我们慢慢地走，走过了漫长的秋天。冬天天奇寒，老牛终于没能熬过去，轰然一声就倒下了，不吃也不喝，后来就死了。劳累了一辈子的老牛在城南的土壕被杀了，胆囊中取出了一个牛黄。我感慨了，牛黄金贵，那么瘦的老牛竟然生出了金贵的牛黄！村民将牛肉在饲养室的大锅煮了，满村子飘着牛肉的清香，但它丝毫也引不起我的食欲，我的眼前老是晃动着老牛那一双哀怜的眼睛。我在心里为老牛祈祷。

　　当了几年农民后我又继续上学了，后来工作待在了城里，有时回去，却很少能见到几头牛了。我们老家不养奶牛也不养菜牛，地里上化肥犁地用拖拉机，牛自然少了，但其他地方牛多，有养牛的专业户，有大饲养场。在我的印象里牛很温顺善良，当然牛也有发怒的时候，发怒的时候动人心魄。西班牙人喜欢斗牛，用红布逗引，用钢叉去刺，几个人合力去缚，牛发怒是自然的了。我希望牛发怒，怒天怒地发牛的雄威。

我依然长醉不醒,大的牛,小的牛还在脑子里,一时是一群一群的牛在拥挤、在奔跑,一时又是一群一群的人在拥挤、在奔跑。我奇怪,我想,人是人,牛是牛吧?但一冬天给人的印象实在是太深了,人是戴了牛皮帽,系了牛皮领带,穿了牛毛衣牛皮背心,披了牛皮大衣,着了牛皮裤,蹬了牛皮鞋,人分明是要变成牛了。人怎么能变成牛呢?当突然一个消息传来,说英国有了一种疯牛病,穿戴得像牛的人一下子有了人的警觉:牛肉是不敢随便吃了,牛奶也不敢随便喝了,人虽穿戴如牛又吃喝了这许多年牛肉牛奶,但人终归还是人。

人几时能变作牛呢?我在想这个怪问题的时候,酒劲全然醒了。夜更静,窗外的雨雪更大了。

(《牛年说牛》)

我小的时候,庄稼人耕地还主要靠牛。我们村那四百多亩地,就全指望着生产队饲养的那三十多头牛了。所以那时从上到下都在强调"牛是农民的宝贝",原因是牛在替人干活,人就要时时刻刻感谢牛。人再苦再累也不能说自己苦和累,人能苦过累过不会说话的牛吗?想来,还是做人好啊!

那些年一年到头,不管风吹日晒,还是下雨下雪,牛都在地里耕耘,天幕下是一幅牛耕图。那景象现在想来固然是风俗影像，但其时人和牛置身土地，唯一的希望就是收获，于他（它）们是没有闲情逸致可言的。生产队总是有永远也耕不完的地，人知道，牛也知道，人和牛只有相跟相伴，慢慢地走过一个又一个四季。

　　耕地看着是轻省活，其实并不轻松，也最讲究技术，耕者扶犁的手劲，决定着犁吃土的深浅，真正的把式，人、牛与犁配合默契，劲儿浑圆，当然人和牛都感觉省力舒坦。耕地最怕那些初入道的毛头小子，手上没功夫，心里又毛躁，耕出的犁沟不是深了就是浅了，磕磕绊绊的，拐来拐去的，还动不动将愤懑迁怒于牛，用最脏的话骂，用鞭子狠抽，自己生气，牛当然更是遭罪。那时精壮劳力有精壮劳力要干的活，类似耕地这样的活就扔给了半劳力。所谓半劳力就是那些半茬子老头和我们这些当时还扛不起麻袋的毛头小子们。半劳力当然挣的也是半劳力的工分。世事沧桑，半茬子老头经多了世事已成了老油条，一早起来，他们圈着腰，抽着旱烟，一声接一声地大声咳嗽，套牛下地也一味地慢慢腾腾，岁月已淘洗得他们没有了一点儿火性，而这正是老耕夫的老道处。他们舒缓从容，神闲气定，就表现在身后那一犁一犁向外翻倒的茬口上，地是整个儿地松活平整，俨然是在土地上耕耘书法作品。耕生茬地是要用铧的，一头牛拉不动铧，这就需要"二牛抬杠"。能使了二牛抬杠的那才叫高把式。我们那时正处在不服人的年纪,但生活中后来令我们诚服的,正是教我们耕地的那些老耕夫!

我们乡下人盖门楼,都喜欢在门额的青砖上刻"耕读传家"几个字,印证了我们那里人不仅会耕地,而且更尊敬读书人,会耕地又爱读书的人被认为最有出息。我离开家乡后,落入舞文弄墨的行当,而古书上恰恰将写字叫"笔耕"。过去是在田里耕,而今是在纸上耕,想来还怪有诗意。我是一个非常爱写字的人,曾疑惑自己在这方面缺乏高深理论指导,我便用当年在农村从事耕地的那些经验来学习体会写字,却每每都有意想不到的收获。想那书史上的"屋漏痕""折钗股""锥划沙""印印泥"等等,似乎也与我当年的耕地相类,以物喻物,让我在感觉上获得的是沉着痛快。如今我写字的架势,简直与我当年在农村耕地时的架势如出一辙,这也许有些乡巴佬,但我毫不介意。这会儿我甚至又突发奇想,倘若我能有一片土地的话,我若用几十年从事笔耕的经验去耕地,大概也能体悟出当年老耕夫们的妙道来。天下事情,可能都一理吧。

(《耕地随想》)

我叫谷子

1994年夏天,我第一次在渭南举办个人书法展览,地点在渭南群众艺术馆院内的渭南老年大学。其时我在老年大学已代了一年多的书法课。老年大学的学员都是离退休人员,出身和文化程度参差不齐,他们中间有老一辈的知识分子,有领导干部,也有普通市民,要做到因材施教,让每位学员都满意实际很难。如何把握教学内容,注意教学节奏,对我来说也无疑是很好的锻炼。教学相长,像这些我的父母辈甚或是爷爷奶奶辈的老人,其丰富的人生阅历本身就是一本书,我要达到他们目下的人生境界,大概还需耐心地再活几十年,有时我在这些老人身上仿佛看见了自己的未来。

展览是我在教学实践中的一次自我展示,因为是第一次,心里惶恐得很。好在那时我尚年轻,涉世不深,不知道害怕,完全凭一股子冲劲感情用事。所谓年轻时凭才情，中年时凭功力，老年时凭学养，我那时既无多少功力又无多少学养，我任性挥霍的正是那点所谓的才情，可见当时的浅薄与无知了。为此，我特意在展览前写了一篇序言。

谷子是我1990年为自己起的笔名，作书写文章我开始用这个名字，朋友也开始叫我谷子。按说起个笔名对一个人来说并不算增加了什么，减少了什么，也没有什么值得骄傲自豪的，可也许是出自弄笔墨者的无聊与自娱，我有时闲躺着，望着房顶因管道漏水洇出的图案就琢磨起这谷子来，像发现了一个新我，又似乎是打量一位朋友，在虚幻与冥想中过活，艺术却意外地得到了升华，我总觉惊奇。

谷子在形上可以用古文字套写起来，其形象慈眉善目，嘴角乐不可支地向上翘起，那双手平举起来，像托着天，脚又纹丝不动，像扎根于地，俨然是佛的样儿。不慕高官厚禄，不求功名显赫，以平常心，做平常事，为平常人，行文染翰皆平平常常。眼前无物碍，心底无俗情，吃家常饭，饮普通茶，抽劣等烟。有了嚼菜根的态度对待人生，一草一木能看得出春荣秋杀，一石一水能想来丘壑烟海。谷子不就是知足者常乐的一尊佛了？

谷子是一种植物，出土时苗儿像草，等拔节抽穗，那么纤细的身子竟托着那么粗大的穗，穗愈大身子就愈弯，身子匍匐地头几乎要勾到地上去。谷子不择土地之厚薄，不管气候之润枯。谷子粒小，但营养价值颇高。妇人生了孩子，牛产了崽，都要用谷子脱壳熬米汤补养气血，据说谷子的许多有机成分还能治多种杂症。这么想来，我就知道该怎样去天地间摄养精气，怎么练我的籽儿。谷子那么小的，是弃了浮华，极尽朴实，谷子是得了道的。几年前，我的一位江苏朋友为我治了一方印，款中题道："愿谷子兄就是谷子，更能脱壳变作小米"。诙谐幽默，令我非常高兴。我感谢朋友的鞭策，我说我就是谷子，小米是裸了的谷子，更近于真实的我。

　　谷子的谐音是古痴，是对传统文化的痴迷。写字习文，我们面对的是传统文化的浩海大山。我冥想我的前世，前世的前世就栖息在这传统文化的浩海大山里，生命只不过是传统的一种延续形式，那骨那气那神那韵都永远属于这高天厚土了。目下艺术的思潮依然纷呈，虚幻的光圈令人目眩，我是怎么也赶不上那潮头了，也懒得赶那潮头。这也许与时尚格格不入，但我想我所从事的艺术是自己民族的艺术，愈民族的文化就愈现代。当然我从不反对兼收并蓄，我是反对被异邦文化同化得不知我是谁的文化。于是我变作了没穿长衫的古痴生活在这现代文明社会。对传统，创新是一种反叛；而对一个羽毛未丰者，回归传统更需要勇气。人常言，入世愈深才能达到出世后另一种境界，我正在尝试。

谷子还有一个谐音是固执。固执按说有贬义之嫌，但我总认为固执着好。固执是人生的一种倔强劲儿，目不旁视，认准了一个目标九头牛也拉不回来。但固执的人人缘不会太好，与人淡然处之，一味孤寂，脾气怪异，也许有人会背过你骂你，但你不气，真正的朋友会理解你、支持你，人的短处正是人的长处，面对人生，让人常常感动得要掉泪。

关于我的笔名谷子，我不能一一将它的含义道出，有些含义只是活在我的心里，让我消受快活，有些我还在继续演义挖掘，像做哥德巴赫猜想。你看，这又趋于无聊了，又是一种阿Q精神在起作用了。这名字说穿了不就是两个汉字的组合嘛，他甚至没有富贵人家的小猫小狗叫得洋气动听。但我说谷子尽管土气，尽管不起眼儿，但它是我的。人是时时事事都在为自己找乐找开心，人是时时事事实实在在地都在"骗"自己，但目的是为了激发自己的人生激情，不然你敢将生命层层剥开，猜想你一定会吓得背过气去。

"谷子，谷子！"你听，楼下有人在喊了，喊谷子，谷子就是我，我就是谷子。

(《我叫谷子》)

心虚，总担心将自己的想法表达不清楚，画蛇添足，在展览末尾我又写了几句话。

　　这是我第一次举办个人书法展览。
　　第一次将自己的作品展示出来让朋友们批评，也给我认识过去的我一个机会。
　　这批作品的大部分是最近一些日子创作的。卧雪庐很热，白天又有公务，我是夜里于寂静中在读过先贤们的诗文书画后，有了一种好心境才欣然命笔的。这些作品曾让我激动过，尽管激动不能持续，或在冷处理后视之又有许多遗憾，但它毕竟是自己孵出来的（我属鸡），是一个客观存在，也是自己艺术思维的一个过程，我会一如既往地爱着他们。
　　办这个展览是自我表现欲的一种体现，故作城府深沉我学不会，我也知道自己还不是跃龙门的那条鲤鱼，浮上水面打几个水漂完全是为了悦己悦人，图个痛快。我是想在听过朋友们的评点和自我觉悟后，一把将自己揉碎了重塑一个新我来。艺术的境界很遥远，那么，一切就从现在开始吧，生活着是多么的美好啊！

（《后记》）

第一次举办个人书法展览,非常认真,也非常慌乱。但毕竟是有了这第一次,尽管有些青涩,可生命的成长过程是难以逾越的,过去的时光每每忆及,留下的感觉竟然全是温馨与美好。

当书法成为生活

艺术离不开生长艺术的环境。环境也往往能改造人。

20世纪80年代,中华大地,改革开放,"忽如一夜春风来,千树万树梨花开",书法这一传统艺术也空前活跃。1986年,当时在渭南地委工作的丁文德先生筹资五百元,成立了渭南地区书法家协会,同时在渭南地委礼堂举办了首届渭南书法展。从此,渭南的书法活动日渐频繁,众多书法爱好者活跃其中,形成了学习研究书法的良好氛围。

1987年冬,丁文德先生率渭南书法代表团,赴河南许昌地区进行学习交流,也就是那次活动,我结识了书友逯高亮。我和逯高亮同居一室,叙谈热烈,因书法生无限憧憬。次年,在华县"馨香亭"笔会上,我遇见当时在华县金堆城钼矿子弟学校教英语的吴振锋,我就将前来参加活动的逯高亮介绍给他。从此，我们三人往来频繁，完全是因为书法而发了狂热，也就是从那时起，我们三人被书界称为"华山三友"了，共同的兴趣爱好，让我们结伴一路同行。

幸运的是那段时期，我还相继结识了当时在渭南书画界很有影响的马树友、闫爽飞、周家培、张拙和萧逢民先生，还结识了哲学家权佳果、作家朋友李康美和王三毛。马树友先生学识渊博，尤其是传统文化功底深厚，书宗"二王"一路，在渭南享有盛名。我隔三岔五就要去马老那儿请教。那些年，我还陪马老走了合阳、华阴和潼关等地，马老一路谈笑风生，让我深受浸染。闫爽飞先生是美术教育家，当时在渭南教育学院任教，他虽然画油画，但我们相坐却多有共同话题。我曾通过闫先生引荐在渭南老年大学讲了五六年书法，闫先生也一直在老年大学讲美术，这样我们还应该算作同事了。周家培先生是南方人，在铁路系统工作，其小楷精劲圆活，令我羡慕不已。我每去他家，周先生必留我喝几杯，酒酣耳热，谈兴颇浓。相见亦无事，不来忽忆君。多日不见，周先生就要打电话，聚叙给人带来的总是快活。张拙先生是画家，山水，人物，花鸟，无所不精，风格也特别鲜明。而张先生的书法却给我的启发更大，他临习数年柳公权大楷，每每将毛边纸裁成四绺，每绺只写四个字，笔力苍劲，深得柳神。我和张先生住得很近，常常一吃过饭就散步去了他家。张先生心性高，见识就远，叙谈别有天地。萧逢民先生书画兼擅，以书法用笔入画，以画的意境表现书法，作品笔墨丰沛，妙趣横生。萧先生作书作画常就眯缝了眼睛，他好像在似与不似中寻找感觉，我非常钦佩他对艺术的执着和孜孜不倦的探索精神。权佳果先生在渭南教育学院任教，他是一位哲学家。他用生命诠释着他的人生哲学。我曾通过采访给他写过文章《人生之旅》刊登报端。我看过先生写的好几本著作，我看到了一种风骨，中国人正需要的风骨。李康美是作家，他主要写小说，多部小说在文坛引起反响。王三毛也是作家，他主要写电视剧本，多部电视剧在全国引起热议。二位与我年龄相仿，我们三家人当时也热络，时不时就相聚一起，谈生活，当然更多的是谈文学，每每慷慨激昂，也让我对理想激情洋溢。我热爱书法之余又热爱文学，大概与和他们的密切交往有关吧。人离不开自己生存的环境，我常常感念曾经的生活。

那些年，我不断参加各种书法活动，频繁与师友进行艺术交流，书法已然成为生活习惯，像饥来吃饭困来眠，生活虽然平淡，但每一天都感觉非常新鲜。

昨天。今天。明天。时光逝如流水。

昨晚睡得很晚，一觉醒来就到了星期天早上十点。太阳照例出来，阳光铺了满床，新的一天就这样开始了吗？

一起来我就习惯性地果坐在书房。书是昨夜摊在书案上的，目光款款地落在书页上。突然发现昨夜吸烟烟灰将书烧了一个窟窿，正怜惜不已，妻说要出去买菜。买菜？前天我下班不是买了好多菜吗？妻说我买的菜不好，多一半都烂掉了。我不会买菜，妻会买，能者多劳，妻带上门上街买菜去了。

思维慢慢伸展，逐渐活跃了起来。我将书页上的烟灰轻轻地弹去，继续听宗白华先生谈《艺境》。宗先生说："中国的笔墨、中国的书法传统、中国字，是象形的。有象形的基础，这一点就有艺术性。"宗先生还说："中国文字渐渐地越来越抽象，后来就不完全包有'象形'了，而'象形''指示'等只是文字的一个阶段。但是，骨子里头，还保留着这种精神。"我点燃一支烟，认真地琢磨宗先生这一段话。中国书法依托了汉字，汉字作为载体为艺术提供了审美表现，人的精神不就这样飞扬了吗？

午饭，一家三口围着小圆桌，儿子在盘子里拨来拨去专捡肉吃而将青菜拨到了一边，他是一星青菜也不吃。我开始教训道："青菜有青菜的营养，偏食对身体不好！"儿子望了望我："那你怎么光吃青菜一口肉也不喜欢吃呢？"我语塞了，萝卜白菜，各有所爱，我们永远谁也说服不了谁，菜倒是一点也没有剩下，末了，儿子还朝我做了一个鬼脸，便风一样跑下了楼。

中午，我坐在南边的阳台上，只感到春天的阳光融融地暖。窗外的树枝上有一张红塑料纸飘动，窗外有风，但封闭了的阳台感觉不出。那只很漂亮的山雀在另一幢楼顶跳来跳去，它一正月里都在楼顶跳来跳去，它知道春天来临了吗？

我刚泡好一壶清茶，就有人敲门，是作家李康美。我们坐在春天的阳光底下说春天的话。他刚写完一部小说，说三月份想下去到各县市走一走，问我去不去。我说去。去就好。一年之计在于春，春天正是放飞心情的日子。窗外的远空正有几只风筝，白云一样飘荡，我们的心情也跟着一样飘荡。正飘荡着，又有人敲门，是同事李高田，身后是西安来的两位作家，一位是散文家匡燮，一位是诗人沈奇。我让他们坐，他们坐；让他们喝茶，他们喝茶。匡燮是性情中人，极爱书法，看见我案头的笔墨，情绪一下子就高涨了。作家到底是作家，写书法不抄别人的句子，好即兴编词。他给康美写的一幅是："观长空之云，想康美之文；看川原形胜，想康美之人。"给我写的一幅是："仰看云星"，落款又补题了几行小字："离故乡既久，遂不谙乡里故事，归而仰望，则有星月布天，其姣者星文也。"我正惭愧他的奖掖，西安那边来了电话，二位先生说得马上回去，有急事。说是要走了，匡燮脑子里突然又生出一副联语，他一定要给我留下，于是，复濡墨挥毫，一气呵成："看南原秀色初起；听渭川黄河扬波。"匡燮的字是文人字，没有书家的成规，但多了抒怀的笔情墨趣，颇耐人把玩品味。

晚饭是和康美喝酒。正月里我们是第三次喝酒，我们没量，随意为之，但喝得惬意，喝得痛快。

天说黑就黑了，送康美上街，街上正华灯初上，车流往来如飞。

夜里独坐书房，想写很小很小的工笔小楷，想写很大很大的逸笔大草，一时满地宣纸，我犹如卧雪，拥坐其中想：这一天实在是太平常了，但人的一生不都是由这平常复平常的一天又一天串缀而成的吗？这样想着，不知什么时候我竟进入了梦乡。

(《又是一天》)

有年秋天在华山，深夜与文艺批评家李廷华相遇闲叙，他说他读过我写的一些文章，他说感觉我写文章用的是书法意趣，一点，一横，一撇，一捺，都很有节奏，通篇又浑然一体。他说在我的文章里能体现出笔情墨韵和章法结构来。这是我从来也不曾想到的，一时令我有些惊奇。人常说借光，我作文是不是借了书法的光，而写文章时所讲的起承转合，虎头豹尾熊腰，如羚羊挂角无迹可寻等等，会不会在潜移默化中自觉与不自觉地和书法联系在了一起，这真是一个奇妙的现象。有很长一段时间，不知为什么，我喜欢读《搜神记》《聊斋志异》，读老子庄子，更喜欢读一些杂七杂八的似乎与自己生活毫不相干的书。是个人兴趣，还是精神需要，我不知道，我只是在庸常的现实生活中放纵着自己的思想，它令我的生活变得既真实又虚幻，而这种既真实又虚幻的生活让我竟活出了一些意思。

1991年夏，陕西省书法家协会等五家单位联合主办"西安消防杯书画大赛"，这是当时陕西举办的规模较大的全国书画赛事，因为在陕西举办，当然陕西书画界就特别关注。我应征为大赛自撰了一副对联：消灾除患，英雄虎胆震天地；防微杜渐，书画大赛鸣警钟。对联是六尺颜体行楷书，不算漂亮，但还敦厚。有幸的是作品既获得了大赛书法唯一的一等奖，还有五百元奖金，它相当于我当时大半年的工资。作品在陕西省美术家画廊展出，颁奖晚会在西安人民剧院举行。据介绍，我这幅作品之所以能得到评委的一致推荐，是因为作品内容和形式都体现了大赛精神，也就是说我这幅作品还沾了自撰内容的光。那次我携妻子、小儿参观展览，也出席了颁奖晚会，算是风光了一回。晚上住宾馆，大赛组委会工作人员硬是让我和妻子、小儿分开来住，我们再三解释也无济于事，他们宁愿破费也不许我们同住一室，原因是无法证明我们是夫妻。我想这样也对，他们坚持原则是怕我犯错误，这样丁是丁卯是卯的工作作风，也佐证了大赛坚持原则，不讲情面。

1993年，我的书法作品先后入选了中国书协主办的第二届新人新作展和第五届全国中青展。那年深秋，第五届全国中青展在中国历史博物馆展出，这是我第一次专门去北京参观有自己作品的全国展览,心里有一种莫名的好奇与兴奋。开幕式那天,我去得很早,看过庄严的升国旗仪式后,独自站在空阔的天安门广场上,忽然想,这次展览吴振锋会不会也来。正这样想着,就有人在身后喊我,回头一看竟然就是吴振锋。我们就激动地握手,我忽然怀疑我们头顶一定有无线电波了,我相信人与人之间是有信息感应的。振锋也是第一次参加全国书法展览,和我一样怀揣了好奇与兴奋。这次展览陕西只有三个人的作品入选,另一位是路毓贤。三幅作品挤在众多作品之中,我们就显得颇有点势单力薄。参观完展览,我和振锋又去劳动文化宫参加了作品研讨会,中国书协领导、全国名家大腕悉数到场,获奖作者更是满面风光。研讨会是此次书展的又一亮点,更是艺术才华的比拼场。我和振锋坐在最后一排,只是呆呆地倾听傻看。也就是从那届中青展之后,展览形式开始花样翻新,书法美术化的倾向愈演愈烈。展览活动结束后的一周时间,我和振锋便在北京漫无目的地闲逛,穿胡同,逛书店,访名贤,观胜迹,晚上回到旅馆依然兴奋得舍不得睡觉,一聊几乎就是一个通宵,理想总是让人激情洋溢。我们去了北大,在北大聆听了多场学术报告。我们还去了朗润园,拜访了我的老师陈贻焮先生。陈先生还是那么风趣幽默,和我们相叙甚欢。他说他带了五个博士。他说他最近出去走了一些地方又写了一些诗。我说那我们可要先睹为快了。陈先生就忙着翻笔记本,后来就满怀了深情吟诵起来,陈先生摇头晃脑地陶醉了,我们听着陈先生的朗诵也陶醉了。陈先生说他要出本诗集,有学生正在热心具体操办。我们就满怀了期待。那次见面，陈先生还为我题了书斋名：卧雪庐；为振锋题了书斋名：五味斋。告别时，陈先生一直将我们送到未名湖畔，我们还在未名湖畔留了影，也就是那次留影，成了我们永远的纪念。嗣后，我和振锋又在中国美术馆参观了"沙孟海书法展"。沙翁书法，南人北相，笔墨厚重，云烟满纸，难得的是真气弥漫。作品有蝇头小楷，又有方丈榜书，流连展厅，有一种强烈的震撼与共鸣。展厅还播放有沙翁的视频。沙翁认为，但凡从事一门艺术，就必须要有其他艺术做支撑，书法是书家综合修养的体现，要有强大的根基，方能厚积薄发。沙翁这段话，对我后来学习书法影响至深。

1996年10月，陕西省文联和书协举办了首届全省青年文艺创作奖评选活动，我有幸与魏良、张勋安、宋国琦、倪文东、唐泽平、石瑞芳、李珒、岐岖、魏杰被评为"十杰"青年书法家。颁奖大会在宝鸡举行。半年后，在陕西美术家画廊又举办了首届陕西十杰青年书法家作品展。活动让我结识了众多的艺术界才俊，交流让我充满了激情。1998年5月，陕西省文联举办首届德艺双馨艺术家评选活动，全省共有六十名艺术家当选，书法界我有幸与李正峰、石宪章、张志道、张勋安获此殊荣。能与多位我仰慕已久的老艺术家站在颁奖台上，除了荣耀，更多的则是诚惶诚恐。我感到了自己和他们之间的巨大差距，但也给了我不断进取的动力。

1999年初秋，我的书法作品在中国国际文化交流中心举办的第四届国际文化交流赛克勒杯书法大赛中获得一等奖。

我应邀参加展览活动，就心想等活动结束后，好去北大看望我的老师陈贻焮先生，我们大概也有六七年没有见面了。展览在中国美术馆举行，开幕的那天上午，我在展厅遇见了北大的袁行霈先生，他也是我的老师。不期而遇，令我们非常高兴。我们一边观看展览一边闲聊，后来我向他寻问陈贻焮先生的近况，袁先生心情突然沉重起来，语气也变得缓慢了。他告诉我，陈先生几年前不幸患了脑瘤，病情越来越重，现在连路也不能走了，反应也变得迟钝，周围的人和事差不多都忘却了。我不禁吃了一惊，半天怔在那儿回不过神来，我甚至不敢相信自己的耳朵，我在心里为陈先生祈祷。与袁先生告别后，在后来的整个展览活动中我的脑海就全然是陈先生的影子了……我不敢想象六七年的风雨岁月，陈先生的变化该有多大，那罪恶的病魔啊！你快滚开吧！我希望奇迹会突然出现，我甚至想象当我敲开陈先生家门时他会像以往那样笑吟吟地迎着我。我心里忐忑，忐忑中走进了北大，走进了朗润园；我好迟疑，迟疑中终于在敲陈先生的家门。门开了，迎接我的是陈先生的夫人，陈夫人热情地招呼我。我走进陈先生的书房，一切陈设还是从前的样子，但我想象中的陈先生却没有出现。陈夫人为我倒了杯热茶，然后就坐下来陪我说话，我们将声音压得很低，唯恐惊动了在卧室休息的陈先生。陈夫人告诉我，陈先生的病大概也有六七年了，尽管肿瘤是良性，发展缓慢，但靠近脑干，就逐渐影响到了神经系统，先是运动受限，后来连走路都很困难，语言、记忆也都出现了障碍。起先陈先生知道自己是病了，但病情发展到后来他竟然连自己的病都全然忘却了,他也忘记了痛苦。周围的人和事在他脑子里也变得朦朦胧胧,时隐时现。我寻问医学对此病有没有特效办法,陈夫人说,北京、上海许多大医院都去了,医生认为病灶在脑干附近,手术会有很大风险,保守治疗还很难找到有效的办法。我们沉默了,许久许久地沉默。我心里很难过。后来我提出想看看陈先生,陈夫人说:"好,大概他都很难认出你了。"我随陈夫人来到卧室,见陈先生只穿了件白衬衫斜躺在床头。他静静地望着我,似乎是尽力在大脑中搜寻记忆,记忆是一堆断了的线儿。他依然静静地望着我。我过去,他的手伸了过来,我们紧紧地握手。我说:"我是谷子,陕西来的。"忽然他的眼睛掠过一道亮光,他想了很久,终于说:"您好!"又想了很久,说"请坐!"他说话很有力,声音很洪亮。大概又过了很久,他又重复说:"您好!""请坐!"后来我又拿出我写的一幅字让陈先生看,他点着头,忽然问我:"你能见到霍松林(陕西师范大学教授)先生吗?"我赶忙说:"能,能见到!"他又茫然了,但陈先生在他变得非常遥远的记忆深处终于认出了我,他知道我是从陕西来看他的。陈先生依然面目慈祥,他已忘记了痛苦,然而我的心却在发痛。我要告辞陈先生了,我们再次握手,默默地,默默地辞别了。未名湖依然碧波荡漾。这次陈先生再没能和我漫步未名湖畔,难道岁月就这样无情吗?秋风吹来,未名湖荡一湖碧波。我回过头,望着朗润园,深深地为陈先生鞠了一躬。

许多年来,在潜移默化中,书法已经成了我的生活,我甚至不敢想象没有书法我的生活会是一个什么样子。书法一如我喝水吃饭，它已平常得了然无痕。尽管这种生活只是平常的生活风景，但这却是属于我自己的风景。树能不能结果，藤能不能结瓜，我还想不了那么久远，我珍重的是在人生旅途上行走的那个过程。

世间万事万物，从发生的那一刻起，就预示了必然的结果，在发生与结果之间那长长的一段被称为事物发展的过程。

经常见小科员给领导汇报工作，领导坐在大办公桌后极不耐烦小科员的认真劲儿，常常截住话头："我不要过程，我要听结果。"小科员被噎住，只好说结果，小科员将为了结果付出的那份辛苦留给了自己。

也经常见上了年纪的人教训年轻人："我过的桥比你小子走的路多！"年轻人不高兴，立马回应道："我是吃饭馍长大的，不是被人吓大的！"听这话的时候，我就在一旁琢磨，其实他们炫耀的正是自己的人生阅历。

几年前看《世说新语》，有一篇《雪夜访戴》的故事，说的是王子猷居山阴时，有天夜里雪摇天地，他从睡梦中醒来再也难眠，便吟诵起左思咏隐士的招魂诗来，忽然想到朋友戴安道。其时戴安道远在剡县，王子猷便冒雪乘小船前去造访，天亮至,却不进戴的家门,又转身乘小船回去了。折腾了一宿,这就令人不解,王子猷道:"吾本乘兴而行,兴尽而返,何必见戴?"王子猷享受的是雪夜访友的那个过程,其趣外人焉知。

小的时候我跟父亲在农村种地,我们给地里施肥、下种,兴高采烈地拉着牛扛着犁回家,我们将希望留在了地里。麦子跨年生长,从种到收要等八九个月时间,玉米生长期短,从种到收也得三四个月时间。庄稼从种到收这期间我们并不是撒手不管,坐享其成。我们给地里追肥、灌水、起苗、除草,我们一直陪着庄稼生长。我们辛劳过,所以到口的粮食我们非常珍惜,舍不得有一粒落在地里。

人大概内心深处都有一种玩性,我虽然不踢足球,但不知从什么时候起却非常爱看足球比赛,常常废寝忘食,坐在电视机前一熬就是一个通宵。第二天妻子问:"结果怎样?"我说:"零比零。"妻子说:"零比零你看啥哩?"是啊,零比零有什么看的呢?但零比零不正是结果吗?我不亲自看见球场上那潮涨潮落,我不亲自与球员一起兴奋与沮丧,我能认同这零比零的结果吗?

朋友吴振锋有篇文章的题目叫《贴着大地行走》,这真是个好题目!贴着大地,是我们对人生应秉持的一种态度;行走,是我们对生命过程的亲身体验。翻检人生,我这半生真过得丢三落四,常常是追悔莫及。十三岁时立志学中医，想长大当个郎中，但我在这个行当走了十多年后，不知为什么走了岔道，我又莫名其妙地学开了法律，又是十年过去，我又转到了一家新闻单位干起了编辑与记者的营生，大约过了五六年，我又开始熬不住生活的琐烦，自己让自己离了岗，便以读书写字自娱。人常说字是写出来的，其趣就在写的那个过程。如果说写字是生长的一根藤的话，这根藤上能不能开花结果我现在还说不清，但我得好生守护。生命的季节不能没有绿意与希望啊！

(《过程》)

我参加了中国书法家协会举办的各项展览。在习帖的十二年里，先后入展中国书法家协会举办的新人新作展、第五届至第七届中青展、第六届至第八届全国展、首届兰亭展、中国书法家协会会员优秀作品展等一系列展览。中国书法家协会举办的各项展事，采用自由投稿形式，让每件作品都能直接与评委见面，公平、公正，为书法人才的脱颖而出搭建了良好的平台。何况那时的展览也不多，每个展览都有相对准确的定位，自然具备权威性，在全国书坛产生了一定影响力，作为全国最高书法学术组织，功不可没。虽然说参加展览不一定就说明了成功，但展览本身却是一种检验，其展示与交流也提高了书家的创作水平，这一点毋庸置疑。

书写兴趣与兴趣书写

　　我写字是因为我爱写字。

　　小时候去上学,父亲对我说:"到学校一定要好好写字!"我就好好写字,为父亲写字。其实我的字好不好父亲并不知道,父亲根本就不识字,我的字写得好父亲是听别人说的。我写字时父亲总喜欢站在我身边,我从中受到鼓励就越发想将字写得更好。

　　我记不清为了写好字究竟浪费了多少练习纸张,但那些练习纸张几乎都是废纸,直到现在我写字仍舍不得用好纸。我曾将家里压酸菜缸用的大方砖磨得平平的,用墨汁涂成黑底,毛笔蘸了清水去写,随写随干,感觉很好,这样经济得连一分钱也不用花了，苦焦的农村生活逼得人能想出许多好办法。

对于写字我似乎有些感觉，或者叫悟性吧。有朋友说我善于形象思维，大概有些道理。我家院子有棵枣树，树冠遮了半个院子。透过树的枝杈我看太阳也看月亮，太阳和月亮又把树的枝杈涂在了地上，恍惚中我就将眼前纵横交错的图案想成了一幅字；还有那飘飘云彩，电闪雷鸣，山川河流，鸟语虫鸣等等，我都能将它与写字联系在一起。当然写字必须临帖。我临王羲之，临颜真卿，冥冥的晤对中，往事越千年，我就将王羲之、颜真卿认作王老师和颜老师了，感觉他们与我相隔并不遥远。

也许是功夫没有白下，也许是时运有加，后来我参加了一些展览，受到了一些奖励，成了书协的会员，这样就有人称我为书法家。我不禁满脸疑惑，我竟然成书法家了？朋友对我说，入了书协就自然是书法家了。这更令我疑惑，王羲之、颜真卿没入书协，难道他们就不是书法家了？我说，他们才是书法家呢！我入道不深，涂鸦不久，充其量算个票友，我声明我不是书法家。可无奈世风日下，现在的书法家并不需要多少文化，有人说厕所里有五个蹲茅坑的四个都是书法家，如果这么个标准，那我也算一个。不过我蹲在臭烘烘的茅坑并不想把事情也想得一样臭烘烘的，比如凭写字做敲门砖啦,拉关系升个官啦,卖几个钱装装阔啦,等等。我想写字是很高雅的事情,只有满怀了虔诚才能有这方面的道行。这会儿我正蹲在茅坑看墙上漏雨出现的屋漏痕,就想到像屋漏痕一样美的书法线条,这样欣赏着,顿觉浑身上下通气,蹲茅坑也蹲得很舒服了。

　　我写字看重的是写字的那个过程。或是闲来无事,或是忙里偷闲,洗净了手、脸,独自儿端坐窗前,研一池浓墨,铺一张宣纸,一支柔软的毛笔握在自家手中,提按顿挫,悠然写来,心自静,神也自安,好像是在修炼一种书法气功。再说,人作为一个社会人就必然要在社会中交往,写个信啦留个言啦表个决心什么的,字是脸面,字成了人了解人的第一印象,爱美之心,人人有之嘛。我妻子经常对我戏言,当初我们谈恋爱,要不是我写得一手好字,说不定第一次见面就和我拜拜了。字写得好竟然成了恋爱的催化剂,这是我不曾想到的,看来写字也是一种资本。

　　我是自己给自己写字,写得自己让自己快乐,之所以我能乐此不疲,大概也是为了让这颗疲惫的心有个寄托。人在内心自省时,孤独会油然而生,在孤独中写字,孤独让人有了一个好的心境。当然生活中并不完全孤独,有妻儿伴侧,有亲朋走动,孤独但不落寞,写字倒成了一种生活。无奈在生活中也是常事，写字本来是写字人的自我娱乐，但人毕竟是在社会中生活，会写字自然多受人推崇；推崇的结果是多受人之托，这样不长时间就浑身背满了字债，时时有一种亏欠人的重负。面对重负使人无可奈何，但无可奈何还得写字，不写字这手闲着干什么。围一堆人在路边下棋是乐，熬夜搓麻输钱是乐，卡拉OK跳舞是乐，牵条细狗撵兔一样是乐，乐的形式不一，但乐的感受大抵相同。我的乐，就是写字，手里的笔，就是船上的舵。

时代的发展日新月异，写字也在发展变化。从毛笔到钢笔，从钢笔到敲着键盘打字，传统的写字将变成记忆，人不写字照样生活，而且是现代化生活。现代化生活就是安逸中享受安逸。人制造了电脑，电脑就要为人服务，反过来电脑又管制着人，人又为电脑活着。前几天我和几位朋友谈论现代信息化生活，谈到后来都不禁为未来担起忧来：现在的电脑虽然可以代替人用手写字，但电脑毕竟是程式的，字体是固定的，滴滴答答的敲动中人在完成一种克隆；高度规范就成了克隆。克隆使人没了作为人的个性，没了作为人的感情，人成了空壳，人的灵魂丢失在了现代文明的路上。

现代文明的终极人类还得回归，用手写字当然是回归的一种。如此想来，手里的这支笔还不能轻易地从窗口扔出，字还得去写，亲自去写才有意义。

(《写字》)

家里电视机坏了,想看电视看不成了,儿子说:"快修!"我说:"不修!"问妻子,她说:"修不修都成,无所谓。"原因是儿子贪玩,又特别爱看足球比赛,现在看不成了,就颇着急。我虽然也爱看足球比赛,只不过欲望不那么强烈罢了。再说看电视的确误事,立志要读的书没读,要作的文没作,要写的字没写,苦不堪言,真疑惑是犯了电视依赖症,趁这次电视机坏了,我下决心要治治自己的病。至于妻子,她要上班,回来要忙家务,还想复习考职称,自然是一副无所谓的样子了。

就这样,决议没有形成,没人去找师傅修理,不看电视的日子,家里真安静啊!

回想平常的日子,人只要一进家门,第一件事就是把电视机打开,看不看不管,只要电视有声音,任它说唱,这屋子好像就有了一种气氛;人不寂寞,做饭、吃饭、做事、闲坐也很坦然。尽管为看各自喜爱的电视节目也曾战事不断,你调他换甚至不欢而散,但战事归战事,电视的磁力毕竟强大,叫你走也不会走远,末了只有相互妥协,战事终于缓和,重聚首,电视机前合家欢,屏幕上笑,大家也跟着一齐笑,屏幕上哭,大家一样跟着心里难过。夜已阑，更已深，人是困困的了，电视也该歇息了。人困了人知道倒头就能睡去，电视不知道困，看电视的人睡着了电视还得照样醒着。这样的日子日复一日，年复一年，电视天天都有，人就天天与之厮守，从孩童，到青年，从青年，到中年，不觉老之将至，两鬓斑白，眼茫然，心也茫然。国人的生活方式普遍单调，坐在电视机前，就像守住了精神的家园，人成了电视的俘虏，人甘愿当俘虏，俘虏的能耐，就是坐下来看电视。

现在突然没电视看了，像我等平民没电视守着坐下来干甚？一时还真是找不着北，心里慌慌的，行动上也似乎乱了方寸。我终于走进书房，拂去落在书架上的灰尘，安心坐下来读一直想读而没时间去读的书，写一直想写而没时间去写的文章，当然也写字，笔濡了墨，墨在雪白的宣纸上慢慢化开，感觉很美。偶尔也禁不住想看看电视，但我知道电视机坏了，于是点一支烟，烟雾里好想想平生最快乐的事情。妻子爱静，一个人躲在卧室，开始复习那厚厚的课本，她想不想看看电视，她没说，我当然不知道了。儿子是猴子屁股，演一会作业，便要到电视机前溜一圈，忍不住就将电视机按得乱响。按也是白按，那图像死活也不出来，气得啪的一声将电视机关了，只好找一本漫画或是一本小说，在那儿很不情愿地翻看起来。

日子是照样一天天往前走,没有电视的日子照样一天天往前走,但没有电视的日子开头却非常落寞,落寞到后来竟落寞出了趣味,落寞中有了收获。我终于读了几本书,做了几篇文章,字也写得自己让自己开心;妻子的复习差不多过了一遍,考试的日子是越来越近了,她说这会儿贵贱不敢松劲;至于儿子,他似乎也安静了许多,功课之余,就招呼他们同学到体育场踢球去了。平时老觉时间吃紧,这下子竟富余了许多,我们有了时间散步,也有了时间访友,有了想干自己事情的空闲。我忽然想,人常说习惯习惯,这习惯竟是人自己惯出来的。

话说回来,对电视我不会拒绝,人发明了这"千里眼顺风耳",千里眼顺风耳必然自有它的好。知识爆炸,信息密集,电视是最快捷的传媒,但事物总是一分为二,电视能将你教乖,也可能将你惯坏。我似乎有些庆幸,庆幸电视机坏了,没有电视的日子,让我感受多多。当然我在忙完这段时间后会找人将电视机修好,但我不能忘记不看电视的日子里那份难得的感觉。

(《不看电视的日子》)

夜如墨,所以弄墨的人与夜亲近,被称为"夜猫子"。

不知哪位先哲说过"夜乃昼之余"。他说得实在是太好了。试想,昼有太阳朗朗地照着,人是向往光明的,其他生物也都是向往光明的,就连大汽车小汽车也都是白天出来赶热闹,于是这昼由于喧嚣,终于弄得人烦躁。再说人本来就生活在世俗的社会里,白天要身不由己地为别人为自己忙个不知忙甚,只有当夜幕四合于夜的静谧中才能消停下来安歇下来,用省下来的那点力气为自己好好活一活。

我习惯守夜凡三十余年,虽耽搁了不少瞌睡,多缴了不少电费,但还是学了一点东西,这让我觉得这样的生活也不失为一种合算的生活。

习惯成自然。从每天的太阳咚的一声掉进山背面那时起,我就会很自然地知道我的晚自习正式开始了。我打亮所有的灯光,我喜欢灯火通明,我想让灯火的激情点燃我的激情。夜也能很快让我的心绪沉淀下来,条理归一。我翻开书,习惯拿一本字帖临摹,我常常出入于王羲之生活的那个晋代,颜真卿生活的那个唐朝,也经常去会一会苏东坡、黄庭坚,还有徐青藤、祝枝山那一群先贤。在时间的隧道中往来穿梭,常常让我感觉到我的生活既虚幻而又真实。

我住在二十层的高楼上,夜里临窗而立,沐徐徐春风,迎潇潇夏雨,赏秋月如玉盘,望冬雪裹银装，触景生情，思绪飘飘，常常让我欲歌欲舞欲赋诗欲作文，我恍然是一个夜之精灵了。

年轻时精力充沛，常常守夜到天明，现在人到中年，精力不济，只能送夜至半途。好在夜之于我还有许多，时不我待，我的夜，我要好生守着。

(《守夜》)

自从人类发明了汽车、火车和飞机，我们再也不用像杜甫一样骑上毛驴去旅行；自从人类发明了墨汁，我们写字只需要将墨汁倒进碗里，从此砚废了，砚成了一种摆设。现代化使我们省略了许多琐繁和细节，在节省下的那一大段时光里，我们在浮躁中打发生活。

诗意地栖居成了我们的一种念想，念想那穿一袭长衫，一手磨墨，一手把卷吟诵的古代文人生活。

天很热的日子，陇南一位叫卢金平的藏族雕砚师来西安，送给我一方雕工精良的洮砚。砚质灰中泛绿，绿中透黑，摩挲中有一种玉的润滑。自那一个清晨开始，我用这一方砚磨墨。一边磨墨，一边看书，一边听音乐。用半天时光磨浓一池墨，然后再用半天时光将一池墨写完，我就是这样重复着日子，消费着自己的人生。

苏东坡在《书砚》中说："砚之发墨者必费

笔,不费笔则退墨,二德难兼。非独砚也,大字难结密,小字常局促;真书患不放,草书苦无法;茶苦患不美,酒美患不辣——万事无不然,可以大笑也。"世间佳物难得,苏翁深谙其理。

  陕西人喜欢吃一种叫泡馍的主食,掰馍的功夫大有讲究,大师傅以此可判定食客是不是真吃家。我认识一位真吃家,为第二天好好吃一顿泡馍,先一天晚上他就在家下功夫掰馍,两三个小时,不急不躁,犹练静功,直至将馍掰成小米粒状。据说这样的掰馍功夫,才能赢得大师傅的煮馍功夫,才能吃出真正的泡馍味道。

  大凡物事,其理相通。所谓磨墨如病夫,要磨好一池浓墨,急躁最要不得。人常说,人磨墨,墨也磨人。看着墨锭在徐徐的磨动中渐渐化去,生命也随着时光的流逝在沉淀。

  人的一生究竟能磨去多少锭墨?

  我不知道;时光知道吧!

(《磨墨》)

路在何方

　　我一直欣赏那些认真专注过整齐生活的人，但我过不来那样的生活，我活着活着就不安分起来，缘由还是因为对书法的热爱。人一旦对某种事物犯了痴迷，可能就真的要痴了去，犹如眼前有一盏灯的火焰，为寻光明那飞蛾宁愿而在所不辞。这是理想主义者的通病，也是理想主义者实现自身价值的献身精神。1996年秋天，曾在渭南师范学院任过教务长的渭南老年大学校长田天佑先生鼎力推荐，学院中文系老主任段国超先生和现任主任梁建帮先生积极运作，都希望我能到学院去当一个书法教师，这当然也是我心仪之事。然而我的原始学历是个中专，中专生要教大学生，在当时的教育体制下当然有难度，学院还没有异议，我一贯的自卑这会儿就提前显现出来了。是骡子是马当然是要拉出来遛遛的，于是，学校专门让我准备一堂试讲课。试讲的那天，学院领导、教授和学生坐满了教室。师范院校要求课堂一律用普通话，我从来没说过普通话，我就在家里狠狠地练了三天，然而一上讲台，台下几十双眼睛像几十盏聚光灯齐射过来，我一下子就懵了，第一句话可能是普通话，但接下来就绝对不是普通话了。尽管我没有讲普通话，但学院对我讲的课还算满意，而我却像爬在土墙上的一根藤，还没等开花结果，随便的一点风雨就让它坍落了下来，我认为自己可能不是讲课的料，自己先将自己给否定了。艺术是追求完美的艺术，我的糟糕表现让我失却了信心。恰在这时，电视台需要一个编辑记者，这事竟不费工夫地成了。没有去成师范学院而去了电视台编一份报纸，没丢面子也算安慰了我的虚荣心。新闻工作接触面广拓展了我的生活，开阔了我的视野，但只是一味地忙，尤其是不能安安稳稳地坐在案前学习书法，时间一久，又心烦气躁起来，身体里好像有两个自己在角力，让人颇觉疲惫。

职业上由卫生转司法，又由司法转去从事新闻，且几次三番地不停进修充电，废寝忘食，点灯熬油，像铺窝的鸡，细想起来，这一切都好像是为了挚爱而迷恋的书法。幽玄的梦催我上进，又常常让我彷徨，以至于我在怀疑自己究竟是不是块料。在别人眼里我好像是个"人物"，而我有时竟有被淘空了的感觉，是江郎才尽，还是个人不够努力，抑或是环境困囿了自己？书法艺术是个体生命的外化与彰显，我不停地在审问自己：路该怎么走？

想想我在这个地球上已走了四十多年的路。四十多年我虽然没有漂洋过海出过远门，但还是去了一些地方，靠自己的两条细腿，靠自己的那点力气。我从没有坐下来细算过自己究竟走了有多少里路，但我相信自己走的路不会比一匹马一生走的路少，甚至一辆小汽车也不见得比我走得更遥远。我是白天走，夜里梦里也在走。走是本能，走是需要，为自己，也为别人。我一路走来，又一路走去，我相信脚到哪里路就一定能到哪里。

记忆深处的路是乡间的那条土路，我就是从那条土路走过来的，尽管那条土路并不宽，坑坑洼洼也不平，天旱有趟土，雨天满是泥，但我在那条土路上走觉得很实在。也许那时我还年轻，有的是牛的力气，我拉着沉重的架子车，猫着腰，勾着头，脚趾扒着地，汗水在路上溅出一个个漂亮的花瓣。我经常走那条路，我熟悉那条路，闭着眼睛我也不会将车子拉到路边的水沟里去。

来到这个城市是二十年前，当时我已回乡当了三年多农民，没想到又有机会进城上学了。我告别了乡间那条土路，走在了城市宽阔平坦的柏油大路上。路上没有土，没有泥，也没有我闻惯了的牛粪。我的两只走惯了土路的脚走在这么好的路上，腰依然猫着，头依然勾着，我虽然不拉架子车但我忘不了拉架子车的架势。在我走过一程又一程后，我想改变我的走势，我开始像所有的城里人一样挺起了胸，扬起了头，放心自信地走路。我好像有点春风得意，自以为在城里走了几步平坦的路就成了城里人。也正在我潇洒得有点忘乎了我是谁的当儿，脚下不知被什么绊了一下摔了个仰八叉。我的腿被擦掉了一层皮，渗出了血，爬起来才知道是被翘起来的下水道井盖绊了一跤。我在坑坑洼洼的土路上拉着架子车都没有摔倒过，却在平坦的大路上以为不会摔跤的地方给撂了一跤。这一跤摔疼了我，也摔醒了我，增长了我走路的经验，从此我走路又是猫着腰，勾着头。我知道我的走势不好，我出身农民，这些我不计较，我想走路是很实在的事情，只有看清了前面的路才能迈步，尤其是自以为好走的路。

我见过盲人走路，盲人手里的木棍就是盲人的眼睛，前面有一棵树抑或是一个坑一块石头，盲人马上就能感觉出来。盲人也上楼，盲人上楼下楼很少摔跤，摔跤的人往往睁着两只大眼睛。

后来我认识了一对盲人夫妻，我和他们探讨走路的经验，他们告诉我他们是在用心走路。用心走路实在是一条重要的经验啊！可惜我们走路的人大多只相信自己的眼睛，我们走路从来都显得有些漫不经心。有一年我与一帮朋友出门去旅游，夜里坐了一辆汽车，路笔直平坦，车灯照上去路面就像乌亮的玻璃。我们一路风驰电掣，谈笑风生，这么笔直平坦的路闭着眼睛都能走。我们总嫌司机开得太慢。然而我们正在张狂叫嚷中，司机猛地一个急刹车。他明显吓了一跳，我们跟着也吓了一跳。定睛一看，在距车前轮不足一米的地方唰地出现一道悬崖。我们没有想到笔直的路途会突然一个硬弯，我们太缺少用心走路的习惯，我们出了一身冷汗，我们却又一次积累了走路的经验。

　　走路的人当然是自己给自己走路，走路的人在一样是走路的人眼里走出的却不仅仅是属于自己的风景。有人说："其实地上本没有路，走的人多了，也便成了路。"有人说："走自己的路，让别人去说吧。"

　　路靠自己亲自去走，尽管眼前的路各种各样，客观的路障人为的路障随时都会碰到。我以为经常走路的人出门最好随身带一把铁铲，有路障了就铲一铲，有坑洼了就填一填，为自己，也为像自己一样走路的人。我崇敬在地球上为我们踩出第一行脚印的人，我崇敬沿着第一行脚印继续向前又踩出新脚印的人。走势好，能走出人生大气势的人我会为他鼓掌；走不好，一路跌跌撞撞但依然一路奋然前行的人也是好汉！

　　我走路时思考走路，思考走路是因为我们天天都在走路。我将我的思考告诉我的一位朋友，朋友拍着我的肩膀竟哈哈大笑起来:"现在谁还走路?出门有车,腿简直都成了多余。"

我不禁愕然。

车多是事实,人很少走路也是事实,但若依了物不用则废的道理,这腿脚岂不是要废了不成?现在的人吃得好,睡得好,肚子越来越大,腿却细得可怜,一旦骨头缺钙,酥了脆了,轰然一声倒下了,那该多么悲惨。昨晚上我就做了一个噩梦,梦见人不会走路开始爬行,我在惊骇中大叫起来,醒来方才知道原来只是一场梦。

多亏是梦!我长舒了一口气。

夜里我特意端了一盆热水,将为我走了一整天路的这双脚板泡进盆里,我得好好服侍我的这双脚板,明天它还要为我走路呢!我相信,路是走出来的。

(《走路》)

四十不惑,而我过了四十却时时困惑。在那些白昼如夜晚般沉郁和夜晚又如白昼般无眠的日子里,我在现实生活里越来越没有了方向感,常常一个人坐在那儿长久地发呆,也常常一个人走得忘了回家。我是一个理想主义者,常常将理想看得比现实还重要,也常常想着想着钻牛角尖,撞了南墙而不自觉。那是新千年的秋天,当我在现实中痛苦无解之时,遇到了另一个理想主义者吴振锋,两人竟一拍即合,都想着逃离原本的生活寻一条异路。两人就一个为一个壮胆,我便想到停薪留职。人到中年,上有老下有小,我不是没有顾虑,但我确实再也找不到能够解脱的办法了。妻子规劝,看我意志坚定只能无奈妥协;朋友好心进言,我满怀了感激坚定了想法不再动摇。

另一条路是怎样的一条路,我不知道,这是一条前途未卜的异路,它终将成为我人生的一次重要转折。

卷三 梦追古长安

居长安大不易

新千年秋天,我来了西安。西安在古时称长安,被誉为十三朝古都。半坡遗址、秦始皇兵马俑、汉阳陵、大明宫、大小雁塔、钟鼓楼、曲江池、城墙、碑林等等,无不体现出古城历史的悠久与沧桑。西安又是一座现代化城市,数百所高等院校和科研单位星罗棋布,城市高楼林立,车水马龙,无不彰显着发展的日新月异。西安又是陕西省政治、经济和文化中心,物华天宝,人杰地灵。

我曾自诩自己是从乡下搬进城里的一块石头,一棵移来的树,石头能否披上绿苔,移来的树能否婆娑成荫,我不知道。适者生存,我能适应古城的环境吗?在我双脚踏入古城的第一天起,我便开始了另一种新的生活。

落脚地先是在一家临时组建的文化单位打临时工,吴振锋负责一个全国性书画展览,我负责筹办一份叫《家园》的杂志,青年作家李文波写一本专著《大地诗学》。新的生活总是新鲜,让人充满了期待,也让人有了诸多的感慨。

  我和吴振锋、李文波三人,栖居于西安一文学研究会办公的单元楼里;我们是临时借居,都是只身前来,又都爱舞文弄墨,于是就有机缘住在了一起。
  其实我和振锋有家。我家在渭南,振锋家在金堆城。为了所谓的共同事业书法艺术,我们相约,告别了家人,放下了工作,就开始在省城西安混荡了。西安是大都市,从小地方来到大都市,像鱼入了海,盐溶了水,没有人太注意我们,我们也很少认识别人。西安对接纳两个外地来的文化闲人毫不在乎,这么大的西安城,权当是谁给城里搬来了两块石头。我们一面学习,一面与同人们承办一个大型书法展览,编辑一本大型书法作品集。文人散漫,文人的生活全然没有章法。就说我和振锋吧,干的是书画文学上的事,说的也是书画文学上的话,整个白天,我们的思维都处在兴奋状态。我们在期待,期待中随时都有从国内外寄来的书法作品,每幅作品都有很高的艺术品位,作者都是心仪已久的名家,如果说字如其人的话,面对一幅幅散发着墨香的作品反复品味,犹如面对众多名家在悉心倾谈。我们沐浴在秋天的阳光里,收获的是秋天里金色的喜悦。忙累了,我们就无所顾忌地往床上一躺;忙饿了,我们就上街无所顾忌地胡乱吃点东西。我们是典型的理想主义者,对物质生活要求不高,快乐生活是建筑在精神世界里。我们在快乐的时候随时都有文友打电话来,与我们共同分享快乐。有时他们会不打招呼就破门而入,高谈阔论一通,便风似的闭门而去,要么就相约一起上街胡乱吃点东西,有时也要几个凉菜,饮一点白酒或啤酒,高声说话或猜拳行令。我们也经常出门去访朋友,我们不会礼节,又不爱太受约束,朋友家常来这样不会礼节不受约束的朋友相聚,自然来也高兴,归也尽兴。有时我们会一整天把自己关在房子里四门不出,在房子坐着坐着说着说着突然觉得坐着不是滋味说着也不解馋,于是便铺纸挥毫,一时间就满纸云烟。我们谈生意不行又不会钻眼当官也弄不来钱,但提笔写字是我们的本事。我们写了几幅自己满意的字,便为自己的本事乐得如鹿穿林如麝放香如孔雀开屏,我们为迷恋的艺术尽情地消磨着大好的人生,一天就这样在不知不觉中被消磨完了。

  我们要睡觉了,文波这会儿却起床了。文波是西安人,很年轻,忙着文学上的事还没顾上成家,就和我们凑在了一起。他独自住在北边那间小房子里,整个白天我们差不多将他给忘了,他在房子睡觉我们不知道,他溜出去吃饭我们也没发觉,这会儿他彻底醒了,晚上成了他的白天。他肩膀上搭一条毛巾去卫生间胡乱地抹把脸,伸手将头发向后随便一拨拉,眼镜就在灯光下亮亮地闪着白光。他朝我们摆摆手,又朝我们笑一笑,然后冲一杯咖啡趿拉着鞋进了电脑室,一屁股就窝进了沙发里。他启动了思维开始码字,滴滴答答的键盘敲击声是他弹出的小夜曲。文波这样的生活大概有多半年了。春天播种,夏天生长,秋天该收获了:二十多万字的文学专著即将杀青。他在懒散中更是憋足了劲,思想更活跃,弹奏更激越。当他送走了一个个不眠之夜敲落了那满天星辰的时候,他累了,累了他就去睡,我们这时也正好起床了。

文波的书稿被许多行家看好:诗人徐刚看过说好;评论家李星看过说好;振锋看过也说好;我只看过他写的序就直为他激动。可以预言它将是我国生态文学理论研究的开先河之作,其专著思维新,视野宽,站得高,挖得深,文笔又非常优美,难怪书还没出炉就听到了一片喝彩声。文波的专著叫《大地诗学》。昨天他提议让我给他写个书名,他是诚心诚意的。面对着被兴奋一路追赶显得有些疲倦的文波,我想我得尽心。我提了笔,濡了墨,憋了劲,写一个,不满意,再写一个,还是不满意,说是吃了饭再写吧,余兴中一写,却成了。文波说：好！文波说好那就好了，能为朋友做点事情我感到非常高兴。

我们三人是有些懒散，但在懒散中对人生的思考却绝对认真。我们不想让年岁疯长，不图藤蔓上开多么鲜艳的花朵只求少开谎花多结果实。我们率情率意是为了坦坦然然地面对人生，如果我们不这样生活哪像弄艺术的我们呢？但人生苦短，聚散随缘，三人居毕竟是临时居，不久的将来这种生活格局就要被彻底改变：文波的书稿已交给了出版社，嗣后他将有新的去处，再说他的恋情正在迅猛发展，不久他将会被新家掳去，开始过小日子；振锋的单位在南郊正盖家属楼，工程不长时间也要竣工，他将在西安正式安家过真正的家庭生活；至于我，会不会继续留守阵地，一时还真说不准，能想到的只是往后的生活再也不会是现在的样子。这样思想着我不禁有些感伤，感伤是因为毕竟我们曾有过充满快乐的三人居。

(《三人居》)

我们的临时单位具体位置处在陕西历史博物馆西邻临时租用的一个小单元房里，我和振锋住在一间只有七八平方米的小屋子里，我睡在一个钢丝床上，振锋睡在两个木箱子上。因为每个月只有六七百元工资，要养家，还要买笔墨纸砚和书籍，吃饭就都是在街道边的小饭馆胡凑合。理想总是给人以无形的力量,生活尽管清苦,但我们放逐着思想,追求着艺术的崇高。爱艺术的人都属于夜游动物,越是夜深人静,思维越是活跃,我一旦写了自以为满意的字,就要叫醒振锋一同欣赏,而一旦写了感动自己的文章,也非要将这份感动一分为二念给振锋听。那时真是难为了这位老兄,他总是保持了一贯的认真,一点也不马虎地要讲出个一二三来,这常常让我既感动又感激。

离开家便想家,尤其是节假日和漫漫长夜,每每想父母想妻儿时,我就觉得自己的行为太过自私了,为艺术完全是发了神经,甚至在怀疑中问自己有那个天赋吗,艺术需要努力与刻苦,但努力与刻苦并不见得就能成功。我忽然觉得自己是否在逃脱一种责任,那岂不是太混蛋了吗?但我已由不得自己了,有一种巨大的磁力吸引着我,抑或是要被一个诱人的黑洞旋了进去。那个中秋之夜,天上一轮圆月,地上万家灯火,正是亲人们团圆的时分,而这个温馨的城市却让我们一下子感觉生疏冷漠。我和振锋买了几块月饼,坐在街边的水泥凳子上自己给自己过中秋,一时二人默默无语,只是看着路上的车流行人,听着萧瑟的秋风吹落一片又一片黄叶。

将近年底,展览赴京展出顺利,而杂志刊号却迟迟批不下来,那个临时单位开始断发工资,给我们每人发了一百五十本书画作品集让去推销。那年腊月出奇的冷,天空又飘落着大雪,我们空着双手,失魂落魄地回家去过年。

但依然心高,也不甘心,理想已让人冲昏了头。第二年春天我和振锋都离开了那家文化单位,我们又都在西安美院对面的罗家寨租了一间民房。没有人给发工资，对读书写字又爱得纯粹，我反复辗转于西安与渭南两地；不能按时交纳房租，后来竟连铺盖也让人偷走了。

那年秋天，振锋在城中村辛家坡为他租房子时，也为我租下一间房子。他打电话给我，让我感动不已，还是城中村收留了失意人。在辛家坡住着听起来倒有一种留洋的感觉，其实那里人居混杂，啥人都有，那里生活着社会最底层的芸芸众生，他们职业不同但都在与命运抗争着。

流浪的生活潦草而潦倒，但流浪的生活却非常自由，我开始东西南北四处奔波。在旅途混乱的大巴车上丢过手机和钱包，在下榻的小旅社被盗贼将财物洗劫一空。困顿过，但没有后悔，生活能教会人应该怎样去生活，困难有时候也磨炼人的意志。

那时我只顾了忙自己的所谓事业，却疏忽了儿子的成长。2004年秋，儿子在安徽上了大学。第二学期他却对自己所学专业极不满意，打电话给我要回家复读。这突如其来的变故令我十分焦虑，我只是在心里深深自责，我唯一能做的就是安慰儿子，频繁给他写信鼓励。儿子也许念我为难最终选择了妥协。儿子安心了，我却一直身心不安，我只能给自己不断施压。天下没有后悔药，时光也不会倒流，男子汉只有迎着风雨往前走。好不容易盼来了暑假。儿子回来了。暑假里我比以往任何时候都密切地陪伴着儿子。暑假结束了，儿子要去合肥上学了，他好像要带走我的心。为了鼓励儿子继续学业，我给儿子写了一封信让他带上。

史晨：

　　明天你将赴合肥，新的学年也即将开始。坐在窗前，遥望远空，我一时心里竟有许多话想对你说，这是父子之间的感情交流，也是朋友间的叙谈诉说。在这个暑假，我忽然觉得你长大了，也成熟了。一年的大学学习生活使你的人生走上了一个高度，作为父亲，也作为朋友，堪喜堪贺！

　　这个暑假，我们登了一次太白山，那不仅仅是三千七百多米的大山的高度，也是对人的意志和品质的考验。那天早晨我可能感冒了，一早起来就头疼，但看到几家人情绪都很饱满，我也就鼓足了勇气同行登临。那是个阴天，一路雨丝不绝，加之坡陡路滑，高山缺氧，当我们艰难地爬上被称为最难走的六里坡时，我的内外衣全被汗水湿透。冷风吹过，冷雨袭来，我开始觉得浑身透凉，终于体力不支，昏晕难行。尤其是接近冰川遗迹时我几乎是三步一停，五步一歇，多少人奉劝不敢再勉强前行。其时天色已晚，风雨交作，赶天黑不能到达宿营地，后果难以想象。那会儿你站在我身后，为我撑着雨伞，让我一定要挺住，你推着我拉着我，让我鼓足了勇气，才不致半途倒下。当我们终于爬上三千多米的南天门营地时，天已擦黑，惊险也终于过去了。第二天我体力有些恢复决定沿原路返回，你决定去攀登太白最高峰，我当时叫了你一声，是担心，是嘱咐，也是依恋。你走进漫天雨雾中去征服，那时，我感到你已经是一个真正的男子汉了。太白归来，你吴伯伯一直在表扬你，说你上山不仅将东西全部背在自己肩上，还一路悉心照顾他们一家三口艰难登上绝顶又安全返回。无私，才能乐于助人，乐于助人，才是时代青年应具备的好品质。这些年，你不管是参加足球训练，还是在学校过集体生活，团队协作精神，培养了你善待自己和善待他人的好作风。这一点，你是合格的，作为父亲，我也引以为荣。

你的大学学习生活还有三年，三年是一千多个日日夜夜，光阴荏苒，时不我待，我想你一定会拿出登太白的勇气和顽强的作风，去攀登学习征途上那一个又一个山峰。你这样的年龄，有这么好的学习环境，千万要好好珍惜。人生要有远大理想，理想是一个人前行的精神动力。人常说"千里之行，始于足下"，路是人走出来的，有了目标，走路的人才能走得铿锵有力，才能走得波澜壮阔。你们身上，正在传承着人类智慧的薪火。抓住点滴时间，抓住每个细节，知识的链条是在日积月累中完成的，那是一个能送你抵达彼岸的链条啊！

大学里，你要接触的不仅仅是课堂知识，还要好好地利用图书馆条件，更要随时随地参与社会实践，不断扩充知识视野。处处留心皆学问，虚怀若谷，永不自满，才能克服一个又一个艰难险阻，才能实现人生的辉煌。

人生是一个过程，在这个过程中我们每个人都在付出，付出使我们的人生有了新意，让人生充满了快乐。

儿子，勇敢前行吧！

路在脚下！

父
乙酉秋

几年后，有感于我的愧疚，我给儿子史晨又作了一副嵌名对联："洞明世事多读史，勤俭人家早问晨"。

我做儿子的时候，父亲是我的未来；我当父亲的时候，儿子便是我的过去。生命像接力，一代一代，生生不息。自然界也是一样，春生，夏长，秋收，冬藏，这一个四季结束，下一个四季又接着开始了。生命只有在生命过程中才能获得最真实的体验，人是为经验活着，但经验里生命的轮回总的去向却大致相同。

儿子生日那天我为儿子写了嵌名联，其间蕴含了父子间的脉脉温情，更有作为过来人的人生体验。古人说，读史使人明智。大到整个人类，一个国家，一个民族，小到一个家庭，或者具体的人，都有经验可陈可鉴，这犹如烛照人类的火光，照亮人类的镜子。经验的获得，或源于书本，或源于言传身教，或源于自身的社会实践，三者相互渗透，相互印证，相互作用，最终便形成了各人的世界观和人生观。晨是早晨，一天从早晨开始，所以便有了古训："一日之计在于晨""闻鸡起舞""做人从早早起""黎明即起，洒扫庭除"等等。一天之中早晨拥有最美好的时光，一生之中青年是八九点的太阳。早问晨可贵是"早"字，机不可失，时不待人，勤劳的人最知道珍惜光阴，也最懂得人生。做个守本分的劳动人民是我父亲对我的要求，我也这样要求儿子，以传承家风，让其对社会有用，对家庭尽责。

我生活在父亲的影子里，我就希望儿子也生活在我的影子里。

想来教子曾太过心切，儿子小时我在家庭实行的是一言堂，要求儿子理解的要执行，不理解的也要执行。儿子稍长，精神开始独立，一言堂时情绪就时有对立，好一段时间形成僵持拉锯。转眼儿子便步入社会，一下子有些少年老成，父子间相互开始包容，对社会人生亦能各抒己见，且相互都有启发。多年的父子成兄弟，我相信这句老话。

(《"洞明·勤俭"联语》)

一样,我觉得那些年愧对的还有妻子,家庭重担几乎全压在了她的身上。几年后,我也为妻子杜玉梅撰了一副嵌名联:"开冰种玉,踏雪寻梅"。

冬天天气奇寒,一夜落雪,就迎来第二天大地银装素裹,世界俨然成了安徒生的童话。与妻子一早出门,门前水池里的白石已被冰封了,便闲步去了隔壁小区,那一树树蜡梅正在大雪中绽放得悄然,又有清香逸韵,一时皆成眼前美景。"开冰种玉,踏雪寻梅"正是我偶然所得。虽说对联只有寥寥八字,但我觉得立意还算不错,大话说叫言简意赅吧。经我这一番自我表扬,妻子便非常开心。

想当初,我和妻子是乡党——公社化时同处一个生产大队,乡镇化后又同在一个村民委员会,上学时上的也是同一个小学和中学,因此我曾戏言我们的结合完全属于农耕时代最典型的"自产自销""扶贫帮困",或者叫"互助合作"。这也迎合了我生性的简单与疏懒,一切可能都是缘。

生活窘迫,那时自卑心理绝对占上风,现实生活也就磨炼了人面对生活的自觉与坚韧,也平添了人与人之间的悲悯情怀。风雨人生,甘苦与共,今世前修,是缘是命,守爱至亲,唯愿其诚,家国一理,天下太平!正感叹,人生转瞬已是秋天。今年重阳妻子生日,我正云游在外,便借得手机这个现代化通信工具给妻子赋诗一首:"九九重阳菊花开,正当小杜登高台,寄语拱手多祈福,五二二五倒过来"。诗虽然写得像个顺口溜,但却传递了一种人生温暖。

(《"种玉·寻梅"联语》)

2003年春,我在西安流浪时还结识了一样来西安流浪的画家王松。王松是商洛人,我们为艺术一样发了神经,一样在城中村租了一间小房子,紧巴得连一张小小的画案也放不安稳。大概缘于生活环境的逼仄,那一回闲聊,我们就感叹若在西安这地方能真正有一片属于自己的住处就好了。我说我没钱,他说他也没钱。有钱没钱先放一边,我们就相约去了南郊的明德门,说看房子权且是去看热闹。谁料那回我们只看了一家楼盘就都觉得好,尽管房子有点小,但厅堂豁亮能放下一个画案,一问房价,首付也得十六七万,我们连这零头都不够。但我们蠢蠢欲动又彼此鼓动,胆量借胆量就胆量骤增。从亲戚朋友那里七借八凑才勉强交清首付。接下来的装修,可以说极尽简化,就这样我们俩真的有了窝。我住二十层,王松住十九层,从此我们楼上楼下,写字画画,这样一来我们算是将根扎下了。尽管居长安大不易,但庆幸的是从此我们能安居乐业了。

风中的院墙

来西安后,很长时间,自由是自由了,但我的身心却像没根的浮萍,只是在风雨中飘摇。整夜整夜地做梦,梦故乡,梦我们家那个老院子。

院子的墙是土院墙,土院墙时间一久就生许多苔藓和蒿草,像人穿的绒衣和飘扬的头发。土墙在风雨中苍老得也快,父亲总是等不得院墙老旧就重打新墙,让我们家院子一直充满了生气。父亲在盛一院子阳光和月光的那些白天和夜晚,一闲下来就坐在那个柿树墩子上抽旱烟,想人生,做着一个农民期望能实现的梦,梦也让父亲活出了心劲。母亲很会持家,又爱干净,她每天起得最早,把院子打扫得干干净净，还洒了水，院子就整个显得特别清润。连鸟都喜欢飞到我家院子鸣叫。我在院子玩耍，看书写作业，静静地想着我的未来。

(《院子》)

那是一个温馨的院子，我虽离开那个院子已有多年，但那院墙依然给我遮风挡雨，而那遮风挡雨的墙已化作了父亲和母亲。在父亲母亲面前，我们永远都是长不大的孩子。父母亲在，心中的院墙就在。然而父母亲却一天天变老了，我一次又一次回老家去看望父母亲，也接父母亲到省城转一转，我是多希望父母亲不要变老啊，但父母亲老得比我预料的还快。我心中那道院墙在风雨中不断剥蚀，我担心风中的院墙会在某一天突然倒下。在我走过许多地方之后，在我读过许多圣贤书之后，我却并没有找到多少人生的真谛，倒是父母亲那句"好好活人"更显得精辟深刻。我越来越认识到我的人生，实际是向父母亲学习的人生，我的人生哲学实际也是生活哲学。

据说人的记忆与生活习惯大都是在孩提时代就形成了，那是一个不能泯灭不能改变的记忆和习惯。如今我住在距故乡百里之遥的城市，夜里却常常梦见故乡的人和事，那些人和事竟然还是那么鲜活。我有时从梦中惊醒，有时泪流满面，第二天我会不向任何人打招呼就匆匆赶回故乡，我在千百次地寻找我生命的那个源头。我常常一个人回到故乡，孤独地坐在回字巷荒废了的烂园子里发呆，是谁家的孩子谁家的媳妇从我眼前走过，他们疑惑地警惕地打量着我。终于有我的同龄人我的长辈偶尔发现了我，说，这不是史家的老大吗？他们热情地拉着我坐他们的热炕头，让我喝水吃饭。那会儿，他们瞧着我说我老了，我说他们也老了。他们开始扳着指头给我计算我离开村子后相继故去的一些人。这一算，让我忽然感到村子的人竟像秋天的庄稼一样被砍倒了一大片，我的心顿时空寂起来。

　　我愈来愈频繁地回故乡去看父母亲，我发现父母亲是越来越苍老了，我的心越发悲凉。再过几十年，当我也变得很苍老的时候再回到村子，还有人能叫出我的乳名吗？还有人很热情地招呼我坐他的热炕头，让我喝水吃饭吗？我偶尔讲起那个消逝了的回字巷时，他们会不会"笑问客从何处来"？

（《回字巷》）

　　在我读过许多年书之后，我越来越认为父亲也是一本书、一本厚书。尽管父亲没上过学，不认识字，老是沉默寡言，活得也平淡无奇，但父亲的确是一本书、很厚很厚的一本书。父亲用一生的心血和汗水写就了这本书，许多年月我一页一页地翻动着它，从中读出了许多人间的温暖与苍凉。也许有些章节在我这样的年龄还不一定能读懂,要读懂还要花更长一些时间。时间是一个过程,难以逾越,所以我得有耐心,慢慢品读,慢慢体会。我的家乡在秦岭北麓,是个旱原,应该说是个穷地方。我的整个青少年时代,曾经历过生活的种种困厄,作为兄妹四人中的老大,对父亲的那份辛苦也感受最深。父亲当了一辈子农民,生活对一个没有一点文化的农民面临的困难无疑更为严峻。父亲养活我们,教育我们读书做人,那该要付出多大的代价啊!我一直感叹父亲枯瘦的身体里竟能有那么大的力量,我为父亲而自豪!在这多年的生活中,每每有人嘲讽我身上有农民气时,我总是将那嘲讽当成是对我的奖励。我的韧性和耐力就是这样养成的,这真有点像我的父亲。直至今天,我也不敢轻易拍掉在农村二十多年身上沉积的那层尘土,它对我太重要了,我以为那里有许多营养,我的生命离不开那些东西。

父亲小时因为家穷没上过学,没文化的苦父亲感受最深。父亲非常希望我们有文化。在我们那个穷地方,孩子中途停学是常事,尤其是女孩子,有的甚至从来没有进过校门。对我们上学,父亲受再大的作难也从没有放弃过,就连妹妹,父亲也供她读完了高中。

父亲肚里没有迷人的故事,也没有人生的大道理，父亲肚里的故事我们早都知道了，那只是他的一段生活经历。父亲平时话少，讲的故事也缺乏生动性，但我们每次都听得非常认真，父亲的人生大道理写在他的行动中，他不会讲干脆就不讲，但我们能感受到。每逢学期开学，我们手里攥着父亲交给的学费，那一把元角分都有的钱潮乎乎的，带着父亲的体温，那时不用父亲叮咛，我们也知道该怎样好好学习。父亲从不给我们布置作业，也不说教体罚我们，我以为父亲用的是启悟式教育或者是无为而治的方式，父亲太相信我们了。他不像现在的我们对待自己的孩子，又是说教又是责骂总是恨铁不成钢，一切努力却都显得简单粗暴，而效果往往非常糟糕。那会儿每当我被作业弄得抓耳挠腮百思不得其解时，父亲就会悄悄走到我身边，他一句话也不言传，我忽然就来了灵感似的一切问题都迎刃而解了，我知道是父亲给了我智慧和力量。

父亲对我们的教育也不是事事放任，他总是在一旁默默地看着我们成长，我们毕竟还年轻，父亲一直替我们操心，害怕我们在成长中有个什么闪失。二弟上初中时，有段时间迷上了几何，连吃饭睡觉也将几何挂在嘴上。父亲不知道几何是什么，父亲知道算术，就以为二弟在学习上走了邪道。终于有一天，在二弟顾不上吃饭又要玩几何时，父亲发了脾气。我们没见过父亲发脾气。父亲平时连大声训斥我们也没有，这让我们一时不知所措，二弟更吓得站在墙角不敢抬头。我知道父亲发生了误解，父亲没文化才错怪了二弟。过了一大会，我才敢对父亲解释说几何和算术一样是一门功课，二弟爱几何在学习上走的是正路。可怜的父亲一下子就僵在那里，脸上很不自然地绽出了微笑，那是父亲对儿子的歉意。父亲那长满老茧的手伸过来轻轻地抚摸着二弟的头，这时我和二弟眼里的泪水再也忍不住了，我们不敢出声，父亲太爱我们了。如今二弟学有所成，他负责过多项大型工程，他那时痴迷的几何终于派上了用场，二弟是在报答父亲的爱啊！

我高中毕业那阵正值知识青年上山下乡，自然只能回家务农。父亲很为我惋惜。他怕我安不下心，受不了苦，尽量不让我干重活，想给我腾出些时间让我多看点书。尽管那时根本看不到继续学业的希望，但父亲还是寄希望于我。我那时真是死心塌地了，从里到外早已将自己弄成了农民，吃粗糙饭食，睡场畔地头，上山跟父亲打柴，跑几百里路拉脚换粮，那时根本不知道啥叫苦，而生活中依然有自己的乐趣。后来考试制度恢复了，积压了十多年的考生同船过渡，那是多么壮观的场面啊，机遇的到来让我觉得还是父亲有先见之明。在复习功课的那段时间里，父亲和我一样辛苦，他在心里替我鼓劲。夜夜更深，我不睡，父亲也不睡，他一个人在院子默默抽烟。吃饭时，父亲总是让我先吃，而且想着办法给我增加营养，父亲大概在我身上看到了希望。考试的那几天，父亲和我一样坐卧不宁，他很少睡觉。我考得怎么样，父亲从来不问，他怕给我造成压力，这些我心里明白。后来父亲总是一个人在门前那条土路上转来转去，那条土路经常过邮递员，父亲是在默默中等待希望。终于有一天，父亲从邮递员手里接到了我的录取通知书，他激动得不住地擦眼睛，他说他在梦里都梦见我考上了，果真就考上了。父亲的希望终于没有落空。

　　父亲是一个普通农民，一生过得平平淡淡，但父亲经历过两次大的生命危险。一次是上山扛木头，夜里下山。换肩时木头的一端挂住了藤蔓，突然身体发生倾斜，一个趔趄，连人带木头栽进几丈深的悬崖，同行的人吓得大声呼喊，父亲在空中打了好几个旋竟然好端端地跌落在一小片软地上，身边尽是屋大的石头，出奇的是父亲竟没有受一点伤；一次是父亲下原进城办事，乘的车一时刹车失灵跌入崖下，车报废了，同行的小伙子都受伤住进了医院，父亲却被甩出车窗安然无恙。父亲经常说他是福大命大。父亲真的是福大命大。父亲每每临危能化险为夷是平时积德行善的结果，佛在保佑，我相信佛！

父亲一生盖过三次房,在农村盖房是人生的大事,一个没有文化的农民,一生办三件大事所花费的心血可想而知。爷爷手里留下两间低矮的旧瓦房,年久失修,天一下雨到处都漏。父亲想盖三间大房,为实现这个宏伟计划他整整准备了十多年时间,一根椽一根檩条,还有砖瓦工钱等等,父亲是一点一点积蓄着力量。1969年秋天,父亲正式实施盖房计划。在村人的眼里父亲很了不起,父亲虽然受了多年辛苦,但心里很宽慰。三间豁亮的大房终于盖成了,父亲该好好喘口气忙其他事了。然而时间才刚刚过去不到四年,那年深秋一场大水漫了屋后的城壕,房子突然倒塌,这突如其来的打击对父亲实在不小。那年雨水特别多,寒冷也来得早,赶在冬天来临之前必须将房盖好,时间逼得父亲没有一点退路。父亲再次拼足全力,起早贪黑,寝食难安,父亲越来越消瘦,一只手总是按着腰背,他的腰背疼得更加厉害了。待到我们从帐篷好不容易搬进新屋,寒霜已下得大地白茫茫一片。那次盖房,加剧了父亲已有的腰背腿疼病情,后来一见天阴下雨父亲就伸不展腰。1995年父亲腰腿疼病突然加剧,经多方治疗不见好转,而且越来越严重。冬天,父亲终于卧床不起,脸色惨白得脱了血色,我们全家人无不担心,父亲也以为自己很难熬过冬天。那时他终于说出一桩心事,父亲想在新庄基上盖三间两层楼房。我们没有想到这么多年父亲费尽心力省吃俭用是在为此悄悄准备，他要完成人生最后一次壮举，他想看看心里的蓝图变成现实是什么样儿。次年正月初工程就动工了，一个多月后三间两层楼房拔地而起，父亲从炕上爬起来去看了一回，这一看竟然让父亲的病不治而愈，他的脸色在春天的阳光下开始变得红润，我们全家人阴沉沉的心情也随之晴朗起来。

父亲是老实巴交的农民，但父亲不固执，改革开放后，父亲由几百元起步在村口办起了一个小商店，多年来辛苦经营，生意日渐红火。父亲的经营理念很简单，就是诚诚恳恳对待每一个顾客，因此，周围村子里的男女老少都乐意到父亲办的商店买东西。一杯热茶，一支香烟，说说闲话，看看电视，来来往往的顾客让父亲一点也不寂寞，倒也其乐融融。父亲在村上很有人缘，谁家办婚丧嫁娶大事都少不了叫父亲去帮忙；说是帮忙，实际是让父亲坐在那儿抽烟喝茶，帮忙跑腿有的是小伙子，父亲坐在那儿好像事情过得就有了秩序。

父亲当了一辈子农民，父亲生命里的许多季节都很相似，在这春夏秋冬季节的交替过程中父亲头发开始变白，脊背开始变弯，岁月一点一点地改变着父亲，但父亲全然不知，实际他的气力早都消耗透支了。父亲明显老了，父亲是一点一点地变成一位老人的。他越来越不想走动,话也越来越少,老怕冷,总是默默地坐在墙的一角,默默地看着眼前的人和事。父亲一生爱抽烟,现在抽得更多,抽烟是父亲难得的一个爱好,抽烟的害处我们对父亲讲过,但我们不能让父亲将仅有的一点爱好戒掉。父亲抽烟像做事一样认真,他抽着烟打着盹;近年父亲瞌睡也越来越多,大概过去的许多年月父亲忙得忘了睡觉,这会儿儿女们已长大成人,他总算可以放心地睡一觉了。他是在睡梦中寻找逝去的那些岁月。

(《父亲是一本书》)

冬天天气奇冷,我一直为住在乡下的父亲担忧。父亲年近八旬,农村生活苦,父亲在冬季能过得好吗?

我一直为我的所谓事业惨淡经营,自知缺乏天赋,但还是痴迷不弃,只是夜以继日地辛勤劳作,期望能有所收获,这就常常给生活留下许多缺憾。我三天两头给家里打电话,问家里一切可好。母亲说:"一切都好着哩!"我放心了。

遇一个好天气我回到老家,进门见父亲在炕上半躺着休息,额头贴着一大块油污的纱布。我问父亲怎么了?母亲这才告诉我,二十多天前父亲想出门,腿脚不利索没有迈过台阶被绊倒了,父亲说没事一直不让告诉我。这时,父亲对我说,现在好了,一点也不疼了,他还拉住我的手在额头摸了摸,竟若无其事地笑了。

天不刮风,太阳很好,我扶父亲到院子晒太阳。父亲穿着棉衣外面又披着大衣,但在阳光下还只是瑟缩着;我知道父亲身上没有多少热量,像这冬天的太阳经不住一点儿风吹。

我和父亲晒着太阳,说着多年的那些老话。渐渐地,父亲暖和过来了,脸上有了红润颜色。父亲说:"今天太阳好,一冬天就数今天的太阳好!"

我果然感到浑身暖烘烘的,望着父亲,我随手解开了一冬天都不曾松动的领扣。

(《冬天的太阳》)

我一直生活在父母亲的言传身教里。我一直生活在父母亲播撒的阳光里。我就一直想着等我退休了回我的故乡去陪父母,重温往昔那些悠长而温馨的日子。然而岁月无情,2006年冬天,父亲突然患了"脑梗",多亏治疗及时,康复得也快,生活很快也能自理,父亲拄上拐杖也能到街巷和田野里转了。然而时隔三年,眼看就是春节将至,突然的一次重感冒彻底击垮了父亲,父亲全身器官迅速衰竭,医院乏术,我们于无奈中只有深深地悲伤着。而此时的父亲却非常淡定,也非常清醒。我赶紧回老家为父亲箍墓,准备后事。后来,当母亲小心翼翼地将箍墓的事告诉给他时,没想到一生胆小的父亲脸上竟浮出了笑意。他决意回家，一刻也不愿在医院多停留了。

2008年腊月二十日黎明时分，我从北京开完会坐火车回西安。途经渭南时，我做了一个清晰的梦，梦见父亲躺在老家的土炕上微笑着向我招手。我就一下子从梦中醒了过来。紧接着我的手机铃声响了，是妹妹的声音，她抽泣着告诉我："父亲不在了！"父亲不在了？！我的眼泪唰地就淌了下来。我在西安下了火车又乘火车往渭南赶。我遗憾着没能见上父亲最后一面，没能与父亲说上最后一句话。火车的每次哐啷声都重重地撞击在我的心上。

我一回到家就扑倒在地，紧紧地抱住父亲那双瘦骨嶙峋的双腿——这是一生都在匆忙奔走的双腿，然而这双腿再也不能站起来行走了。我完全还像当年那个孩子一般依偎着父亲，望着安详如睡的父亲，我一遍又一遍地诉说着心中的悲伤与悔痛。妹妹哭着告诉我，几天来父亲约见了他挂念的所有亲朋，反复叮咛要将院子打扫干净，临走的昨天晚上，还让给他从纸活店里买一匹白马。妹妹从纸活店将白马买回来了，父亲满意地点了点头。然后，父亲就像平常一样闭上双眼睡着了，这一觉竟成了长眠。父亲是骑着那匹大白马去了天堂。

父亲本姓程，他是外乡人。父亲自小没了父亲，他的童年是苦难的童年。刚刚十二岁那年，父亲就跟村里大人去西安一家纺纱厂当了童工，不为挣钱，完全是为了找口饭吃。父亲成年后，就来了我们这个村子。父亲一来就将根扎下了。

多少年艰难困苦，多少年风霜雨雪，父亲一直咬着牙扛着生活往前走。父亲出身贫寒，心地善良，在村里赢得了很好的人缘。父亲出殡的那天早晨，天空纷纷扬扬地飘落着雪花，那是入冬以来难得的一次下雪，村里人感慨地说："老天动容，在为这个好人送行了！"

母亲幼年丧母。有妈的孩子是个宝，没妈的孩子是棵草。母亲苦命。母亲虽然没上过学，但母亲聪慧，爱好干净，又会持家。她没有片刻闲暇，一年到头缝衣、做饭、纺线、织布等等。我一直不知道母亲是何时休息的。白天她要下地干活，只有将家务活放在了夜晚和空闲，那纺车的嗡嗡声和织布机的哐啷声一直伴随着我。一大早我起床去上学，母亲却还没有休息，她简直就是一架不知疲倦的机器。我下面本来是有一个弟弟的，不料弟弟得了"四六风"早早就夭亡了，母亲就为一家姓韩的人家奶养了一个孩子，那孩子叫韩建民。母亲后来用养孩子所得的一点养育费和周借来的一点钱买了一台缝纫机，无师自通地学会了裁剪缝补衣服，靠为别人裁剪缝补衣服所得的微薄收入补贴家用。母亲常常提起她养育的那个孩子，想起那孩子就抹眼泪。当我后来读到诗人艾青写的长诗《大堰河——我的保姆》时，就不由得想起我的母亲，母亲就是那个保姆，我就常常禁不住泪流满面。

父亲是靠山，父亲是顶梁柱，父亲是遮风挡雨的墙。父亲走了，母亲的精神一下子垮了下来，紧跟着大脑迅速萎缩，以至人事颠倒，连生活也无法自理。母亲是在糊里糊涂中离世的，这给儿女们留下了永远的哀痛。

母亲离世后的那年秋天,我去四川看望母亲唯一的姐姐,我一直亲切地叫她作大姑。大姑是我们长辈里唯一的亲人了。大姑年近九旬,行动不便,但思维却很清楚,我们一直瞒着她没有告诉她我母亲去世的事。一见大姑的面,大姑就紧紧地拉着我的手说:"让你妈也过来吧,我想和你妈说说话!"我再也抑制不住悲痛,眼泪像断了线的珠子只是无声地流淌。

父母亲在,家就在,父母亲不在,家就没了。我心中那不断剥蚀的院墙终于坍塌了。没了父母亲的关爱和庇护,漫漫人生,我只能独自面对风雨了。

华山三友

我交朋友,主要是为了向朋友学习。

我和吴振锋、遆高亮三位热爱书法的朋友,因为常在华山这块地面活动就被称为"华山三友"了。其实我们彼此距离并不很近,我们分别住在一个等边三角形的三个角上,三角形的边长都是五十公里。虽然我们不是天天见面,但总是常常见面,说不清什么缘由我们就聚在了一起。要是有几天没见面,我们会彼此打电话,不管大白天还是深更半夜,什么时候想起就什么时候打,我们好像是在彼此提醒,唯恐谁一不小心从地球上跑丢了,找不见了踪影。

三友是三种脾性:我和振锋同庚,属鸡,1957年的鸡。振锋常戴一副白颜色的玻璃眼镜,永远做沉思状,他看的书多,想的问题也多,说出来的话一套一套的,像是说书法理论文章,我们特别爱听他说话。我生性散漫,慵懒,身体又胖,胖人怕动,想那每天的太阳和月亮不是我们着急盼出来的,老这么想着我就成了个慢性子。高亮小我俩五岁,属虎,身上有一股虎气,那黑又亮的头永远都梳得黑又亮,办事也一样有条不紊,沉稳而练达。高亮办事比我们想象的还要好,三友之间的烦人事都交给他了。老话说,三人行,必有我师。老话还说,三个臭皮匠,抵个诸葛亮。还有许多这样的老话,大概说的都是这个意思。如果说一加一其能量大于二的话,那么三个一加在一起呢?艺术需要氛围,思维需要碰撞,性格迥异的三友相聚,像高中低音阶组成的和弦,于独立中互补,互补中独立,这样地生活几十年,日子在一天天往前走,我们自然会有所进步。

华山是天下名山,古往今来,华山吸引了一批又一批文人墨客顶礼膜拜,华山就不仅以雄奇名世更因此成了文化名山。今三友处华山这块地面,相聚谈艺论道,潜移默化中一定能浸染上一些华山之灵气,这样我们就常常为眼前的这座山而自豪。我们春天迎和风,夏天顶骄阳,秋天沐细雨,冬天赏冰雪,华山不老我们不老,我们和华山一同生长。

三友雅集使我们的生活充满了意义。雅集从来没有什么主题,也没有中心发言人,我们是自己给自己开会,一切放任自然。于是我们随便坐卧谈最近心情,谈老婆孩子,谈书坛发展趋向,谈世界经济形势,谈太空探秘,谈基因工程……我们喝着茶,吸着烟,任思绪飘飘,任言谈枝蔓。天什么时候黑了,天什么时候亮了,那些都不是我们的意志。我们有时一脸的庄重严肃，好像是在给联合国讨论重大议题；有时大而化之，一如三岁小儿随兴所至。不知什么时候是谁提议："咱们还是写字吧。"这样就有人裁纸，有人磨墨，有人朗诵自己作的诗句。我们说书法重要的是要有基本功，于是我们书写时全身心地入静，提按顿挫一笔也不敢马虎，那会儿只能听见笔和纸触摸时发出的沙沙声和从华山山谷刮来的风声。我们自以为写了成功的作品，我们开始自己为自己叫好，被叫好感染得一时激动不已了，我们就有了更大的胆子。弄艺术的人是艺高人胆大，我们充满了激情就逸笔草草，也破格玩起了平时最看不起的"现代"。后来我们确实是都有些累了，我们开始冷静地审视自己，竟全盘否定了折腾半宿的劳作，遂将一大堆作品揉成一团扔进了字纸篓说下次再好好写吧。于是我们收拾睡觉，那会儿窗外华山的剪影赫然入目，是谁家的鸡莽撞地叫了一声，天终于大亮了。

　　三友雅集其实并不是一团和气，我们针对自己的作品也常常进行中国书法批评。我们有平稳的心态，表扬一下不会就张得没领，戴了二尺五那并不是自己真长了个子；批评也不会一蹶不振，冷水淋头只能让人多打几个激灵。我们站在华山顶上能看见更加高远的蓝天，于是我们就常常出外走动，三友结识了更多的朋友，更多的朋友也认识了三友。三友常说，路还长着哩！

　　自新千年我和振锋相约来了西安之后，过了三年，高亮工作调动也到西安落户了，自此，三友便成了西安人。但我们初衷不变，友情依然笃深。2003年"非典"特殊时期，我在渭南，振锋在西安，因"非典"而难以走动，我就给振锋写了一封信。

振锋兄：

"非典"制造了非常时期，非常时期使我们成了非常的人——相互隔离，不得随便走动，为自己，为朋友，更是为了社会，这也是必需的。

这样的日子大概有两个多月了，在这两个多月里，我整天蹲在家里看电视，要么与朋友通电话。如此这般地生活，终归还是无聊，真郁闷啊！人毕竟是群居动物，需要交流，大孤独属于不平凡的人，但我们是平凡人，就非常思念朋友。兄知道我是一个随性情而乏城府的人，在家靠父母妻儿指导生活，出门靠朋友指导生活，这使我越来越懒惰，生活上马马虎虎，不再用心，更觉得朋友重要了。

第八届书展征稿在即，我正准备投稿。对入选已很无所谓了，只觉得这是目前自己手头应该做的一件事情，像农民到时候就去播种插秧，收成如何，那是老天的事，管它呢！参加各种展览已有十多年，老运动员了，这使我非常钦佩那个打乒乓球的瑞典人"老瓦"，尽管刚刚结束的这届世界杯赛刚开赛他就名落孙山，那无所谓，他辉煌过，况且辉煌对他都无所谓了，我想下次比赛他肯定还会再来。我们没有多少资本，我们是光着脚走路，自己为自己走路走出的是属于自己的风景啊！

　　最近我又系统地临了些帖，越临越感觉差得远，越临越觉得有信心。传统能给人增加许多底气，认王羲之、颜真卿为老师，我想不会有错。书法是讲点画的艺术，点画是需要历练的，我们常谈点画，而少谈线条，大概线条是舶来品。点画就是点画，积点才能成画，事物是在运动中发展的。所谓提按顿挫，摇曳变化；所谓直中有曲，曲中有直，只有不断制造矛盾才能不断解决矛盾，这样点画就有了味道，我们也就乐在其中了。我们说书法是一门艺术而非技术，大概是技术容易获得，而艺术产生的过程却复杂得很，它需要经验——书法本身和书法之外的许多经验。经验需竭毕生之力不断追求才能获得，所谓傻瓜种瓜，种出傻瓜是也。书法是傻瓜干的事情。

　　你我都来自生活的最底层，一样地喜欢朴素。想想，写字就一支笔、一池墨、一张纸，时代再现代化，书法还是得靠自己亲自去写。复杂是简单的有序集合，大自然无过乎阴阳消长，朴素才能使人走向深刻。所谓白纸写黑字，是黑的墨落在白的纸上，那纯粹的怦然令我常常激动不已。墨分五色，五色是多多的色，是最为丰富的色的饱和。近来我看画册特喜欢看水墨画，连看电视也喜欢将那彩色调成黑白。我还喜欢看人下围棋，因为那棋子也是黑与白，甚至喜欢街道跑的纯黑的黑狗和纯白的白狗。我是走火入魔了吗？

近又读了一些书，越读越觉得空虚，恨不能一夜读尽天下书。然我回老家见到老父亲，他不识字，却能说出许多人生的大道理，这是我们苦苦思索而不得的，我又生疑。我们一上街就老给人家门店的牌匾指正错别字，而且整夜整夜地为人生的终极在探究却最终没个究竟，我们实在太累。我崇拜老父亲，是因为他活得很纯粹。我甚至希望自己也不识一个字，落得个满目空明。真是两难啊！人生绕一个大圈子大概最终还是要回到开始的那个点上，走法不同道理是一个样啊！

自从去年我自己将自己离岗之后，我完全成了自由人，时间对我不再是严格意义的概念，我只需要有个大致的把握就行了。我从来缺乏远大志向，常常哀怜周围那些自生自灭的花草树木。前几天回故乡，在童年小伙伴务的果园里，我们叙谈了一上午，我真有些不归之思了。那种恬淡，那种宁静，真让人销魂。也许是现实中诗意的东西太少了，我是否在期求一种诗意的栖居，不想也罢，越想越不明白。

你我同庚，今年四十六，再奋斗四年就是半百，日子追着日子，我都不敢想象我们是如何长这么大的。今天是六一儿童节，望着窗外一群儿童欢蹦乱跳唱儿歌，如果是三四十年前，那队伍里一定就有你和我。愿我们童心永远，愿我们生活得本真。返老还童，我们还得耐心地再活几十年，如今我们大概是在朝我们来的那个方向走去吧？阿弥陀佛！

等"非典"时期一过，见面我们好好叙谈吧。
顺祝
夏祺

星文顿首
2003年6月1日夜

无知当然无畏，闯西安我们凭的也是激情。期间几多风雨几多愁，甘苦冷暖在心头。2004年我们在省美术博物馆举办了"华山三友书法展"，众多师友前来祝贺勉励，确实让我们感动。关于《三友进城》，我给振锋写信谈了我当时的一些想法。

振锋兄：

昨天西安的天气实在是炎热，你临时休息的那个房子又没有安装空调，我们就干脆丢剥了上衣，但身子依然滚豆子似的一个劲淌汗。多亏了你弄来的那个大西瓜，那是一个真正的大西瓜啊！瓜瓤子既沙又甜，一豁子下了肚顿觉暑气全消。二十多年前我在家乡经常能吃到这种味道的瓜，那是用油渣追的瓜秧子，你弄来的那个大西瓜可能就是用油渣追的肥。昨天那个大西瓜本来有高亮一份，你说高亮早上去安徽评书法作品去了，我们就只好替他吃了那一份。吃着西瓜，不由人就会想起"华山三友"十八年的友情来，我们是一根瓜秧结的三个瓜蛋子，我们坚持给这瓜秧上油渣，上油渣成了我们一贯的指导思想。

三友进了古城西安，交往日益频繁，为了纪念十八年的友情，我们准备出一本书，办一个展览，也算是对社会各方面朋友的一个汇报。我们说好出这本书不请别人写序，而是以《三友进城》为题各自写一篇文章，成稿前不允许相互商量，交稿后也不得有任何改动。真好玩矣！你俩写什么怎么写我不知道，但二位文采斐然，情动于衷我不猜也能知道，三友十八年的友谊比什么都让人感怀呢！

你我是为理想而活的人，1993年我们第一次入选中国书协举办的全国展览，在北京我们看展览，游琉璃厂，逛各大书店，去北大拜访陈贻焮先生……那一周时间我们为书法而快活，话题怎么也说不完，那种对艺术朝圣般的心态至今我们依然保持着。也许是走火入魔，2000年我们才有了那个非常的举动——毅然离开单位到古城西安打临时工。我当时写文章形容我们二人是两块石头被搬进了城。我们床对床住在不足十平方米的一间小屋子里，每月仅有几百块钱的工资，生活极尽简朴但还要省下钱买书买笔墨纸砚，我们是为艺术而神经了吗？那个中秋之夜，月是一轮满月，风却刮得生冷，在历史博物馆旁边那个冰冷的石头上，我们买了几块月饼自己给自己过中秋。那一刻这个温馨的城市却让我们感到生疏而凄凉。月光泼洒了我们一身，露水浸湿了我们的衣裳，寒冷让我们想起离别的妻子和孩子，许久的沉默，让我们感到自己是否在逃脱一种责任，我们为自己的冒失而自责。那个冬天特别寒冷，不只是因为房子没有暖气，而是因为那个单位的变故，我们终于没有了那份临时工。原单位是难以回去了，生活无着，那年年底，我们是空着手冒着风雪回老家过的年。过年后我们搬到了罗家寨，城市中的农村收留了失意人。你给租的房子写了个"冷月庐"的斋名，我说冷月庐太冷清，换个名字吧，你就换了个"万庐"。但万庐主人字不能卖一分钱，万本是多的意思，但我们是两个穷光蛋！只道是山穷水尽，谁料又柳暗花明，我们得感谢许多朋友，友情之重让我们活得越来越明白，生活的意义就是在人生波浪的颠簸中忽高忽低，绵延不绝。你后来被省美术博物馆收留，我闲云野鹤成了自由人，为艺术而献身的初衷却始终如一。

2002年秋天，你在辛家坡找了个简易的两室一厅，当时我不在西安，你打电话说咱们搬家吧，我说好，我们就一起又从罗家寨搬到了辛家坡。辛家坡和罗家寨一样是城市中的农村，但听起来有一种留洋的感觉。我们朝夕相处，为艺术痴迷不弃，但心理上的寒冷已开始消退。今年春节前我在南郊明德门安顿好了房子，说是春节后要搬家，春节过后，却迟迟不肯搬。但终于还是要搬了，搬家那天我雇了一辆三轮车，我们俩在门前照了一张相，门两边是你春节写的红对联，那天阳光很好，我们迎着阳光微笑着，依依惜别但心情却很晴朗。

四年朝夕挥毫论道，十八年书友情深意长，你的勤奋催我不敢怠慢，你的宽厚教我坦荡胸襟，相互欣赏才使我们精神充满活力。

我想给你提几点建议：一、不要老躺在床上看书，躺着看书对眼睛不好；二、不要老蹲在房子里，多参加户外活动有益健康；三、你的胃不好，要多喝稀饭，稀饭滋养肠胃。

你说的《书林藻鉴》一书我早上去书院门买到了，一定要好好拜读。说老实话，我书架上的好些书当时匆匆买下但事后却并没仔细读过，我怀疑自己是否在扎势。今后一定要听毛主席的话："好好学习，天天向上。"

顺祝

夏祺

星文顿首
2004年7月5日于卧雪庐

关于《三友进城》，我也给高亮写信表达了心迹。

高亮兄：

你今春从华山调进西安，"华山三友"就全进了省城。因为振锋和我住在南郊，也劝说你将房子定在南郊。三友住得近了，交往也会日益频繁，学习的机会也会越来越多。大千世界，芸芸众生，"华山三友"友情十八年，冥冥之中可能是一种缘吧。当年振锋在金堆城，我在渭南，你在华山，每逢星期天，雅集轮着转，我们在收获书法艺术带来的喜悦的同时，更重要的是收获了友情。十八年四季更迭，我们的孩子吴夷、史晨和逄钊呼呼地长成了大人，这是一代人长长的一段友情啊！作为人生，我们借此庆幸，弥足恒久珍视。人常言："文人相轻。"我们却彼此相重。名利与友情，是一架天平，我们是在相互欣赏中完成这段佳话的。

我们三个都出身农村，扶过犁，拉过车，当年农村的苦都受过，这是一笔财富，我们一直这么认为。直至今天，我们头上的草屑也舍不得拣掉，身上的尘土也舍不得拍掉，就连脚丫子上的泥巴也舍不得抠一抠，我们其实舍不得的是那一份朴素的情感。

　　三友进城，但根还是在华山，你说你常做我们在华山活动时的梦，我一样，振锋大概也如此。上个星期天你说咱们回华山吧，我和振锋就与你一起回了华山。那天刚下过一场雨，天很蓝，云很白，华山还是昔日的模样，拔地擎天，高耸入云。我们与华山相看两不厌，华山的精神已深植进我们的骨子里了，这是撑起"华山三友"精神大厦的基石。我们又走遍了华山诸峰，还有玉泉院和西岳庙。夜里我们在你的仰止阁，看华山群峰上那一轮圆月，是因为山高的缘故，那月很小，但非常明亮。山谷涌来了松风，有一种荃香脉脉流动。这是一个令人沉迷的夜晚，你拉起板胡，脑袋晃着，神情专注，那板胡的旋律时而高亢，时而缠绵，不由人就要想起我们在这块风水宝地十八年来的许多情景。情景迭情景，让我们默然无语，我们眼睛里含满了泪花，时光就这样不慌不忙地从我们身边往过流淌。华山我们不能带走，但心中的华山会时时伴着我们，这将是一个永恒。

　　三友是因为书法这根线而成为三友的，有许多批评，有许多鼓励，相互提醒，相互搀扶。三友书艺上的进步是三友共同努力的结果。也许我们的书艺还未走到一个理想的高度，但作为人生这个过程却耐人回味咀嚼。前几天我在翻腾过去的照片时翻出1987年冬天你我在少林寺照的一张相，照片已经泛黄，你穿着风雪衣，我穿着蓝呢子，那时我们都很清瘦，但很精干。转瞬一十八年过去，岁月已将我们雕刻成说话慢走路也慢的中年人。人生实在是匆匆，再有几十年光景我们大概就将义无反顾地走向灰飞烟灭，化作一缕烟，一漠风，抑或是一把尘土，唯一能留下来的是人生旅途中长长的那一段情愫。

今年春天兄之慈母不幸病故，我与振锋前去吊唁，三友在灵柩前长跪不起。我们感叹人生如灯，有时竟然连春天的和风也经不起摇曳。我们还有许多话没顾上说，我们还有许多事没顾上做，但一切都悔之晚矣。前些天振锋的父亲我们的吴大伯在我家住了一宿，我们说了许多话，但更多的是对三友的反复嘱咐。我父亲没有文化，我一回去他就反复对我说一定要好好活人。活人，是我们一辈子要做的事情啊！

我之所以有所进步，是振锋和你前拉后推的结果。我这人有许多缺点，比如聚会经常迟到，有时就不辞而别，说话冒失，做事迟缓，又喝不了酒，秦腔也唱不好（我爱听你唱秦腔）……但二位多能宽容，在此我要书面表示感谢。

你那一天送给我的那一帧小楷书法很好，我非常喜欢。你与前多年走《张玄墓志》《张猛龙碑》

的那一路发生了很大变化。你大概将褚遂良、黄庭坚、倪瓒，还有弘一法师等大家的艺术要素吸收了许多，字形显得纵逸，行笔也很疏朗，反映在气息上安闲而古雅，照此发展，一派天机为时不远了。

顺祝

早秋吉祥

星文顿首

2004年8月8日

我们的友谊在继续，我们在互相欣赏过程中更加珍惜这种友谊；我们的友谊在成长，在我们身边又云集了一大群书法朋友。2008年岁末，我们的友谊再一次在省美术博物馆集结，这便是"华山三友"师生书法展。我们看重的是友情，追求的是艺术的纯粹与崇高。

振锋依然好读书，勤思索，多著述，每有感悟，便寻我们一同分享。高亮依然充满激情，于放达中见精微，于洒脱中得真情。有道是三人行必有我师，这么多年我之所以没有掉队，是振锋、高亮前拉后推的结果，这体现的正是友谊的力量。

猎猎西北风

陕西关中,是指东起潼关,西至大散关,南起武关,北至金锁关这一块广阔地面,号称八百里秦川。关中南依中国南北地理分界线秦岭,秦岭以奇险的西岳华山和六月积雪的太白山最为著名;北靠北山,北山之北就是孕育了中国革命的大陕北了。关中最大的河流是渭河,渭河发源于甘肃渭原,经宝鸡贯关中东西至潼关跃入滔滔黄河。关中是中国的白菜心——大地原点在泾阳,授时中心在蒲城。关中自古帝王州,所以得关中者得天下。史上曾有十三朝帝王在此建都,关中尽得正大气象。关中人个个都像兵马俑,威武骁勇,善打硬仗。最令史上击节的是骑着战马、啃着锅盔的秦人。秦王扫六合就将六国给灭了,从此天下一统,建国大秦。我一直生活在关中这块地面,我自然热爱这块文化厚土。儒家文化的代表孔子一生颠沛流离,他极力要复的礼就是周礼;那个道家文化的圣贤老子骑着青牛,他也是在楼观台开坛讲经;那个西行的苦僧玄奘,历经万般劫难,终于将佛经带回了大唐慈恩寺。三秦大地,永远是我精神的栖息地。

踏着历史的脚印,我喜欢在关中这块地面上奔走,多少年以后我不知道我的脚印能不能被考古学家分辨出来,反正我留下了属于自己的脚印。关中的美丽与雄奇令我只有自豪!

我是一个喜欢做梦的人。可以说我睡觉纯粹是为了做梦。我的许多愿望都是在梦中实现的。梦像一部又一部宏大的史诗画卷,所以现在的小说、电影和电视剧我懒得去看。梦让我穿越时空、纵横天地,梦开辟了我的思想疆域。我曾无数次梦见自己在关中地面的上空飞翔,那会儿我只要思想了飞翔一抬脚就飞翔开了。我飞翔过村庄、田野、道路、河流和一座座城市,我一路唱的是大秦之腔。最令我惬意的是我骑着骏马与骏马一起飞翔,那骏马就像云追赶眼前的另一朵云,骏马驮着我追上前面那朵云时就前腿弓后腿蹬和云朵一起滑行。那时我看见地面有向我挥手致意的人群,我发现那人群里有许多我熟悉的朋友。但后来的日子我见着他们,他们一个个都好像若无其事的样子,我也硬是将秘密埋进心里,独自享受我的飞翔。

我的家乡在关中东府,东府有华山巍然雄立。五岳之中数华山最为险峻,那峥嵘的五个山峰,形如刀削斧劈,状如莲花盛开。华山是父亲山,华山是真正的男子汉。我无数次拜谒华山,登临华山,山登绝顶我为峰,当我登上华山之巅的时候，我仿佛也站成了华山。

黄河自西北而来，到东府这块地面，流经韩城、合阳、大荔和潼关，然后折东而去，奔流入海。黄河是母亲河，我来到黄河岸边，就像儿子回到了母亲的怀抱，只有感恩，只有眷恋，只有思念。在东府，我曾无数次沿着黄河逆流而上。在潼关渡口，正是春天，夕阳西下，河水熔金，我沐浴着河滩荡漾的春风，品味着老白家的黄河鲶鱼汤，那是无比鲜美的鲶鱼汤啊，我陶醉了。来到古同州大荔的时候，那是火红的夏天，头顶的烈日烤着我，没有一丝儿风，黄河蒸腾着在大口喘息，我就地摘了一个同州大西瓜，那瓜既沙又甜，只有黄河的水才能养育出那样既沙又甜的大西瓜。到合阳的时候已是高秋，洽川的黄河湿地是一眼望不见尽头的芦苇荡，有成千上万只说不上名字的鸟儿对我鸣唱，我跳进处女泉，让心随白云悠悠在蓝天飘飞。冬天我来到韩城，我拾级而上登上黄河岸边的司马迁祠，四望白雪茫茫，黄河已经冰封，我回想起我们这个苦难的民族伟大的民族复兴的民族禁不住就热泪横流。

差不多有二十多年了，我还喜欢每年数次游走陕北。陕北包括了延安和榆林两个地区。印象里这里山大沟深，地广人稀，最是那一曲曲信天游直唱得人心酸楚，天地苍凉。陕北的历史是贫穷的历史、苦难的历史，于是就有了走西口闯生活的陕北人，就有了一幕幕生死离别的人间悲情。然而生活的贫穷与苦难，也磨炼了陕北人坚韧的性格，拓展了陕北人宽广的心胸。当年毛泽东和他领导的中国共产党人来到这里，就被这一片热土和热土上的人民接纳了。共产党在陕北的十三年，是辉煌的十三年，也是中国革命由小到大不断发展最终走向胜利的十三年。陕北在我心目中是神秘的，更是神圣的，多年来我走遍了这里的山山水水。我是踏着当年英雄们的足迹，迎着古老的太阳和月亮，沐浴着春风和冬雪完成我的旅程的。我吃过这里的牛羊肉和小米，喝过这里高度数的老白干，睡过这里的热土炕，我隐没在一群脸膛黑红鼻音浓重的汉子和婆姨们之中。我在追寻中获得了对这块土地和这块土地上这一群人的解读，这块土地上展现的波澜壮阔的历史画卷也在我脑海里有了整体的形象。

我在黄陵、洛川、安塞、延川、米脂、佳县、吴堡、吴起游走时，眼前是望不见头的沟壑、走不到头的沟壑，一孔孔窑洞就隐藏在沟壑里，时不时就会遇见迎亲或送葬的队伍，最是那唢呐声吹天吹地，吹得人撕心裂肺，酣畅淋漓。也时不时会遇见打腰鼓的年轻后生，直打得黄土飞扬，天地旋转，白云横飞。我在府谷、神木、横山、靖边、定边游走时，见沙是满眼黄沙，风是漫天黄风。夏天太阳炽烈如火，夜晚月光凄清冷寞。最是那冬天，"千里冰封，万里雪飘，望长城内外，唯余莽莽"，让人就平添了如狼似虎的豪迈气概。尤其是塞外的毛乌素沙漠，沙柳因风沙太大全都被砍了头，但它一站就是几百年、上千年，老而不死，死而不倒，倒而不朽，沙柳彪炳的正是陕北人的精神。

毛乌素沙漠飘落着入冬后的第一场大雪。

雪，像一天的棉花团团，纷纷扬扬地，白雪笼罩了无边无际的黄沙，还有那没来得及褪去绿色的沙柳。

沙漠的波涛，沙柳的绿色火焰，加上这漫天的飞雪，毛乌素是一片苍茫了。

那天我们从靖边县城出发，李树元开着他那辆旧吉普车，车上坐着我和黄石，还有李树元的父亲和李树元的婆姨。我们是专程去看毛乌素沙漠的，没有料到会遇上这漫天大雪，雪将我们弄得兴奋不已。

沙漠里能长得像树的植物就数沙柳了。

沙柳不怕沙漠荒凉干旱，沙柳装点了沙漠的风景，沙柳是沙漠的绿色精灵。我敬畏大自然，我膜拜大自然中的一切生命。

这里的沙柳全都被砍了头，它被叫作砍头柳。沙柳不能不砍头，毛乌素的风硬，树很难长成大材料，沙柳就被砍了头。砍头柳能丛生出胳膊粗的椽，一棵沙柳能长许多根椽。李树元说："沙柳就像陕北的人一样，你别看长得歪歪扭扭，但生命力特别强。"

生命力特别强——沙柳，还有陕北的人！

车在走。沙柳在走。沙梁也在走。

忽儿在我眼前出现了一棵老沙柳、老得不能再老的老沙柳，应该说这棵老沙柳已没了像样的树身，树身早已被岁月从中间劈成了两半，已化成了灰、土和烟。仅剩的两张树皮几乎是贴了地面朝东西方向生长开去，让人惊奇的是一张树皮的末端生长出了三根胳膊粗的椽，另一张树皮的末端正抽枝准备长椽。

我们几乎是同时被震惊了。车停住了。我们下了车。

站在这棵老沙柳面前，我们神情显得特别庄严，谁都没有说话。雪依然在悄没声息地飘落。

当我用手触摸这棵老沙柳的树皮时，我好像是在追寻逝去的岁月。我真的不知道这棵沙柳已在这里生长了多少年，作为沙柳已看不出年轮，那么就问这一天的风和一地的黄沙吧！风和黄沙却不说话，风和黄沙恐怕也不记得这棵树的年龄了！风和黄沙也是在不知不觉中蓦然才发现这棵沙柳老了，成了仅剩两张树皮的老沙柳。

关于老沙柳的年龄并不重要，重要的是这棵老沙柳从来也没认为自己就老了，那三根胳膊粗的椽还有正准备长椽的新枝就是明证。

我感慨了。

我拉住李树元的父亲想和老人照一张相，跟这棵老沙柳一起。李树元的父亲今年八十三岁了，老人身子骨非常硬朗，耳朵有点背，平时讲话声音特别洪亮。他害怕我们听不见他讲话，因此更显得特别精神。

　　李树元按动了快门,他一连照了三张。照片上,我一手抚着老沙柳粗糙的树皮,一手拉着李树元父亲粗糙得像树皮一样的手。

　　此时,大雪正在我们身旁飘落,初冬的毛乌素沙漠有了一种暖意,它并没有我们想象的那么寒冷。

(《沙柳》)

　　在苍苍茫茫的边关塞外,我登临了白云观、镇北台、红石峡、丹霞地貌的红石山。而靖边北去,更有一个昔日曾不可一世的大夏国都,可惜岁月的风雨已剥蚀得它只剩下了残垣断壁,成了历史上的一个记忆、一个符号、一个任人评说的空城。

　　出了靖边县城向北,我们的车子与夕阳在毛乌素沙漠一路雁行。七月似火,沙丘与沙丘画出一道道蜿蜒流动的抛物线,远处的村落被笼在夕阳的紫烟里,眼前一片苍茫。

　　我与靖边的朋友李树元去看塞北一个叫统万城的大夏国都遗址。据传,公元413年,匈奴族赫连勃勃发民十万筑城为国都,取名统万城,其意统一天下,君临万邦。公元427年,魏太武帝攻破夏都城,虏获赫连氏家属、宫女及秦雍人士数万,从此城废,其遗址就孤零零地被抛弃荒野任岁月风雨剥蚀。

　　统万城距靖边县城五十公里,塞北的柏油路路旷人稀,我们一路风驰电掣。

　　跨过无定河,统万城恍如大漠中的海市蜃楼。

　　夕阳开始直线下沉,其形如锣,其色由白而黄继而如血。

　　我们是跑步登上统万城城墙的。

　　夕阳一下子膨大如巨形火球,在这巨大的火球接触到地平线的那刻,火球被挤成一个椭圆,继而火球被大地迅速熔化、吞没,给西天留下半天晚霞。

　　统万城沐浴在晚霞血色的余晖里。

　　大漠的风从更遥远的北方吹来。

　　成千上万只燕子绕城墙旋风般不停地飞。

　　站在城墙上,历史的回声庄严响起。

(《统万城》)

　　我一直生活在关中这块土地,这块土地依然还是昔日那块古老的土地,然而周秦汉唐的辉煌已成为过去,这里留下的只是尘封了的历史遗迹和大大小小的帝王陵墓,每每夕阳西下,苍苍茫茫的紫烟里还能依稀看出些往昔的王气。古代的丝绸之路,也正是从古长安出发,一路西行,才连接了欧亚。张骞是出使西域的拓荒者,玄奘也是出使西域的拓荒者,那一队队马队和骆驼群组成的队伍，浩浩荡荡，铿铿锵锵，留下了历史的辉煌。站在 21 世纪的边上眺望，我禁不住就要发怀古之远思，竟一时热血沸腾，心旌高扬。我凝望着先辈们的背影，决定踏着他们踩出的足迹一路西行。那天，我在我的卧雪庐肃然默立，然后提笔，饱蘸浓墨，挥毫写了一副丈二巨幅对联："疾行万里西风烈，长啸一声正气豪"。然后，我在西安的坊上美美地咥了一海碗羊肉泡馍。车过兰州，我又在清真饭馆吃了一大碗牛肉面。我沿着河西走廊，目标是太阳落山的方向。

  酒泉，是我西行的第一个驿站，那里已有朋友等着要为我壮行了。在酒泉，我却不胜酒力，但朋友说到酒泉哪有不痛饮之理，盛情难却，我只有随着朋友的好意了。酒当然是存储了多年的老酒，酒杯也是当地生产的工艺精良的夜光杯。朋友们在一起总是兴致勃勃，于是，一杯一杯复一杯，杯杯美酒下肚去，片片桃花脸上来，一时间，天地人就完全融为一体了。席间，朋友给我讲述酒泉的来历。说是酒泉古称金泉，传说古时有人在此地寻得金子而得名。汉时的骠骑大将军霍去病，出师抵御匈奴屡建奇功，就驻兵于此。武帝赐酒，遣使犒赏其军功，但将军不惜命，也不贪功，遂将御酒倾入泉水，与众将士共饮同欢，金泉从此就叫酒泉了。那天我不知道喝了多少杯酒，我真的是烂醉如泥了。待到第二天酒醒，朋友就带我去看酒泉遗址，看清代名臣左宗棠在泉边亲手栽植的柳树，看西汉胜迹碑石。泉被石槛拱围着，阳光斜刺过来，将方方的一池泉水切成黑白两个三角。看得见泉在漫涌，水气腾上来，丝丝缕缕，似有酒香。遥想霍大将军酒酣之后率众将士继续西征，却留下了这一池酒。有了这酒，人们就永远也忘不了将军。泉的东侧有湖，湖中有岛，岛上有李太白的汉白玉卧像。太白是醉了，他抱着一个硕大的酒坛，酒倾坛而出他也不去理会，他只是忘情地吟咏着自己的诗……我在酒泉，也因酒壮胆，身上一时好像附了虎狼之气，行走大西北顿然生出无限魄力。

我迎着烈烈西风和如血的残阳，我踏着一路的大漠和戈壁，白天，那炙热的太阳烤过我，夜晚，那呼啸的野风袭过我，我没有停下脚步，我精神饱满，信心倍增。在敦煌的莫高窟和榆林窟，我感受到了宗教文化的虔诚和虔诚所创造的宗教文化的力量。在鸣沙山，风吹起的沙山上，行人骆驼，状如蝼蚁，我真的听见了沙在呜呜地鸣。山下是月牙泉，泉水孤清，孤清得像谁丢弃的一把弯镰。在瓜州的"墨池"遗址，我仿佛看到草圣张芝挥毫舞墨的身影。在火焰山我没有看见一只鸟在空中飞翔，但我却吃到了哈密的甜瓜和吐鲁番的葡萄。过交河故城后我亲身感受了西风的浩荡，一辆小车一辆面包车还有一辆货车被风的巨手掀翻在地。我去了库尔勒，那里有沙漠戈壁也有辽阔的水域。我去了魔鬼城，那是漫长岁月雕刻出的魔鬼城，那里藏匿了《西游记》里的妖魔鬼怪，但阳光下早已了无踪影。我去了石油城克拉玛依，那里至今还有中国第一口油井，原油不断外涌，已俨然成了一座小山。我去了沙漠中的明珠石河子，那是沙漠中的一方绿洲，兵团人用意志和心血在浇灌的一方绿洲。我去了南疆喀什，拜谒了出使西域的拓荒者张骞。我去了塔吉克，那里的兄弟民族让我在他们的毡房吃牛肉羊肉，喝奶茶奶酪，我还欣赏了他们的鹰舞。我一直西进，登上了五千多米海拔的中巴哨卡红其拉甫，那是国庆节，举目四望，白雪茫茫，看天宇竟如此辽阔，令我精神扶摇。有一年，我去塔尔寺和拉卜楞寺，见虔诚的宗教信徒用身体丈量着身下的土地，让我心底一下子变得无比纯净。有一年，我去青海湖，但见水天一色，风光无边，让我又一次领略了天地的无比壮阔。有一年，我去宁夏开发的西部影视城，作家张贤亮自豪地对大家说："我们出卖的就是荒凉！"西部是有些荒凉，但西部却有精神的高贵。几年前那个中秋，我在新疆喀纳斯的中哈边境哈巴河畔，有幸捡到一块宝石。那宝石上竟是草圣张芝的映像。那个下午远山白雪皑皑，山腰树叶金黄，眼前河水碧绿，我一时被这相隔两千年时空的有缘相会弄得激动不已。我一路迎草圣映像石回到长安，将映像石供奉在我的书架上，然后点一炷心香，额头就重重地叩响了脚下的地板。

从自然到自然

城市是一堆水泥,有格子的楼房就是鸟巢,可惜我不是鸟,就只有羡慕鸟的自由了。

我自小和庄稼花草树木生长在一起,这样我终于成了一个典型的自然主义者。我一直担心长久地待在水泥房子里自己会不会忘了生长,我的生命需要阳光和空气。有事没事,我就总喜欢坐在阳台上。

阳台是半张弓,东宽西窄,大概有五六个平方。我将阳台起了个台,置一张圆桌两把木椅,为方便平时看风景。

居二十楼,坐在阳台上能看得很遥远。远处是终南山,天气好的时候能看见山上的树木和房子。

窗外的楼房,有如春笋争着生长。大汽车、小汽车看去不再威风,像大虫子小虫子往前爬行。人有什么可骄傲的,这会儿看去,脑袋那么大,身子和腿却又那么短,来去匆匆忙忙地实在看不出有什么优雅。

  白天我坐在阳台上,端一杯清茶,阳台外面有许多故事在发生。城市的夜晚是灯的海洋,街道、车辆、立交桥与高速路,简直就是灯的河流。春天阳气升腾,坐在阳台,我能准确地辨别出桃花、梨花与油菜花的味道。夏天属于阳光,反正阳光不要钱,我干脆袒胸露背地让自己晒一晒,以防雨季来临时自己会发生霉变。秋天快人意的是风,风能将秋天吹成金色,我坐在阳台,思绪却飘到百里之外故乡的田野里去了。冬天总希望下雪,雪往往在夜里悄然落下,第二天天地一白,像置身童话的世界。

  阳台是人类走向文明的标志,房子不开窗无异于人之盲。阳台透风透光,而阳光和空气正是人类最基本的生活必需。富有的标志是什么,有钱就能拥有更多的阳光和空气吗?

  我在看阳台外面的风景,别人是我的风景,我也成了别人的风景。

  外面的风景里这会儿有人朝我挥手,定睛一看,是妻子下班回来了。

(《阳台》)

在屋子里待不住，我喜欢到大街上去。在大街上，我时而匆匆忙忙，时而闲散无聊，双脚始终也找不到能扎根的地方，我真害怕这样自己会变成一个浪子。那是一个金色的秋天，时光沉淀后一个真正的秋天，我在街边有幸结识了一位姓周的老人，他养菊卖菊，我在老人那里领略了真正的秋意。

有许多天了，上班下班从西一路经过，路旁那一片菊总是怡人心神。菊丛中站了一位老人、人淡如菊的老人。他卖菊，十数八块钱一盆，不贵，你真爱，他会送你。我停下脚步，闻着那淡香，后来拿相机给菊照相，后来给菊和卖菊的老人一起照相，这样我们就认识了。我们站在菊丛中，在秋天的太阳底下说秋天的菊。

老人姓周，过古稀之年了。"水陆草木之花，可爱者甚蕃。晋陶渊明独爱菊……"周老随口吟出周敦颐的句子。他说他喜欢陶渊明。早先陶渊明"采菊东篱下，悠然见南山"时，每天清早闲来无事，就将一百块砖搬出去，晚上再搬回来，之外就是读书种地赏菊。陶渊明爱菊，个中趣味，陶渊明知道；周老慕陶渊明，周老后来也知道了。生活重在享受趣味，他爱菊，独爱菊，养花就只养菊。菊开在深秋，不畏霜，不娇艳，品性柔和，花期又长，菊的性格就是爱菊人的性格了。

241

五年前，周老在城北租了三分地开始养菊，现在发展到五百多盆，近三十个品种。秋菊让人赏心悦目，但要养好一盆可真不容易。开春了，周老就早早地进了菊圃，开始整地、施肥、栽苗、插牌。菊花是凉性，15℃~20℃长得最快，天气热反要休眠了。周老告诉我，菊需要的是磷肥和钾肥，需要水但不能太过，等秆子长到十五厘米左右时就要拦头，不然就长疯了。人常说六月套盆，七月掐枝，八月打芽，九月开花。好菊花，秆要粗，茎要短，叶子要厚，花蕾要大。周老一年中有三个季节都在菊圃里忙活，菊花开了，他心里的花也就开了。

紫釉王、绿朝云、黄金魁、君子王、天王山、太白雪、墨菊、彩带、春风杨柳、昭君出塞……红的黄的绿的紫的菊花千姿百态，清香宜人。周老养菊图的就是个乐。没病，心情好，怎能不乐？周老乐，买菊的人和过路的人也乐，乐在这样的季节，人多像菊。

(《街头赏菊》)

我在乌烟瘴气的城市心里总是闷得慌，不经意间在那个夏天竟闻到了空气里弥漫着一种清新的荷香。那天正刮东南风，头顶也正飘飞着几朵白云。蓦然间这荷香复苏了我的记忆，时空相隔了三四年的记忆——眼前就豁然展现出一大片荷花盛开的水域来。

我在这一大片荷塘边站了有四个多钟头；我是上午九点四十分到的这儿，现在时间已经快下午两点了。我还没有打算回去，大概我要在这儿待一整天，一整天和这一大片荷生活在一起。

本来我会来得更早些，但我跑错了路耽误了一些时间。自我今年对绘画发生浓厚兴趣之后，我就喜欢整天在野地里转悠，悉心观察周围的一切，我想看看我周围的这些生命是怎么个活法，当然也包括我一直钟爱的荷。爱荷全是因了先前读过的关于咏荷的那些诗文："清水出芙蓉，天然去雕饰""接天莲叶无穷碧，映日荷花别样红"……荷是圣洁的象征。昨天我在大街上闲逛，不经意闻到一股荷香，突然想起几年前有一回在汽车上远远望见城东南有一大片荷塘，就决定今天一大早亲自来看一看这一大片荷塘，一时的兴奋甚至弄得我一晚上没睡成觉。我起了个大早，带了一些吃的，骑着自行车朝南只是猛跑。在经过一个岔路口时我曾踟蹰过一刻，但最终决定还是再朝东跑，当我骑车又走了好一阵子，回过头竟然发现那一大片荷塘正在我踟蹰的那个路口村北的坡底。我只好折了回来，这样就白跑了十多里路。

时候正值7月，当头是一轮骄阳，热当然是热，但刮着风，这会儿我站在荷塘边看着风将一望无际的荷叶吹得翻白翻绿,浑身的暑气一下子就全消了。

我来得正是时候,白的粉的红的开放的和没开放的荷花在徐风中全都频频向我点头,我们好像一下子就熟悉得跟老朋友似的。我刚来到荷塘边时,一个老农正在给荷塘放水,水是从上边的大渠引了一个塑料管子流出来的。隔一会儿那位老农就要在出水口撩起水闻一闻,他告诉我这渠里的水是从东边的化肥厂流出来的,他今天忘了带测水酸碱度的试纸,只能凭感觉把握了。前几天他一时没小心放进去一阵子酸性水,就将眼前的荷叶浇得发黄了。我顺着老农手指的方向,果然看见一大片荷叶有些发黄,我只是感叹如今连这圣洁的荷也难逃被污染的厄运,看来环境保护真是个大问题了。正说着话,那老农赶忙用木塞子堵了水管子,说不敢再浇了,水里有了酸味儿,他给我打了个招呼就扛着铁锨回村子去了。

正中午荷塘边就只站了我一个人,但在我身边却发生过三件事。先是一位妇女从北边的地里拉了一架子车青菜,后边跟着掀车的是一个十一二岁的男孩子,大概是那妇女的儿子。遇到距我不远的一个大坡时母子二人拉得很是吃力,我就赶忙跑过去给他们帮忙,车子就呼呼呼地上了坡。那妇女过意不去硬要送我一大把青菜,我没要,我说我这是在学雷锋哩。其后是一位老者赶了一群羊，经过我身边时就有几只羊不听话从队伍里蹿出来跟老者较劲，气得老者跑左跑右一个劲地破口大骂。我赶忙跑过去给老者帮忙，羊终于归队上了路。老者要给我发一根烟，我也没要，我不吸烟，老者就直给我道谢。这丁点小事就值估道谢倒弄得我有些不自在了，但在阳光照耀下我看荷的心情非常好。再后来是东边的土路上腾起一股浓浓的烟尘，追喊声一下子炸开了正午的宁静。我发现是一群人和狗正追撵一只野兔，那野兔正慌不择路端直迎面朝我跑来。可以说野兔是从我胯下跑过去的，那时只要我一弯腰就能将野兔抓住，但我没有抓，我知道这是一群人和狗与野兔之间玩的游戏，我一伸手将野兔抓住这游戏就得立马终止，这将变得多没意思，撵兔的人会冲着我瞪白眼，狗也会围着我狂吠。

　　风不知道怎么地突然就不刮了，空气像是不再流动，闷热啊，我开始浑身淌汗。东南方向的秦岭山头这会儿涌来一大片黑云，翻卷着翻卷着。大概这样的景象持续了有半个多小时，然后狂风突然发作，黑云一下子像决了堤的洪水。一天的鸟、树叶子、塑胶纸，一路的行人、牛、羊、汽车和拖拉机顿时都乱了阵脚，他们在纷纷躲避这暴风雨的来临，他们在逃跑。

　　满塘的荷没有跑。

我也没有跑。

雨说来就来，劈头盖脸的，瓢泼而下。然而这一望无际的荷全都挺直了腰杆。雨打荷叶，全作了一片鼓声；雨洗荷花，满世界荡漾着清香。我和这一大片荷站在一起，我想就这样一直站下去，站成一株荷：脚下也长一根莲藕，头顶也开一朵荷花。我说，我就是荷嘛！

（《荷塘边》）

"老夫聊发少年狂"，体现的是一个通脱旷达的苏轼，写这首诗的时候苏轼还不能算老，他大概还不到四十岁吧。我虽已年过五十，但不敢自称老夫，少年虚妄之心倒是常有，也常常不能自拔地活在少年的梦里。不成熟也罢，童心未泯也罢，我想颠三倒四地活着说不定也是一种活法。儿时遇到大暑天，就常在村头的涝池里扑腾，也在河川里扑腾，没想到如今老大不小的我这天来了黄河，竟在黄河滩涂的泥里水里扑腾了一阵子，一下子仿佛回到了少年。

七月炎阳，黄河荡桨。我们从陕西界的黄河西岸坐船，十几分钟后便靠在了山西界的黄河东岸。三十年河东，三十年河西，河的确是朝西滚过了，山西这边便撂出大片的浅水滩涂。

面对漫漫黄河，我们都有些兴奋不已，脱了鞋袜，丢了外衣，一时大呼小叫，开始在泥里水里扑腾。这该是小时候踩泥的玩事了吧,一切恍如是梦里。

  踩泥是儿时的玩事,也是儿时的生活。童年苦难,童年也快乐。生长在农村,农村最不缺少的就是泥土。泥土生长庄稼,生长花草树木,泥土同样也生长人。每逢天下雨,满世界便尽成黄泥。平时我们没有鞋穿,下了雨我们更用不着穿鞋。光了脚踩在泥水里,是无奈,也是洒脱。那时我们将踩泥当成了节日,节日让幸福悄然降临。一个人踩泥没一点意思,我们喜欢成群结队集体行动。一双双脚踢腾在泥水里,其场面才宏大壮观。我们不只下雨天踩泥,天晴照样踩泥——去涝池,去窑场,有时我们紧盯着谁家盘锅盘炕盖房子,就将踩泥之乐变成了有意义的劳动。我常常思想如今我之所以还有些脚力,大概与小时候的踩泥有关吧。

  "老夫聊发少年狂",但毕竟少年已经远去,我们还是太有些斯文了。要不是顾及这值不了几许钱的脸面,要不是同行者有女性在侧,我真想脱了羁绊赤条条地投入黄河,踩回我的童年,踩去我一股脑的琐烦。

  在这个黄昏,我在检讨自己的虚伪。混迹城市多年,便也衣冠楚楚,极力将自己伪装成城里人,但我的许多白天和夜晚却一直在寻找泥土,我知道自己骨子里还是个农民。我的灵魂没有忘记泥土的芳香，我知道我的双脚只有踩进泥里水里生命才能茁壮成长。

(《泥丸》)

因了秦岭这道龙脉，三秦大地，一水走了黄河，一水归了长江。山川不同，便风物各异。陕北多黄土沟壑，受游牧文化影响，人多剽悍勇猛；关中平原沃野八百，受农耕文化长期浸润，人多保守敦厚；陕南则山清水秀，受楚蜀文化潜移默化，人多坚韧智慧。我是关中人，也一直生活在关中这块地面，但我十多年来喜欢游走陕北，而当我一旦跨过秦岭，陕南三地给我的却是另一种感动。那一回文艺采风走了安康三县，感觉里就是别一种清新。

汉　阴

先前去过汉阴两次：一次是 2009 年，省书协组织陕南三市在汉阴搞书展；一次是与北京的李彬先生在汉阴搞书法讲座。汉阴是书法大家沈尹默的故乡。"鲁班门前抢大斧""关公门前耍大刀"，敢在汉阴炫耀书法，胆大是因为无知，无知才无畏了吧。汉阴有三沈纪念馆，三沈者，沈士远、沈尹默、沈兼士三兄弟也。三兄弟均从汉阴走出，后来都成了北京大学知名教授。一门三杰，实属罕见。三沈治学严谨，影响深远，尤其是沈尹默，学者善书，成为一代大家，身后追慕者甚众，接续了现当代书法文脉。三沈纪念馆我参观过两次，每次参观都是一次精神洗礼与升华，获益良多。今第三次拜谒，但见纪念馆大门修缮一新，启功先生题写的"三沈纪念馆"匾牌高悬其上。馆内花红草绿，淡香怡人。展馆重新布置，传统与现代展示手段并用，又有文史专卷纪其展馆整修过程，敬心做事，必惠泽社会。

汉阴依山傍水，因山因水而让汉阴物华天宝，人杰地灵。我见过汉阴铺天盖地的油菜花，蜡黄亮丽如泼洒的油彩。我看过汉阴的水稻梯田，身临其境，深为震撼。汉阴还有一个毛公山，形貌颇似伟人毛泽东，天地造化，我在感慨中只能将这现象归于神奇了。

往日闲转，曾在汉阴吃过一种食品叫炕炕馍，好吃，今闲着没事，又上街寻着吃了数块，感觉依然酥、脆、香。顺路经过菜市，见蔬菜均置竹筐，葱白而细长，韭短而根紫，西红柿淡红而多汁，黄瓜多刺而香脆，魔芋光滑筋道，青菜都有虫眼说明环保……汉阴人吃得放心住得舒心，这是汉阴人的福分啊！

离开汉阴时，顺路参观了一家农业生态园。生态园主要种植蘑菇，蘑菇的培养基地就地取材，所以发展有有利条件。近年研究证明，蘑菇作为食用菌，对人体养生保健作用明显，因此蘑菇种植，必将成为现代化农业的朝阳产业。产业园的大门口有一副大红标语："吃蘑菇健康，养蘑菇致富。"好！

紫　阳

　　虽然没有到过紫阳，但喝过多年紫阳茶，还看过写紫阳的文章。印象里紫阳是个山城，是缩小了的重庆吧：房子是石板房，街道狭窄而陡峭，人爱干净而时尚，又会吃、会休闲。

　　我们进紫阳县城，街道果然是层层盘旋，下榻的酒店就坐落在半山里。饭后闲步，门外是一广场，广场下面就是盘山公路，紫阳城是寸土寸金，经八方腾挪才辟出这唯一的一块大地方，我去时广场已拥满了游人。偕十几年前曾来过紫阳城的朋友寻访旧踪，朋友只是感叹如今的石板房已难得找见几栋了，取而代之的是高楼层层叠叠，如春笋般插在县城各个角落。紫阳城的街道沿汉江发展，顺江街面相对较宽，而离开江岸上山的路窄而逼仄，有车辆上下如倒立状，吓得我们唯恐避之不及，而紫阳城人一点也不惊慌，其状静若处子。沿街走着不知到了何处，夜幕开始四合，华灯开始初上，其时也不知要去哪个方向，遂与董长续挡了一辆出租车。出租车师傅问我们要去哪儿，我们答哪儿好就去哪儿,这样我们就被拉到了对岸的半山腰。这里果然景致绝佳,抬头是一巨形金佛,山顶宝塔流光溢彩,俯瞰则山城尽收眼底。这时的紫阳城已成了灯的海洋,所有的地面物体都在江水中对生,汽车火车驶过则形成了一道道流动的光带。

紫阳城的夜晚是美丽的夜晚,夜里我枕汉江而眠,梦润泽而安稳。

紫阳是个水乡,在水运发达的年代,这里有大码头,商贾云集,热闹非凡。第二天我们专门去看了北五省会馆,五省是山西、山东、河南、湖北和陕西也。会馆在任江江岸,会馆落成是乾隆末年。但见楼宇雕梁画栋,壁画尽述忠义情怀,可以想见当年经济通达四方的盛况。会馆院中有两棵桂树,已四百多年了,桂花花开年年香年年。会馆是有些老旧了,只有香如故。紫阳是茶乡,满山遍野都是茶园,早晨细雨初霁,云雾从山窝子涌上来,茶园就锁在了云雾之中。我们的大巴车追着云雾,撕扯着云雾。紫阳出好茶,是因为紫阳山水好云雾多的缘故。盘龙茶业是国内一家大型制茶企业,企业拥有三条现代化制茶流水线,从选茶、杀青、揉搓、成型、烘焙提香、真空装袋,每年产茶达八百多吨。在茶艺室,我们欣赏了茶艺姑娘的茶艺演示,温杯、匙茶、浸润、凤凰三点头冲泡,每个环节,于袅袅音乐声中,姑娘纤纤玉指如在轻盈舞蹈,还没品茶，人倒先陶而醉之，待清茶入口过喉，顿然口舌生津，直润心肺。

终于要离开紫阳了，好在带了上好的紫阳茶，想紫阳了，就品茶吧。品茶的时候，也自然会想起紫阳。

岚　皋

岚皋这名字好！岚的意思是山间云雾，皋的意思是水边高地或湖泊。有山有水又山间时时吞云吐雾，这简直是仙境嘛！

岚皋的森林覆盖率达百分之八十，山清水秀是大自然对岚皋的馈赠。岚皋没有太开发，岚皋不需要开发，原生态，大自然，是岚皋真本色。一样本色的还有岚皋的人，淳朴、厚道，铅华洗尽，大美于心。岚皋人的房子傍水而居，依山而筑，门前有菜畦，屋后种杂粮，种得最多的当然还是土豆。山里有野菜，有野果，还有药材，这些不需要种养，但取不尽，摘不完，挖不竭。这里人爱山，山也就爱这里的人。岚皋人盖房子都特别讲究，墙是一律的白墙，墙边窗边一律是深灰色，简朴庄重，与山水相映生辉。我们在四季镇一个叫杨家院子的农家吃的晚饭，腊肉是自家熏的，鱼是门前河里捞的，鸡是院子养的，菜是地里种的，我吃着吃着就吃多了，吃多了竟然还想吃。在农家乐吃饭才真正是为自己吃饭吧。

神河源是国家级森林保护区，我们沿四季河盘旋而上，一路山高水高，莺啼鹭飞。神河源山峰海拔二千四百多米，沿途有巨龙盘山，有大洞神秘莫测，有李商隐诗咏的"巴山秋池"，有漫坡的金沙，有海底抬升的火山岩，更有茫茫草原，开不败的奇花异卉。神河源的源头就在山之巅，然后滴水成溪、成河、入江，最后汇之于汪洋大海。关于溪、池、湖、河、江、海和洋，路上我还和高亮有过一番争论，多亏手机这个现代化工具帮忙，只是轻轻"百度"了一下，居然泾渭分明，概念清楚，让我于闲暇中又长了见识。

好像大自然有意要为岚皋的山水做一次证明吧，当我们正要下山的时候，先是重庆城口方向闪出一道亮光，接着远处涌动的云雾将山峰断成几截，嗣后云雾如马奔狮吼，龙吟凤舞，极尽千变万化。我们慌忙停车，驻足远眺，这景象简直将我们看傻了，一个个全都张着嘴巴，瞪着眼睛，手机相机只是在惊奇声中嚓嚓拍照。少顷，云雾从山谷直涌上来，我们的车子就一下子被云雾漫卷起来，像在大海的巨浪中上下翻飞，人也只是晃荡不已，我们似乎要飘飘欲仙了。

回家后，有人问我在安康三县感受如何，我

说：还是你亲自去感受吧！

(《走安康三县》)

生活中我很少抽烟喝酒，也不爱压马路逛商场，在节省下来的大段闲暇时间里，我喜欢坐下来喝茶。喝茶我不喜欢喝青茶，青茶太过青涩，味太过清淡。我习惯喝发酵茶，尤其是陈年普洱和武夷山大红袍，滋味醇厚，不仅喝得胃里舒坦，也容易引发思绪飘飘。

喝了多年的普洱茶，并且知道了生茶能消食、熟茶能健胃的道理，这种喝茶已经成为我多年来生活的必需，每天精神的礼仪。我在享受普洱茶带给我身心双清感受的时候，常常思绪飘飘，遥想起南方阳光雨露沐浴下那一望无际的茶园，我的眼前仿佛掠过崎岖的茶马古道，耳畔传来那马帮悠远的铃铛声。

然而，我没有去过云南，更没有踏访过茶马古道，我一直在遗憾。

辛卯春暮，应普洱茶文化节之邀，我便迫不及待地从西安飞来了，带着多年萦绕在心底的那份情愫，我终于踏上了这块浸润着茶香的土地——普洱。

普洱的清晨是美丽的清晨，阳光很好，蓝天飘荡着几朵自由的云彩。

我们驱车去访茶马古道。

人常说，一方水土养一方人。普洱这地方有充足的阳光、丰沛的水源、澄澈的空气和深红的泥土。生长高品质茶树是上帝对这块土地上善良人们的恩赐。

相传在久远的古代，普洱这地方土地肥沃，人们丰衣足食，生活一片祥和，但有一年突然爆发了一场瘟疫，灾难一下子将这里的人们击倒了。恐怖笼罩了整个山寨。山寨的头人阿扎着急地流下了眼泪，面对突如其来的灾难，他拿不出拯救山寨的办法。那是一个漆黑的夜晚，神仙托梦给了头人的儿子阿拔，说有一种茶树可以拯救山寨人，但必须历经艰辛才能找到那种茶树。为了山寨，阿拔勇敢地出发了。他备尝艰辛终于找到了那种茶树，他采回了茶叶，救活了山寨人。头人后来就组织山寨人将阿拔带回来的茶树种下来，从此山寨便有了普洱茶。这也许只是一个美丽的传说，但我却相信它是真实的。据考证，生长在普洱镇源县的大茶树距今已有二千七百多年的历史。二千七百多年普洱茶便演绎了丰富多彩的普洱茶文化，同时普洱茶也养育了一代又一代勤劳的普洱人。

我知道，历史上的普洱府是茶马古道的起点，东北路经磨墨、昆明、成都、西安等地到北京；西路经大理、丽江、迪庆等地到拉萨；南路经那柯里、思茅、景洪等地到泰国；东南路经江城等地到越南；西南路经德化、孟连等地到缅甸。茶商马帮从普洱运出的是茶叶，运回普洱的是盐巴、丝绸、毛皮和珠宝。茶马古道，留下了马帮几多辛酸和艰难，他们的足迹已深深印进一路的山和一路的水，辛酸与艰难也换回了无限的感慨与欣慰……

我在坠入有关普洱茶和茶马古道冥想的时候，我们的车子已到了茶马古道遗址。这里是那柯里，它应该是茶马古道南路的一个驿站。但见茶马古道驿站边还有马帮用过的马鞍和马槽，还有马掌铺和洗马池。那时的马帮从普洱府一路走来已是人困马乏，他们一定得好好歇歇脚，人需要吃几口冷馍喝几口凉水，马也得喂几合草料啃一啃马槽，漫长的路途还在前头等待着他们。

那柯里山门有个风雨桥，桥两边有一副对联："崎岖古道行程经历跋山涉水，浩荡马帮至此暂时避雨栖身"。门额和对联的木牌是木头本色，字已黑中泛灰，这也正好将风雨剥蚀的那种感觉还原了出来。

茶马古道依山而凿陡峭逼仄，竹林树木遮天蔽日。这里不仅"山路元无雨，空翠湿人衣"，就连道路也是铺满了苔藓，一路的石头又湿又滑。今日我们带着一份闲心来访都觉得举步维艰，不敢有丝毫疏忽大意，想那昔日马帮一路负重而来，其艰难困苦可想而知。我一时竟仿佛看见那马帮就在我们前面,我似乎听到了马帮铃铛的声音在悠悠回荡。一种对马帮平凡而伟大的壮举产生的敬意在心中油然而生。他们是在默默中行走,但他们走出了多民族文化交流的文明,他们创造了文明,挥写了历史,这将是永远也不会消失的传奇。

下山时,在风雨桥的这一头也发现了一副对联:"万种风情酬远客,一泓春水伴楼台",门额是:"景色宜人"。崎岖而备尝艰辛的茶马古道被取而代之的是当今游人的一段轻松的旅行了。

我许久沉默不语。

回望身后,那蜿蜒陡峭的茶马古道,它被一时定格。

(《访茶马古道》)

品过朋友寄来的武夷山大红袍茶,欣赏过朋友寄来的一组武夷山风景照片,我就想走一趟武夷山,收藏那里的山和水,浸染一些武夷山的灵气。

大概是一种感应吧,正好福建朋友郭玉振和吴建政就约我,说去武夷山的旅行也安排好了。于是,我先到福州,然后便随团去武夷山旅行。

福州到武夷山坐火车需走六个多小时。火车是绿皮火车,慢腾腾地,一副慵懒的样子。这样的火车现在很少了。慢却有了闲心看风景。火车依闽江山脉一路蜿蜒,人如在画中行。当火车抵达武夷山,已到了掌灯时分,但见墨黑的武夷山剪影之上,一轮圆月正泼洒着如水光辉,武夷山像一首朦胧诗。

第二天一大早,我们先游天游峰。

那会儿武夷山才刚刚睡醒,晨曦初照,给人的印象一派清新。武夷山景点相对集中,闲适中留给人的也是好心情。

天游峰高四百多米,八百多个台阶,据说是武夷山最高的山峰,其实不过是一块大石头而已。灵山秀水,随步皆有妙境。山虽是一块大石头,但给人的想象却气象万千。沿途有一个紫阳书院,紫阳是南宋大理学家朱熹的号。朱熹在武夷山风雨四十多年,潜心著述,倡导儒家理学,武夷山养育了朱熹,武夷山也因朱熹而文脉相袭,为世代所仰慕。一路径行,岩洞接踵,这些岩洞被称为云窝。云窝是白云出没的地方,加之岩缝间水珠成帘,时值盛夏,但给人的是丝丝凉意。出了云窝,隐屏峰下有一个亭子,名曰:水月亭。传说水月亭是朱熹当年携文友经常把酒临风赏月的地方,站在水月亭举目四望,但见层峦叠嶂,碧水长流,一时让人不由得就要浩叹:逝者如斯夫。岁月虽然难留,但永恒的青山绿水间却长留了一种精神。那荡漾在天地之间的历史回响,让人思接千古。我兴奋起来,脚下顿然生风,健步如飞,顷刻就登上了天游峰之巅。峰巅却削出一片平地,这便有了天游观,进宫殿正中就有了彭祖的雕塑。彭祖是传说中武夷山的开山始祖,始祖在此,山便神奇了许多。天游峰虽说是一块大石头的山,石头却有涧水长流,石缝间便生长了通体殷红的红豆杉。下山的时候,我再也不敢说天游峰是一块大石头了,山不在高,有仙则名,天游峰在我心里真是一座仙山。

去游一线天,一线天的岩石上面镌刻了一首诗:"洞门天造匪人镌,锁钥浑无几许年,一字光中常不昧,眼明便可见青天。"灵岩洞像一头巨兽正张着大口,游人簇拥中不知不觉地就被这巨兽的大口吞没了。洞里凉风嚯嚯,数百只蝙蝠乱飞,蝠者福也,这景象可是个好兆头。正崎岖中前行,忽然头顶两面山岩闪出一条裂缝,裂缝直达山顶,看得见蓝天白云和花草树木,阳光也正好在头顶激射,水珠如帘,被幻化成七色彩虹。上上下下百余步,便跌入一个风洞,风果然如虎啸狮吼,令人悚然而惊。贴石缝继续深入,岩石更加逼仄,侧身俯仰匍匐才能勉强通过,有身体胖硕者见状却步返回,只能留作遗憾了。好不容易才从伏羲洞里爬出来,两岩被巨斧断然劈开,眼前一下子豁然开朗,一时竟如梦游,大自然的鬼斧神工令人敬畏不已。

虎啸岩在一线天北面,立于二曲溪南,相传远古有仙人骑虎过此而得名。攀上虎啸岩,只见头顶危岩凌空,眼前松涛万顷。其时正是下午三时,太阳朗朗地照着,天宁静地忘了刮风,虎就只是空张着巨口不出一点儿声息,给人的倒是一个巨大的安静。来虎啸岩前已想象了虎啸岩在月黑风高之夜是何等的不可一世,然而这会儿的巨大安静在心理上形成大落差,这种大落差是恐怖的,心里惶惶然,疑心那虎正待突然发威了。

　　武夷山漂流,最特色,也最怡人。九曲溪一时被化为九曲十八弯,时而缓如镜,时而急如瀑,深处绿如潭,浅处显石滩。"三十六峰真绝奇,一溪九曲碧涟漪,白云遮眼不知处,谁道神仙在武夷。"这是写九曲溪的一首诗,好!

　　九曲的起点码头在星村,我们是第二天一早到的。那天早上星村正举行一年一度的斗茶比赛,其场面自是热闹非凡。

　　进码头我们乘的是竹排筏。竹排筏是用武夷山大毛竹烤扎而成的,两头高高翘起,这算是最简陋的船了吧。游客被分成六人一组,前后各一名艄公,撑杆挥动如在水中舞蹈。这些艄公常年生活在九曲溪,可谓是九曲溪的老艄公了,他们口口相传,掌故颇多,又能即兴发挥,一路便谈笑风生,将沿途的风物编织演绎成一串串精美的故事,如"和尚背尼姑"啦,"朱熹巧遇白丽娘"啦,"玉女大王镜台会"啦,等等,触景生情,让人引发无限联想。

武夷山的山峰不伟岸,谦谦君子般俯首与游人如语,武夷的山水流不急不缓,与游人亲近如影随形,这样的山水便是人性化的山水。

武夷山的山水好,武夷山的山水滋养的大红袍茶更曼妙。来武夷山,当然是要拜谒大红袍那三棵六株的神树的。生长在武夷山九龙窠的大红袍母树,至今已有近四百年的历史了。关于它,还有一个传说,说是古时有一个穷秀才上京去赶考,不幸在武夷山路上病倒,恰巧被天心庙老方丈发现,老方丈给他泡了一碗茶汤。他喝了后病就好了,秀才后来金榜题名中了状元,还被招为东床驸马。来年春天状元到武夷山谢恩,在九龙窠,但见峭壁生长着三棵六株高大的茶树,阳光下是一簇簇紫芽,老方丈说状元当时的病就是被这茶树制成的茶治好的。状元便带了这样的茶回宫,又治好了皇后的肚疼鼓胀病,皇上大喜,即赐大红袍以封赏。说也奇怪,等掀开大红袍时,三棵六株茶树的芽叶在阳光下闪闪有了红光,众人都说这是大红袍染红的。

三棵六株的母树大红袍我们常人只能仰视如神,但母树繁殖的大红袍却让我们有了口福消受。在武夷山举目四望,漫山遍野,茶树郁郁葱葱,这是大自然对我们的恩赐啊。大红袍终于成了人民的大红袍,大红袍终于走进寻常百姓的生活之中。

那天我们去岩茶村,亲自在茶园采茶,看茶工制茶,末了,就带回几大包大红袍茶。回来后,我每每闲坐细品大红袍时,就如在武夷山那山水间梦游,不一样的茶就有了不一样的美好感受。

(《访茶马古道》)

几年前我写过一篇叫《走路》的文章,引发过许多朋友与我谈论。朋友说我这篇文章有一定哲理。我说不是文章有哲理,是人从站起到行走本身就是非常具有哲理的事情。一样站在那儿,我站不出树的笔直,也没有树站得长久。这样我就经常去古城墙根的碑林流连忘返,也经常去拜谒黄帝陵和仓颉庙,手抚着有几千年树龄的古柏古槐,像面对了一个个智慧老翁。风吹来,老翁如语。多少改朝换代,多少人事沧桑,老翁全都看在眼里,记在心头。冥冥中我多想也站成一棵树!每每行走,不管是去北大、清华那些高等学府,还是徜徉在都市乡野,也无论遇到的是男是女是老是幼,我便想,我遇到的他们个个都是老子、庄子和孔子。

大自然无疑是一本大书,行万里路,也就是读万卷书。人的智慧是来自大自然的智慧,人的灵感也是来自大自然的灵感。远取诸物,近取诸身,取类比象,人类从大自然中获得智慧与灵感才化育了文字,文字可以说就是大自然大美的图腾,文字自然也就俱有了人性与神性。"折钗股、锥划沙、印印泥、屋漏痕……"是来自大自然的觉悟;"横如千里阵云,隐隐然其实有形,点如高峰坠石,磕磕然实如崩也,撇如陆断犀象,折如百钧弩发,竖如万岁枯藤,捺如崩浪雷奔,横折钩如劲弩筋节……"是来自大自然的觉悟;蔡邕观工匠刷墙而创飞白书,王羲之观鹅戏水而会书意,张旭见公孙大娘舞西河剑器而通大草,怀素观夏云多奇峰而字态变幻莫测,黄山谷在山峡见船夫荡桨而增气魄,鲜于枢遇车夫在泥泞中拉车而得用笔堂奥,文与可观蛇斗悟书法变化之奇趣……这还是来自大自然的觉悟。

中国文化尤其是书法,其隐喻性暗示性意象性均来自大自然。

许多年来,我一直在大自然中行走,我的灵魂在天地间自由游荡,我对人生和书法的觉悟,也一样是我面对大自然而获得的觉悟。

目击道存。当自然之景,过目成感官之影,入心合情感之像,出手化笔墨之意,这大概就是艺术的成因。

从此自然到彼自然,一如老子在《道德经》中所言:"有物混成,先天地生,寂兮寥兮,独立而不改,周行而不殆,可以为天地母。吾不知其名,字之曰道,强为之名曰大。大曰逝,逝曰远,远曰返。故道大,天大,地大,王亦大。域中有四大,而王居其一焉。人法地,地法天,天法道,道法自然。"

自然是原本,是规律,是守常之道。

于右任曾说:"我绝不是因为迁就美观而违反自然。"于翁一语中的,于翁是得了道的,因此,于翁腕下的书法便化天地万物之大有而一派烂漫。

　　行走不但是一个人生命的需要,行走也是一个人追求艺术高标的自觉。

　　走进大自然,人便是自然人,心便是自由心。

游与学

汉隶有三颂即：《石门颂》《西狭颂》和《郙阁颂》。

隶书承前启后，是谓隶变，隶书便成为文字和书法的别样风景。

有一年，我去汉中访《石门颂》，得拓片一纸。有一年，我去成县访《西狭颂》，又得拓片一纸。而《郙阁颂》在略阳灵岩寺，曾毁而复刻，风格朴茂奇崛，便择机专门访了一回。

略阳没有洛阳有名，但略阳有名碑《郙阁颂》。

略阳窝在秦岭山里。庚辰孟秋，我约王君去略阳，他说好，我们就去略阳了。

我们是夜里坐火车去的。

到略阳天刚麻麻亮,略阳果然是四面环山,三面临水,山腹里一块平地,平地里筑一座山城。山城好,山城是大山里的盆景。

天阴着,却没有下雨,但感觉是"空翠湿人衣"的惬意。我们提着脚步,叩响了山城的街面。山城才刚刚睡醒,几家店铺才吱呀开门。武大郎小吃店没见"武大郎",却见一位漂亮少妇在收拾桌凳。早餐还没有做好,我们便寻了一家单位院子在水龙头前漱洗。水淋在脸上,光滑如脂,水含入口中,沁人心脾。山城的水是真正的纯净水,提神醒脑,立马就驱走了我们一夜途中的劳顿。等我们再转到街上,又有好几家店铺开门,小吃店已氤氲在了热腾腾的蒸气里。王君告诉我,略阳的小吃数杂粮菜豆腐节节最好吃,但打问了好几位正忙活的姑娘,说是做好还得等一个多小时,我们急着办事不能久等,就每人要了一碗热面皮和一碗豆浆,坐下来静静地看着面案前的姑娘将烫好的玉米面往麦面里掺和,身边的锅里是刚冒好的热豆腐,淡淡的清香吊着人的胃口。

略阳城是寸土寸金,街道狭窄,一幢幢小楼择地而筑,但非常别致。商店门面都不太大,但玻璃擦得能照见人影。在街道的拐弯处,恰到好处地立了几个蘑菇形售货亭,竟也成了街上的风景。小城给我的第一印象是非常洁净,像谁用清水刚刚洗过。略阳城四山苍翠,河水萦绕,更有道旁、墙头、住户的庭院阳台被人工绿化,整个山城就被浸染成了一片绿色。

那天我们办完事沿江边漫步,其时正细雨纷纷,更增添了几番情趣。环城南路是略阳去年重点绿化的街道,红砖碎石铺地,篱笆围护疏柳,树桩式的坐凳以及水泥连椅置于草坪与草坪之间。这一切其时都笼在雨烟里,让人倍觉自然亲切。我们沿街转到了古兴州东城门楼,城楼彩绘如新,四围的楼檐宫灯齐明,楼前扎一堆人正簇拥着看热闹,数十位穿着入古的汉子一声长吼,随之锣鼓声惊天动地,原来他们是为明天的灵岩寺大佛开光凑兴呢!

夜里雨下大了,河水像万马奔腾。我靠着床头思想:嘉陵江今夜一定要涨水了。

第二天出门,果然见雨中的嘉陵江滔滔南下,汪洋一片。嘉陵江真的涨水了!

我仍惦记着昨天没吃上的杂粮菜豆腐节节,便邀王君,王君欣然与我冒雨前往。我们找了一家小店,店虽说不大,但收拾得干净卫生,女主人又热情好客,忙着招呼我们。杂粮菜豆腐节节是将玉米面和麦面糅合擀成面条,下进烧滚的浆水锅里,面连浆水盛进碗里后,冒上嫩嫩的热豆腐,吃时再浇上辣子蒜泥,就上小菜,味道纯正极了。这是我近年来吃得最惬意的一顿杂粮饭。

雨越下越大,雨烟弥漫了南山。嘉陵江上大桥飞架,江边的宝成铁路依山蜿蜒,一列火车正艰难地爬山钻洞,鸣叫声在雨烟里成了湿漉漉的闷雷。

我们驱车前往灵岩寺。灵岩寺在城南六七里地,一路拜佛的人络绎不绝,山城人对佛万分虔诚,灵岩寺的佛是属于他们自己的佛啊!

灵岩寺依天然岩穴修筑,形如虎口,气势非常壮观。据记载灵岩寺始建于唐开元年间,寺分前后两洞,前洞有"大雄宝殿",佛龛上是新塑的大铜佛,后洞有睡佛及罗汉多尊。天然钟乳石如一大树,洞顶状如树冠遮天,石根又有一石依偎,形如石人,真乃背靠大树好乘凉的一个石人啊!传说石柱是智慧树,谁抱了谁就会充满智慧,去的人没有不抱那"大树"的,我也争着抱了一回,抱过了智慧树,从此我们就有智慧了。

灵岩寺现存的《汉李翕析里桥郙阁颂》碑,我心仪已久,今专程瞻仰,如对至尊。《郙阁颂》相传是东汉建宁五年刻于略阳县徐家坪口的一方摩崖石刻,记载了汉武都太守李翕重修郙阁栈道一事。《郙阁颂》书风厚重古雅,为标准的八分隶书,历来为文人墨客所珍重。清人方朔评:"书法方古,有西京篆初变隶遗意。"清人万经认为:"字样仿佛《夏承》而险怪特甚,相其下笔粗钝,酷似学堂五六岁小儿描朱所作，而仔细把玩，一种古朴、不求讨好之致，自在行间。"康有为在《广艺舟双楫》说："篆笔作隶者，吾爱《郙阁颂》体法茂密，汉末已渺，后世无知之者，惟平原章法结体独有遗意。"杨守敬认为："与《西狭颂》相似，而选石不甚精，故锋颖皆杀，或云此亦重刻。"

伫立碑前，思接远古，令我心境豁然顿开。只是遗憾《郙阁颂》不能得其拓片，但有幸得到一册旧拓的影印本，便也如获至宝，心中亦大喜耳。

隆重的大佛落成典礼开始了，来自各地佛门的八位高僧主持为大佛开光。大佛高大安详，佛光普照天地，灵岩寺有了这尊大佛，想日后香火会更加兴旺。

晚饭后我与王君像昨天一样沿江边散步。雨依然在下。我们转到了江神庙，江神庙正对了嘉陵江，但见朱红的庙门半开，有人进出，我们遂也跟了进去。据说江神庙建于明代，道光重修，它是长江流域最完整的剧院和从事祭祀活动的地方，体现了羌文化的特征。庙堂建筑为木架结构，分戏楼、过廊、看台及后殿，中间是一露天庭院，其时屋檐正雨水如帘，四周红柱宫灯高悬，蓝莹莹的霓虹灯勾勒出戏楼的轮廓让戏楼更显辉煌。这里曾演绎过一幕幕历史，虽然这一切一如滔滔嘉陵江流逝不复，但那一幕幕历史却永远定格在了江神庙，供人们在落日的余光里咀嚼回味。晚上略阳县特邀洋县剧团为大佛开光演出助兴,悠远的绵绵情愫在我心中缓缓升起。

戏毕人散。雨住了。江岸万家灯火。四山隐隐如黛。是夜,我们要辞别略阳了,整个略阳城像浸在梦中,宁静的夜,只有嘉陵江的涛声了。

我们有好一阵默然。

我终于对王君说:"略阳城并不大。"王君说:"小。"我说:"小,但感觉好。"王君说:"你在留恋略阳了?"我说:"几时咱们再来略阳吧!"王君说:"一定来!"

火车开了。

我们离开了略阳。

(《略阳速写》)

董其昌有言:"右军如龙,北海如象。"右军是东晋的王羲之,北海是唐代的李邕。大意是,王羲之之书法灵动飘逸,李邕书法朴拙雄浑。如今真龙难觅其踪了,而"如象"的《云麾将军碑》就雄居于我们东府蒲城。一日得闲,为得其象之仿佛,我亲自去摸了一回这"象"。

五月初,刚刚看过桥陵,心是一直被桥陵那朴拙粗犷的石雕群系着了。同去的三辆车掉头向蒲城县城方向驶去,两旁是如毛草的麦田,车后是弥天黄尘。我们这帮舞文弄墨的朋友,正嚷着让做导游的张先生领我们去看云麾将军碑,车就戛然停住了。张先生一指前面,说:"那里就是云麾将军碑。"

我们不禁惊奇。

前面不远的麦地确实有一个碑楼,距桥陵北二十里,距蒲城县城不足十里,这里就真的竖立着闻名于世的唐代大书法家李邕手书的《云麾将军碑》了!

下车的我们再也不敢嬉笑张狂,像佛教门徒去朝圣,像木匠去见祖师爷鲁班,心是万般的虔诚了。

落荒于麦田的碑楼极尽普通,坐北面南,连一副简单的门板也没有。云麾将军碑立于开元八年,全碑共三十行,每行七十字;碑高二点八米,宽一点三米;碑额高一点三米,厚尺许。额上书篆字"唐故君武卫大将军李君府碑",有巨龙盘绕,好一派盛唐壮威气象。云麾将军碑是为云麾大将军李思训而立,李思训不但是一代名将,亦熟艺文。开元四年,唐睿宗李旦葬桥陵,李思训是陪葬的唯一名臣。书法大家李邕以行书入碑,承袭二王书风。杜甫曾赞颂:"声华当健笔,洒落富清制",此碑就一直被推为书法名碑。碑石上半部分还清晰完好,下半部分却残缺难辨了。早先我读到《云麾将军碑》影印本时就被摇曳着心神，而今看到了原碑心情更是激动不已，激动中继而我的心却隐隐地作痛了。我在思想，这碑石怎么就残了？是谁弄残的？竟让它残得如此这般？张先生说，碑残的原因据说有二：一说是过去拓碑的人出于区区蝇利之心，为提高自己拓片的价值，每每拓完就用锤子敲掉几个字；一说是当地农民对春天慕名来此地看碑的人日渐反感，用镰刀把下面的字有意敲掉了。就这么简单的故事。愚昧与狡诈使这块中华文化熠熠生辉的名碑致残了，我想，若先贤有知，是一定会切齿这些不肖子孙的。

　　云麾将军碑残了，但神气犹存，从清晰可辨的上半部分还读得出。我的双手在冰凉的碑石上轻轻抚摸，从上而下，从下而上，自左而右，自右而左，我在悉心感应，果然有浓浓的氛围将我紧紧裹住。我开始走进历史，心与李邕书碑时的那刻心境幽幽相会，分明感受到的是书艺的升华，精神境界的飞扬。当我的思绪再回到现实中时，便紧紧地背靠了石碑，这副痴相被同去的摄影师迅速按动了快门，将它收到镜头里去了。

　　离开云麾将军碑后，一连多日，我的心总是被系着。我原以为它有一个好的栖息地的，虽条件不敢与西安碑林的名碑相比，但至少风吹不着，雨淋不着，歹人也不会继续下手；但也许只有当前这样的云麾将军碑才更有着一番历史的苍凉。可我一直担心它残躯难济风雨岁月，真有那么一天这碑真的废了，关于李邕的《云麾将军碑》就只是成了一个愈使人追往的传说。面对历史，我们不会心安，一定不会。

(《访云麾将军碑》)

楷为楷模。楷书至唐大盛，契合了唐王朝的正大气象。欧阳询《九成宫醴泉铭》，历来被尊为楷书极则。极者，增一分太过，减一分不及，是为至法。若言学书取法乎上，《九成宫醴泉铭》便是高标，我自然要一访再访。

今年的"秋老虎"实在凶猛，身居西安这个偌大的水泥盒子里，人便被蒸烤得昼夜难安。遇一个礼拜天，随《陕西日报》组织的文艺采风去了西府麟游，天凉好个秋，心情亦随之大好。

麟游据传是麒麟曾经光顾过的地方，麒麟是瑞兽，麟游从此就成了吉祥之地。再说麟游是有一个仁寿宫的，那是隋文帝所建之夏宫，后来的唐太宗将其改名为九成宫，隋唐两朝多位皇帝曾在此消暑料理朝政，山水固然还是那山水，但山水沾了皇帝的光，山水就不是一般的山水了，从此这山水就名扬了天下。说是贞观六年，唐太宗李世民首次驾幸九成宫避暑，因宫中饮水困难，令圣心系之不忘。

某一天唐太宗闲步西城之阴，俯察脚下之土，觉有润泽，遂以杖捣之，则有泉涌出。泉水其清若镜，其甘若醴，故名醴泉。宫廷出现醴泉，被视为祥瑞征兆，于是唐太宗令宰相魏征撰文，令楷书大家欧阳询书丹刻石，以记其胜。魏征极尽称颂之辞和铺排华彩之章就不必说了，就说当时七十六岁的楷书圣手的这幅碑刻，后来就成了千古绝唱，千百年来，被后人一拜再拜而尊为神品。近年我是差不多每两年就要来一次麟游，来麟游就是为了拜谒《九成宫醴泉铭》。从西安出发到麟游大约一百六十公里，我不知道隋唐那会儿皇帝及其随从们一路奔驰需要几个马程，反正今天我们的座驾只需两个多小时即至，想来当年皇帝出行一次还真不容易。

麟游是个山水之城，尤其在北方，这实在是个适宜人居的好地方。入得县城，街边绿柳垂地，其形象是一满地谦恭；城中房屋紧凑但都不太高，天空就显得明净而高远；行人车辆来去自若，生活就尽显了悠闲安静。

下午安排的第一个活动当然是去城西拜谒《九成宫醴泉铭》。其时太阳正朗朗地照着，但穿着短袖T恤依然感到凉意。空气里还散发着山水带来的潮气。刚刚逃离了"秋老虎"袭扰的我们，虽然遗憾姗姗来迟，但庆幸毕竟是来了，来了就好，身安而神逸，可谓是福分。这个有一千三四百年历史的昔日皇家行宫，如今回归了普通民众，麟游已将这里改造成了文化休闲胜地，西海苑与碑亭相依相伴，动静互济皆成美景。广场巍然屹立着如椽的巨型毛笔雕塑，蔚然壮观。碑亭大门有一副对联："仁山衔智水千年风雨留痕麟游更染多重秀，灵石缀芳铭万里乾坤壮色禹甸浑然一片新"，直接为碑亭画龙点睛。院内有堂有廊有亭，雪松、红枫、银杏、青竹等花木点缀其间，树多则鸟多，鸟鸣则境幽。

碑亭左右各一：一为《九成宫醴泉铭》，碑石龟驮绘额且形体高大；一为《万年宫铭碑》，碑石从简而矮小。我就不由得想起那个出门为先生陪读的书童来。不过这也正好，相伴总是温馨。我是一个非常爱写字的人，心里一直认为《九成宫醴泉铭》有着无尽的秘密。如果说字如其人的话，这幅被誉为楷书极则的书法名品传递的当是一种正大气象。欧阳询的书法精神正是他的君子之德最好的诠释。

欧阳询虽出身官宦，但命运多舛，他十四岁丧父，被父亲的朋友收为养子。欧阳询自幼好学，步入社会不慕官爵，却醉心翰墨。他小时受过家父及养父熏陶，学过先秦汉魏碑版和二王父子书。相传他有一次外出，偶见索靖章草古碑，立时下马观之，良久乃去。但行不数步，又返回凝视，累了干脆铺毯坐观,以致后来竟守着碑石连观三日不肯离去,可见欧阳询对书法是何等专注用心。唐代总体上是个强盛时代,社会上下归于秩序而重法尊礼,所以唐代书法也与社会整体风气相对应,特别讲究法度。艺术是在束缚中获取自由,欧阳询在讲究法度的同时,他的心灵是自由的,因此他手书的《九成宫醴泉铭》便活脱而不逾矩,堪称楷范。不管是作为初唐四家的欧、褚、虞、薛,还是书史上的楷书四家欧、颜、柳、赵,欧阳询的楷书总是名冠其首,这已成为定评。

历经一千三百多年的《九成宫醴泉铭》,多经风雨沧桑,断成三截后又重新修复立起。碑面也留下了三十多处无法抹去的伤痕,而今便只好用玻璃罩完全密封起来。字口历经千年锤拓已经漫漶变细,然书贵瘦硬方通神,我在悉心凝视中获得的却是另一番心理感受。如今的碑亭是纯粹的木质结构,为防火灾甚至没有拉电照明,这是麟游人为子孙后代做的善事。只要《九成宫醴泉铭》在,欧阳询的楷书精神就不会泯灭。

是夜,我们一行应麟游朋友之邀在碑亭举行了一个笔会,李星、张立、高亚平、夏坚德、陈毓等在一旁助兴,萧云儒、方英文、路毓贤和我等依次登场挥毫,我们精神专注,在这里作书笔下便有了静穆清正之气。那会儿我想到在欧阳询之后,又有一位楷书大家柳公权,曾笔谏皇帝"心正则笔正",他直指的是人的精神向度,这与书法艺术的高标当是和合一致的。而作为楷书大家之首的欧阳询以及他所书刻的楷书极则的《九成宫醴泉铭》,就自然成为千千万万个后来人永远膜拜的神了。

刚刚离开碑亭,我又开始期待着下一次的拜谒了。

《九成宫醴泉铭》,永远是我们书法精神向往的圣地。

(《访〈九成宫醴泉铭〉》)

看看大海

仁者乐山，智者乐水；仁者静，智者动；仁者寿，智者乐。农耕文化与海洋文化化育下的人，性格习惯必然不同。农耕文化地处内陆，自然环境相对稳定，日出而作，日落而息，生活秩序化，性格习惯就多了敦厚与保守。而海洋文化面对海洋，自然环境相对多变，有风和日丽，也有大浪滔天，生活充满了危机，性格习惯就多了智慧与通变。我一直生长在农耕文化土壤中，但我不保守，也不盲从，我欣赏海纳百川那样的情怀，我喜欢经常去看看大海。

说来惭愧，在没看见大海之前，我看见最大的水是几个水库。水库里能有多少水，我没敢试一试，我不谙水性。与水的亲昵只是小时候在村头的涝池扑腾过一阵子。虽然是旱鸭子，但生命里对水有一种特殊的感情，爱天下雨下雪，下雨下雪时我喜欢到野地里奔跑。

第一次见大海，是新千年快要来临的前三天，地点是青岛。我是被一位叫散吾的朋友邀请去的。

其时青岛刚下过一场雪，海滩的雪像是给大海镶了银边。那天雪后初霁，太阳苍白地悬在海面上的远空，风很冷，空气中有海藻的咸味。大概是因为天冷，海滩竟孤零零地就我们两个人。我们尽情地享受着这盛大的海滨包场。我激动了，将"观沧海"三个字大大地写在海滩的雪地里，然后放开嗓门用我的秦腔将"观沧海"献给大海。大海也动情了，大海的波涛和着秦人后裔的秦腔秦韵鼓荡不已。那是我第一次临海而立，我望不见海的尽头，但大海的博大与深邃已融入我的心里。

第二次见大海是今年6月去金门，航行的船领我走进大海深处。

在金门参观访问的一个星期，感觉金门岛像是停在海上的一艘船。我们尽览了金门的自然风光，体察了金门的历史风情，尝遍了金门的小吃海鲜，还一次次痛饮了金门生产的高粱酒……我们都是中国人，同胞隔海情难分。离开金门时，风急雨大，我站在舱口摇摇晃晃地向金门朋友招手再见。回望金门，窗外是雨，眼里是泪。

远行归来，于书案我铺开宣纸，饱蘸浓墨，"观沧海"三个字字字如斗。其时，迎面海风吹来，耳际涛声响起，我仿佛又临海而立。

(《观沧海》)

这次去济州岛，是随夫人单位组织的一个旅游团，我完全属于随从，就只管跟在旅游团屁股后面一路小跑了。

也许是因为国内白天航班繁忙，也许是旅游团为了节省旅游费用，我们所乘的飞机夜里两点才起飞；但航班还是延误，几经周折，直到夜里三点半才于夜幕之中起飞航行。当一轮朝阳拱出海平面云霞满天的时候，我们终于来到了济州岛。

济州岛是韩国最大的岛，全岛约一千八百平方公里，说大却只有我们海南岛的十八分之一，虽小却极具特色。济州岛是火山打造的自然地质公园，约一百八十万年前高黏性的酸性岩浆喷发形成熔岩穹丘；约一万八千年前有水加入的火山喷发形成凝灰岩环；嗣后大大小小的岩浆喷发，至距今最近的八千年前的最后一次岩浆喷发，大自然的鬼斧神工终于造就了这个美丽的海岛。它是上帝赏赐给人类的礼物。

济州岛分济州市和西浦归市，人口有五十多万，环岛一周仅需要三个小时车程。济州岛没有工业，没有工业让济州岛保留了原生态自然面貌。森林、草场将整个济州岛锦绣得郁郁葱葱。时不时就遇见牛群和马群隐现其间，鸟在空中飞，飞累了就站在牛或马的背上。济州岛空气湿度大，空气中弥漫了丰沛的负氧离子，使人分明能感觉到空气在呼吸时吐故纳新的那个过程。

我们去了龙头岩，巨龙吞吐变幻成大海烟云；我们看了天渊瀑布，飞流直下映一抹彩虹；我们到了将军岩，壮士舞剑正准备出海远征；我们登上城山日出峰，这个被称为太阳升起的山峰，每天都迎接着新一轮朝阳。日出峰山顶那个盆地和一路逶迤的奇石，让人能遥想到火山喷发那一天的火光和如雷般滚过的风。

在济州岛，我才真正感受到了啥叫和谐——天地人的和谐。这里的土和沙来自韩国本土和东南亚其他国家，因此，人们非常珍惜这里的一草一木，一石一水。游人若私自带走一块石头也必将得到重罚，他们在竭力维护这个美丽的海岛。

济州岛没有小偷，没有乞丐，没有防盗门，被称为三无岛。济州岛有的是石头，有的是风，有的是女人，被称为三多岛。

济州岛出海女，济州岛的海女是全世界最勤劳最勇敢因此也是最美丽的女人。她们从小生长在海边，大海是海女的母亲，海女的一生都在大海母亲的怀抱里。她们一个猛子扎进大海深处，采海参，捞鲍鱼，摘海胆，收海带……对她们来说大海里要啥有啥，大海是慷慨的，大海所拥有的都会无私地等待着这些可爱的海女们来拿。大海的性格造就了海女的性格。然而现代文明的冲击和诱惑，使海女们的英姿渐渐成为陈年旧影。据说这里的海女仅剩二百七十多人，且年事已高，后继无人。我在海边见过海女们卖海产，她们年轻者年近六十，年长者已逾八旬。政府给海女们以最优厚的待遇，但这些曾经常年出没在大海里的海女们却闲不下来，搏击大海成了这些女性精神的象征。

在济州岛，我们还去了城邑风俗村。这个五户人家的村落保留了农耕时代生活的原生态。房子外观是朴素的泥坯草房，但房子里已一应电器化。政府为风俗村村民免费盖了房子，每月每人都能享受到优厚的生活补助，孩子上学也可以全部免费，村民劳动所得实行统一分配，这真有点像马克思描述的人类共产主义。给我们担任讲解的女讲解员来自沈阳，异域风情吸引了她，让她远嫁济州岛，但我们相遇却有着血浓于水的同胞温情。她每月来这里当八天义工，当义工的待遇是两个孩子上学可以全部免费；韩国是高学费国家，当义工为她节省了一大笔支出。

济州岛是海洋气候，雨水丰沛，太阳光照充

足,因此这里出高丽参和红参,出五味子和生蜂蜜,出海参、海带和海苔,他们又做得一手好泡菜,我们就大包小包的买上背回了宾馆。

在济州岛我们充分感受到这里人有一种自信。他们不崇洋媚外,坐的车和用的生活日用品全是国产货。他们生活很有条理,十分整洁,不管是商店还是饭店,大小物品都归类有序,案几杯盘干净卫生。他们饮食清淡但非常注重营养,每餐离不了的是泡菜和淡汤,很少用过多的油盐煎炒,所以他们中间很少有挺着大肚子的肥硕人,也少了心血管方面的现代时尚病。

我们在济州岛旅游时间是三天,每天的旅程也早已约定,但意外的是大自然太"垂爱"我们这些大陆来的游客,头一天晚上就遇到了济州岛今年以来最强劲的台风。这个被命名为"梅花"的强台风是顺道来访,这场盛大演出,从一开始就表现得非常壮观。台风挟雨在立体推进,那雨不再垂直飘落,而是沿街横扫。夜里我们尽管关紧了窗子和门,但窗子和门依然摇响不已。睡在床上感觉如卧舟中。第二天我们的行程只好改变去了商店购物。出宾馆时人被台风推着上不了车,下了车被台风推着进不了商店,回宾馆人被台风推着又回不了宾馆。满街的树随台风浮高伏低。倾泻的雨使满街如大河奔流。台风是虎在啸狮在吼,气焰十分嚣张,直到第二天天黑依然不减其威,我们便开始担心第三天晚上的航班能不能照常返回,这种担心如夜一样愈发变得浓重。但到了天亮,台风悄然而止,这场盛大演出卷旗息鼓,落幕收场。令人惊奇的是这场台风对沿街的建筑物并没有造成多大伤害,也不见街道的积水如潭如湖,让我们由衷地感到这里的一切都是值得人信赖的。

  心情愉快,游兴就更浓,在惬意的观光中,我们体会到了人应该如何敬畏自然适应自然进而才能享受自然。

  离开济州岛的最后一顿晚餐,我们是坐在海边临风品尝海鲜,这是我们在内陆很难品尝到的真正的海鲜。作为人类,我们要感恩自然,而在此刻,我们应该感恩的是眼前这浩渺的烟海。

  是夜十一时半,航班正常起飞返航。大概是归心似箭吧,飞机在大海上空总感觉飞得很慢很慢。

(《访济州岛》)

《砚边散墨》《行草例话》与《五十初度》

2002年3月,我的第一本散文集《砚边散墨》由北京燕山出版社出版,书中选录作品五十九篇。

我将自己零碎写的小文章称为《砚边散墨》,是因为我痴迷书法已久,涂鸦累了睡起来没事迷瞪着双眼也不知要干啥时,就抓起笔胡乱地蘸着砚边的散墨随想起来,都是些意外的收获。

我一直崇拜作家,属追星族一类。我结识了许多作家朋友,很喜欢听他们高谈阔论,听着就在心里用笔记下要点。他们有时请我吃饭我有时也请他们吃饭,他们吃了饭就去写小说美文,这令我非常羡慕。但我没有自卑,我被朋友们恭维为书法家,他们说我写的汉字都是书法，日后可能值钱，我竟信以为真了。人爱虚荣我也没能例外，虚荣心让我没了自卑。于是，吃了饭我就写书法，写了一大堆。我常常将这一大堆日后可能值钱的书法毫不吝惜地就扔进了垃圾桶。我就是这样地挥霍着自己的劳动。

　　我有几位朋友曾鼓励我加入作家协会，我没敢写申请，我对自己的短处看得比别人清楚。我虽然于砚边东拉西扯地写点小东西，但毕竟难登大雅之堂。再说我没专门学过中文，在文章里常常将逗号写成了句号，有时犯糊涂也将的地得分不清楚。文章千古事，我怀疑自己想不了那么久远，且见识有限，思想也不深刻，像才刚刚发芽的东西不到深秋就一片衰败了。作家是经过历练的，我爱看作家们写的文章，爱听作家们发言，他们脑子大，想象力丰富，能由一片落叶想到一棵大树，进而联想到一片森林，森林上下的蓝天白云高山流水人事沧桑，这些我却不行。我思涩言拙，如果一旦混进了专业队伍，有人叫我辅导作文我能分出段落大意能归结出主题思想吗？有人叫我做一场文学报告我能古今中外天南地北地纵横驰骋不喝一口水连续讲上四个小时吗？我想，我不行。我在书法堆里混了多年，有时间去寻闲情逸致；再说现在弄书法的人多，当书法家也要不了多少文化，古往今来那么多名言佳句足够尽情挥洒。书法家就是写一两个错别字别人也能理解：常在岸边走，哪有不湿鞋？书法家不写错别字谁写错别字？保不准以为的错别字还真有出处，倒不一定错呢。艺高人胆大，浪得了浮名那就什么也不怕了。

我用砚边散墨打发心中的块垒，完全是业余活动。业余了浑身轻松。没有人给布置任务，没有人催稿等着发排，自己为自己活着，任长风东西，任白云南北，一切随性所至，难得的都是快活。业余了别人也要求不会过高，更不用担心被当了靶子遭穷追猛打，就是偶尔挨上两拳那也不要紧，因为头上还戴着头盔呢；何况好打手也找不上业余拳击手去较真，他们死盯着泰森、刘易斯、霍利菲尔德，一旦发现他们有人有了懈怠就一跃而起猛然击倒，那才叫威风八面。

我这人像气球，经不得别人吹捧，一吹就飘然发胀。那会儿我在砚边胡涂乱写时，真的不知道自己写得到底行不行。当几位朋友看了我写的东西后，他们说的确太像文章了，从此，我信心大增，再也舍不得倒掉砚边的散墨，写文章真的成了我业余要干的一件事情，以此愉悦了自己也愉悦了别人，在愉悦中让自己又获得了愉悦。当我于砚边写了许多篇章之后，又有朋友鼓励我出个集子，我竟答应了。丑媳妇怕见公婆，我不怕，无知也就无畏,天底下没有丑哪儿来的美呢?

(《砚边散墨》自序)

散文集出版后,社会上有了一些赞许的声音,尤其是《书法》杂志在《黄简评书》中做了充分肯定,我就想将这种快感进一步扩大,这便有了随后出版的《行草例话》。边写边说,倒颇有点像我小时候一个人躲在家里下象棋,一手执黑,又一手执红,自己和自己玩,却玩得不亦乐乎,我就这样消费着那段属于自己的时光。

辛巳秋末,当我将近年来于砚边零碎写的散文结集交给出版社之后,心底里好像是秋天的庄稼地一下子被谁砍倒了一大片,留下的便是更加高远的空阔。白云在蔚蓝的天空随意飘荡,太阳慵懒地在天上画弧。我独自在野外呆呆地看了一下午,空落中我想自己应该干点什么事了。于是我回到书房,操起毛笔又在宣纸上涂鸦。像农民一放下铁锨就拿锂头一样,如今我一放下钢笔就只能拿起毛笔,这些年环境已改造得我再也不会干别的事了。我仰天浩叹,这样地活着实在是一种无聊。

我在无聊中胡涂乱抹了三十八天,忽然生出一个念头——想出一本书法集。大概是我在交出散文集后感受到了一种快慰,而我试图将这种快慰进一步扩大。再说自己习书也将近四十个春秋,甘苦忧乐，个中滋味一下子全然涌上心头，我是再也遏制不住这种兴奋了。我是个非常情绪化的人，情绪化使我吃了许多苦头，没法子，江山易改，本性难移，但吃苦头也不一定全是坏事，人不是常说苦中有乐嘛！

我于盲目地兴奋中打发走又一个三十八天，方从纷乱的思绪中理出了头——我想出一本《行草例话》。在这日新月异的年代，我常常是想要将一些小事情想清楚也得折腾好长一段时间，可见思维是有些迟钝了。这也是没法子，我的慢性子由来已久。有道是坐地日行八万里，如此想来人的脚步再显匆忙也大可忽略不计，老这样想着性子就愈慢，愈慢愈懒，愈懒愈散，前进没了方向，只好随波逐流信天由命了。

我说《行草例话》是个书法集，严格意义上只能叫作册的。作品只限行草，实在是心有余而力不足啊！雄心似曾有过，最能记起的是有一回搞展览，我是真草隶篆全上，大幅手札齐备，几乎使出了浑身解数，本想听到几句表扬的话，结果是朋友们给了批评，这当头一棒使我一下子变老实了，我知道自己还不行，从此似乎雄风不再，默默无闻中只管做手头的事情。后来朋友们又表扬我有了平常心，承蒙错爱，我真是受之有愧啊！行草书只选了十品，这也是无奈，我实在是再也变不出什么花样了。

　　检讨起来，走上书法这条路于我实在是迷迷瞪瞪上山，稀里糊涂过河，我从没想过当什么书法家的。我是从农村苦焦生活中走出来的人，父母亲都不识字，小的时候我的身体状况差，一跑动就头晕，只好整天耷拉着头蹲在地上拿树枝儿画字，我的兴致就是那时养成的。十三岁那年，我跟一位老先生学中医，我身体不好，就想着将来当个郎中。高中毕业，当了三年乡村医生，还专门上了三年中医学校。但阴差阳错，后来我在卫生部门干了六年，又意外地在司法部门干了十年，再在新闻部门干了六年，今年春节过后我就不再上班了，在家里专门写字。我就是这样一路走着走着就走歪了路，到如今只能成了目下这种生活状态。好在我对生活没有太高的要求，心想马马虎虎地活着说不定还能活出些意思，我老是这样自己对自己说。

　　如今我将书法当作了一件事情郑重其事地来做，我真的不知道能不能干出名堂。那时在农村，夏天割麦子，骄阳似火，热风扑面，我挥动着镰刀，时不时就直起酸困的腰抬头朝前望一阵子，我想，要整倒这一大片麦子一镰一镰地得花多长时间啊！一时间自己将自己给吓住了。那会儿母亲就来到我身边，母亲告诉我割麦子时千万别抬头，你直第一次腰就会想第二次，如此反反复复，你会越来越没信心的。于是我再也不敢抬头,鼓足劲只管往前走。那一大片麦子说完就完了,怎么完的,一镰一镰割完的。这些年我在书法这条道上之所以从没懈怠,大概是遵循了母亲教给的那些经验。母亲教给的经验很朴素,其实有些道理原本就是很朴素的东西,是我们人为地自己将事情想复杂了。面对纷繁的艺术思潮,面对玄妙高深的艺术理论,我一时还不大能看得懂听得懂,只能是摸索着走路。

《行草例话》的创作从去年冬天到今年春天历时八十八天。八十八天仅选出十幅字,说认真也罢,说无能也罢,这就是我的工作效率。

许多年来朋友们对我多有鼓励,令我非常感动,他们是怕我消沉,怕我将仅有的一点爱好再丢掉了,这我心里明白。出过《行草例话》,我还是要暂且放下书法,是暂且,我将用好长一段时间去专门画画,这不是见异思迁,是想换一种活法,走出去也是为了再走回来。这大概也是基于在农村父亲教我种地时的那点经验。父亲常说,地力要好,经常去倒,父亲将这叫倒茬。地不能光长麦子,也可以种一些豆子、苞谷什么的,那样地力才不会枯竭变薄。父亲的经验是人老多少辈的经验,我用父亲教给我的经验这些年来生活都有收获。我想从事艺术也许一样吧。

生活给了我们许多经验,在经验中我们试着生活吧!

(《行草例话》自序)

作品一:《王羲之论书》一则

除夕,窗外的夜色颇不宁静。性急的人们从天没黑就开始放炮,爆竹的火光将天空映得更加乌蓝。再有个把钟头,马年就会庄严地来到,坐在书房,我的心里有了一种莫名地兴奋。

我想写字——这些年习惯让我常常用写字来对付喜悦与孤独。

案边有宣纸,用来包裹宣纸的是半张包皮纸,纸质较粗,颜色像早先上学时做本子用的麻纸,这纸在我的记忆中却非常亲切。新的一年,这才只是揭开了一张皮,往后的日子就是一个又一个真正的日子了。

手头正翻《法书要录》,那么就写《王羲之论书》吧。书案上有笔有墨;笔是长锋,墨是宿墨。没有要创作一幅作品的架势。雪白的灯光下,听得见笔与纸触摸时发出的沙沙声,我想我血管里的血在潜流中大概就是这种声音吧!

王羲之的书法道丽天成,是因为王羲之有超然物外的胸襟,是他的睿智与胆识,他将自己在书史中定格。抄录这则书论时我完全是一种随意,涨墨也罢,渴墨也罢,行也罢,草也罢,一任意随笔走。当我在快意中写完这幅字时,竟然发现它还真像是一幅作品。我盖了名章,似觉正文之后太空又补了两枚更大的印章。

这幅字字形不大,但感觉笔意敦厚,气息流动,难道是我于潜意识中得了大王的一点指授吗?一时竟让人做冥冥玄思。

作品二:《久邻常客》对联

壬午仲春,偶翻闲书,读到"久邻青云谱,常客滕王阁"这副对联时,心一下子就被"青云谱"和"滕王阁"给系住了。青云谱在南昌南郊定山桥附近,八大山人曾偕其弟隐居于此,后人仰慕其贤,便集资兴建了青云谱。青云谱是因了八大山人才名扬于世,久邻青云谱,让人会时时记住隔壁就住着一位书画大师八大山人,心里会生长出一些底气。滕王阁在南昌沿江路赣江边,为唐显庆四年太宗之弟滕王李元婴都督洪州时营建。上元二年重修,王勃省父过此,席间作《滕王阁序》而成千古传诵之名篇。常客滕王阁,那"落霞与孤鹜齐飞,秋水共长天一色"的景象又会使人思接千古,浮想联翩。

写这样的句子得选仿古徽宣，而且需八尺长幅，那样才能字大如斗，才能写出青云谱和滕王阁的气象来。近来我特喜欢用长锋作纵横挥扫，长锋含墨蓄水，能写出痛快淋漓的感觉。挥写中我是全然不顾聚锋绞锋散锋了，只是一味让笔墨在纸上宣泄。写好这副对联我一时无法张挂起来，只能铺在厅堂的地上，点一支烟，端一杯茶，孤芳自赏中在沙发里做一番卧游了。

作品三：黄庭坚题画诗

这幅扇面的起首印内容是："沉著痛快"，是前年那个大雪天，朋友魏杰呵冻操刀为我所刻，我很喜欢这枚印。写字其实写的是关于人生的哲学。写字的过程实际是不断制造矛盾又不断解决矛盾的过程，这也是书法的结。人生也是一样，我们将迎面而来的一个又一个矛盾解决了，我们战胜了困难，我们也就活出了经验。

扇面还毕竟是个小品，用不着让它承载更大的使命，于是在内容上我选了黄庭坚的一首题画诗。诗的大意是，烟云与水色相映，远江与沙渚共寒，在这荒远的汀渚上空，无拘无束的鸥鸟来回恣意飞翔；近来"我"频频做着身在江湖的美梦，竟怀疑起自身是在故乡的山上。这首诗雅淡萧散，亲切自然，还没挥毫就令人先快活了一阵子，一旦笔墨落纸，让鸥鸟尽情翻飞，让梦萦绕故山，思逐笔意，遐想无限。这幅字通篇大概只用了一笔墨，长锋真的能蓄墨，痛快啊！

作品四：欧阳修《秋声赋》

书法讲究润含春雨，干裂秋风，那是一种境界，一种精神。王僧虔云："书之妙道，神采为上，形质次之。兼之者方可绍于古人。"这样一来，我就常去让春雨沐浴，让秋风拂面，为的是体会那一种感觉。秋风的感觉是什么？吟欧阳修的《秋声赋》，知秋风"初淅沥以萧飒，忽奔腾而澎湃，如波涛夜惊，风雨骤至，其触于物也，鏦鏦铮铮，金铁皆鸣，又如赴敌之兵，衔枚疾走，不闻号令，但闻人马之行声……"这多像是一幅沙沙落纸的行草书法啊！让人难以言传，只能依着秋风去意会了。"草木无情，有时飘零，人为动物，唯物之灵……"生命的哀婉竟能在秋风中逸出，为了体验，我写了《秋声赋》。

创作中我想飘逸潇洒，更想稚拙凝重，或浓淡相间，或聚散有致，如石铺阶，如玉落盘……思绪就这样一直紧随着那秋风。

作品五：范仲淹《岳阳楼记》

岳阳楼在湘北洞庭湖畔，矗立于岳阳城西门，它是我国江南三大名楼之一。相传此楼始为三国吴将鲁肃训练水师的阅兵台，唐开元四年中书令张说谪守岳州在此修楼，正式定名岳阳楼。庆历四年，滕子京谪守巴陵郡，于第二年重修，并请范仲淹撰《岳阳楼记》一文，岳阳楼从此名声大振。

《岳阳楼记》是我最爱诵读的名篇。

辛巳冬夜，妻儿已经熟睡，窗外是呜呜的寒风，寂静中我在卧雪庐抄写《岳阳楼记》，仿佛随了范翁同观那巴陵胜状，笔随心潮而起伏。范翁发"先天下之忧而忧，后天下之乐而乐"的肺腑之声，也是范翁对人生的无限感慨。这幅字是随心随意地抄写，没有要表现什么的强烈想法。抄完后，我乘兴在文之首尾用美术字做了装饰，也只是想说明这只不过是在抄书而已。

作品六：节录散文旧作《我的卧雪庐》

这里抄录的是我的散文旧作《我的卧雪庐》。

卧雪庐是我的书房，卧雪庐不大，只有九平方米。"我在卧雪庐住久了，就觉得卧雪庐不仅仅是这九平方米的小天地,大概从一开始我就有这样的感觉,只不过那时感觉还没有发芽,还没有长出来。我学过中医,知道什么是辩证思维,我不会将自己永远地囚在一个小天地而自我陶醉。卧雪庐不仅仅是一个实指,它也许是一个象征。许多年来我心里的卧雪庐一直飘落着大雪,它一次又一次将我漂白,澡雪了我的精神,也滋养了我的灵魂。"这就是我为自己营造的卧雪庐。写这篇文章是辛巳大年初二在故乡的老屋。文末我这样写道:"今年春节雪下得很大,一如我心里多年飘落的那一场又一场大雪,我回到了故乡,故乡的雪原也一如我心里的雪原。我看不见雪原的尽头,大地像一张宣纸,天空多像卧雪庐,我的感觉一下子得到了印证,我为自己的发现激动不已。那天天不亮我就走出老屋,在茫茫雪原漫无目的地走着。雪在脚下,雪在空中,好大的卧雪庐啊!我一直走到天黑,我是走在属于自己的卧雪庐里。这一天害得我的父母妻儿在村口张望了我好多回,他们害怕我走失了,找不到回来的路。我想:我怎么能走失呢?我在心里的卧雪庐已走了许多年了,我熟悉这冰雪的世界,我知道回来的路。"卧雪庐是我的精神栖息地,卧雪庐有我永远难解的情结。那一回我将这篇散文朗诵给振锋、高亮等一帮文友的时候,我真的是激情洋溢了,感染得朋友们也为我高兴了一下午。今值壬午岁首,天又阴沉沉地飘起了雪花,于卧雪庐抄录这篇散文,我的心态很从容,面对人生,想得也更深远。

作品七:《格超品在》对联

隔壁师范学院的三树梅花开了。郭老师打电话说。

吃罢晚饭,我裹了衣服瑟缩着头去了师院。

梅花迎着腊月的寒风绽得悄然,最是教学楼西南角的那树,梅枝扶疏,花黄似蜡,淡淡的清香在脉脉流动,是淡淡,正因为淡淡,才更怡人心神。我和郭老师站在梅树底下,说着有关梅花的话,这时一轮满月正从东边的楼群间升起,月光照着寒梅,梅影婆娑了一地。

我是带着赏梅后的好心情回家写这副对联的。"格超梅以上,品在竹之间",这样的好句子得有这样的好心情,这样才能进入到一种境界里去。笔里含了墨,也含了水,其时我在写字又不像是在写字,似乎落笔很重,又似乎挥运很是轻盈。上联的"格"力量尽量内敛;随后一路凌空入纸,如羚羊挂角,难觅踪迹;写到"上"时笔墨已渴,收笔速度也相应放缓,正好使上联稳稳收住。下联"品"的三口我试图在同中求异,"在"让其率意而涩行;"竹"更像竹的枝叶;"之间"二字行笔忽然加快,不经意中有了一些苍茫变化。落款只署了名字,这是寻求一种疏淡与简洁,梅竹的意境需要的就是疏淡与简洁。

作品八:岑参诗句

岑参的诗句"华林散清月,寒水淡无波"像是一幅工笔画。月是清月,凉秋的月才清。月光从华林筛下来,水一般泻了一地。寒水也说明季节转深,水不涌流,也不起波,静得如一面玻璃镜子。

当这样的画面出现在我面前时,我的心绪也一样归于平静。时间是壬午正月初八,夜深人静,独坐在卧雪庐,做伴的只有灯光,灯光不说话,一切只有静默。我想将这句子写成一个斗方,纸就用白的生宣,这样才切合清月与寒水。不刻意,少安排,行笔非常之缓慢,为的是让墨充分地留住;敛去锋芒,不事张扬,那样才能显出静穆之气。在行草书创作中,我很乐意走极端,要么静如止水,要么疾风暴雨,只有这样,才能在静与动的两极出现一个宽阔的地带,艺术才会有张力。

我想留住华林中的清月,还有那无波的一潭寒水。

作品九：苏东坡词《念奴娇·赤壁怀古》

我曾在一篇文章里说自己是一个准球迷，这些年除了吃饭睡觉热情未减外，其次就是爱看足球比赛了。其实看足球比赛我也看不出多少门道，但能看得激情洋溢，跃跃欲试；跃跃欲试不是去球场踢球，而是换一种方式提笔去写草书。

照样的周末，意甲联赛国际米兰正与布雷西亚比赛，外星人罗纳尔多久违赛场今天重新披挂上阵，对抗异常激烈。上半场时布雷西亚先发制人攻入一球，我顿时替国际米兰捏一把汗，为罗纳尔多而着急。下半时罗纳尔多与曼戈尔拼抢中不幸受伤倒地，他痛苦万状，我也一时结愁，然而顽强的罗纳尔多终于站起来了，一分钟后竟出奇地攻入一球，迅速将痛苦化为快乐；三分钟后再下一城，锦上添花。最终国际米兰胜了，罗纳尔多再显英雄本色。这场球令我狂喜不已。

这是一个契机。

作草书需要情感能酝酿到最为激动不已的程度，那一刹那才能激情喷发，才能感受出人生的大写意。我挥写苏东坡《念奴娇·赤壁怀古》时，已不再计较笔中含了多少墨含了多少水，只觉得心里平添了许多胆气，任笔追逐奔流，眼前是滚滚长江水，滔滔东流去……我是随了苏翁去故国神游，万千感慨涌心头。

草书需要几分狂气，狂才能神完气足，才能饱含激情，才能尽抒满腔块垒。

我真的是狂了一回！

作品十：赵孟頫题画诗

"石如飞白木如籀，写竹还应八法通。若还有人能会此，须知书画本来同。"这是赵孟頫的一首题画诗。

创作这幅作品倒不完全是意在笔先，原先的意不是这个样子。许是笔在水里浸得太久，当濡了些许浓墨之后，谁料第一个字出现了涨墨，"石"的内实外虚的墨象好像是石头生了一层苔藓，但越发惹人生爱，我的想法一下子全变了。意在笔先的说法不一定全对，还应该再加上一个随机应变才好。这有点像我们本来去钓鱼，回来却意外地拣了一只老龟，意外的收获给人带来的是喜出望外。创作是一个很模糊、很复杂的过程，我们事先只能知道它的大致走向，但必须随着客观对象的变化而变化。所谓摸着石头过河，是因为石头潜在水里，石头看不见但能摸着，过河不摸石头那才傻呢。

"石"像立了界标，于是沿石顺势而下，"飞白"就飞白，"如籀"就如籀，人在用笔，也让笔来用人。通篇整幅字觉得有些空灵虚和的感觉，更因了"石""写""若""须""赵"以及署名落墨相对较重，似乎也起到了阴阳互济的作用，从而强化了整幅字的精神。

写字的人其实享受的是写字的那个过程，人生其实享受的也是生命的那个过程。前天应朋友之约去赴宴，见了一位比我要年长许多的一位老朋友，他已年过花甲，但面色红润，声如洪钟，席间因喜悦而自言六十才刚刚步入而立。人生如此活法，那是活出一定境界了。人活着毕竟还是个很有意思的事情。

写字写的就是人生，我老这样想。

2006年，我跨进五十岁门槛。五十岁的时光感觉是既漫长又短暂，一路艰艰难难，荒荒唐唐，不知不觉中就这么过来了。五十岁的生命算是真正进入秋季了，春华秋实，不管时下收成是丰是欠，如今我和别人一样都站在秋天的阳光和秋风里开始收获。这，便是书文自贺集《五十初度》。

我是一个非常爱写字的人，不让我写字无异于不让我喝水吃饭。

少小曾心怀大志，后来习医十年，又干过十年法律，当过六年记者。2002年春节过后我便来了古城西安闯荡。所幸的是，我手中的毛笔一直没有弄丢，人生没有潦倒，理想没有破灭，这与我携带的这支毛笔有很大的关系。到如今，写字几乎成了我每天的工作。

　　按照我们老家的习惯，丙戌我五十初度。人生五十而知天命，在有了一把年纪之后，余生应该知道怎样活了。尤其是年初病了一场，生命的季节一下子切换到了秋季，一切都只是在迅速沉淀。面对秋天的到来，我愿自己是一缕风，一把土；风是清风，土是黄土。在脚下这块土地上行走是一件实实在在的事情，不得有稍许的疏忽大意。我只能一遍又一遍地对自己说：好好生活吧！

　　至于书写中被定义的书法、书法艺术、艺术书法、现代书法等等，我只能将自己的书写认为是写字，在无拘无束地书写中享受那份惬意与快乐。

　　早先过年节，常放一种叫"二踢脚"的爆竹以烘托年的喜庆。翻检旧作，不计工拙，选书与文各五十以结集，就算是五十个"二踢脚"吧，借此，权且为自己的五十岁人生增添一些自信与欢乐。

（《五十初度》自序）

翰墨文心

书法以汉字为载体，其书写内容多为诗文名句。古代的书法家都是文化人，学富五车，文如泉涌，笔墨与书写内容相得益彰方成佳构。以书史上的三大行书王羲之的《兰亭集序》、颜真卿的《祭侄文稿》和苏轼的《寒食诗帖》为例，其主体精神若不是书文同辉断难彪炳千秋。中国古代书论，书家多取类比象，以物喻物，都是自身实践经验的点滴总结。这种简洁的笔记体语录体，闪耀着书家的哲思，凝结着书家的体温，同时也折射着书家的精神光芒。今天我们读古代书论，就像读一篇篇优美诗文，就像悉心倾听古贤教诲。这种难得的贴心，让我们思接千古，也让我们心领神会。我一直认为书法是从文学的沃土里生长出来的奇葩，而今将书法全然列入艺术门类我不敢苟同，将书法一味艺术化只能片面放大形式，只求表面形式的华彩而淘空思想内容的艺术，只能让艺术矮化成侏儒，也只会悦之于目，而难以会之于心。我在多个场合呼吁应该将书法划归中文专业，一个健全的文化人格才有可能成为一个健全的书法家，从古至今历代的书法大家无不印证了这样一个史实。

中华民族是一个诗意的民族，三秦大地也是一方文学的厚土，放下史学巨匠司马迁、唐代诗坛群星和关学大儒们不谈，就中华人民共和国成立以来，像柳青、石鲁、王汶石、杜鹏程、胡采等一批作家就光耀了整整一个时代。就新时期文学而言，像以路遥、陈忠实、贾平凹等为代表的陕军举旗出征，一时令中国文坛为之光彩灼灼，也让我等三秦学子无不欢欣鼓舞，激情澎湃。在新千年后，我正是踏着三秦大地先贤们的足迹来到这个古城的。

我来得是有些晚了，路遥业已辞世八年，但他那不朽之作《人生》《在困难的日子里》《平凡的世界》却让我一读再读，读出了满腔豪情与思念。我去过陕北路遥故居，去过路遥求学的延安大学，我也去过路遥当年在作协院子住过的那个单元楼。那是一位书画朋友临时居住的房子，也就三四十平方大小吧，我曾在那里住过一宿。当我无意中得知这就是路遥当年居住的房子时，敬意不禁从心底油然而生。许多年来，我一直牢记着路遥在他那部长篇巨著《平凡的世界》里写的那句话："像牛一样劳动，像黄土地一样奉献。"它激励着我在漫漫人生征途中，不畏艰难，勇往直前。

陈忠实的《白鹿原》是最具史诗品质的划时代巨著。我每读《白鹿原》都能读出历史的沧桑感。陈忠实是关中灞桥人，所写《白鹿原》之山川风物芸芸众生的大背景就在蓝田白鹿原上。我的故乡与白鹿原仅几十里地之距，感觉自然真实亲切。陈忠实其人也颇像一个关中农民，笔下极尽淳朴自然，儒家文化的长期浸润让他的文和人一样具有厚重感。2014年冬，多日不见露面的陈忠实据说患病，然有一天傍晚，他却约请五位文坛朋友，并言明是他招待大家。约请的五位朋友是作家李宗奇、《华商报》记者王锋、《西安晚报》记者贾妍、西北大学教授刘炜评和我。我闻知陈先生身体不好，特意为他写了一副六尺对联："树老根弥壮，阳骄叶更浓。"我期盼着他能早日康复。席间，陈忠实心情欢快，谈笑风生，然几次却突然背气，足有十多秒钟才恢复常态。此时的陈忠实常常犯有短暂失忆现象。我们祝福他健康，更希望他再有新的佳作出来让我们分享。然事难如人愿，后来我们就听到了陈忠实因患癌症住院，我们几次想去探望也没得到医院同意，以至于2016年春天那个阴郁的早晨得到噩耗：陈忠实先生走了，永远走了。我为陈忠实写了一副挽联："白鹿寻梦境，忠实铸诗魂"，敬献于他的灵前；后又为他撰了一副挽联："鹿隐白芦化大美，书名青史启长风"，则刊于《陕西日报》。在陈忠实先生追悼会后，有电视台记者采访我，我怀着悲痛的心情说："陈忠实先生虽然走了，但他不朽的《白鹿原》将永存人间。"

我来西安后，与贾平凹先生来往日渐频繁，让我受益匪浅。我对贾平凹的崇拜始于20世纪70年代末。贾平凹是天才的，又是平常的，贾平凹是神秘的，又是本真的，贾平凹以他卷帙浩繁的全景式写作创造了当代文学的辉煌，贾平凹一个人的文学史，反映的可以说也是一部中国当代文学史。贾平凹是这个时代文学的传奇，也是这个时代文学的骄傲。由于与贾平凹接触越来越多，也由于外界对贾平凹的捕风捉影和误读，2016年元旦前后的一个星期，我与贾平凹三次闲聚，难抑冲动就写了《贾平凹三记》。此文在《陕西日报》刊发后，先后被多家报刊转载。

文学贾平凹

　　20世纪70年代，青春年少的我正处在想入非非的年纪，和那时许多年轻人一样也喜欢文学。1978年我正在渭南中医学校上学，那年贾平凹的短篇小说《满月儿》在全国获奖，其时他才二十六岁。那篇小说我当时读了好多遍，读得我满心喜悦，嗣后只要见到贾平凹的作品我都要一睹为快。贾平凹像是开足了马力的写作机器，作品几乎遍及全国所有报刊。贾平凹写得兴致盎然，读者亦读得激情洋溢。尤其是1979年我买的贾平凹短篇小说集《山地笔记》，集中阅读更令我快心。那时我们一个月伙食费是八九块钱，而这本书的定价是六毛五，在当时自是一笔不小的数目，它是我真正买的第一本文学书，节衣缩食，可见当时爱之笃深。前天贾平凹在我书房见到这本书时也不禁动情，说这本书也是他真正意义上出的第一本书。他欣然在我当年题记的"1979年购于渭南中医学校书摊"旁题字："谢谢您那么早就读我的书，书很幼稚，谨留作纪念。平凹。2016年1月3日"。他总是谦虚，我看我当年所写的字才真正叫幼稚呢！

可以说贾平凹生逢其时，商州山地的灵秀峻朗，早年生活的艰辛与家庭变故，以及他后来到西安上学，这一切都是为贾平凹铺就的人生之路，他的人生之路也就是文学之路。他为文学而生，他肩负着文学赋予他的神圣使命。我认识贾平凹较晚，是新千年来西安之后，没记错的话应该是在太白书院举办的那个书画展览会上。在我的想象里贾平凹的形象是高大的，人也一定潇洒，依他泉涌的文思，想其也会非常健谈，但后来见到的他却全是木讷寡言的样子。

这个自小能背能扛能载得动荣誉又能承受住磨难的小个子男人一路走来了，他要为生养他的这块山河土地立传，他要为这个历经苦难但生生不息的民族做长久的证明，他要为未来的世界传递这个时代最为准确的消息。贾平凹欣然上路，一时人情世态、山川风物竞涌笔下，他认为自己只是一个时代忠实的记录者。他用的是民族最本真的笔墨，但他却有着吞吐大荒的情怀，放眼整个世界，探寻人类终极关怀。贾平凹当然是敏感的,又是深沉的,是乐观的,又是忧伤的,爱之愈深则痛之愈切,他在漫长的炼狱中希望实现的是精神的凤凰涅槃。贾平凹在痛苦中幸福着,荣辱顺逆于他已然如云卷云舒,作品中人物的悲欢离合与他人生的悲欣交集也已然形成雄浑的交响。某种程度上贾平凹已不只属于他自己,他属于热爱他的读者和社会。这似乎是一种责任,尤其是一旦扛上红旗走在了队伍的最前列,贾平凹就不能歇息,只有日夜兼程了。好在贾平凹保持了一位农人的一贯本色,春生,夏长,秋收,冬藏,在文学的田园里他始终在辛勤耕耘。他是作家队伍里的劳动模范实属当之无愧。那次在我书房,当大家言及他这么热爱劳动时,我们有幸看到了那只劳动的手因超强劳动而生出的老茧,他右手的三个指头因长期捉笔著文已弯曲变形了,这是丰收留给他的印记。贾平凹写作从来不用电脑,他不是不知道用电脑既省力又方便,作为一个热爱汉字写作的人,对汉字的崇敬虔诚实在让他不愿放弃使用最传统也是最优雅的写作方式。他笔下的方块字也一如他的孩子一般,其鲜活生命形态实在让他感动得沉醉。

贾平凹的文学创作既有散文的空灵隽永、禅语哲思,又有小说的世间万象、波澜壮阔,就连无暇顾及的诗歌也因一部《空白》而没有空白。迄今贾平凹的著作可谓等身，但他没有停下脚步，在读者的期待与爱怜中，我曾笑说他用的动力是核能时，他也只是会心一笑。其时我想，贾平凹正吸收着天地日月之精华，他从不满足自己，虚怀处下，有容乃大，伏久者飞必高。对创作高度的预设不只来自读者的更高期许，其实贾平凹自己也是不用扬鞭自奋蹄，他自己为自己不断加码，甘愿承受更大的压力，他相信井没有压力不会出油，他在冲刺中不断寻求新的突破。几年前我在他的书房看到他写的八尺大条幅，内容是"中国文学"四个字，浓墨饱蘸，字字如斗，弥漫着真气，给人以力量。他认为自己从事的文学是中国文学，愈民族的文化就愈现代，也就愈世界。他在兼容并蓄，但绝不想被别人同化，他希望发中国人自己的声音。中国人的思维是重整体、讲意境，在阴阳变化中体现天人合一的道之精髓。他将对生活的感受消化吸纳整合提炼，对文学形象有了一个立体的把握才肯命笔。传统的文学形式与语言，对贾平凹来说已了然于胸，在他越来越成为老作家的时候，生活经验与创作经验相互激荡，而他的笔已臻炉火纯青。然他并不满足，要想中得心源，还得外师造化，他在其他艺术门类中汲取营养，以实现更加丰富多彩的文学景观。他充分利用感觉视觉听觉味觉以及心理感受，让语言有体量有色彩有声音有力度有温度有韵味，更不惜曲笔闲笔，在控制中放纵，让天地万物赋予人性神性。贾平凹的作品张力越来越大，内涵也越来越丰富，是缘于人文俱老了吧！

而贾平凹作为别趣的写字画画，也常常赶来给他的文学帮忙。他将写字画画的感觉经验移植到了文学创作之中，也算是希望他山之石可以攻玉吧。他努力着笔，期求文章产生出水墨画的效果，真是别开生面。从中国水墨的角度看贾平凹的文学创作，我觉得他的小说很像黄宾虹笔下的山水，横涂竖抹，层层堆积，实处密不透风，虚处不染纤尘，以五笔七墨求浑厚华滋，让骨肉筋血气充盈其中，精神贯注而饱满。贾平凹的散文则很像齐白石笔下的花鸟，笔意拙朴，设色大胆，提炼概括，小中见大，以简驭繁，妙在似与不似之间，笔墨厚重而意象空阔。贾平凹文学功力深厚，随意点化亦能开其万象。而相应地读者的阅读功力亦须提高跟上，那样阅读中才能相互激荡，实现文学的二度创造，才能品出其间绵长的滋味来。

将贾平凹比作抽丝的蚕对，比作燃烧的蜡烛也好，比作产奶的孺子牛更妥帖。文学是精神产品，精神产品体现的是作家的良知与精神高度。贾平凹其人形象看似柔弱，骨子却是坚强的。内方外圆，这是中国人的智慧，也是贾平凹的智慧与根性。面对这个繁复的世界有真诚善良温馨如水柔情，也有诸多的愤懑痛切无奈悲哀，这一切都时常搅动着他的神经。在人们于生活中依然困惑麻木时，贾平凹是先觉者，先觉者是痛苦的，在痛苦的纠结中若是当下不能被周围人所理解，那就只剩下自嘲甚或自残了。重读贾平凹二十多年前写的那部颇引争议的《废都》，掩卷依然令人击节叹惋。当看到全书结尾，那个才华横溢的文化人庄子蝶于无奈中将要出走，却偏偏在火车站的候车室中风成了废人，我不禁又一次泪流满面了。

书画贾平凹

贾平凹文学创作之余，他喜欢书画，而书画于他是兼学别样，是间作套种，是文学创作之外的积极休息。然而做事认真惯了的贾平凹即使是涉猎"游于艺"的余事亦相当敬业，日积月累，竟也收获多多，不能不让人钦佩其如有神助的艺术创造力。

贾平凹画画起于何时，我一时还说不准，但大量看到他的画作则是20世纪90年代后期。他是在每每一部长篇完稿之后，换一种方式用画画宣泄胸中之块垒，一画一个故事，画中都隐含了某种秘籍。这也是贾平凹不同于一般专业画家有程式化倾向的特别处。他的画是文学的另一种表达，有独立之思，是绘画长廊中绝对的这一个。当然有人曾写文章怀疑贾平凹在绘画上的造型能力，我想他们大都是用美术院校那一套模式和标准，具体说就是用西画中的素描与速写来进行考量。素描与速写好不好，我觉得对画西画当然好，而对于中国画却并不尽然。西画采用的是焦点透视，多静态观察，讲光讲比例讲精确等；而中国水墨画是散点透视，是动态观察，讲提炼概括，讲笔墨意境。

贾平凹倾心文学创作，他当然没有大量的时间与精力去专门练素描速写，动手的机会是少了些，但他天才的作家头脑在对万事万物做细致观察时却一刻也没停过。形象思维是他的强项，而且有超乎常人的联想，甚至会延展至超存在领域。超存在之奇幻也许会为他打开一个天眼，那是一个多么精彩的世界啊。从目中的画，到心中的画，再到手中的画，期间从感官感觉到心中打磨再到手底化出，那是多么复杂的一个过程啊！而中国画不只悦之于目，而是要会之于心，其心理共鸣才是中国画要达到的最高审美境界。大千世界其物象对贾平凹来说已然成竹在胸，他心中的文学素材也一样会被转化为绘画素材，这一点我们不用怀疑。

去岁秋末，我在报端看到老画家韩羽给老画家华君武写的一篇文章，一时有些激动，与贾平凹相聚时就将其文章对绘画的观点贩卖给他。韩老说：

"中国画最根本的是线。在线和形的关系上无非也就是三大类。这三类画法各有千秋，各有不同的欣赏者。一类是纯写实。以准确地描摹对象为手段来表达创作意图。形和线的关系，是形为主，线为奴。线从属于形，其行笔是描。再一类，线不再是描，而是写。如郑板桥说的以写字之法作画，从而使绘画更富有韵律节律之美。这就是所谓的书法入画。然而这类画法，形和线依然是主奴关系，线仍从属于形，与第一类画法没有本质上的差别。第三类是，形和线的主奴关系颠了个儿，是形从属于线，线彻底解脱出来，从而发挥出其在绘画形式上的重要作用。也只有在这种状况下画家才能畅快地抒发其性情、心迹、审美意趣。"我心仪的是第三类绘画形态。第三类绘画形态完全是主体精神在发挥作用，万法归一，大千世界万事万物随手拿来，诉诸笔墨，这也是中国绘画的写意精神。我以为八大山人、齐白石和陈子庄等人具有如此品格，贾平凹的绘画也与此相类。这也应了齐白石一贯说的中国画"太似则媚俗，不似则欺世，妙在似与不似之间"的画理。

中国绘画的写意特性，与中国人"大道至简"一切皆统归阴阳的哲学思维有关，加之中国人智慧地使用了毛笔，而"惟笔软则奇怪生焉"（蔡邕语），毛笔的中锋侧锋将墨分五色，化阴化阳而得万千气象，所以中国画最重要的一点是用毛笔写出来的。绘画固然需要有形质为基，但神韵才是中国绘画的灵魂。贾平凹曾给我谈过他对汉画像石、敦煌壁画和武威画像砖等的感觉，他崇尚的是书画同源源头质朴古拙的东西。西画有西画之长，但生吞活剥一味跟着人家跑也会成为"邯郸学步"，那样我们还能走出中国人自己的神韵吗？前年冬天我去北京看了一回全国美展，竟然百分之九十的画作没有落款，其余的作品也大多只写个穷款作者名字，而有文化意蕴和笔墨情趣的落款则是凤毛麟角，文化缺失可见一斑。如果一味炫技，片面放大形式，只有躯壳而乏于思想，那我们的绘画只能是感官上的刺激，难以达到精神上的满足了。

好在这个时代还有一个文学创作闲暇乐于给绘画帮忙的贾平凹，他的绘画属文人画，契合了真正的中国绘画精神，他也为我们提供了一个思考中国画的文本。虽然是闲暇的涉足，但他在绘画上独立潮头的英姿还是值得我们为他喝彩的。他能否得到画界大佬们的认同可以不去管它，贾平凹是在为自己画画，别人怎么看于他都无关紧要了。他的绘画没有重复前人，也没有重复自己，以遗貌取神寻求精神上欣悦的高标都值得我们给他致敬的。齐白石说画家要别除画家气，就是告诫画家不要拘泥固有程式，不要为形式而形式，不要为美而过分粉饰，而重在内涵精神上，这一点，让不乏灵动又崇尚古拙的贾平凹做到了，实属不易，难能可贵！

　　与贾平凹真正熟悉是因为我们都爱写字，尤其是我被周围朋友恭维为书法家之后，一时冲动就只身来到西安闯荡，常去参观书画展览，就认识了贾平凹，说来都是缘分。2004年我与吴振锋、遆高亮在西安举办"华山三友"书法展览，贾平凹不但看了展览，还给我们写了一封信，信中对我们奖掖有加，当时让我们都有点飘飘然。2008年我们举办"华山三友"师生书法展览，贾平凹不但出席了展览开幕式，还参加了作品研讨会，再次对我们三人的书法和友谊予以表扬，让我们增强了艺术自信，也让我们在西安闯荡平生了胆量。而2013年省作协成立作家书画院，贾平凹出任院长，他提议我任院副，这样他就成了我的领导，这是我不曾想到的事。

　　汉字具有音、形、义三种功能，汉字首先是实用的，是交流思想的工具，而以汉字为载体运用毛笔蘸了水墨在宣纸上尽情挥洒成为书法艺术，这实在是使用汉字人的福分。贾平凹喜欢写字，也让他喜欢上了一样爱写字的人，完全是出于对汉字的敬重。写字是需要点天分的，有天分就有丰富的想象。汉字源于象形，是天地万物的超级化育，虽然汉字在其发展过程中被不断丰富，甚至符号化抽象化,但骨子里依然保留了象形的基因,这也冥冥中为汉字的书写成为艺术帮了大忙。贾平凹无疑对汉字是敏感的,他善于想象的头脑在不断寻绎着汉字的密码,我想他的精神深处,一定有一个汉字迷人的桃花源。人一旦被面对的事物弄得沉醉了,他的精神就一定会变得更加纯粹而能飞扬起来,相应地他也就更能得到汉字的眷顾与赏赐。

贾平凹的父亲是一位教师,在父亲指导下,他自小就受过书法基本功训练。贾平凹说他小时体质较弱,不爱运动,移情文字是无奈,也是宿命。从不自觉到自觉再到迷恋日深,贾平凹对文字的敏感就这样被激活了。他因爱写文章和书法才成了当时水库工地的笔杆子,写简报刷标语让他在穷乡僻壤成为人们心中的文化人,而这些本事也使他有了人生价值的荣耀,更有了不断行走中的自信,并在后来的人生岁月中得到了放大。贾平凹文学之余有了一手好书法,就像收获粮食的同时也收获了柴草一样,一切都是伴生,皆水到渠成。

中国书法讲结构,讲用笔,贾平凹六十年伏案的书写量,足以让他对汉字的结构笔法烂熟于心,他那勤劳的手更能为他做出证明。贾平凹希望毛笔能生长在我们身上,成为我们肢体的延伸,以期心手相会,当然,这也是贾平凹不断说给自己的话和提出的目标。他对文学的感觉亦自然而然地回到对书法的理解上来，艺术领域上各个门类都有通感，它始终贯穿着中国文化最本源的道。近年来我与贾平凹在书法上多有探讨，他对我的书法也多有评点，让我受益匪浅。我给他送过一些我使用过的旧毛笔，他也慷慨地给我写过字，友情让我们感动着。

贾平凹的书法创作其内容很少抄录唐诗宋词之类贯熟了的东西，他喜欢自撰，不管是给画上大量题款，还是写诗题联，抑或散文创作，内容与书法相得益彰，无意于佳而乃佳。今天我们看王羲之的《兰亭集序》、颜真卿的《祭侄文稿》和苏轼的《寒食诗帖》，皆是书家诗文手稿，圈圈点点，情感随笔墨流淌，文与书才得其高标。可惜今天能这样进行书法创作的人太少了，一味玩弄技巧，只能使书法气象越来越小，文化承载量越来越低。贾平凹的本色书写值得书界同人们借鉴学习。贾平凹写字多用中锋，喜欢浓墨，质朴敦厚，弥漫着真气，从他的书作背后能看见一个郁勃的生命。"书如其人"在贾平凹身上能得到最好的印证。容我私心，在中国现代作家中，我最喜欢鲁迅的文章和书法；在中国当代作家中，我最喜欢贾平凹的文章和书法。喜欢就是喜欢，这是一己之价值判断。

生活贾平凹

认识贾平凹时,他已是著名作家,但他出门依然是自己走来又自己走回去,个子不高,浑身衣着都是黑色,右肩挎的包也一样是黑色。后来他著名得有了级别,有车坐了,但人还是一切照旧,只是右肩不背包了,但我感觉他依然背着,他背包的架势没变,印象里他背的那个包是怎么也甩不掉了。

贾平凹见人不大爱说话,好像越来越不爱说话,大概是他在文章里话说得太多,便懒得再动口了。其实每每相聚周围人还是希望他多说说话的,他就是不愿多说,尤其是大场合说话更少。而朋友小范围聚会他就很有些放松,说一些幽默笑话,说一些生活故事,有机锋,有细节,很有些像他写的小说和散文。贾平凹平常也不爱主动给谁打电话,也不情愿接不速之客的电话,有事他倒是喜欢发短信,他可能觉得说话麻烦吧。贾平凹爱思考,勤写作,能想来他的忙。和贾平凹来往十多年,我也没主动给他打过一次电话,我害怕干扰他的思考和写作,有事我会给他发短信,要么告知他身边的小夏或老郑。我有时觉得贾平凹不爱说话其实挺好的,他将话留给文章不是一样嘛,这样都省事。贾平凹讷言,但偶尔即兴也会吼两声。陕西人将唱叫吼,符合秦人性格。贾平凹吼两声也是在极小范围，朋友惯熟，气氛高涨，周围人的激情点燃了他的激情，他就吼开了。他吼《走西口》，吼《后院里有颗苦楝子树》，感情非常投入，很是苍凉。我现在遇一些场合被朋友怂恿也喜欢吼几句秦腔，不大靠谱，但非常卖力。我吼秦腔发声是跟当年我们村那一群老黄牛学的，这些年我一直都不好意思给别人讲。贾平凹跟谁学的发声，我不便打问，他是名人，这属隐私。

但贾平凹喜欢抽烟，嘴唇黑黑的，手指黄黄的，他抽烟已有好几十年功力了，至今功力不减，更没有戒烟的意思。贾平凹抽烟我觉得也挺好的，尽管我抽不了烟，但我觉得贾平凹抽烟好。他抽烟烟雾就将他罩住，腾云驾雾似的，有羽化成仙的逍遥，也能让他万虑归一。他抽烟能熏出文章，所以他抽烟有价值。

贾平凹嘴里除过说话唱歌抽烟之外，再一个强项就是吃饭。他口味很重，喜欢酸、辣和咸。贾平凹吃饭是非常讲究的，讲究，不是吃山珍海味和御厨大宴，而是吃家乡饭食。家乡饭食其实是简单饭食，尽管简单但他却非常讲究，比如他经常挂在嘴上的糊汤面酸菜面，糊汤的稀稠，土豆的大小，酸菜窝的程度，面切的长短宽窄等都有要求。每有此类饭馆，他就积极推荐，呼朋唤友，欣然往之。他说的八大碗,是黑瓷碗装的翻碗子,里面有酥肉、盖碗肥肉片、丸子,再就是土豆红薯豆腐粉条红白萝卜大白菜等。他领我们在商州城吃过,据说那是当地最地道的店,他吃得投入冒汗,我等亦吃得滋润。有一次我和高亮去贾平凹书房闲聊,不觉天色黑净,说是吃饭,他就兴致盎然地说高新区那里刚开了一家,好得很。我们就驱车让他带路。转来转去,只是犯迷糊,却怎么也找不见那家店,后来又打了好多个电话才终于找到了。店面不大,完全的背街小巷,地道的陕南人做的陕南饭。他吃得香,也吃得多,还一个劲问我们好吃不?我们说好吃!他很满意。回来路上他还说好吃,可西安城这样的饭店太少了。他说自己爱在这样的饭店吃饭,还因此给好几家题过招牌呢,可吃着吃着都关门了。我们笑说还不是饭菜太简单不赚钱嘛,说明西安城像他这样的顾客也太少了。他说那倒也是,就只是遗憾。贾平凹平常工作时,一个人吃饭更简单,下楼不是吃碗泡馍,吃碗捞面,就是回去提几个包子。他给我说吃包子好,包子啥菜都能包,又省事省时。他工作忙了,觉得下楼吃饭麻烦,就自己动手。但他不让别人看他做饭,我想他做饭也不会很复杂,但一定满怀了想象,是文学的想象,这样他做饭吃饭就有了物质与精神的双重享受,庸常的生活便有了难得的滋味况味。有那么一天,我去贾平凹书房闲坐，不觉到了吃饭时分，我就约他和司机小夏出去吃顿便饭，他说："不出去了，老家人刚送来了锅盔，还有豆腐和蔬菜，我给咱做顿饭吧。"这令我喜出望外。我便与小夏坐下来继续喝茶。他就下厨开始忙活。他做饭果然功夫娴熟，做出的饭菜果然像他写的美文。这是我吃得最滋润的一顿饭，物质与精神双重惬意。

贾平凹衣着朴素，尚简，喜欢黑。就说贾平凹那么爱思考，头发却乌黑没一丝白，与衣着俨然形成一个黑色整体。我觉得贾平凹很像一根巨墨，六十余年熬出来的老墨。人磨墨，墨也磨人，而墨又分了五色，这块墨将会写出多少精彩的文章啊！

贾平凹是陕西作协主席，要忙陕西文学发展。他又是著名作家，写作是天职。读者希望不断看到贾平凹有新作，他也期待自己保持劳动人民的一贯本色，所以贾平凹不只属于他自己，贾平凹属于中国文学。不断行走是命运对贾平凹的安排，他也已然形成了习惯。贾平凹忙得有秩序，万变不离其宗，中心还是文学，这是他安身立命的根本。贾平凹每天上午七点半准时到书房，晚上十一点半回家，有时太忙就住书房了。聚一聚，冲一冲，贾平凹坐得，走得，他坐的是冷板凳，走的是一般人不愿去的地方。随遇而安，迎风来去，甘愿"苦其心志，劳其筋骨"。贾平凹到生活中去不是走马观花,蜻蜓点水,他也不用带笔和采访本,真正深入生活了,其他都是没用的形式。当年他为写《高兴》搜集生活素材,与几位热爱文学艺术的朋友去感受生活,生活原型住在城市一隅的垃圾场,垃圾场是垃圾的山,既脏又乱空气也不好闻,但贾平凹在那里和生活原型聊得很惬意。不觉到了吃饭时间,生活原型留大家吃饭,贾平凹端起一大碗连锅面说吃就吃,而陪贾平凹的人见状纷纷托词有事都走掉了。他这样深入生活无疑是接地气的,他写出的作品也就具有普通人的情感与立场。

(《贾平凹三记》)

我写关于贾平凹的这篇文章,是我对贾平凹和他的文学艺术解读的过程,也是一次向贾平凹学习的过程。放眼历史的纵深和当下文学现状,有幸见证贾平凹的文学艺术成就,实在是难得的缘分。贾平凹于我,是老师,是朋友,更像是我们老家隔壁那个总是低着头忙碌的大哥。贾平凹是平常的,又是神秘的,因其平常,更觉神秘。

我庆幸自己身处三秦大地这块文学的厚土地,也有幸结识了一批全国知名学者和作家,像陈贻焮、袁行霈、霍松林、周明、王蒙、余秋雨、郑欣淼、李星、李宗奇、熊召政、卢永璘、陈彦、穆涛、和谷等,交往与言谈中,他们都给了我思想和文学上的启迪。

有一年,省电视台记者采访我,问我为啥要坚持一手写书法一手写文章,我回答说写字与作文就好比是两条平行线,二者虽不相交,但能相互渗透,又相互滋养。火车汽车走的是平行线,人的两只脚走的也是平行线,在有了平行的平衡,不管是作为交通工具的火车汽车,还是人自身,就能走向遥远,留下的车辙脚印就被称为"道"了。

我平时喜欢读点文学作品,也喜欢写点文章,文章其实就是散文。我一直觉得散文与书法有点相类:散文与小说相较,小说有故事,而散文则是心绪的直接流露,散文更多的是靠语言来表现;书法与绘画相较,绘画不管是山水、人物,还是花鸟,都有具体形象,而书法虽然有形,其形是抽象的、符号化的,书法主要靠笔墨作为语言来传神。这样想着,我就以为散文和书法有一种通感,这也是我涵泳其间的主要原因吧。

许多年来,我将在生活上和书法实践上的所思所想诉诸散文随笔,它是我人生和艺术道路的记录,也为我常常驻足回望立下了一个又一个路标,不免常常感念,也让我对未来充满了希望。我将这些散文结集出版后,也得到了许多朋友的肯定与勉励,让我原本的自卑平添了许多自信。《书法导报》《书法报》《书法》《陕西日报》《西安晚报》《延河》《报刊荟萃》《美文》《散文选刊》等报刊,或连载,或选刊,以文会友,也让我多年来友情多多。尤其是在《美文》封三以《东拉西扯》专栏作连载时,很庆幸能得到老画家韩羽先生每期为之插图,令我诚惶诚恐,而又倍感荣耀欣慰。韩老不但享有画名,他更是文章大家,能得到韩老提携认可,对我无疑是鞭策与激励。我虽然平时写点感悟性文字,但毕竟对文学认识肤浅,深感笔力不逮,雅好也只是为了省察人生,升华精神,给自己平淡的人生增添一些快意罢了。

  如果说文学是太阳的话,那书法就是皎洁的月亮;如果说文学是高天的话,那书法就是变幻的流云;如果说文学是大山的话,那书法就是茂盛的森林;如果说文学是海洋的话,那书法就是汹涌的波涛。雅琴飞乐,击鼓传声。文为书本,如影随形。文以载道,书显神明。文书一体,凤翔龙腾。

砚边记联

老实交代：我对音韵和词性的运用是个门外汉。平时虽然也写一点类似对联的东西，自觉不入流，也就随写随丢毫不在惜。有年春节，有朋友来我书房闲叙，对我为书房刚写的一副对联提出表扬，我明明知道这是朋友在热情鼓励，却也难以免俗地心里飘飘然，更可笑的是一时刹不住车，将平日写下没顾得丢或是丢掉又在记忆深处唤醒的一些所谓对联搜罗到了一起。做完这件事后我却一下子心里忐忑了。在我心里忐忑的那一段时光里，我又于无聊中在每副对联旁边引发了一些感想。之所以画蛇添足，可能源于我说话词不达意和缺乏自信。一样缺乏自信的还有通过笔墨对这些对联所做的书法表达，明显的功力不济和修养欠缺，也许会更加激励我继续刻苦用功，希望总会产生动力。这会儿我鼓足勇气将这些不成熟的东西完全暴露出来不怕丢丑，是诚心想听听朋友们批评。在有了一把年纪之后，生命一如高秋添了些许淡然平和，态度里也视批评如和风、雨露和阳光了。《砚边记联》出版后，承蒙朋友抬爱，《书法导报》开辟专栏连载了将近两年时间，周围朋友也多有批评赞誉，却令我欣慰与惶恐，我只有心存感激了。今录其部分联语，犹见当时心境耳。

疏林窗外鸟说话
浓墨案头我弄毫

窗在四楼。窗外是一片疏林。疏林有松、枇杷、樱桃、红叶李、银杏、皂角、国槐和青竹。疏林是鸟的栖息地，那里有各种各样的鸟。有时是一群一群的鸟在空中长久盘旋，突然就落入疏林里，叽叽喳喳的，像是召开鸟的大会；有时是三五只，像朋友小聚，抑或是温馨的家庭生活；有时是一对儿，从亲昵的神态看像是正在热恋；有时就独独剩下一只，站在枝头鸣叫或伏着枝头打瞌睡。

窗内大庭四壁皆是图书，大庭中央是榆木画案。这些年我只是遗憾自己再也干不了啥事，就一味蛰伏下来在书画读书里找快活。几年前自从获得那方硕大的端砚之后，磨墨就成了我每天要干的第一件事。磨墨如病夫，慢工出细活，我的慢性子就这样被磨出来了。用半天时间磨浓一池墨，然后再用半天时间将一池墨写完,我就是这样打发着光阴。也许无聊吧,但我却热情不减,我就准备这样一直干下去了。

连窗外的鸟都看出了我的辛苦,鸟就经常飞到我的阳台上不停地给我说话。但我不懂鸟说的话,我有时连有些人说的话都弄不明白,鸟说的话我就更没法弄明白了。但我感激鸟。鸟能飞出高度,鸟的视野宏阔,一定多有高论。我正下势研究鸟的语言,一旦我的研究有了突破,我和鸟在语言上有了沟通没了障碍,我大概也会成为一个高人。

眼过风云师造化
胸藏丘壑得心源

学习书法既要重字内功,更要重字外功;学习书法要外师造化,才能中得心源。书法是一门传统的实践艺术,所以书法要用生命来进行体验。字如其人,透过书法作品我们看到的是人的鲜活的生命。书法说到底关乎的是人的修行,什么人决定写什么字。汉字有音、形、义三种功能,以汉字为载体,运用特殊的书写工具和媒材,才使书法抒情达意上升为艺术最终成为可能。汉字的发明是先祖在长期社会实践中智慧的结晶。相传汉字是由史官仓颉创造的。仓颉据说是史姓鼻祖,因此我一直为我们关中东府出了这么一位文字圣祖而自豪。东汉许慎《说文解字》说:"黄帝之史仓颉,见鸟兽蹄远之迹,知分理之可相别异也,初造书契。"唐张怀瓘《书断》亦认为:"仰观奎星圆曲之势,俯察龟文鸟迹之象,博采众美,合而为字,是曰古文。"

史上书法大家之所以被我们膜拜为神人,是因为他们能化大千世界于自家毫端——蔡邕观工匠刷墙而创"飞白书",王羲之观鹅戏水而会书意,张旭见公孙大娘舞西河剑器而通大草,怀素观夏云多奇峰而字态变化莫测,黄山谷在山峡见船夫荡桨而增气魄,鲜于枢遇车夫在泥泞中拉车而得用笔堂奥,文与可观蛇斗悟书法之奇趣……这些皆是长期积累,偶然得之,偶然中却有必然。先哲教导我们"读万卷书,行万里路",那是说不经磨,难成佛,那是说只有"会当凌绝顶",才能"一览众山小"。

金木水火土相生相克得万物
东西南北中互照互关定方常

古代人们将金、木、水、火、土这五种物质元素的运行和变化称为五行。世间万物都是由金、木、水、火、土这五种元素构成的。五种元素之间相互促进和相互排斥被概括为相生与相克关系。相生者,即木生火,火生土,土生金,金生水,水生木；相克者，即水克火、火克金、金克木、木克土、土克水。我曾学过中医，晓得五行学说同样被运用于中医理论，人体五脏亦与五行相对应——肺属金，肝属木，肾属水，心属火，脾属土。这种理论上的相生相克关系也被用于指导中医临床。培土能生金，养肺先从脾胃治。滋水以养木，养肝先滋肾。如此整体观念，辨证施治，充分体现了我们先祖的大智慧。五行学说亦可推而广之，世界上的万事万物何不是源于相生相克。没有相生，生命就难以繁衍；没有相克，极有可能滋生霸权。相生与相克是一对矛盾，这一对矛盾只有形成统一，世界才能走向和谐。

古代人们将东、西、南、北中等方位称为五方。如果说东、西、南、北是属于地方的话，那么中当然指中央。地方必须服从中央，这就是"常"。

粗茶淡饭有真味
片语只言无伪情

人张开嘴巴不是要吃饭就是要说话。人类经过不知多少万年的亲身实践和大胆探索并不断发展和完善，才终于将吃饭和说话发展到了如此空前高级的水平，这是人类自己为自己做出的伟大贡献。就说吃饭吧，现在的食材，地上跑的除了汽车火车不吃，啥都吃；空中飞的除了飞机飞船不吃，啥都吃；水里游的也是除了轮船舰艇不吃，啥都吃。真想象不来人类在其他动物眼中属于什么样的动物，人类如果不愿再坚守作为人类最起码的道德良知，那人类可就彻底完啦。过去说人吃饭是为了活着，活着并不是为了吃饭；现在的发展趋势是人吃饭不只是为了活着，活着却是为了研究怎样吃饭。在吃饭过程中人对吃饭发挥了最为极致的想象，人贪婪的野性一旦放任，那人类也可能就没治啦。我为之担忧的还有说话，截至目前人类到底有多少语种我还没弄清楚，我想人类在各自生活中形成各自的语言，其本意是为了交流思想提供方便。语言本身没有问题，问题往往出在掌握和使用语言的人类自身。人类在熟练掌握和使用语言后，开始给语言掺水掺有害元素，又想方设法保鲜提味，用华丽外衣包装，语言的真实性可信度便大打折扣了。人类一旦诚信缺席，言行不一，就极有可能将路走歪，最后跌入万丈深渊。

近读老子，便开始理论联系实际，在灵魂深处闹革命。老子说："五色令人目盲，五音令人耳聋；五味令人口爽；驰骋畋猎，令人心发狂；难得之货，令人行妨。"所以老子要求我们："是以圣人为腹不为目，故去彼取此。"淡，平常，是道的体现。真理最接近于常识。人一旦放纵了自己山吃海喝没了节制，那现代时尚的富贵病就找您来啦。人经不住诱惑就有可能自取灭亡。老子在《道德经》最后一章说："信言不美，美言不信；善者不辩，辩者不善……"老子教导我们要少说多做，这里我也就不多说了。

岭南瀑挂千条素
塞北雪飞万里遥

去过陕南柞水的天佛洞，去过桂林的芦笛岩和银子岩，我被大自然创造的杰作彻底震撼了，竟按捺不住激动的心情写了一首诗："鬼斧神工不用刀，俯拾万象涉趣高。开屏孔雀焕异彩，称圣悟空正早朝。岭南瀑挂千条素，塞北雪飞万里遥。人在画中人成画，从来大朴不须雕。"这副对联就是诗中的句子。

遥想亿万年前的汪洋大海，随着强烈的地壳运动，海底被大自然的神力抬升，成河床，成山丘，最后就形成了供今天人们游玩叹赏的溶洞。站在溶洞里，我们可以尽情地发挥我们的想象，想象的结果是我们不得不低下我们曾经趾高气扬的头颅。今天我们应该反省，应该用我们的行动乞求大自然对我们曾经的所作所为宽恕与原谅。

有一种声音在呼唤："救救孩子！"

有一种声音在召唤："回来吧！"

赤橙黄绿青蓝紫那边奇景象
柴米油盐酱醋茶这里好生活

人生既虚幻而又真实，往具体里说吧：夜晚是虚幻的，白天是真实的；远处是虚幻的，近处是真实的；未来是虚幻的，眼下是真实的……在虚幻与真实中，人们享受了短暂的欢乐和打发走无尽的忧愁后，才有了生活下去的信心和勇气，生命才最终变得有了一些意思。

"赤橙黄绿青蓝紫，谁持彩练当空舞"是诗人毛泽东在《菩萨蛮·大柏地》词里的一句话。雨后复斜阳，山川莽苍苍，一道彩虹横贯天地，那是多么美丽的人间奇观啊！近来多雨，前天午后，雨霁日出，一道彩虹横跨秦岭东南，我站在自家二十层楼的阳台上目睹了这一胜景，就激情洋溢地朗诵了毛泽东的这阕词，一时对生活充满了无限憧憬。

然而美好的东西总是转瞬即逝，现实生活却是具体而琐碎，有时甚至是无聊而无奈。柴米油盐酱醋茶，这是人老多少辈对生活的概括，这其中缺少了任何一项，生活立马就会变得寡然少了滋味。劳动创造了财富，人们才能躺下身来享受财富，但多少财富才能满足人们的需要呢？答案太多就等于没有答案。有朋友对我说："幸福其实很简单。"这我赞同。我出身农家，随着春秋既长，对农村生活愈来愈向往，原因是农村生活简单而绵长。眼前的人事代谢，就连日出月落，四季变迁都像电影里的慢镜头。生活还原了细节，让人有了咀嚼回味的余地。我认为，能够有时间享受的生活才是真生活。

春生夏长
秋获冬藏

寥寥八字，也算一副对联，这也许是一种疏懒，但我认为这是一副对联。为这八个字我曾生活过五十多年，思考过五十多年，个中甘苦冷暖只有自己知道，这大概就叫人生吧。

关于生命的孕育、成长到消亡，从来都是个大课题，说复杂也复杂，说简单其实也简单。

判断大自然春天的来临，我们最先是看杨柳绿了没有，继而是看桃花、杏花、梨花等花开了没有。其实春天的发生比这要早得多，春天就蛰伏在冬天的襁褓里。春天的消息随着一夜春风传遍大江南北，该发芽的发芽，该开花的开花，春天是一个多梦的季节。夏天雨多，太阳又暴烈，但万物生长靠的就是雨露和阳光。秋天的来临预示了收获的来临，古谚云："立秋一十八日，寸草生籽。"生命不管准备得匆忙还是从容，这会儿都无不例外地对生命要有个交代。冬天万物皆藏，藏是生命轮回的休整，是生命灿烂之后的宁静。

人生一世，草木一秋，这是生命共同的演示方式。所谓三十而立，四十不惑，五十知天命，六十耳顺，七十从心所欲而不逾矩等等，是对人生经验的认知。人生境遇不同，答案各别，但总的去向大致归一。

笔墨自然五色
身心坦荡双清

我原本写的是一副七言联："笔墨自然分五色，身心坦荡自双清。"壬辰阳春，朋友王即之来我寒舍闲聊，建议将此联改为六言。王即之是省楹联学会的副会长，我就听楹联学会领导的话将上联的"分"和下联的"自"拿下了。六言联有类于小令，言虽简而意却长，这就是汉语的张力。

"人法地，地法天，天法道，道法自然"，这是老子的智慧。中国书画讲究笔墨，中国书画的笔墨是通过中国书画特有的书写工具毛笔来实现的。"惟笔软则奇怪生焉"，这是蔡邕说过的话。柔软的毛笔能写出千奇百怪的点画，只有毛笔具有这种功能，于是，诸如"锥划沙""折钗股""屋漏痕""印印泥""点如高峰坠石""横如千里阵云""竖如万岁枯藤"等等，就能得以实现。五色不是仅仅指五种颜色，五色是多多的色，是最为丰富的色的饱和。笔墨一旦自然就能实现墨色饱和，饱和的墨色才丰富多彩意象无穷，这也为中国书画作为写意艺术提供了广阔的空间。

艺术说到底是关乎人的艺术，艺术作品背后站着的应该是活生生的作者本人。什么人决定什么艺术。学艺先学人，书学即人学，这是艺术的认定，古往今来，无出其右。

思世事盈亏心怀明月
爱人情冷暖面对艳阳

"人有悲欢离合，月有阴晴圆缺，此事古难全……"这是苏东坡醉酒后对月的放歌。豪放的苏东坡经历了人间太多的坎坷，经历了人间太多的坎坷却让苏东坡变得更豁达更豪放。苏东坡成了后世文人学习的好榜样。豪放而浪漫的还有那个比苏东坡更年老的诗仙李白，他喝醉酒了就要邀明月，思故乡，月——我——影，醉眼蒙眬中他已不知谁是谁了。据说李白是因醉酒邀明月时不幸落入江中。李白很纯粹，他在现实中已找不到理想，他活在超现实的人生境界里。李白应该是对世事思考得最为透彻的一位。

大凡物事，盛则衰，盈则亏，谁也逃不过去。

我们说每天的太阳都是新的，新的太阳还是曾经照耀过我们的那个太阳吗？有了日出和日落，才有了人情的冷和暖。我曾为此引发感叹，有朋友就遗憾我尘根未净，这我承认。超凡脱俗那该要多大的勇气和定力啊！我这会儿该做的事是抓紧时间靠着南墙晒太阳，我要让太阳晒透我的周身，我要攒足热量对付将要来临的漫漫冬天。

胸无城府满怀月
心有闲暇两袖风

科技进步，艺术则倒退。科技在竭力用机器代替人类去劳动，艺术却是以人类自身生命体验为旨归。科技正在消解、逾越，甚至不要生命过程直接抵达结果；艺术则恰恰是在生命过程中享受生命过程，至于结果并无关紧要。科技发展，人类自身却越来越被物化，人类在享受自己所创造的科技成果的同时，精神却变得更虚假、更恍惚。我们果真要成了一颗小小的螺丝钉，就只有拧在哪里便在哪里闪闪发光了。艺术被高科技高强度挤压，我便开始有些担心高科技要将人类最终领向何方了。再说科技也是双刃剑，人的玩性最容易使剑锋伤人伤己。这也许是杞人忧天吧，但我吃罢饭却尽想这杞人忧天的事情。

现代化的城市是钢筋水泥的森林。城市没有四季，城市拒绝太阳也拒绝月亮。四季在农村，太阳和月亮悬挂在旷野高远的上空。想当年我太年轻耐不住农村的寂寞匆匆忙忙跑到城市，如今却被城市的车流人流拥挤得心绪不宁万分烦腻，我才真正从心里向往故乡那田园般的生活了。故乡的故事是人老多少辈的故事，故乡的太阳和月亮也是人老多少辈的太阳和月亮。故乡的生活就像电影里的慢镜头，她将生活的每个细节都展现在人们面前，供人们茶余饭后去咀嚼。故乡的生活有忙也有闲，忙也是为了闲。在忙的喜悦过后，空下来的就是一大段一大段闲散的时光。天热的时候，他们坐在庭院或树荫里，敞开衣衫接纳从东南西北各个方向吹来的凉风；天冷了，他们像向日葵一样迎着太阳晒暖暖。话题是过去与当下杂陈，中国与外国穿梭；有时就一味沉默，看天上的云追赶另一朵云，看树叶生长与飘零，看鸡、鸭、猪、狗、牛、羊它们怎么生活。

满目空明是一种至高境界。可惜这些年我读了一些所谓的"圣贤书"，心胸头脑却被塞得密不透风，便尽胡思乱想。学写字头脑里尽是笔墨，学画画眼前尽是构图,看天象老害怕其他星球撞了地球,看军事就担心要发生第三次世界大战……我父亲没有文化,他老来甚至看不懂电视,但他眯缝着眼睛抽烟时的神态安详,如坐春风,我很欣赏。我二婆更没有文化,她曾经打问过我:"你们说中国哩美国哩那咱们到底是哪一国的?"二婆更令我羡慕,她的人生更混沌,她已将人类看作"大同"了。我想,这大概就是郑板桥常说的那个"难得糊涂"吧。

旧屋海碗咥长面
野岭荒山吼老腔

"八百里秦川尘土飞扬,三千万儿女怒吼秦腔;端一碗裤带面喜气洋洋,没放辣子还嘟嘟囔囔"——这是对陕西尤其是关中道人最形象的描述。

八百里秦川,土地肥沃,盛产小麦。小麦是跨年生长的农作物,由于生长周期长,麦子磨成的面粉就格外筋道。一方水土养一方人,所以关中女人都会做各种面食,尤其是擀的长面简直就像裤带,长面就成了关中人的一道美食。每逢饭时,你看那旧屋板墙根就蹲着一排端老碗咥面的男人,不管大人还是小孩全一个架势,唏噜唏噜地,将头专注地埋进碗里,个个如狼似虎,浑身肌肉偾张,那会儿你分明会感觉到有一股力量在积聚。

秦腔是陕西地方戏,却风靡整个西北五省区。将秦腔说成唱不大过瘾,秦腔靠吼。你看那汉子伸长了脖子瞪圆了眼,握紧了拳头憋红了脸,那一声吼掏心掏肺,酣畅淋漓,才真正彰显了西北人粗犷拙朴的阳刚性格;还有那女声也是唱得如泣如诉,哀婉回肠,让听众亦为之共鸣要动了真情。我们东府华阴盛行老腔,老腔是秦腔最古老的剧种。我猜想老腔是从黄河岸边的船工号子衍变过来的,它带有更浓烈的泥土味,现在叫原生态。想那荒山野岭,沟沟壑壑,或艳阳高照,或残月西沉,风劲吼,云低垂,一曲老腔在天地间如雷翻滚,大地山川为之震颤,这里的所有生命就会因此而精神郁勃,尽现一派欣欣向荣了。

少讲穿衣吃饭
多思处世为人

少讲穿衣吃饭,不是不讲穿衣吃饭。穿衣吃饭是人的生活必需,穿衣吃饭虽说不断重复有些麻烦,但我还没见有人断然拒绝的,这也锻炼了人对待生活应有的耐心。少讲穿衣吃饭,我的理解是生活上不要太过分、太奢侈,不要为了在别人眼里显示阔绰而大肆铺张。人的衣服马的鞍，是说文明社会人只要不辱没了文明穿得自然得体一些就好。人还得靠内在的力量。以华丽的外表提升一个人高贵的气质我觉得靠不住，弄不好还要落得个华表其外败絮其中的境地。人活着需要吃饭，但人活着不仅仅是为了吃饭。我出身农家，知米粟来之不易，所以平常吃饭见不得浪费，视浪费为罪恶。但现在经济发展，有钱人多了，地位也提升了，饱汉已不知了饿汉饥。人们开始不是为自己吃饭，是为别人吃饭，为社会吃饭，说白了，是为颜面吃饭。我曾有幸应一位阔人之邀吃过一桌万元大餐，酒好，我喝不了酒，菜好，我不知怎样下筷子。主人倒是特别热情，将一盘价值六千多元的红烧穿山甲礼让于我，我试着吃了一块，结果就将刚刚武装的那颗新牙给粘掉了，令我大为不爽。我曾多次去过沿海，每去朋友必海鲜宴请，每次我都因为口福而全身过敏，不快而苦。一方水土养一方人，我相信饮食是有记忆的，超强滋补只会搞乱人的生命基因和内分泌密码，因福及祸，是我们没有正确把握自己的缘故。

至于处世为人，有一位老艺术家说得好："宁肯不如人，不能不是人。"斩钉截铁，落地有声，好！

高秋闲赏月
长夏静读书

　　回故乡时正逢中秋。夜里月出东山，那么圆那么大那么明亮的月亮，于我真是久违了。月光如水。月光是从东南方向的那道梁上直漫过来，唰唰唰地，漫过田野，漫过村子，也漫过我的头顶。这是儿时夜夜相伴过我的那个月亮吗？这是照过屈原，照过李白，也照过苏东坡的那个月亮吗？

　　我问月亮。

　　月亮也问我。

　　夜里月亮很明亮。我的心里也很明亮。

　　刚刚过去的这个夏天真是炎热，我总是上火，吃冰糕和黄连上清丸之类的下火药根本不管用。秀才无聊才读书。我从书架上取出的书竟是《聊斋志异》。蒲松龄真会讲故事。屋内有一书生，窗外有一狐仙，每夜每夜我真疑惑窗外有狐仙了。但窗外总是没有狐仙，有的只是清风和明月。

　　心静自然凉。

　　夏天在一片清凉中不知不觉地就过去了，我也终于合上了这本书。

写字读书习画
睡眠吃饭喝茶

  有一年我别出心裁,将一年的生活安排用对联形式张贴在自家门口,对联里罗列了六件事,我出门要念一遍,进门也要念一遍,为的是提醒、检查目标与任务的落实情况。

  我写字是因为我爱写字,说不清原因。我父亲我爷爷都是农民,说家传没依据。汉字源于象形,汉字这种密码激活了我的思想,让其扶摇飞翔。对汉字的敬心,让我不敢离经叛道。我相信心正才能笔正。

  读了几十年书,到如今越发觉得读书重要。反省是因为曾徒费过许多年月,事情的因与果是可以互证的。我生性简单,搞学理研究肯定不行,便只有由着性子一任杂猎了,至于随手写的那些杂感,也为的是觉悟人生。

  我没有专门学过绘画,但这一生在大自然的画中生活,习画是生命里一直在发生的事情,我只不过是还没有将心中的画画成山水、花鸟或人物拿到展厅展示罢了。齐白石说,中国画太似则媚俗,不似则欺世,妙在似与不似之间。我一直在琢磨齐白石先生这段话。我已在中国画的大门口徘徊太久,总是担心自己敲错了门，进错了门。

　　睡眠是人生中最重要的一件事。人的一生少说也有三分之一的时间是在床上度过。有的人躺在床上想明白了一些世事，有的人一生都只是稀里糊涂一味昏睡。睡到自然醒那当然是非常幸福的事情，可我们要工作，要养家糊口，不能总赖在床上。一个星期，周末最令人惬意，紧张了一周，周末我喜欢放任自己，日上三竿睡得乏乏的了，醒来我会歇会儿再睡，直睡得我的每个指头稍稍头发根根都舒坦了，那随后到来的一个星期，我才干啥事都能充满力量。

　　吃饭是身体需要。胃乃后天之本。人生输啥也不能输了根本。我对吃饭一直持积极态度，但一样因为生性简单我喜欢吃简单饭食，这一生怕是高贵不起来了。命里注定的事只有顺着才好。

　　我喜欢喝茶。我经常给家人和朋友讲，不能将喝茶认为是喝树叶子，更不能简单地认为喝茶是为了解决口渴的问题。喝茶是一种文化，是人生不可或缺的一种礼仪。我去过武夷山，也去过普洱，参观过茶山也拜谒过古茶树，我感知到茶是阳光雨露滋养的灵物，我们喝茶就是与阳光雨露的另一种通会方式。所谓茶禅一味，是说我们喝茶，有如坐禅，我们的人生便在喝茶的礼仪中被赋予了新的意义。

阴化于阳守常通变
技达乎道运墨计白

我们说艺术不是技术，但艺术绝对离不开技术。技术是我们手里的拐杖，出门乘坐的舟、车和飞机。目标既立，为了抵达目标，我们就要选择行走的方法。不要一味强调形而上或形而下，不要割裂看待技进乎道。艺术修为是一个渐进的过程，一口是吃不了一个大胖子的，但身体一定有昨天那一顿饭做出的贡献。人的眼界不但受主观而且受客观条件的制约，所谓此一时彼一时，此一时一定蕴含了过去的人生经验。作为艺术，方法可以变，但艺术最本质的东西是亘古不变的，是我们一直要遵守的"常"。知常曰明，守常才能通变。

《黄帝内经·素问》说："夫四时阴阳者，万物之根本也。"蔡邕《论书·九势》说："夫书肇于自然，自然既立，阴阳生焉，阴阳既立，形势尽矣。"毛主席说："一张白纸，没有负担，好写最新最美的文字，好画最新最美的图画。"纸一经运笔落墨，顿然黑白发生对比，阴阳发生消长，作品这会儿也就只能任笔墨发言了。

立志案头勤把卷
挥毫腕下自生风

人是学而知之。学习是为了积累人生经验,进而将人生经验转化为创造能力,为社会进步多做贡献。我小的时候,父亲让我好好学习;儿子小的时候,我也让儿子好好学习。文化传承是人类延续并不断走向文明的期许。

古往今来,劝学的故事很多。我上小学的时候,在语文课里学过一篇《铁棒磨成针》的故事,故事的主人公是我们人人都熟悉的诗仙李白。故事说:"李白少读书未成,弃去,道逢老妪磨杵,白问其故。曰'欲作针'。白笑其拙。老妪曰'功到自成耳'。白感其言,遂还读卒业,卒成名士。"我相信李白曾受过这样的启示,遂以李白为学习榜样。长大了学《庄子》,《庄子》里有一则《庖丁解牛》的故事对我亦影响很深。庖丁解牛,动作如乐舞一样优美,令人羡慕钦佩。更令人惊奇的是他手中那把刀,已使用了十几年,却从未碰到牛的经络,更不用说是牛的骨头了;它总是在牛的骨节缝隙中游刃有余,因而刀刃一直像在磨刀石上刚磨过那样崭新。这是庖丁解牛的保全之道,也是庄子的养生之道。处处注意探索事物的客观规律,认真按规律办事，人就会有庖丁那样精熟的能力，从而也就升华了自己的精神境界。

书法是一门传统文化，与古人会心就必须在实践中打通与古人会心的路径，这是一个漫长的化育过程。笨鸟先飞，持之以恒者方可成器。愚人不计投入与产出，愚人坐冷板凳是心甘情愿，愚人是活在超现实的精神世界里。

岩前自问何方路可走
脚下独思这里山能行

眼前好像是电视剧的一个镜头：山路崎岖，满目苍翠，主人公正一路攀登直上，迎面突兀是一巨大山岩，路的飘带一时弄不清要舞向何方。主人公这时就颇有些踟蹰，脚步儿自然就停下来了，便自己问自己。也就是这会儿，主人公的思想与手里的那根手杖在思维上竟有了相通，随后便有了自己对自己设问的回答：这里山能行！

"行到水穷处，坐看云起时。"人生路途时时事事都会面临这样那样的判断与选择，判断与选择大多数凭生活经验，但有时纯粹凭感觉。记得《创业史》的作者柳青说过一段话，大意是人生路途虽然漫长但紧要处只有几步。远的不说，这会儿我就想起二十三年前儿子走丢的那一幕。那时儿子才三四岁吧，正值年关将至，大街上已是车水马龙，人流如织，妻子带着儿子上街去购物，一时不小心儿子便在街上被挤丢了。妻子急得前呼后唤只是找不到儿子的踪影。妻子慌了神找到我，我也慌了神通知了周围所有朋友，一会儿大街小巷便贴满了寻人启事。在所有人慌了神的那个时候，作为主人公的儿子竟没哭没喊镇静自若，他一路随着人流朝西，过一个红绿灯，过一个红绿灯，再过一个红绿灯，然后南拐，再过红绿灯再往西拐。儿子那时不知凭的是经验还是感觉竟然判断与选择全都正确，后来这小子就被我们单位的一位同事碰见送回了家，真是让人虚惊了一场。回想起我这半生，又是学医，又是学法律，又是当编辑记者，后来转而搞书画文学，人生之路可谓是潦草而潦倒，缺乏定力和根性，但竟有朋友的赞扬与喝彩，我想朋友是只看到我迎着阳光微笑的日子，并没有看见我摸黑撞了满鼻子灰的窘迫。好在阴雨过后，天朗气清，心里便思想着明天一定更美好了。

把卷临池消永日
品茶论道享流年

有些事情，过程就是目的，目的也就是过程。比如我为写书法而临帖吧，比如我临累了坐下来喝茶吧。朝来暮往，四季更迭，在别人以为浪费生命的事情，于我竟乐此不疲。

　　人生是一个过程，享受过程大概也就叫享受人生。《世说新语》里刘义庆有一则《雪夜访戴》的故事。故事是这样的："王子猷居山阴。夜大雪，眠觉，开室，命酌酒。四望皎然，因起彷徨，咏左思《招隐》诗，忽忆戴安道。时戴在剡，即便夜乘小船就之。经宿方至，造门不前而返。人问其故，王曰：吾本乘兴而行，兴尽而返，何必见戴。"王子猷雪夜访戴的过程，正是任情适性人生观的具体体现，实乃名士之风流。陈鹄在《耆旧续闻》中有一则《抄书》的故事，说的是苏东坡抄《汉书》习成日课。苏翁抄书看似是为了提醒自己加强记忆，实则享受的是抄书那个过程。他抄书每段先抄三字，再抄两字，最后变成只抄一字，如此减省，终使他对《汉书》几能背诵。苏翁如此大才竟肯下此等笨功，这事也许只有东坡这样的大才才能做得。苏翁学习的过程与目的是合和一致的。

　　我上班去大雁塔广场，回家去明德门公园，经常见有老翁提着水桶在水泥地面上写书法。前面写，后面风干，不急不躁，神情淡定，这种不功利的行为艺术，令我非常感动，也令我肃然起敬。我回来就整一大堆旧报纸坚持临帖，反正旧报纸不要钱，我有的是工夫。这样长此以往，竟也上瘾习成日课了，这样消费人生，于我却也觉得有了些难以释怀的趣味。

朗月照人临朗月
奇书养目览奇书

"腹有诗书气自华"，说的是读书可以提升一个人的文化品质和精神境界。古诗云："书山有路勤为径，学海无涯苦作舟。"勤奋刻苦的精神是人们攀登书山的路、荡舟学海的舟。葛洪在《西京杂记》里有一则故事叫《匡衡穿壁引光》，说的是有一个叫匡衡的人，勤学但家里很穷点不起灯。隔壁有烛却照不过来，他便在墙上凿了一个洞引过光来，这样就可以借用洞里透过的光亮来读书了。本地一个富贵望族，家里藏了很多书，匡衡就主动找上门愿意给人家帮工，但拒绝要任何报酬。主人有些奇怪问他为什么，匡衡说希望主人能将所藏的所有书让自己读一读就非常满意了。主人听罢大为感动，就将家里所藏的书任他去读。后来匡衡终于在学术上取得了很高的成就。欧阳修在《归田录》里有一则《三上》的故事，不妨照录："钱思公虽生长富贵，而少所嗜好。在西洛时，尝语僚属，言平生唯好读书，坐则读史，卧则读小说，上厕则阅小辞。盖未尝顷刻释卷也。谢希深亦言，宗公垂同在史院，每走厕必挟书以往，讽诵之声琅然，闻于远近，其笃学如此。余因谓希深曰：余平生所作文章，多在三上，乃马上、枕上、厕上也。盖唯此尤可以属思尔。"

读书能医愚，读书能生慧，读书就是力量。书法是中国传统文化的精髓所在，说书法是大文化我看言不为过。万丈高楼平地起，有多厚实的根基才敢盖多宏伟的高楼。书法发展得靠文化积累，这是一个长期的化育过程。现在有人提出全力打造当代书法大家，我就怀疑。书法大家不是钢铁和机器，书法大家是书坛上的参天大树，大树只有在大自然中经风沐雨自然生长才能成为参天大树。

数十架图书堆满壁
三五人陋室论长云

我承认我是被"文化大革命"撂荒的一个。高中毕业回乡务农，只说这辈子是要面朝黄土背朝天了，谁料几年后世事变迁，招生考试制度恢复，我又走进学堂继续学业。农村注销了我的户口，城市没有土地要我耕种，我才知道我唯有好好读书，那些书就是我今后要依靠的生产资料。我的读书有如父辈们在地里种庄稼，种下希望，只要辛勤耕耘，才能有收获，才能圆满生活。

　　后来走出校门，便领到一份工作，生活有了保障，我就每月从生活费里挤出一部分为自己买书。初买薄册子，继买大部头，累月积年，书越堆越多，书架也越添越多。近年手头稍许宽裕，买书胃口也徒然大增，以至添置书架的速度跟不上买书的速度。书便随我如厕、上沙发、卧床、爬书桌，书进人退，人在不停为书让路。装新房的时候，妻子让我将大厅干脆做成书房，谁知大厅一下子抬进来十多个书架，书依然拥挤不下，书又开始胡堆乱放，人再次妥协让路于书。妻子只好说让我将新房全作书房了吧，一家人还是依旧蜗居旧屋，我却一下子拥有了属于自己的独立读书空间。

　　我的图书以文学、书画类为主，也喜欢购买一些杂书。值得一提的是，这些年我对收藏鲁迅著作版本兴趣有加，有关鲁迅的各种版本几乎堆满了一间书屋。我欣赏鲁迅，钦佩鲁迅，学习鲁迅，我认为鲁迅过去、现在、今后永远都是中华民族最赤诚的战士，鲁迅的风骨就是中华民族的风骨。诺贝尔文学奖获得者、日本作家大江健三郎坦言，他十岁阅读鲁迅至今已六十多个春秋，鲁迅是照亮他一生的太阳，因此，大江健三郎便成为我最爱阅读的一位外国作家。段国超教授是我在渭南有缘结识的一位教授，他也是一位鲁迅研究专家。《鲁迅论稿》

是他研究鲁迅艺术思想的专著，《鲁迅家世》则将鲁迅研究拓宽到了更广阔的时空，因此，段先生令我钦佩敬仰。我的作家朋友杨争光说："懂得中国民众的，就我有限的目力所及，近现代唯鲁迅一人。"争光兄讲得好！鲁迅是我们心中永远的鲁迅，在对待鲁迅的立场上我一贯旗帜鲜明：谁热爱鲁迅，我就因此也热爱谁！

平生常念秦川地
满岁喜临端午天

八百里秦川，物华天宝，人杰地灵，不仅富庶，而且长安。史上有十三朝皇帝在此建都，终了还要在此选择一块宝地永远长眠，说明秦川的确是好风水。我一直庆幸自己生于斯、长于斯，这只能归于缘分了。三十多年前我到城里上学，遇上了一位从陕北大山里来的同学，他没见过关中这么平的地，也没见过这么大的天，当然他也没有吃过关中麦面做的白馍馍。他说："呀，你们关中人天天都在过年啊！"他竟禁不住热泪横流。这情景对我触动很大，让我越来越热爱我的家乡了。我出生在秦岭东部，具体说是一个叫长稔原的地方。长稔原紧依秦岭北麓，不管天旱还是雨涝，庄稼都会有不错的收成，所以我们老家人也将我们那个地方叫长寿原。我们老家人说起我们那个地方,脸上总是荡漾着美滋滋的幸福感。我离开家乡迄今已是三十多个春秋,庆幸的是我并没有远走高飞,却是稀里糊涂地在古都长安安了营扎了寨,我觉得这只能归于命。

端午我长了一岁,每年端午我都要增长一岁,因为端午是我的生日。如今端午已经成了我们这个民族的盛大节日,更是我的盛大节日。祭屈原、赛龙舟、吃粽子、插艾蒿……为的是祈求家家平安,人人吉祥。今年我喜迁新居,我将书房取名端屋。端是开端,我想借此给自己的人生立一个路标。尽管这些年在艺术上我不断努力,总感觉进步还是不大,但我要求学习态度必须端正!

做事舍得出力
为人不怕吃亏

《列子·汤问》里有一篇《愚公移山》的寓言故事,人人熟悉。故事说的是北山老愚公年近九十,他家面山而居,大山阻隔了他们的出行,愚公便召集家人商量想开一条直达豫南、通往汉水南面的路。他说服家人打消疑虑,率领子孙挖山不止。他相信只要子子孙孙不懈努力,终会挖掉门前太行、王屋这两座大山。他的决心和行动惊动了山神,也感动了天帝,最终在天帝的帮助下搬走了这两座大山。寓言说明,人做事只要舍得出力,自会感天动地获得成功。

《列子·黄帝》篇也有一篇《朝三暮四》的寓言故事,这里不妨照录如下:"宋有狙公者,爱狙,养之成群,能解狙之意,狙亦得公之心,损其家口,充狙之欲。俄而匮焉,将限其食。恐众狙不驯于己也,先诳之曰:与若芧,朝三而暮四,足乎?众狙皆起而怒。俄而曰:与若芧,朝四而暮三,足乎?众狙皆伏而喜。"看了这则寓言,我们便要情不自禁地嘲笑在动物中被认为绝顶聪明的那一群猴子了。猴子是动物,动物的本性就是贪婪,爱占便宜,不愿吃亏。人也是动物,人虽进化得比其他动物更有思想,更会掩饰,但骨子里一定留下了和其他动物一样的基因。聪明反比聪明误。人有时会犯更低级的错误,非常自信的人往往会自己当导演,自己设圈套,最终自己一头栽进去而束手自缚。记得郑板桥用六分半书写过"吃亏是福"的话,看似俗语却有至理,我非常欣赏。现在经常有人要我给他们写字,我就提笔给他们写上郑板桥这句话:"吃亏是福!"

欲作农夫无地种
幸得我辈有书读

  我出身农家，祖祖辈辈以种地为生。1974年冬那个飘一天大雪的岁末，我高中毕业，回家务农是那个时代的唯一选择。那时农村生活苦焦，我从父辈人身上已经看见了我的未来，不免暗自神伤，但不甘心，那时我是多么向往城市生活啊！我随时准备扔下镬头一跑了之。命运的转归是后来高考制度的恢复，1978年秋天我就随着考学挤进了城市。毕业分配工作，真的就成了城里人。许多年月，我从生活起居言语举止学城里人生活，装城里人，但二十二年的农村生活早已将我塑造成了农民，农村生活已哺育了我的生命基因，也注定了我只会是一个生活在城里的农民。在我越来越装不像城里人的时候，一个清醒的早晨我下决心撕掉了伪装，在生活里还原了我的农民本色，我一下子活得万分自由，从此道法自然了。

  我早已丢掉了土地，城市没有撂荒的地让我耕种，然而"知识就是力量"，读书就只能是我的唯一选择了。这些年我是用跟父母亲学习种地获得的那些经验来读书的，竟每每获得奇效，令我大快。

寸毫开万象
片砚纳千秋

据韩愈《毛颖传》说，毛笔是蒙恬发明的。据说蒙恬是秦国的一位将领，南下伐楚时，路经中山，见得那里的野兔毛很适合制笔，便教人猎兔制笔并不断改良工艺。《古今注》说："古以枯木为管，鹿毛为柱，羊毛为被，秦蒙恬始以兔毫竹管为笔。"毛笔是不是蒙恬所制这都无关紧要，重要的是有了毛笔才有了书法。毛笔有许多雅号，如毛颖、毛锥子、管城子、墨曹都统、中书君等等。陕南有些地方的人将写毛笔字称为"生活"，多好！写字与生命过程连接在一起了。

书法的发展也与毛笔的改良相关联。就说草书吧，草书分章草和今草，章草成熟于汉，今草据说也是东汉张芝所创造。张芝草书的特点是："字之体势，一笔而成，偶有不连而血脉不断，及其连者，气候通而隔行。"今草改变了章草字字独立的状态，连绵不断，气脉贯通。张芝改良了毛笔，使毛笔充分含墨蓄水而能挥洒自如，这期间当然也与张芝离开了竹简木简而运用有很大挥洒空间的丝帛有关。

书法是写意艺术，是书家情感的外化形式。书法运用质材素朴，但素朴的质材在书家挥运下却万象丛生。这正像老子说的"一生二，二生三，三生万物"，大千世界就这样被洐生出来了。我希望人心归于素朴，我不喜欢形式至上表面浮华的东西，我希望形式里有丰富的内涵。

四诊细寻病理
八纲明辨阴阳

我十三岁那年，师从我的小学老师王自强先生学习中医。我上高中的时候，王老师正好调到高中当校医，我便有幸伴其左右，深受浸染。高中毕业回乡，我在村上当了三年"赤脚医生"。后来恢复招生制度，我又上了中医学校。父亲说："学中医好，中医是南瓜，越老越面。"而我走出校门没几年就离开了中医专业，令父亲大失所望，我也只是无奈。但中医那一套"整体观念、辨证施治"的哲学思想却滋养了我的灵魂，也直接指导了我的人生。

中医讲的四诊，是指"望""闻""问""切"四种诊断方法。望而知之谓之神。有经验的老中医一见病人，察言观色就能对病人的病情判断个八九不离十。我们那里人说的神医就是指有这种"特异功能"的老中医。加之把脉、询问、听声息以四诊合参，便能对疾病准确把握对症下药了。八纲是用"阴阳、表里、寒热、虚实"来辨别疾病的性质和机体的盛衰。八纲总归阴阳，阴阳是纲，纲举则目张。《素问·四气调神大论》说："夫四时阴阳者，万物之根本也。所以圣人春夏养阳，秋冬养阴，以从其根，故与万物沉浮于生长之门。逆其根，则乏其本，坏其真矣。故阴阳四时者，万物之终始也，死生之本也。逆之则灾害生，从之则苛疾不起，是谓得道。道者，圣人行之，愚者佩之。"多哲学的一段话啊！圣贤用智慧之光烛照了我们，我们才不至于在前进的途中一路摸黑。

人生经过几十年的历练，先繁后简，铅华洗尽，老中医的名望就用几十年的人生经验给码出来了。中医不只是一门医学，它更是一门人学。由此我联想到了书画、文学、戏剧、音乐等等，哪个领域不如此。"山登绝顶我为峰"，通会之际，方知一路风光无限，心境亦顿然洞开。

临帖充盈血脉
访碑锻造骨魂

碑、帖是两个不同概念。《说文解字》说："碑，竖石也。"早先的碑没有文字，后来的碑上才有了文字，碑便与书法发生了关系。《辞源》

说:"帖,以帛作书也,书于帛者曰帖。"帖,实际是用毛笔书写的文书。

围绕碑和帖,史上曾发生过激烈争论,争论之秋在清。清代在书法发展史上比较特殊,由于康熙、乾隆帝力推董其昌和赵孟頫,直接导致了书法越写越甜俗,帖学被逼到了穷途末路;加之当时科举制度形成的"馆阁体"强调写字要具"乌""方""光",也使书法没了天趣。其时阮元首先提出"南北书派论",极力倡导碑学。继之包世臣著《艺舟双楫》,康有为著《广艺舟双楫》推波助澜,其后就跟随了一大批大胆的探索者,像傅山、何绍基、邓石如、吴昌硕、于右任等等,让碑学大放光芒。傅山不仅提出:"作字先作人,人奇字自古",而且制定了自己的书法原则:"宁拙毋巧,宁丑毋媚,宁支离毋轻滑,宁直率毋安排。"何绍基将唐之颜体推到了生拙雄强的另一高度。邓石如将汉碑隶书写出了金石之大气。吴昌硕专注石鼓文使大篆焕发了高古之生机。而后来的陕西乡党于右任将魏碑行书化。于翁诗曰:"朝临石门铭,暮写二十品,辛苦集为联,夜夜泪湿枕。"于翁用心化魏体于毫端,因此得正大气象。

纵观书史,我以为碑帖融合将是未来书法发展的必然路径。去年应《中国书法》杂志之约我写了一篇《我的书法生活》，介绍了我学习书法的一些情况。我学书经历了三个阶段：一是启蒙阶段，见啥临啥，漫无目的，徒费了十多年好时光；二是走"二王"以降帖学一路又是十多年，在好多朋友欣赏看好我书法灵动飘逸的时候，我却认为我的书法是"棉花糖"，为不能有所突破而苦愁；三是走碑学一路又是十个年头，虽难窥其奥堂，但有了骨力之阳刚。我知道自己天生愚钝，只能勤勉补拙，我想，只要自己有耐心好好地活，大概也能活成一个老书家。

鸡鸣窗外研一池浓墨写春色
梅绽枝头开万树新花涌祥云

我属鸡。本命年将至的时候，《华商报》记者王锋约我写一副春联向读者朋友恭贺新年，我便即兴凑出："鸡鸣窗外，研一池浓墨写春色；梅绽枝头，开万树新花涌祥云"。联中的鸡当然是我，梅指的是我妻子。

由于我在属相上与鸡有了这种亲密关系，在生活中我就特欣赏鸡的图腾，爱鸡敬鸡惜鸡悯鸡甚至以为自己就是鸡了。古人为表扬鸡将鸡的优良品质概括为"五德"，即文、武、勇、仁、信是也。头戴冠，文也；足搏距，武也；见敌敢干，勇也；见食相呼,仁也;守夜不失时,信也。这样看鸡,鸡就是个"德禽"。在陕西我喜欢去西府宝鸡,因为宝鸡的城市雕塑就是金鸡。那几丈高的金鸡雕塑毅然雄立于偌大的城市广场中央,这个城市焉能不闻鸡起舞,吉祥辉煌。鸡作为城市形象代言大使也令我们这一群鸡的朋友格外自豪。我还知道在东北有一个叫鸡西的地方。三十多年前我考中专,出于对鸡和医的喜爱我报考了"鸡西煤矿卫生学校",可惜我被另外一所学校提前录取没有去成鸡西。我不知道鸡西的形象代言大使是不是鸡,我希望是鸡,如果是鸡的话,那天亮前我们宝鸡的鸡与鸡西的鸡就能遥相呼应,唱和共鸣,整个神州大地就能在鸡的歌声中迎来一轮旭日。近年来我经常出差外地,喜欢买一些有关鸡的摆件和饰品回来送朋友,但我在饭桌上一直拒绝吃鸡,我柔弱的心肠让我下不了筷子。

　　为迎接本命年到来我对自己提出明确要求,要始终保持鸡的勤勉精神和超然风度,以鸡的素有姿态和品质过好本命年。那会儿我的亲朋给我送来了一身红,妻子还特意给我在裤带上拴了红线绳,总之都希望我这一年过得红红火火,大吉大顺。最难忘的是书法家王改民给我写了一首自作《咏鸡》诗:"头戴高冠甚伟哉,傲睨环宇走将来。平日不敢随意语,一声呼去晓霞开。"画家王松浓墨重彩地给我画了一张《雄鸡图》，雄鸡头顶有红冠高耸，尾翼似兰草逸出，一副超然出风尘的样子。篆刻家魏杰特意给我刻了一枚鸡的肖形印，那鸡既抽象而又具体，后来我每写一幅字就盖一个鲜红的鸡的印记。为鸡年到来我还专门写了一篇短文，名字就叫《鸡年》。文章里我满怀了激情热情，我希望人类能视鸡为好朋友，不要再搞类似于"禽流感"的冤假错案，这世界需要彼此包容，只有建立互信才能真正天下太平。

意作书书作意
人磨墨墨磨人

孙过庭有言："心不厌精，手不忘熟，若运用尽于精熟，规矩娴于胸襟，自然容于徘徊，意前笔后，潇洒流落，翰逸神飞。"中国书法是写意的艺术，挥毫落墨，当然讲意在笔先。说是大文豪苏东坡一日向文与可请教画竹秘诀，文与可答曰："竹之始生，一寸之萌耳，而节叶俱焉。……今画者乃节节而为之，叶叶而累之，岂复有竹乎，故画竹必先得成竹于胸中，执笔熟视，乃见其所欲画者，急起从之，振笔直遂，以追其所见，如兔起鹘落，稍纵即逝矣。"此乃文与可论画竹，于书法创作亦然。只有"成竹在胸"，笔墨方得意象。

书法是一件磨人的事！连才华横溢的苏东坡亦感而叹之："非人磨墨，墨磨人！"所以，书法绝对是一门功夫。至于穷其毕生能否得此功夫，不好说，但有可能。

生活虽有不经意
大道还须重细节

现在的人最发愁的事是天天吃饭，到饭时关键是不知道饿，也就不知道吃啥是好了。一日，一帮朋友走进一家饭店相聚，有人问："吃啥?"有人说："随便。"服务员忙接话："随便? 有，有!"于是，一盆大烩菜被端上了饭桌。这里的"随便"是不经意的荤素杂烩，大家吃得很惬意，人人都说好。

昨天午后我去我家南边的广场闲转，见一帮小伙子生龙活虎打篮球，冷不丁篮球就飞到了我的脚下。我随便弯腰捡起篮球，一时兴起，中线开外猛抛了过去。谁知这不经意地一扔竟是一个漂亮的抛物线，篮球唰地就进了篮环。这架势竟将在场的小伙子们镇住了，他们非要拉我上场不可，我推辞没上，小伙子们却羡慕地给我跷起了大拇指。

人常说："有心栽花花不开，无意插柳柳成荫。"这话我信。不经意，是兼收并蓄；不经意，是厚积薄发；不经意，是精神专注时的大而化之……于是，我有时在不经意的生活中获得了一些人生经验。我喜欢去旷野闲转，看山蜿蜒，看水奔流，看云飘飞，看花草树木荣枯，在不经意的走动中沉淀了我的心绪，让我学会了包容，不刻意，少雕饰，便多了从容。写字时剩下的纸头不要轻易扔掉，说不定不经意的一挥就是一幅好书法，日常生活小事一任枝蔓，说不定不经意记下会成美文形散而神不散。不经意地活着，也是一种境界吧。

吃了几十年饭，走了几十年路，往事如烟云，人生活得既虚幻而又非常真实：虚幻，是因为翻检这一生，一路不知道都干了些什么就白掷了年华；真实，是因为有许多陈年小事，就是再经岁月淘洗也难以从记忆中抹去。我这会儿坐在二十层高楼的书斋遥想，到我很老很老的时候，那会儿我再也没了力气为生活忙碌，有一天我一个人走到荒郊野外坐在太阳底下细细回想我这一生，一定会顺藤摸瓜地串出许多生活细节，这些生活细节能让我将它编成一部人生长剧，这样也就能促使我对自己的这一生的得与失做出大致判断。

我佩服福尔摩斯的探案本领，是因为福尔摩斯不放过与案情有关的一点儿蛛丝马迹，细节的关联为他进行正确判断提供了依据。我还喜欢欣赏欧美球员踢的足球比赛，他们脚下的活儿做得细，于是他们将足球踢成了艺术。贝利的辉煌我没能赶上,但我有幸为马拉多纳的精彩表现欢呼过,还有巴乔、罗纳尔多、齐达内、罗纳尔迪尼奥……他们让我如醉如痴、热血沸腾。

这使我联想到自己所从事的书法艺术。书法是国人引以为骄傲的传统艺术,今人进入这门艺术殿堂的不二法门就是大量临习经典名帖,愈是深入其细部,愈是感觉到如临名山奇境。我曾参加过一些书法研讨会,也曾遇见过一些非常自信的人,他们对历史上的"二王"也敢不屑一顾,其勇气令人叹服,像我等愚鲁之辈绝对没有这般豪气。"二王"的奥妙,到如今我窥视了三十余年,还只是在门口徘徊。面对经典,我只有敬畏,如对至尊!

在细节中寻找,我们会发现并找到人生的许多密码。

行知常言儒释道
岁寒多写松竹梅

岁寒三友是松、竹、梅。有一回,我与一位书法家朋友去逛美术书店,书画同源嘛,我的这位朋友告诉我说他想学习绘画,我说我也想学习绘画。他说他决定画莲花,因为他妻子叫莲。我说我就画梅花吧,因为我妻子叫梅,画梅花权当是我给妻子表示爱情的永远。当我回家将这个意思说给妻子时,坐在一旁的儿子公开表示嫉妒。我说容我再想想。想的结果是我决定画岁寒三友。我与妻子共同生活已三十三年,我们与儿子共同生活也已三十一年,风雨同舟,经暑历寒,松、竹、梅正好能表现这一家三口生活的不易。所谓岁寒三友者,是我不但要重视这份亲情,我还企望我们能处成朋友,朋友寓示了平等和相互尊重。说到朋友,我就立马想到"华山三友"。"华山三友"者,是我和吴振锋、逯高亮三位热爱书法的朋友,而共同的志向,让我们二十多年的友情弥坚。我如今画岁寒三友,也正好是我对三友情谊的表达。再者大概是二十五年前,我将我的书房取名卧雪庐,我就成天在白房子于白灯光下在白宣纸上弄墨,其情志舒畅,愈加深化了我对冬天的爱怜。冬天万物皆藏,于严寒风雪中唯松、竹、梅苍翠吐艳,让冬天不再苍白。春天夏天秋天有人给锦上添花,它们不缺我去画绿去描红,那么,我就将满腔的热情留给冬天,画我的岁寒三友。

放下这副臭架子
穿起那双老布鞋

早先在农村,脚上穿的是母亲做的土布鞋。小时匪，鞋也就费，"大舅""二舅"经常就刺破鞋帮从前边露出来，见人不好意思，脚丫子就使劲往回抠。

小时非常羡慕穿皮鞋的人。穿皮鞋的爱浪街道，因为人家的鞋亮嘛！走路像踩着鼓点子，好听嘛！

我阔起来是学校毕业后，工作了，有钱了，脚上也换穿皮鞋了。皮鞋包裹了我曾穿过布鞋的脚。我没想到我的脚这么快就适应了我创造的环境。鞋擦得一样锃亮，走路一样踩鼓点，虚荣心弄得我神采飞扬。

我穿上皮鞋自己给自己走路，我不知道走过了多少个紧密的日子，我也不知道紧密的日子我走得有多么遥远，但当我每每在一个又一个驿站歇下脚时，我的为我负荷着一百四五十斤全身重量的脚才能得到暂时的放松与休息。我就这样日复一日，年复一年为我走啊走啊，终于，我的辛苦的脚捂出了一脚脚气。我搔，我挠，我用针头刺破一个又一个水泡，看着黄水在缓缓流淌，它是我的脚伤心的泪吗？

但我放不下皮鞋给我挣回的面子，虚荣心强迫我让我的脚继续为我苦役。人性的弱点，难道就连自己吃饭走路这些小事也得屈从世俗，我悲哀了。

终于有一天我发怒了。

我从城中村的地摊上买了一双布鞋，我将黑又亮又会为我踩鼓点的皮鞋扔到了一边，我又穿起久违了的布鞋。多舒坦呀！我的脚丫子舒服地铺排开，它们自由了、解放了。

妻子为我擦亮了皮鞋，我执拗不穿。我穿着布鞋走在繁华的大街上，出席各种展览会。有了好心情我就让穿了布鞋的脚走和我的家乡一样的土路山路。我走得脚下生风，我走出了一种自信。

我的脚气不治而愈。我没想到三十多年不穿布鞋它还是这么合脚。我穿着布鞋自己给自己走路，我忽然想到走在城里的我和走在乡下的我没有两样，脚自然还是那双脚。

吃饭要端大老碗
倒头便睡硬板床

在我七八岁的时候，已经能端稳一个比自己的头要大得多的老碗吃饭。老碗是耀州粗瓷，上面有黑釉子描的"福"字。但那时农村生活苦，碗里是稀粥和青菜，现在想来那饭菜才配那老碗。那时我端着老碗忝列大人们中间，和他们一个架势蹲在粪堆上，听他们胡吹乱谝。

离开农村后，生活越来越好，饭碗却越端越小。我现在回老家，很少再看见村人用早先那样的粗瓷老碗吃饭了。现在的饭碗瓷细而白，从审美的另一种目光来看，却没有了粗瓷老碗的质朴与大方。

去年我入新居，朋友文石送给我一个耀州粗瓷老碗，碗上有黑釉子撇的几笔兰草，令我有一种久违了的欣喜。今年秋天某夜，文石又为我送来一个比去年那个老碗还要大的老老碗，简直就像一口锅。我再次感激朋友的好意。朋友是希望我能多吃几碗饭，但我是饭量大不如前，留上老碗，只能是一种摆设供我把玩了。

早先在老家，我睡的是黄土炕，黄土炕是硬炕，一夜睡到大天亮，人的骨骨节节一夜全都被碾开了，浑身舒坦，人倍精神。后来生活逐渐现代化，睡的床换成了弹簧床，弹簧床是软床，随物赋形，床迁就人，人就成了软骨头，脊椎颈椎不知不觉中弯曲变形，现代化生活落下的也是现代病，这叫自食其果。返璞归真，近年来我特喜欢睡硬板床，努力寻觅昔日的感觉，睡觉有学问，睡觉有哲学。

但愿鸡年多祥瑞
奈何人世少温情

天不是鸡叫亮的，但鸡叫了之后天就亮了。

我属鸡。今年是我的本命年。

本命年我害怕自己懒惰,特意给卧室门上写了一幅"闻鸡起舞"的红帖子。但我经常熬夜,鸡叫时我才刚刚躺下不久,鸡就白白给我鸣叫了。朋友魏杰特意给我刻了一枚鸡的肖形印,每写一幅字,我就将这枚印盖上去,留一个鸡的印记。

本命年顺心事多,要说不顺心处,就是鸡年闹一种叫"禽流感"的疫情。据说鸡有携带这种病毒的可能,于是疫情归罪于鸡,将鸡大杀特杀。去年闹"禽流感"是杀鸡给猴看,今年当然是杀鸡给鸡看了,那来年若再有此类疫情发生,应该是杀鸡给狗看,狗会害怕吗?

惺惺相惜,我为鸡鸣不平。如今的人类将鸡笼住,给鸡饲料里加激素,几十天将它催肥长大;给鸡舍安电灯长明不熄,不让鸡过夜生活,要鸡不停点地在窝里下蛋。这一切的一切都是为了人类一己之食欲,是十足的自私,鸡偶尔给人类一点"禽流感",是不是鸡在无奈中对人类实施报复?

我们讲人要与大自然和谐相处,鸡应该是大自然的一员。救救鸡吧,我为我的同类高喊一嗓子!

常年吃饭还得学吃饭
时刻生活也要悟生活

人的性子实在是好，比如说吃，一日三餐，常年不变，按说循环容易使人产生厌倦，但对于吃人们却表现出了长久的热情。人类的生存是靠吃才延续发展的。吃是人的本能，吃是人的自觉行动，在吃饭上从不讲贫富贵贱，再派的人也得亲自去吃。吃让人有了味觉，味觉是上帝给人安排的指令，指令诱导人完成对生命负责的工作。人常说吃饭是为了活着，但活着并不是为了吃饭，我一直相信这话一定是圣人说的。总结人生的经验，我以为人的罪过多是贪心，贪心着吃，让胃跌进了腹腔，贪心着吃，让头掉在了地上。贪心的后果是上帝给贪心者的棒喝。人不管是吃五谷杂粮也罢，吃生猛海鲜也罢，吃只是生命需要。人的肚腹毕竟只是个皮囊，皮囊有皮囊的好处，人在快活的时候应该想到胃的苦役，人吃东西是吃在了自己的胃里，胃在消化了人吃的东西后，才长了人的精神。山吃海喝不一定能拉金尿银，粗茶淡饭也许能颐养百年。吃精吃好是社会发展的需要，中国是具有饮食文化的国度，弘扬饮食文化讲究吃，所以我们还得学会吃饭。

一代人生如草木
大千世界同微尘

土地生长庄稼，也生长草木。人生一世，草木一秋。四季是罗盘，生命是螺旋。生命具有唯一性，人生买的是单程票，皇帝平民，别无二致。生命受禀于父母，蓬勃于天地。有道是人生多悲苦，生时对天地长啼，死时引亲朋痛哭，首尾都是悲；有道是人实际是刨虫，一出生就开始抓天抓地，穷也罢富也罢，抓到最后都是两手一撒空。我们曾世代高呼皇帝万岁万万岁，平民百姓是革命，革命也想长命百年。道家炼丹乞求灵丹妙药与天地同春，佛徒念经恩感佛祖保佑与日月共存。然星在移，斗在转，生生不息是永恒。说人生悲苦也不尽然，说长命齐天又怎么可能；苦与乐俱来，少与老接踵；人生是一道算术，算术就是加减。

地球绕着太阳转，月亮绕着地球转，转是变动，变动在相对的静态中。坐地日行八万里，这八万里的路程我们是永远也感觉不出来的。古人以为天圆地方，天和地对人来说实在是非常宏大的所在，但今天的人看这地球实在小得可怜，像浮游在太空中的灰尘。有一首歌唱得好，身边的事你从来就没有细细琢磨过，说来大有道理，宏观与微观，今天与未来，规律相通，万类归一。有人将一座山看成了一块石头，有人将一块石头看成了一座大山，尽管大山依然是大山，石头依然是石头。平地上摔跤的往往是明眼人，盲人下楼梯也不会踏空。人常说，咬得菜根，则百事可做。平淡才最有真味。天上群星烁烁，最亮的一颗却不一定是最大的一颗，况且天上的星星谁也不曾数清过。

武松打虎打出虎气
鲁迅雕龙雕下龙威

小时看《水浒传》，最爱看武松打虎那一段，脑海里就长留了武松打虎的场景。说是那一日武松别了宋江，于酒家连筛了十八碗酒，手提哨棒就上了景阳冈。此时日色西坠，酒劲上涌，正要歇息，一阵风吼，一只猛虎就忽地从背后跳出。这的确是只威猛之虎，一扑一掀一剪，但一一都被武松闪过。待猛虎再次转身，武松一哨棒打去，直打得大树枝叶纷纷，棒断两截。武松弃棒，就势抓住虎皮疙瘩，抡起大拳只是乱雨般猛砸，铁拳生风，猛虎面如烂泥，最后终于一命呜呼。武松是好汉，因为武松打死了猛虎，为民除了大害。武松打虎打出了英雄武松，从此威风八面。如今动物园里的虎已不是昔日那虎了，虎啸山林的虎属于武松那个年代。

武松打虎是因为武松也有一身虎气，强中有强，武松更是真虎。假如武松铁拳下打的不是猛虎，而是一只犬一只羊什么的，那武松就不是武松了。

鲁迅是一代文豪，他搏击在暗夜里，他是中华民族的风骨，他是中华民族的"民族魂"。许多年来，我在持续阅读鲁迅、追随鲁迅，在鲁迅的旗帜下不断前进。文心雕龙，鲁迅因雕龙而生龙威。"故乡社戏百草园，苦难家国出少年。呐喊彷徨迎风雨，忠魂孺子笔如椽。"这是我参观鲁迅故居后写的一首诗。

好为人师多骄气
不耻下问最真诚

当小报编辑，写豆腐块文章，是工作，也是为了打发寂寞，雕虫小技连自己都瞧不起，不想有一日，竟有文学青年求教于门。年轻人谦虚，在学校叫惯了老师见我亦称老师。他说他喜欢读我写的文章，甚至说我是作家。我说我没入作协，他就说我是没入作协的作家。写了几篇豆腐块文章竟然成了作家，这是我不曾想到的。年轻人看我心情好，遂向我请教文章的做法。我没专门学过文学，于文章实在是擀面杖吹火，但我不能冷了年轻人的热情。虽说现在文学贬值，弄经济最火，但文学总得后继有人，保不准我能生发出些什么，于他有补，于是我便搜肠刮肚地说教起来。我说文章关键是要多写，年轻人点头；我说写什么，关键是要多读，年轻人又点头；我说读书的关键是既要博，又要精，年轻人还是点头；我说写文章关键是讲究虎头豹尾熊腰，有详有略，年轻人依然点头……他静静地看着我，期待我能有精彩的妙语或诀窍，然而，我的手在空中挥了几挥，脸都憋红了，却终想不出诀窍于他。手无力地慢慢落下，像皮球泄了气儿。年轻人希望的目光渐渐变得迷茫，他说上课时老师也是这样讲的。是啊，我也是听我的老师这样讲的，我只不过是小贩继续贩卖而已。文章到底应该怎么去写，我还得问我的老师去。

见利行人后
遇事跃马前

常常有这样的情形，有一队人马让你来清数；你很认真，数了好多遍，数来数去竟然忘了自己。自己忘了自己，是潜意识地遗忘，人更多的时候则是我字出头，我成了生活中心。以我为中心画圆行事，人就免不了要发昏。为人处事有三种：损人利己的人最后损的反倒是自己；利人利己的人最懂得太极功；专门利人的人是雷锋，但世上雷锋太少，因此，我们要向雷锋学习。能跳出我观我者是高人，高人用的不是常人思维。古人有以镜为鉴的训导，发明镜子的人值得我们永远尊敬。有人对了镜子好觉陌生，有人对了镜子神情惶然，有人对了镜子心似秋水。人有七情，七情是喜怒忧思悲恐惊，你的七情就是镜子里那个人的七情，要认识自己不再陌生，就要多照照镜子。

两腿放开多走路
一心收拢好读书

走路是身体需要，读书是精神需求。

路是走出来的。我们从学会迈步的那天开始，人生的路就在眼前铺展开来，行走便义无反顾，就是短暂的歇息，也是为了积攒力量继续行走。我们在路上，走出的才是生命的风景，或风和日丽，或风霜雨雪，或坦途大道，或崎岖小径，希望是心中的旗。

书凝结的是人类的智慧。世界充满了未知，未知才让人发问：我是谁？我为什么要来这个世界？我的人生出口在哪里？逢山开路，遇河架桥，书就是那路那桥，有了路和桥，我们就能由此及彼，觉悟中我们的人生才有了意义。

有道是行万里路、读万卷书；行走是一种阅

读,读书也是一种卧游;如此看来,走路与读书,是两回事,也是一码事。

撇捺写人笔画稳
虚实运墨情感真

"人"字只有撇捺两笔,写起来非常简单;但做人却非常之难,尽毕生精力也难得圆满。

我一直认为,书法是人生修为最好的方式;我也一直认为,什么人写什么字。柳公权说:"用笔在心,心正则笔正。"柳公权说这段话,是借书法希望穆宗律己清政,告诉穆宗写字与治国一样,都必须心正。这也佐证了柳公权的字之所以写得好,是因为他人做得好,铁骨铮铮,才一派正大气象。书法是人的心电图,是人精神的晴雨表,是人格的一种外化。什么树开什么花,什么藤结什么瓜,人与书在精神向度上应该是和合一致的。

虚实,反映的是事物阴阳两面,分开可以说,但终归一体。生活是真实的,必须脚踏实地;艺术是精神产物,虚幻但给人以希望。生活需要精神指引,精神更需要生活夯实基础,两者相互依存,同生共存。人越是扎根大地,思想的天空越是浩渺无限。具体到书法笔墨上,则实者更实,虚者更虚;实处密不透风,虚处不染纤尘;以实衬虚,计白当黑。书法艺术实乃阴阳变化之道也。

循大道寓情于理
顺自然举重若轻

世界上怕就怕认真二字：凡事不认真不行，太认真也不行。

以书法为例吧。书法到底是什么？这是必须要认真思考的课题。我们平常说书法是写字，又不仅仅是写字，但终了还是写字。可见书法说简单也简单，说高深也的确高深，不认真行吗？中国书法是中国传统文化的精华，这几乎是所有人的共识。也就是说中国书法是中国母体文化上生长的奇葩，所以，我们就必须将中国书法作为大的文化来建构。万丈高楼平地起。要盖高楼，这地基是必须要打牢固的，多牢固的地基上才敢盖多高大的楼房。若不认真对待，急功近利，没打好地基就忙着盖楼，楼盖不高，盖了高楼也迟早会坍塌，这不用存疑。况且书法本身是一门实践艺术，书法艺术也是人生体验，书学即人学，心正则笔正，只有认真做人，才能成就书法艺术。

但从艺却不能一味较真，只顾低头拉车，不管抬头看路不行，就字论字，围着写字的小圈子转也不行。"不识庐山真面目，只缘身在此山中。"只有跳出"小我"，方能成就"大我"，以我观我，境界才能开阔，才能"横看成岭侧成峰，远近高低各不同"。学习书法要有平常心，平常心就是不背包袱，轻装上阵，心无挂碍，大而化之。这样才能"无意插柳柳成荫"，才能无意于佳而佳，才能心手相会，笔化大美。

玉宇澄清梅如玉
星河灿烂文比星

在有了一把年纪之后，我越来越喜欢清静，我相信时光会沉淀一切。但过年总得热闹，总得有一些色彩，我挥毫给自家门口自撰一联："玉宇澄清梅如玉，星河灿烂文比星。"

不觉有些耳热，对联里话是说得有些大了，好在是在自家门口自言自语，谁的一生还不说几句大话呢。小的时候将说大话叫理想，如今只能将说大话叫妄想了，不管是理想还是妄想，大话图得是自个儿高兴。

据研究证明，人若给水说好话，水就欣然喜悦，人若给花说好话，花就欢笑灿烂。我从此获得了一点人生经验，在家里就经常表扬妻子，真应了"君子动口不动手"那句老话，妻子因此忙里忙外就显得特别精神。我这人生来愚钝，但我从不自惭形秽，只是随情适性，因自怜而自爱自珍自重，给这艰难的人生就平添了一点色彩，让庸常的生活也活出了一些意思。

别窝居书斋只讨小意趣
常驰骋天地要得大情怀

我老担心自己长久窝居书斋会发生霉变，我也老担心自己长久闭目塞听会变成小我。有道是："纸上得来终觉浅，绝知此事要躬行"；有道是："外师造化，中得心源"。聚一聚，冲一冲，我必须走出我的卧雪庐，这也是我面对艺术的态度吧。

小雀居屋檐，大鹏冲云霄。这让我常常想起那个庄子，庄子是逍遥在天地之间的自由自在的庄子。

大自然是一本大书，读大自然这本书，才能得大自然大自在大精神。许多年来，我喜欢游走西北，西北是苍苍茫茫的大西北。独步荒野，荒野几乎是寸草不生，兀地那原峁之上丘陵之巅就挺立了一棵大树，绿影婆娑的一棵大树，像升腾的一片云。这景象常常令我感动不已。那大树一定是蓄养了大自然的灵气的，它应该是一棵神树吧。移情几千年中国书坛，那大树就应该是王羲之、颜真卿、苏东坡、徐渭、傅山等等。他们是书坛大天才，大天才有大器量，大天才有大气场，大天才有大精神。

处世秉承仁义礼智信
作书规守篆隶行草真

  仁义礼智信为儒家五常。五常贯穿于中华伦理发展过程中，它与金木水火土、东西南北中、心肝脾肺肾等一脉相承。仁为仁爱、义为忠义、礼为规范、智为明辨、信为诚实，从而成为儒家的文化价值体系，也成为人们操守大忠大爱、大孝大勇、修齐治平、大恩大恕和公平合理的行为准则。常是常识，常识即道。

  汉字实乃天地万物的超级化育，秦之前文字统称为篆，两汉隶兴，隶变则有了行草，有了楷书，从此文字之五体咸备也。数千年来，虽然书风因时而异，但字之五体从未有变。可谓是恒常中求变法，变法中守恒常；自由之中守规矩，规矩之中获自由。

善变法法为我用
常会神神便自归

  法是办法，是方法，是途径，是守则。人走要靠两条腿。水到零度才结冰。

  书法是写字，却不仅仅是写字，但终归还是写字。终归的写字有精彩的笔墨，有精彩的笔墨才有精神。守法是为了变法，唯其变，才能通，通则会，会则兴。书法有法，法无定法，无法之法，方为至法。

聚精方得气，得气才化神。只有脚踏实地，才能仰望天空。头顶三尺有神明。

得意放怀时虚生万象
行文着力处实奏大音

书法讲虚实，虚实即阴阳，阴阳是哲学，哲学让人放飞思想。

老子在《道德经》中说："致虚极，守静笃。万物并作，吾以观其复。"致虚者，天之道也；守静者，地之道也。天地有此虚静，故日月星辰，成象于天，水火土石，成体于地。万物出于阴阳，也归于阴阳，才有了升降变化，才成就了万物繁衍。老子教导我们的养道求玄之法，是要我们得其玄关，收敛浮华，归于笃实。凝于虚，养气于静，才能归其本真。

"欲书先散怀抱"，这是写字人挂在嘴上的老生常谈，但却饶有新意。散，是心态，也是境界。虚白道所集，静专神自归。因散我们才胸有成竹，竹乃心中之象也。知行合一，心手相会。当心中之象通过笔墨功夫再显为书法作品时，则在守阴抱阳中得其万千气象。

一个脚踏实地的人，最能得到理想的桃花源所眷顾。夯实地基盖高楼,响鼓还须重锤敲,这是古训,好!

还是老实写字
依然安静读书

在有了一把年纪后,生活只是简,节省下来的时间就节省地为自己好好活一活。爱写字就老实写字,铅华洗尽本是真,删繁就简也是道。书法离不开实用,实用让书法"为有源头活水来"。忙忙人生,往事如烟,闲下来静坐了干啥?夕阳里静坐了正好读书。老来方知读书少,老来方知读书好,与书为伴便成神交。腹有诗书气自华,读书是读书人难得的福分。午后闲读,读到宋人王禹偁的诗,就记下了"万壑有声含晚籁,数峰无语立斜阳"这样的句子,多好的意境啊!

天真稚子态
神秀大儒心

读《道德经》,就记下了老子的一段话:"知其雄,守其雌,为天下溪。为天下溪,常德不离。常德不离,复归于婴儿。"意思是知强知柔,就甘愿作一溪流,不离永恒的德行,就能回到婴儿般纯真的状态了。读古代书论,也就记下了赵之谦的一段话:"书家有最高境,古今二人耳。三岁稚子,能见天质;绩学大儒,必具神秀。故书以不学兼不能书者为最工。"稚子婴儿天生纯真,然尘世是个大染缸,人一旦心生机巧,心里蒙尘,世上的事情就难辨真伪了,终于也活得世故,终于也活得恍恍惚惚。人若不是真实的自己,连自己也会对自己生起疑惑来。回归自然本真,我们就要淡化太多的名缰利锁,去掉所谓的心智机巧。返老还童,那是入世后的出世所要达到的崇高境界,我们还太年轻,我们还缺少大儒的人生风度。好好地活,眼前有一条神秀之路,这就是老子指给我们的"道"。

只有立足当下
才能拥抱未来

人生漫长,人生也短暂,细想起来,人这一生实际只有三天,也就是昨天、今天和明天。

昨天已成为过去,时光也绝对不会倒流。昨天不管境遇顺逆,也不论成功与失败,人需常常反省。反省是为了提醒人不能重复掉进同一条河里,反省也是为了提醒人要走一条光明大道。人生不能总是一路摸黑吧,摸黑的结果是只能碰一鼻子的灰。人能活出经验,经验让人更好地活着。

告别昨天,也是为了整理心情重新出发,重新出发关键是要立足活好当下。当下是现实的当下,现实的当下看得见也摸得着,想好了的事和要走的路,就只等着自己如何把握了。人生没有后悔药。岁月从来不等人。春生,夏长,秋收,冬藏,自然的四季一如人生的四季,适时中节,是天道地道人道实乃王道也。

告别昨天,过好今天,也是为了筑好根基拥抱明天。人生本也痛苦,人生本也艰辛,常言说人生不如意事常八九,为了尚存的一二快乐与美好,人们就只有将希望寄托于未来了。

习碑时间

书法是一门传统艺术，也是一门实践艺术。自1991年至2003年，十二年的习帖过程，也是我书法笔墨的历练过程，期间我的书法作品入选了中国书协举办的一系列展事。我将这一阶段的思考收入《砚边散墨》和《行草例话》出版。据周围朋友讲，这算一个不错的成绩，但我却对自己越来越不满意，真有点像不停地参加高考，一次又一次过线，但并没有什么质的升华。若要将书法作为一个大的文化建构，还得突破技术层面而寻求真正的精神升华。尤其是我只身来到西安流浪，对物质生活已看得越来越淡，而精神生活却在无限放大，以至于成为我那段生活的支撑。入展获奖带来的虚荣对我已不再重要，我那颗飘在半空中的心终于回到了地面。书法只是人生修为的一种方式，我希望书法能真正生活化，能成为一种文化自觉。此后,我不再主动参加任何展事了,回归内心,开始自己为自己写字。

> 自那次没有登上太白峰顶,遇事我选择退。青春只留下远去的背影。岁月走进秋季,太阳不再暴烈,天上飘几朵闲云,我心里也飘几朵闲云。竞争表现在赛场上,赛场上需要矫健,我不矫健,所以只能是自己让自己退役。盆景里的树虽有人呵护,但常常要忍受剪刀之苦,不如干脆回归田野,换个自由。
>
> (《退役》)

自察自省,以退为进,这不仅仅是心态调整,更要付诸行动。定力磨炼意志,意志也强化定力。这是人生的一种选择,我甘愿做一个苦行僧。

过去十二年习帖虽然固化了我的笔墨,具有了一种秀美洒脱的所谓个人风格,在周围朋友看好我书法灵动飘逸的时候,我却认为自己的书法是"棉花糖",一味追求漂亮只能最终遁入"奶油小生"的小格局中去。作为一个西北汉子,筋骨在书法追求中就显得尤为重要。

碑学是指研究考订碑刻源流、时代、体制、拓本真伪和文字内容等的学问,也指崇尚碑刻的书法流派。碑学有"北碑""北碑加篆隶""北碑加唐碑"等三种基本含义。它始于宋代,兴盛于清代中叶以后。清代阮元倡导南北书派论,把妍美潇洒的古代墨迹归为南派"帖学",把古拙、朴厚、粗犷的碑刻纳为"碑学"范畴。

有感于三秦书家多秉承碑派,我曾为太白文艺出版社出版的《三秦书风》一书写过一篇序。

一方水土养一方人。三秦书家就是三秦大地这块沃土养育出来的。这是一方生长书法的大地。据传,诞生于关中东府白水县的史官仓颉,"见鸟兽蹄远之迹,知分理之可相别异也,初造书契","仰观奎星圆曲之势,俯察龟文鸟迹之象,博采众美,合而为字,是曰古文"。今天我们能看到的西安半坡遗址,在公元前4800年前后就出现了最为原始的陶器刻符,已具备了汉字的一些形态。岐山凤雏村出土的一万余件周代甲骨文字,造型已非常优美。宝鸡是西周政治、经济、文化活动中心,毛公鼎、大盂鼎、墙盘、散氏盘、虢季子白盘等大量刻有金文的青铜器的出土,表明当时文字更趋成熟。宝鸡石鼓原上出土的十块鼓形石,其籀文四言诗,被认为是我国现存最早的石刻文字。汉中被称为"汉魏石门十三品"的摩崖石刻,以《大开通褒斜道》《石门颂》《石门铭》《杨淮表记》最为世人称道。华山岳庙的《华山庙碑》、耀州区药王山的《姚伯多造像》碑群、蒲城县的《云麾将军碑》《苏孝慈墓志》、麟游县的《九成宫醴泉铭》、榆林红石峡摩崖石刻等碑刻，如珍珠散落于三秦大地，熠熠生辉。而坐落于西安南城门东侧的西安碑林，如城墙腰带上的玉佩，被誉为世界上最大的石质书库，从唐末、五代对《石台孝经》《开成石经》的迁移，至北宋而成规模。今馆拥碑石三千，展出精品千余，可以说西安碑林所展现的就是一部中国书法发展史。这个属于老秦人的三秦大地，也是一方属于男子汉的雄浑多彩的大地。作为中国大陆版图南北地理分界线的秦岭，在这里东西横卧。孕育中华文明的母亲河黄河，从宁夏入陕出潼关东流归海。三秦人的生活习惯是以面食为主，也喜欢五谷杂粮。乐了，悲了，放开嗓子就吼秦腔，也唱花鼓信天游。他们有拙朴的性格。经过周秦汉唐铸就的辉煌，就是这一方水土，哺育了心胸更博大、情感更纯厚、行为更果敢、气魄更豪迈的热血男儿。基于书法文脉的源远流长，也因为三秦人性格的拙朴憨厚，这块土地化育出的三秦书风，在吸收帖的营养的同时，更张扬的是碑的骨力，以至蔚然成风，成为独特的书法风景。二十世纪二三十年代，一代书圣于右任高举书法大旗，力倡碑学并极力推介标准草书，其身后追随者甚众，茹欲立、宋伯鲁、王世镗、阎甘园、寇遐、岳松侨、党晴梵、张寒杉、陈尧廷等的鼎力实践，让三秦书风大旗猎猎，令全国书坛瞩目。二十世纪五六十年代尤其是经过"文革"的文化萧条之后,新时期改革开放的春风劲吹,人们长期被禁锢的艺术热情一下子被激活,碑派书法又焕发出无限生机,像刘自椟、陈泽秦、卫俊秀、邱星、程克刚、宫葆诚等一大批书法名家,在陕西书坛起到了引领传承作用,功不可没,惠泽来者。

(《三秦书风·一方独特的书法风景》)

我庆幸生于斯、长于斯,悠久的文化传统与良好的艺术氛围为我提供了得天独厚的条件,我追寻着历史文脉几乎走遍了三秦大地,我在抚摸这一块块碑石的同时更企求与碑学精神上的对接。学碑不只需要心摹手追,加大量的积累,更重要的是要开阔胸次,具有吞吐大荒的情怀。

我学碑取法对象大致分为四块:一是先秦篆书。总体上来说篆书应该是五种字体中最先化育的文字。文字的产生是远取诸物,近取诸身,象形是其本源。随着文字发展不断抽象化、符号化,但骨子里却保留了象形的胎息。篆书结构对称,有很强的装饰性,其笔法多直线和弧线,但这种朴素的笔法却最接近书法的本源,也就是古意。书法不是越新越好,而是越高古越有味道。可能受现当代书法家吴昌硕、黄宾虹、齐白石、陶博吾等的影响,篆书我最喜欢《散氏盘》和《石鼓文》。二是汉隶。隶脱胎于篆,至两汉进入全盛期。隶书是在篆书基础上的一次伟大变革,不但形体发生了变化,而且多了用笔上的波折取法。隶变是个节点,从隶书入手也许是书法入古的一个必经之道。汉隶名碑甚多，我最喜欢的有《张迁碑》《石门颂》《西狭颂》《郙阁颂》《封龙山颂》《史晨碑》《大开通褒斜道》《礼器碑》《华山庙碑》等等。三是魏碑。由隶及楷，魏碑是一个枢纽。魏碑取法多元，无疑是魏碑笔法丰富的一个重要原因。墓志多来自民间，墓志书法自由多变，亦有很高的欣赏借鉴价值，我对墓志书法阅览的时间多，而真正临摹的时间少，我觉得墓志多出自民间工匠之手，自有灵动，还有待于提炼纯化。魏碑我最喜欢的是《瘗鹤铭》《郑文公碑》《石门铭》《张猛龙碑》等，它们几乎是我学碑的主干，对此我倾注了大量精力。四是唐楷。唐代整个社会归于秩序，唐人尚法是其时代特征。书法结体森严，用笔则八法齐备，这种森严的结体和完备的笔法将唐代楷书推到了极致，而另一方面也使楷书结壳走向穷途末路，导致楷书发展几乎没了余地。近年书坛对唐楷的漠视实际是心理上的无奈与畏惧。激活唐楷，则有可能使楷书从禁锢中解脱出来，获得新生，焕发生机。唐楷我学欧阳询的《九成宫醴泉铭》、褚遂良的《雁塔圣教序》、虞世南的《孔子庙堂碑》、柳公权的《玄秘塔》等，但我最心仪的还是颜真卿，因其人之忠烈正大而喜欢他的所有碑版，像《勤礼碑》《东方朔画赞》《大唐中兴颂》《李元结碑》《李玄靖碑》《颜家庙碑》《大麻姑仙坛记》等，几乎无所不临。

别帖而学碑，于轻车熟路不走而要走一条陌生之路，这也许是性格使然。生活上的我看似随和，但为艺却一味倔强，认准了的目标九头牛也拉不回来，这大概是理想主义者的通病吧。学碑是一个漫长的历练与整合过程,技进乎道,首先要有量的积累,由量变最后达到质变是事物发展的普遍规律,我得有耐心,在坚持中等待化育。

学碑十二年,是技道双修的十二年,是碑帖融合的十二年。十二年的历练也许我还未达到一个理想的高度,但十二年的四千三百八十多个日日夜夜其过程对我却非常重要,我曾经奋斗过,便无怨无悔。2015年仲夏,我将十二年学碑过程编成《学碑记》,书中辑录了我在十二年学碑期间公开展出和发表过的书法作品二百零三幅,为的是存照备忘;并选摘随笔片段二百七十二则,以填空补白。我在《学碑记》自序中写道:

> 有很长一段时间,我学习书法主要走帖学一路。入过展,获过奖,也浪得了一些浮名;但浮名终归浮名,都是过眼云烟。
>
> 2002年冬,西风正烈,我远走西北,一路大漠孤烟,一路长河落日,感慨中我在反省,反省的结果,决定暂且放下"帖学",走"碑学"一路,西北汉子要写属于西北汉子的书法啊!
>
> 生性愚鲁,常叹时光匆匆,不敢稍有懈怠,回首竟已十二春秋!然笔未老,满头却已飘雪,今独立甲午岁末,只有仰天浩叹了。翻检旧作,良莠不齐,归于一册,完全是为了忘却的纪念。未来还不好说,趁尚有脚力,路还得自己去走,那么,就将未来留给未来吧!

好像言犹未尽，我又在《学碑记》结尾写了篇后记：

《学碑记》是我十二年学碑期间的一个记录，所选书法作品自2003年春至2015年夏，也很像是一本流水账，但还原的却是我学习书法的真实生活。

我老认为我不是为自己一个人在生活。就拿学习书法来说吧，很大程度上我是生活在朋友们之中，许多年来许多朋友都对我的书法进行过指导，他们一会儿严厉批评，一会儿热情鼓励，让我于清醒中不断精进。十二年在人生长河中时间不算太短，我之所以始终不渝地保持着这种定力，大概与我所处的书法生态环境有关吧。

《学碑记》交稿后，我与本书策划《艺文志》主编韩效祖、三秦出版社总编赵建黎和本书的责任编辑甄仕优做了一次长谈。他们说，书法是一门传统艺术，要不断从经典中汲取营养才能生发；他们说书法是传统文化的精华，要多读书才能有深刻体会；他们说书法是人的精神象征，也要匡扶正义，要有清正之气……我当即就在心里笔记了，我说一定照办！

那天正是雨后初霁，天蓝云白，太阳非常明亮，我的心里也是一片阳光灿烂。

在书协那些年

2006年6月,陕西省书法家协会召开第三次会员代表大会,这次换届距上次换届时间已转换了十七个年头,实属不易。在这次换届中我被任命为秘书长,开始到陕西省书法家协会驻会。六年后,陕西省书法家协会召开第四次会员代表大会,我当选为副主席并兼秘书长。这样一来,我前后在省书协工作了十二个年头。

从普通会员到驻会为会员服务,角色尽管发生了转变,但我依然将自己看作是一名普通会员,以会员心态体察会员才能知其所思所想,才能真正了解会员需要什么。书协是书法界的社团组织。其职能是组织、联络、协调、服务和管理,推动书法健康有序向前发展。秘书长不是官位,书协不需要官本位。在书协工作应该做会员的知心朋友,它预示的是责任与担当。工作中不管顺逆,方向须始终如一。在书协工作的十二年,也是我学习、思考与成熟的十二年,个中滋味,冷暖自知。所谓有为,就是不断积聚正能量;所谓无为,就是不搞假大空。观念是纲,纲举目张。凡事不论大小,经验皆从学习中来,一个善于学习的社会必然风清气正,一个善于学习的协会也必然会繁荣发展。定力,是对事物的准确判断,是坚持不懈的恒持精神。知常曰明,与纲举目张是同一个道理。有一年,我去黄河岸边,不期而遇了一位"哲学家",让我感动不已,也让我明白了许多事理,我提笔写了一篇文章,名字叫《老等》,文章不长,但我很喜欢,不妨抄录于此:

老等是一种鸟,合阳人给鸟起的名字。其实这种鸟早有名字,学名叫苍鹭。老等是国家二级保护珍禽,颜色苍灰,其形小者如拳,大者如扇,叫起来声音呱呱的,颇有穿透力。老等喜食小鱼,因此洽川的黄河湿地便聚集了成千上万只老等。老等有一种习性,不是站在荷田芦苇地里,就是站在田埂或高高的电线杆上,许久许久,纹丝不动,好像要这个世界忘了它的存在。老等就这样只是默默等待,等待中一旦发现水中有鱼游动,便箭一样冲刺水中,其捕获能力十分精准。合阳人将苍鹭叫老等既形象而又非常准确。

叫老等好,叫老等是对老等精神的赞美!

其实人生许多时候也常常需要像老等那样默默地等待。每天等待黎明，迎太阳和希望冉冉升起；每天等待傍晚，让月亮陪伴新的梦想。生命在等待中会华丽出彩，生命在等待中才有意义。

等待不是守株待兔，守株待兔是将偶然当成了必然，那是愚钝不化；等待有些像姜太公钓鱼，知道机遇的到来有其必然性，那是大觉悟。

老等通晓这些道理。

老等大智若愚，大巧若拙；老等以静制动，以不变应万变；老等知常曰明，晓得如何守常通变。

老等是哲学家。

如何让协会变成一个学习型的协会，这是我必须要思考并付诸实践的，只有持续学习才能站稳脚跟，明辨方向。有为不是乱为，关键是要将工作落实在点子上，这样的工作才是有效的工作。

有一年，中国书法家协会在石家庄召开工作年会，会上我谈了两个观点：一是作为书法组织，要多搞活动，但不能将活动搞成运动，活动能激活书法发展，但运动容易过火而裹挟书法之外的东西，于书法事业的发展无补。二是就书法创作而言，书法是一门艺术，万万不可搞成技术，当然艺术涵盖技术，艺术是书家综合修养的体现，而片面放大技术就容易滑落到匠人的小格局中去。借此，培养书家的学习习惯，当是书协作为一个团队建设而必须具备的良好品质。

有一年，中国书协在济南召开工作年会，会上我谈了三点：一、关于中国书协专业委员会的设置。书法是一个书家综合修养的体现，书法是大文化，书协工作也是一个有机整体。在专业委员会设置上不宜按书体划分得那么细致，细致分工搞科学研究可能是一种方法，但从事艺术研究不一定适合。食之过细只能弱化人的胃口，营养不良当然也就在所难免。根据目前书坛现状，退一步讲，我们既然划分了那么多专业委员会，若不嫌其多的话，不妨再增加一个文字工作委员会，再增加一个文学工作委员会，因为文字是书法的载体，文学是书法的内容，书法作为传统的艺术形式是生长在文字和文学这块沃土上的奇葩，舍此就徒有其形式了。二、全国展览要体现整体性和关联性。中国书协在 20 世纪 90 年代举办的全国届展、中青年展和新人新作展，在权威性、探索性和发现新人方面都发挥了很好的作用，相互之间既有关联又是整体，在当时是一道美丽的风景线。若一味按书体按形制策展，易造成碎片化，当然也消减了权威性和丰富性。三、全国展评奖要综合考量，评作品也要评人。书法家不能靠打造，因为书法家不是钢铁和机器。书法家需要慢生长，书法家要经风雨慢慢化育。作为全国大奖，这是标高，其获奖书家当是成熟书家、资深书家，其丰富的学养与艺术表现力应当为书坛普遍公认。作为旗帜，是荣誉，更是责任与担当。近年来，中国作协举办的"茅盾文学奖"的评奖方法可资借鉴，荣获"茅盾文学奖"的三位陕西作家路遥、陈忠实和贾平凹，不管是作品还是作家本人，我认为都能经得起时间的检验。

　　这些都是我的一点思考，说给别人，更是说给自己。我在不断求证自己的观点，在求证中希望形成思路贯彻到具体工作中去。

　　陕西虽然是书法资源大省，但当下还不是书法生态强省。有一年，我去蒲城参加书法作品评审工作，在那里我发现竟然没有一个人学习当地的李邕的《云麾将军碑》。王羲之如龙，李北海如象，我们却连象的模样也不去摸一摸，我们的心里焉能有象呢？这种"灯下黑"的现象在我后来的调查中几乎是普遍现象。我们有周秦汉唐给我们留下的历史的辉煌，我们身在其中却长久地麻木着。"不识庐山真面目，只缘身在此山中。"这是对我们的真实写照。在西府宝鸡，很少有人潜心学习青铜器铭文和石鼓文；在陕南汉中，汉魏十三品也很少有人浸淫其中；在东府华阴，《华山庙碑》也一直被冷落着；在铜川药王山，《姚伯多造像》真正问津的人很少；在陕北榆林，红石峡摩崖石刻光顾的人也不多；而令全世界文人墨客心仪膜拜的西安碑林，在外面凑热闹跑堂会的人多，而主动踏进大门认真揣摩研究的人却寥寥……不是我们不知道学习经典对我们有多么重要，而是我们还缺少一个良好的学习习惯。习惯成自然，我们要有所担当，就必须身体力行让良好的习惯成为我们的自觉。

　　于是，书协工作在摸索中形成基本思路，即每年举办十二期"陕西书法大讲堂"和两期书法骨干培训班，并渐次形成制度。我们邀请知名书家、学者为会员授课，不仅立足书法本体，还要拓展至与书法相关的其他领域，以期扩大会员的文化视野，将书法作为大文化来建构。办好《陕西书法》杂志，体现两大功能：一是反映陕西书法动态，二是引领书法创作与学术研究。每两年举办一届陕西书法篆刻临作展和陕西书法自作诗文展，并辅之以相关配套展，让其固化下来，促进书法立足传统，繁荣发展。

中国书法是一门传统艺术，临摹是任何一位书家必经的学习途径，甚至要贯穿其终生。我在"第四届临作展"的前言里写道：

> 临摹，是学习书法的不二法门。
> 我们之所以要重视临作展览，是因为面对几千年的书法经典，我们必须心存敬畏，视书法为精神之崇高。正是有了这份谦卑，始终将自己定位为小学生，才能真正感知学习经典对我们是多么重要。中国书法是一门古典艺术，古往今来，优秀碑帖如汗牛充栋、繁星丽天，其璀璨辉煌昭示着中华民族的子孙。遥想几千年的书法化育发展，我们一直被历代那些智慧非凡的艺术家们所创造的艺术的神奇而感动着。当今天面对了这些经典，在冥冥的晤对中，我们似乎能感知到他们心灵的律动，而当面对了王羲之、颜真卿和苏东坡时，我们也自然会将他们认作王老师、颜老师和苏老师的。在向先贤大家们的学习请教中，我们满怀了忠诚与虔诚，而心心

相印处，也正是艺事会通时。

陕西是书法资源大省，从而高标自立；陕西是书法生态大省，学习书法已蔚成风气。仅从十年间举办的临作展览来看，老书家们已炉火纯青，他们已成为我们的一笔财富而辉煌在前；中年书家们正勇猛精进，堪称中流砥柱，如日中天；而青年一代正纷纷崭露头角，广取博涉，后学不让先贤，也必将成为未来的栋梁之材。

在学习中建立自信，在自信中不断学习。请相信这种文化的自觉吧，它不仅是生命难得的一个化育过程，也必将由量的积累达到质的升华，以期技进乎道，实现书法的整体飞跃。

只要敢于梦想，一切便皆有可能。陕西书法的未来，正成就着我们的共同梦想。践行中，让我们满怀信心地期待吧！

我们知道，书法作品的书写内容主要是诗文，只有内容与形式和谐统一的作品才能真正彰显书家精神。因此，提倡会员自作诗文，是我们将书法作为文化构建的必要准备。我在"首届自作诗文书法展"的前言中写道：

> 书文同辉，双桨并荡——"陕西省自作诗文展"在这里与您有约。这是陕西书法读书年收获的季节，也是陕西书家发自心灵的声音。

书法是有温度的,它是书家情感履历的记录,它闪耀着书家的智慧光芒,它凝结成书家艺术生命的永恒。王羲之书《兰亭集序》在快意中沉思,颜真卿书《祭侄文稿》于悲愤中站起,苏东坡书《寒食诗帖》处困厄中放达……历史长河,无数书法杰作至今墨迹未干,依然鲜活。内容与形式相得益彰,心与手欣然相会,历史在前进中定格,我们时时能听到他们心灵的呼唤,我们时时能触摸到他们跳动的脉搏。我们常常驻足回望,我们一次又一次被感动,旗帜在前,他们是我们前进征途中永远的动力。

知识托举生活,艺术与生命一起成长。诗意地栖居,正在成为每位书家共同的文化自觉。

让我们继续行走。让我们真诚说话。

我们在生长,生长中我们是一棵树,许多树站在一起就是森林,只有森林才能生长大树啊!

在书协工作的十二年,是我在不断学习中希望尽心尽职的十二年。努力是努力了,但也许能力尚差人意,辜负了的时光,就只能容我的同人们海涵了。

时光是漫长的,时光也很短暂,2017 年 5 月我到了退休年龄。退休,就是退下来休息。生活驶入了慢车道,人生已进入深秋。深秋了,不管是果子还是树叶,就不要再恋枝头,那么就将希望留给未来吧。放下,也许是另一种意义的担当吧，我提前向组织递交了辞呈：辞去书协秘书长和法人代表。由岗位履职到回归生命个体，角色将我再次转换成一名普通会员，但我将继续努力，为陕西书法的繁荣与发展尽自己的绵薄之力。

卷四　情寄天地间

走进花甲

人生六十,是个说来就来的年纪。我生性疏懒,完全是被岁月裹挟着往前走,不管是愿意还是极不情愿,六十岁都无可置疑地成为一个事实。岁月唯一的目标就是只管往前走,对世间芸芸众生来说,它不论贫富尊卑,尽显公平公允。

人的命相依了天干与地支的配合,六十年是一个轮回,称为"花甲"。无论如何,花甲都是人生的一个路标、一个驿站、一个节点,生命到了这个当口,必要的礼仪还是不可或缺的,不然的话人生就会过成一团乱麻没了头绪。站在六十岁人生的边上,我在卧雪庐放飞思想,神情竟庄严起来。庄严也许更符合当下心境,记忆总是难以忘却,希望激励人前行。

六十岁,正是一个老大不小的年纪,生命已到了深秋,整个世界都沉甸甸地，天地一下子变得空阔无比，太阳不再暴烈，白云随风飘荡，真可谓"天凉好个秋了"。六十岁的人生好像是登上了山巅，"山登绝顶我为峰"，看得清来路，当然也看得清归途，望着青春远去的背影，沧桑是岁月留下的馈赠。但说从此就进入老境也许还太过青涩了吧。花甲过后是另一个花甲，一切似乎又都从头开始，那就在生活中学着生活吧。向过去挥手，也向未来致敬，这是面对人生应该秉持的态度，态度也是风度。

我属鸡，今年是丁酉的当值之年，妻子为我买了一身红衣服，朋友们为我作了咏鸡诗，画了大公鸡，刻了鸡的肖形印，总之是要我在鸡年里过得红红火火，大吉大顺。六十年的岁月，我因属鸡而爱鸡惜鸡悯鸡，甚至以为自己就是鸡了。鸡的谐音是吉，寓意是祥瑞。我喜欢听鸡说话，听鸡说话就是听哲学家在发言。听鸡说话每每让我觉悟，平淡的人生就有了许多亮色。饭桌上我是从来不吃鸡的，我连鸡的同类也不吃，我柔弱的心肠让我下不了筷子。古人云："鸡有五德，即文、武、勇、仁、信也。头戴冠，文也；足搏距，武也；见敌敢斗，勇也；见食相呼，仁也；守夜不失时，信也。"鸡是德禽，我就庆幸自己属鸡。鸡一生勤奋辛苦，母鸡下蛋，公鸡叫鸣，鸡甘愿勤奋辛苦，不勤奋辛苦那就不叫鸡了。向鸡学习，属鸡的人一生就也一样勤奋辛苦。人生是一杯苦茶吧，而于清苦中才有了回味的甘甜。鸡自带了一身漂亮羽毛，因此，鸡是美丽的。我虽没有鸡那一身漂亮羽毛，但我时常为虚誉弄得有点小骄傲，小骄傲让我自珍自重自怜自尊，我若连这一点小骄傲都没有,我这一生也许就真的太平淡了吧。说是小鸡问鸡妈妈:"妈妈,妈妈,你下了那么多的蛋,干吗还要天天不停地下蛋呀?"鸡妈妈告诉小鸡说:"孩子,下蛋是妈妈的天职,不下蛋的鸡是做不了鸡妈妈的,你长大了,你懂得!"说是小鸡问鸡爸爸:"爸爸,爸爸,你干吗天天都要起那么早叫鸣呢?你不叫鸣,天不是照样可以亮吗?"鸡爸爸告诉小鸡说:"孩子,每天起早叫鸣是爸爸的天职,天虽然不是鸡叫亮的,但鸡叫之后天就亮了,你长大了,你懂得!"小鸡后来就长大了,它就做了鸡爸爸鸡妈妈,像爸爸妈妈那样去叫鸣,去下蛋,做鸡的本分。

丁酉端午,是我的生日。端是正的意思,还有开始之义;午对月而言是一年之中,午对时来说是一日之中。端午也是天地间阴阳转换的关键一天,于是,端午就成了民族的重大节日,也是我的重大节日。我的生日,同时也是母亲的受难日。我的生,是母亲用痛苦换来的。每到端午,我就想我的母亲,尤其是母亲不在人世之后,端午这天我就格外落寞悲伤,无边无际地落寞悲伤。小的时候每到端午,母亲就要给我打荷包蛋、包粽子,而今母亲不在了,再也没有人给我打荷包蛋包粽子了,我就一个人孤独地坐在荒野里,想母亲的音容笑貌,眼里是流不尽的泪水。据说端午也是为了纪念诗人屈原。唐人文秀有一首题《端午》的诗:"节分端午自难言,万古传闻为屈原。堪笑楚江空渺渺,不能洗得直臣冤。"屈原以忠见谤,以信见疑,赋《离骚》而见志,投汨罗而殁身,其志可哀,其情可悯。我一直牢记着屈原《离骚》中的那句话:"路漫漫其修远兮,吾将上下而求索。"我要俯下身子,贴着大地行走。

为学日益,为道日损,当人生已驶入慢车道,我的生活便成了慢生活。

我的慢生活

我是慢性子,过的生活也是慢生活。

我相信环境能够改造人,我的慢性子就是周围环境改造的结果。

我出生于那个令国人热血沸腾的"大跃进"年代,刚刚学会走路的我,因为饥饿,细瘦的双腿竟扶不起羸弱的身子和硕大的头。那时候我整天坐在自家门口看周围发生的一切事情,小小年纪就学会了观察和思索问题。因为体质虚弱,记忆里学生时代,我很少参加学校组织的各类体育比赛。生活将我抛向一边,我的生活节奏就自然慢下来了,与别人相差了一大截。

我在农村生活中长大,父母亲都是不识字的本分农民。那时的农村生活相较现在还非常原始,生命里的切身感受也就非常深刻。农村生活简单而绵长,太阳从东山走到西山,人与家禽家畜共同生活,一切都显得和谐自然,我自小就融入了这种生活。高中毕业,我回家跟父亲学习种地,当了三年半的正式农民。农村一年到头,永远有干不完的活,庄稼人的心里谁也不曾想着用一个早晨干完一年所有的农活。何时播种,何时收获,那都是老天爷早就规定好了的,如果我们违背了老天爷规定的农时,一年的忙活就只能收回来一些麦草和谷秆,我们的劳动就成了白劳动。农村生活是一种耐力的较量,一切都是在缓慢而有序地往前走,再急性子的人也要被生活磨去棱角,循规入辙。

基于生命个体的期盼,十三岁那年我跟师学习中医,我曾幻想过白发飘飘成为老中医的那一天,也准备好了用一生的时间慢慢地熬,等待理想的慢慢羽化,为此我曾走过十多个春夏秋冬。后来因为环境所迫,还是痛苦地告别了我曾决心为之奉献终生的中医专业,倒是那时为了开药方而写毛笔字的嗜好在后来的生活中得到了沿袭,并被不断放大成为如今的志业。我想生活中别人可能是种豆得瓜,于我却成了种瓜得豆了。生命历程中的不得已转轨,使我再一次认识到这是命里注定的事情,只能随缘好了。

我无力改变自己的慢性子,也懒得改变自己的慢性子。但妻儿想改变我的慢性子,想方设法种种努力,却始终没有奏效。妻儿后来干脆就撒手不管,随我自然生长了。生活中熟悉我的朋友,交往中接受了我这慢腾腾的生活态度,但有新认识的朋友为我着急,认为我与快节奏的社会生活严重脱节,他们有责任拉我一把,否则就显得不够朋友。于是有朋友教我学开车,他们要用现代化交通工具扩大我的生活半径。但我思涩手拙,结果就将朋友的车子开到路边的水沟里去了。朋友只是无奈,其实我早就认为自己无药可救。我知道自己落伍,与时代格格不入。许多人生机遇都是被捷足先登者拎走了,我拾起来的机遇是被别人踩了几百遍的不要的机遇,这也注定了我不会荣耀发达。

每天的太阳不是我们着急等出来的,我的每天却常常被太阳唤醒。我慵懒地走出门,太阳明亮地照着慢悠悠的我,后面是与我一样慢悠悠的影子。坐地日行八万里,加上我的行走,那该是多么快的一种速度呀!

许多年月,我一直认为自己是一个没有烧熟的生坯子。我多半的学生时代是在"文革"中度过的,生命中知识的链条没有铆牢焊好,人生曾经的那一段永远落下一个空白。我经常回过头去做几十年前早就应该做好的工作,这样不仅费力而且需要时间,我得有耐心,走好生命的后半程。

我是一个古典情结浓重的人,向往诗意地栖居。读李白,我随李白驾一叶扁舟凌波江上;读杜甫,我随杜甫骑毛驴夜宿茅屋;读王昌龄,我随王昌龄挥戈戍边关;读陶渊明,我随陶渊明悠然见南山……打开时光隧道,顿然思接千古。欲逸出烦嚣生活而不能,怎一个"苦"字了得?于是,我常常独步荒野,脚到哪里人到哪里,不想行走时就随地而卧。山不语,水长流,草给我一绿,花迎我一笑,那是精神最快乐的日子。天地空阔,时光被太阳的轮子熨平碾展延伸了长度。

头顶的那一片白云正是我心中的白云，那就驾了长风，远走天边。

　　我已被墨浸泡太久，我实在分不清书法就是生活还是生活就是书法了。心系一处，人生方能走向纯粹。人磨墨，墨也磨人。纵然秃笔成林，废纸成山，退墨如海……日复一日，生命必将老去，当我熬到满头飘雪的时候，我期望那时会有一个结果，不过开花不一定结果。没有也罢，人生曾经的过程，终也不悔。

习草时间

是庄生梦蝶,还是蝶梦庄生;是我写书法,还是书法写我,我一时还真说不清楚。如今书法已融入了我的生命,我要耐着性子好好地活,争取活成一个老书家。至于能否走到一个高度并不重要,其书写的那个过程却令我弥足珍视。

走过书法漫长的萌动期,然后经历了十二年的习帖时间、十二年的学碑时间,自2015年起的下一个十二年,我的书法进入草书学习时间。

书法是抒情的,书法是写意的,草书最具抒情写意精神。

草书作为汉字字体,其特点是结构简省,笔画连绵,高度概括,体现出汉字的另一种审美形质。汉隶是篆书草化的结果,而草书又是从隶书草化而演变过来的,当属字之变体、杂体或艺术体。草书的出现对后世书法的发展影响深远。草书可分为章草和今草。今草又可分为小草、大草和狂草。章草极具隶书胎息，在解散隶书严整结构的同时采用波挑法，字与字之间笔画虽不连贯，但笔法却在不断丰富。而今草从章草脱颖而出之后，字间出现萦带缠绵，强化了书写节奏，为抒发书家思想感情提供了广阔的表现空间。孙过庭说："篆尚婉而通，隶（指楷）欲精而密，草贵流而畅，章务简而便。"字体至楷，八法具备，笔法相对烦琐，发展空间就相对不多了。而篆隶则笔法相对简约，越简约则越古朴，因此，草书直通篆隶而能寻其简约。像隶书中的《石门颂》，即是隶书的相对草化，像篆书中的《散氏盘》更是篆书的相对草化，它们反过来对草书的点画线质的纯化也意义非凡。

草书虽然成熟较晚，但多被文人书家所追捧，从书法发展来看，历朝历代，草书圣手迭出，其艺术成就也最为辉煌。像汉末的张芝，东晋的王羲之、王献之父子，唐代的张旭、怀素、孙过庭、颜真卿，宋代的苏轼、黄庭坚、米芾，明代的祝枝山、文徵明，清代的徐渭、王铎、傅山，现当代的于右任、林散之等，形成书史上的草书谱系而辉映了书法璀璨的天空。

草书纵横驰骋，一泻千里，看似无拘无束，实则最讲法度，所谓失之毫厘，差之千里是也。草书遵循的是删繁就简，让字形笔意高度提炼，随抽象化，符号化，在遗貌取神中抵达书写的高标。我在十一二岁临写唐楷的时候，有幸从本村一位姓杜的老先生那里借来了的《草诀歌》和于右任的《标准草书千字文》。我一方面在唐楷约束中寻求法度，另一方面更喜欢在草书中放纵笔墨，在静与动的两极中往来穿梭，使我在收与放中获得了自由，其感受也多多。草书是丰富多彩的，但也是有规律可循的，《草诀歌》与于右任辑的《标准草书千字文》在那时给我提供了一个学习路径，少年时光其学习更易于形成肌肉记忆，以至后来我对草书的感觉好像都在一种潜意识之中。十二年习帖，让我获得了对笔墨的历练，畅达了书法的血脉；十二年学碑，又让我获得了书法的骨力，增强了精神向度和魂魄。没有这样的准备，我是不能真正懂得草书，也不可能会驾驭好草书的。学习书法是以我神化他神的过程，而草书更是主体精神在发生作用，它要求书家精神更贯注，真气更弥漫，它要求能以少胜多，四两拨千斤，它要求能像戴着镣铐在跳舞，于行云流水中自然天成，书家笔下的草书最后幻化出的其实是书家自己，显示的是一个鲜活的生命形态。

　　草书不仅需要笔墨历练，更需要胸襟气度，所谓静若处子，动若脱兔；所谓惊蛇入草，飞鸟出林；所谓得兔忘蹄，得鱼忘筌，得意忘形；所谓物我两忘，无中生有，有顿然化无，似羚羊挂角无迹可寻。草书是春天的风，夏天的雨，秋天的月亮，冬天的皑皑白雪；草书是草长莺飞，是高天流云，是山岳大地，是江河大海；草书是百花盛开，是百鸟争鸣；草书是赤橙黄绿青蓝紫，是人间温暖与苍凉的喜怒忧思悲恐惊；草书是血脉的流淌，是时空的转换，是精神的飞扬，是灵魂的毕现……

　　遥想十二年草书时间钟声敲响的那一天，七十岁又会像一个节日在身边降临。人生到了七十,随心所欲而不逾矩,能不能得大自在那将是一种造化。书法说到底是人生的一种修行方式,我写我心,自化我神。

书法写我

8月正值暑天,西安城这个偌大的水泥森林简直像个大蒸笼,白天蓄热,晚上散热,昼夜累得蝉鸣不息。我这胖身子不动也是不停冒汗,偏偏又上了火,嗓子疼,还夹杂了咳嗽,弄得晚上睡不安稳,白天便捉不住事,只剩下心浮气躁地打发时光了。正无可奈何,朋友毛凯歌来了书房,约我和他一块儿去秦岭腹地的周至老县城住些时日,我于消沉中顿然心情振作起来。

毛凯歌的工作单位是老县城文物管理所,他是画家,又会开车,说走收拾行李就走,不想有稍许的耽误。个把小时就到了周至县城,那边就有一帮朋友等着我们吃周至的特色饭食。

饭罢驱车进山。车随黑河山路蜿蜒曲折。山深林莽,朝车窗扑进来的也尽是潮润的凉气,真是山里山外两重天啊。

车至厚畛子，我们打算先在一位姓吴的朋友开的"吴家院子"小住几天。

吴家院子地处公路西侧的高台上，楼是两层楼房，房子有十多间，游客来来往往，吃住都有农家生活的感觉，热闹中颇有几分闲适与幽静。

门前有一条小河，遇石翻一路雪浪花。沿河的山路继续西上，便山深不知了去处。而沿小河东去则下山，下山是一街两行的商铺。厚畛子如一面盆就窝在山洼里。举目四望，四山重叠苍翠，白云悠然飘飞。太阳固然还是那轮太阳，但已不再是热刺猬，山风吹得太阳全然没了脾气。最是那夜里的月亮，明晃晃地在山头上滚动，月光就水一样漫下来，山被浸润成明暗深浅不同的层次，寂静中仿佛隐藏了巨大的秘密。心绪一下子沉静了下来，嗓子不再疼痛，咳嗽也不知不觉地不见了。夜里睡得深沉，一夜蹬到大天亮，其时百鸟啭鸣，清风习来，四山经过一夜淘洗，人也经过一夜淘洗，一切都是新的，一切都有了精气神。

饭是农家饭：五谷杂粮是自家种的，鸡是自家笼里养的，菜是自家菜畦里采的。农家饭是真正的饭，吃了人滋润。

吃罢早饭，毛凯歌就戴了草帽带了小凳子去门前画山景，他能坐住，一晌一晌一动不动地坐在那儿画山景，山景将他的魂勾走了。我在外面转了一圈，又转了一圈，后来就一个人回了房间，静定思游。这样寂静的环境最容易让人想事情，尤其是到了这难得一遇的花甲之年。人生六十是一个轮回，不管努力与否，六十花甲都成了一个事实，于我，它无疑是一个盛大的节日。我不由得开始细数生命的年轮，翻检漫长而短暂的六十年光阴，站在六十岁人生的门槛，我在回望也在展望，一时竟感慨万千，万千感慨。我坐在窗前，铺开稿纸，无法抑制情感的波涛，几乎是一气呵成，便写就了《走进花甲》。六十岁退休，生活离开了主流，这才是真正意义的自己过自己的人生。生命中一个轮回的结束，也预示了下一个轮回的开始，何况六十岁正是一个不算老的年纪，六十岁以后我过的生活也应该是整齐的生活了。有许多事还等着我，而最大的兴趣可能还是书法。要真正活成一个形神兼备的老书家，我还得潜下心，攒足了劲，耐心地再活几十年。经过十二年习帖、十二年习碑，现在是我学习草书的时间。人活一口气，我是一个典型的理想主义者，像扑灯的蛾，全然不惜焚毁于光芒火焰。能否达到理想的高度那是造化，而追求艺术的高标却是一种态度。每天的太阳都是新的，记忆会留住曾经的岁月。我思着想着，一条艺术之路也是人生之路就在我眼前铺展开来，我的笔走进了我的《习草时间》。书法在未来的生活中是永远也做不完的梦，但我不想将自己封闭起来，理想主义者的梦往往也丰富多彩，我在花甲即将到来时仿佛获得的是又一次新生，于是，我又提笔写下《斜阳别趣》。

几天来，白天我和毛凯歌各忙各的事情，没有了暑热袭扰，心情自然欢快。而每每吃罢晚饭，我们便一同出去散步。夕阳下四山不时变幻着颜色，山谷也起了小夜风，花草的清香弥漫在潮润的空气中，一天劳累工作后的身心也得到了最惬意的放松。那天傍晚，我们在厚畛子街道闲转，转着转着就跨过了黑河,不觉间来到了厚畛子最早的一家农家乐院子。这家院子我是熟悉的,十二年前吧,也是这样的季节,我和吴振锋、邋高亮、王松四家人去登太白山,先一天夜里就住在这家农家乐院子。今虽又盖了数间楼房,但先前的模样还在。人总是念旧,故地重游,便好生亲切,昔日的景象油然而生。那次闲居可能是当时心情好,第二天一大早我还笔记了一段文字:

  乙酉仲秋,应周至凯歌、王林诸友之邀,我与振锋、高亮、王松四家人去登太白。

  出周至县城南行六十里先到厚畛子。厚畛子是个镇,却没有像镇一样的街道,几家小商店萧条地等待过往游客。这是典型的秦岭腹地山貌,四山青松翠柏,黑河经此北去。"山路元无雨,空翠湿人衣",人如在画中行。

  蹚过黑河,再蜿蜒南行数百步至一农家,这是县上定点的"农家乐",是夜,我们将下榻于此。

  农家三间瓦房供游客吃住,两间为主人家居,房屋倚山而筑。门前有菜畦,鸡鸭悠闲觅食,大花狗见客不吠却摇尾示好。主人非常热情,晚餐用地道的农家饭招待:熏腊肉、土鸡蛋、灰灰菜、小米粥,还有自家酿造的苞谷酒。这样的饭菜在这样的环境里才能真正吃出菜之味谷之香。

  山里天黑得快,感觉是四山暗了一下,忽然就夜幕四合。天空飘开了细密的雨。电灯泡白花花地悬在头顶。新棉花被子透出一种温馨。诸友闲聊至更深，出门解手，门口的大花狗就尾随其后，然后蹲在厕所外面等候，返回时它又尾随其后，我们关门，它就蹲在门外看家。

这是一个寂静的夜。风声，雨声，河水声，甚至连山之花草树木生长的声音都能让人辨出。

夜，在梦中度过。

(《山居》)

那天一早我们去登太白山，十几个人都有一种莫名的好奇与兴奋。但天却下起了雨，我可能晚上起夜患了感冒，身上瑟瑟发冷，额头也有些发热，身体稍感不适，但却不想败了大家的兴致，就随着队伍一起出发了。

登太白山的路的确艰辛，有时简直是在看不出路的路上向上攀登，这样体能消耗就特别大，我感觉浑身不知是在发热还是在发冷了，湿透的衣衫也不知是汗还是雨了。在攀三千多米海拔那段路时，我几乎是三步一停，五步一歇，体力好像到了极限。那时天又一下子黑了下来，心情就万般沮丧无奈。好不容易在同行者连拉带推下到了宿营地南天门，我几乎没了一丝力气。夜里十多个人挤在一个大炕上，难闻的被褥气味弄得我胃里直倒酸水。一夜昏昏沉沉，似睡非睡，好不容易才熬到天亮。海拔高，早上面条煮不熟，我又没有多少胃口，只是喝了几口汤，又开始沿原路下山返回。雨还在淅淅沥沥地下，生了苔藓的石头路搭不住脚，腿脚无力一发软就跌倒了。一路连滚带爬，好不容易才又回到这家农家乐院子，狼狈之情状至今犹在眼前。人这一生，不如意事常八九，许多无奈、困惑与遗憾总是如影随形，大概因了尚存的一二希望吧，我们才没有放弃，没有倒下，而继续人生之旅，人生也就在这艰难困苦的行走中最终有了意义吧。

在吴家院子小住的第五天一大早，朋友吴振锋打电话要到老县城住些时日，又多一个朋友相聚，高兴中令人期待。振锋与我同庚，也是今年退休，我们的生活就如出一辙，完全地自己为自己生活。振锋是中午到达厚畛子的。在吴家院子吃罢饭，我和振锋、凯歌就驱车向老县城进发。

厚畛子距老县城二三十里路，但是单行车道，一面贴着山岩，一面临着深沟，那天云雾缭绕，车子像飘在空中，而每每会车，都让人胆战心惊。约莫个把钟头地拐来拐去，车子忽然如云吐月，眼前豁然开朗，但见土地平旷，屋舍俨然，景象一如世外桃源，老县城正在眼前。

老县城深藏秦岭腹地，如今归周至县管辖。老县城依然保留了完全古风的街道村落。老县城早先属佛坪县城，始建于清道光五年（公元1825年），至今仍有许多清代遗址，其城墙用鹅卵石堆砌而成，内有佛庙、隍庙、文庙及赌城客栈遗址，更有保存完好的清代石刻二百余通。县城原有三门，城内石墩支撑着大旗杆，周边商铺旅店林立，曾是南北盐商和皮货商的交易场所，也是古代著名的傥骆道上唯一的驿站。军阀混战时期，山匪经常出没骚扰，致使这个偏僻的三不管地带两任县长被杀，城内财物也被抢劫一空。

数年前，作家叶广芩挂职周至县县委副书记时，经过详尽考察，写过一本纪实文学《老县城》，我看过后慕名来过一回老县城，只是行色匆匆，浮光掠影，无暇走进其风物人事，总觉有些遗憾。这次趁凯歌、康林诸友在老县城工作之便，能住下来，朝夕晤对，实乃幸事。

我们被安排住在竹林山庄。竹林山庄在城门北边的山坡上，有小别墅和平房数栋错落其间，吃住都非常方便。山庄的房子全都笼在树林子里。幽径边那丛丛金菊绽放得特别灿烂。一早一晚，不知名的山鸟能叫出各种声音来，这是我们平常不曾听到过的妙音。白天四山烟云缭绕，像悬在半山的河流。有时晴朗朗的天空，忽儿头顶会不知从什么地方冒出一块白云，白云过处，就噼里啪啦落一阵子雨。云过雨停，将花草树木沐浴得更加生机勃勃，人仿佛也被沐浴得分外爽快精神。我和振锋读书作文累了，就要聚在房前的露台上喝茶，看变化的四山风景。茶是陈年普洱，水是从山下四郎泉汲来的泉水，好茶好水好景好心情，茶就喝得有了滋味。然后海阔天空，云水漫漫，放飞了心情，聊天也聊得极有兴致。

吃罢晚饭，夕阳西下，四山明暗变化，山风徐徐吹拂，我们就一同下山去老县城街道散步。脚步在青石板路上起落，回响中让人不由得就要发思古之幽情。有时我们就循了河岸漫步，山高水长，空气里弥漫着湿漉漉的夹杂着花草的清香。我们一路漫步时，凯歌和康林就一路指指点点，介绍老县城有许多珍稀动植物，尤其是动物中的羚羊、金丝猴，还有大熊猫。这里的人与动物长期和谐相处，动物就在情感上与人特别地亲近。前两年就有一只大熊猫造访了老县城。大熊猫就趴在东城门外那棵大松树上，热心的人们给它端来了吃喝，还唯恐它不慎掉下来，就在树下铺了垫子结了网。人们想让大熊猫下来，但它却未如人所愿。大熊猫不是人，人的想法它怎么会知道呢？天黑了，人散了。大熊猫也悄然回家了。我们这次来，就想着能不能遇上大熊猫，但我们终究没能如愿，我想大熊猫也许就在我们身边。有大熊猫居住的地方，给人的感觉自是一派天籁和自然祥和。

  我们来老县城的第四天，作家叶广芩也来了老县城，与她一同来的还有太白文艺出版社总编辑韩霁虹，书法家王亚林、范伟这时也先后到老县城避暑来了。朋友们来到老县城，自是一番热闹，一种远离了城市喧嚣的另一番热闹。那一夜，天上正一轮圆月，晚风在轻轻吹起，我们便相约聚在了竹林山庄楼顶的大露台上。临风赏月，吃着烤肉，喝着啤酒，高谈阔论，后来又朗诵诗，唱歌吼秦腔……这是一个曼妙的夜晚，时光在我们身边流淌，我们在老县城尽情地消受着不一样的月夜。

  人一旦回归了自然，就会与大自然一样变得欢快自然。难得的悠闲与浪漫，又不能不让人思绪万千。

  我又在想"我从哪里来、要到哪里去"的问题，似乎终于想明白：我从来处来，要到去处去。答案可能又不像个答案，但这样的答案不正是一个答案吗？世上的事情，从无中生有，又从有然后化无，这大概才是永恒。

在这秦岭腹地，迎太阳出东山，送太阳落西山，然后望一轮明月，还有满天闪烁的繁星，我的心神就不由自主地回到了紧靠秦岭北麓的故乡。我想起那困苦而温馨的青少年时光：老屋，回字巷，还有一眼望不到头的田野；我想起一双泥脚如何走进渭河南岸的那座城市：学医，工作，然后成家在生活中寻找自己；我想起如何为追梦毅然决然地西进长安：流浪，安居，为人生所谓的希望日夜奔走；我想起步入花甲如何过一种纯粹的生活：回家，读书，做一场又一场瑰丽的书法梦……生命是一根藤，顺着这根藤仔细地翻检这漫长又短促的一生，让我再一次感受到生命沉甸甸的分量。我是农民的儿子，我曾拿起笔，然后又拿起铁锨，再重新又拿起这支笔，然而这支笔就陪伴了长久的生活。我永远是农民的儿子，我如今拿笔的架势还是拿铁锨的架势。我坦言自己一生没有读几本书，青少年时代大都是在田野中度过，对人生和艺术的认识完全来自我在田野中积累的经验。

我毕竟是一个写了大半辈子字的人，从书写兴趣，到兴趣书写，以至在潜移默化中让书法成了我的生活。凡事有因，因果可以互证。如果说书法是人生的一种超度方式的话，我就是在这种超度的化育中不知不觉地完成着自我超度。这是生活，更是哲学。当追忆成了一篇篇文字，这些文字串缀起来，终于成了一个自述系列《书法写我》。

今天的我还是昨天的我。

今天的我却全然不是昨天的我。

但今天的我毕竟还是昨天的我。

斜阳别趣

我是理想主义者，多感情用事，书法已融入我的生命，我的人生已然成了书法人生。如今书法成了我的志业，但我不保守，也不盲从，生活本身丰富多彩，我的人生取向也应该价值多元。除了对书法执着坚守之外，我尚有诸多别趣，比如阅读作文，比如绘画涂鸦，比如中医养生，比如戏剧音乐。如果还有更多的闲暇，我还喜欢散步，喝茶，看球赛，听鸟叫，吼秦腔，等等，等等。这样我在孤独中并不寂寞，我的人生就活得有了一些意思。

阅读，是因为我喜欢阅读，习惯成自然，像每天都要喝水吃饭一样；不让我阅读，无异于不让我喝水吃饭。早先曾给自己写过一副对联:"欲做农夫无地种,幸得我辈有书读"。此后又给自己写过一副对联:"两腿放开多走路,一心收拢好读书"。我一直想让自己成为一个真正的阅读者。我的学生时代恰逢十年"文革",在学业上便荒芜了,生命里就永远留下难以名状的缺憾。我知道我缺少什么,饥不择食是动物的普遍心态,我就是曾经被饿慌的那一个。午后斜阳,正是读书的好时光,我独坐了卧雪庐,任思想穿越时空,任精神去逍遥游。生活中我不大抽烟,也不大沾酒,吃穿日用一应马马虎虎,但省了钱却喜欢买书。我是一个生性懒散的人,过不了整齐日子,买书也一样驳杂,不管文史经哲,还是理工农医,我都任着性子广泛涉猎。相较早年无书可读的寒酸,如今我可是十分地阔了,几十架图书簇拥卧雪庐,真是蔚为壮观。书多不是为了扎势,书热爱的也是真正的读书人。板凳要坐十年冷,才能说话行事不放半点空。人类智慧是通过文字传承的,像我等粗粝的生坯子,不经炉火熔炼恐怕这一生也难成器的。知耻而后勇,余生我是不敢再虚掷岁月了。大概是四十三年前的秋天吧,我有幸获得村小学老师何亚舟所赠鲁迅的《呐喊》《彷徨》《故事新编》和《野草》,之后阅读鲁迅就成了我最大的快慰。我开始收藏鲁迅著作各种版本和与鲁迅有关的各种物品,如今我拥有了一个"鲁迅书屋"。每每夜深人静,望着鲁迅那沉郁的目光,我便受到激励,精神为之振作。多少年来,我望着鲁迅的背影,踏着鲁迅的足迹,在追寻中体悟鲁迅的精神。在鲁迅故乡绍兴,我就住下了,喝那里的黄酒,吃那里的茴香豆,我就情不自禁地吟道:"故乡社戏百草园,苦难家国出少年。呐喊彷徨迎风雨,忠魂孺子笔如椽。"鲁迅吃的是"草",挤出的是"奶";鲁迅"横眉冷对千夫指,俯首甘为孺子牛";鲁迅对社会深刻反思进行批判的同时,也在无情地解剖自己;鲁迅满怀了一腔热血,敢于"我以我血荐轩辕";鲁迅像医生,像园丁,像啄木鸟,像阳光和空气,关爱着周围的一切;鲁迅在呐喊中彷徨,在彷徨中呐喊,他想唤醒这个沉睡已久的民族;鲁迅是燃烧的蜡烛,是夜航里的灯塔,鲁迅是骨头最硬的"民族魂"……鲁迅虽然远去,但鲁迅的精神还在。中华民族的富有不只是物质财富的富有,重要的是文化的自信与坚守,只有精神富有的民族才能真正高贵,才能屹立于世界民族之林,才能实现民族的伟大复兴。

(《谈读书》)

  书画同源,同源而异流。源在笔墨精神,流在不同的表现形式。远取诸物,近取诸身,让造字的仓颉经风雨泣鬼神开始了文明的伟大创举。文字源于象形，虽然文字的繁衍日渐远离了象形，但骨子里永远留下了象形的基因。中国画讲散点透视，而非具象描摹。中国画是写意画，写意是真正的中国精神。所谓小中见大，所谓以简驭繁，所谓遗貌取神，中国书法丰富的笔墨意象一直为中国绘画招魂。齐白石说的中国画太似则媚俗，不似则欺世，妙在似与不似之间，诠释的正是中国画的真谛。高深的绘画理论也许我一时还看不懂听不懂，我也未曾在美术院校接受过素描速写等专门训练，但我热爱生活，热爱自然，热爱久远了的民族文化图腾……我是山水画里的一石一水，我是花鸟画中花的微笑鸟的鸣叫……我不希望画眼中的画，画手中的画，我想我画我心，让笔墨从心中像情感一样流淌。

（《读画笔记》）

我自小跟师学习中医，曾梦想成为一名郎中。中医专业毕业虽曾在卫生部门工作过，但生活中不如意事常八九，我走着走着就走岔了道。无奈也罢，悔痛也罢，是对是错大概连我也难以言说了，只是许多年来对岐黄之术情感依旧。我的中医观，直接指导了我的人生观和艺术观，想来我当初学习中医实在是人生之大幸。我昔日的那些还是毛头青的同窗学友们，现在都历练得满头花发成了形神俱备的老中医,我们经常雅聚,我也应邀参加中医学术研讨会,从中梳理了我的观念,也提高了我对中医的再认识。我也常捧发黄的中医经卷,细审脏腑经络运行,详考五行阴阳生克消长。所谓大医治国,中医治人,末医治病,中医是一门生命管理科学,更是一门哲学。仰观天文地理,俯察诸物诸身,中医贯穿了中国文化最本源的道。中医立足整体,看天地是大宇宙,看人体是小宇宙,大宇宙在运行,小宇宙也在运行,小宇宙又在大宇宙中运行,是谓生生不息,是谓永无绝期。静是相对概念,运动却无处不在。春生夏长秋收冬藏是自然规律,生老病死是命运安排。适则生,逆则亡,这是道之常,也是常之道吧。古人讲不治已病治未病,生于忧患,死于安乐,福祸相依,事物随处都在转化。阴阳是天地之大道,也是人生之大道,守阴抱阳,阴阳互济,适其中,中其节,天地能如此长久,生命当在恒久中恒久吧。

(《我的中医观》)

  走路是身体需要,阅读是精神追求,而散步则介乎于二者之间,是兼而有之的行与思。

  散步虽然也是在走路,但散步与走路又不完全是一回事。走路的人时间观念比较强,你看他低着头,猫着腰,双手很有节奏地前后使劲甩着,一副急匆匆的样子。散步则比较悠闲，多半没啥目的性，散步时偶遇路边有下棋的可以驻足观战，遇见书报摊也可以蹲下来翻看半天，想什么时候再走只要撂开双脚又是一副悠闲的神态。

一个人散步行动比较随意，便于想心思；两个人散步好进行交流，容易话题互动；三个人散步则要随时注意队形，话题较分散，但为某个问题可以深入讨论；更多的人一块散步就得请一个领队的，不然七嘴八舌的，脚步乱糟糟的，一不小心有人就会被踩了脚后跟。

宗白华有一本书叫《美学散步》，这说明散步能促使人思考美学问题，或者说散步本身就很美。我们作文，有理论讲"形散而神不散"；我们写字，也有理论讲"欲书先散怀抱"。这一"散"字，看似散漫，实则神情更加专注。以此效法，几年前我将自己平时零碎写的散文结集，取名《砚边散墨》，散墨是砚里的余墨，是不经意中的一些小收获。将珠子穿起来能成串，将竹木穿起来能成编，散的东西一旦被弄成一个整体就显示生动，便焕发神采。

(《散步》)

因为口渴，人才想到喝水。水中泡茶，是喝水的同时，人没有忘记享受喝水，是对喝水质量的升华。大概是十五年前那个夏天吧，陕北一位经营茶馆的朋友送给我一套茶具，从此，我不再喝酒、抽烟，也不胡乱在大马路上溜达了，在节省下来的那一大段时间里，我悠闲地坐下来，喝茶。

我喝茶不再是单纯解决口渴问题，口不渴我照样喝茶。喝茶完全成为我生活的一种象征。茶蓄养的是大自然的阳光和雨露，坐下来喝茶，有如与大自然悠然晤对。

一个人独饮，茶让人身心俱清，读书写字每每萌生禅意；与家人一起对饮，茶成了润滑剂，平常的家庭生活便充满了温馨；邀朋友们一块聚饮，茶能互动话题，融洽气氛，诗思便插了翅膀，顿觉海阔天空。

人生如茶。茶如人生。喝茶，正是我们面对人生的一种态度，为了拥有并保持这种态度，我喜欢坐下来，放慢性子，喝茶。

(《茶话》)

现在踢足球的人多，看足球说足球的人也多，这是一种时尚、一种水平，我也就这么爱上足球了。但我从不踢足球，也不是真正的球迷。真正的球迷视足球为生活，为足球敢大哭，敢大笑，敢扔下一家老小天南地北地去为足球呐喊，敢说跳楼就跳楼。我没有那么大的勇气，所以只能当准球迷。

准球迷能知道世界有四大球市，能知道几条裁判规则，能知道几个大牌球星和他们的球队，但毕竟知之不多。爱看足球是生命那一部分的需要，全凭了热情。足球场是绿色的，绿色孕育的是生命，生长的是希望。当蓬勃的生命活跃在绿茵场上，当绿茵场上有了一个腾飞的足球，一时两军对垒，攻防变换，一时拼杀激烈，水漫江岸。行家说足球是圆的，圆是首尾相接，圆是无始无终，圆是天地之大道，它说出了足球个中之妙趣。足球场该是上演着人生的游戏，你不知道自己是从何处来，也不知道要到哪里去，天地万物在轮回，生生不息是永恒。你在思考，在看足球比赛，目光在聚焦，心思在缥缈。足球是哲学，演绎着的是人生的艰辛。有时有惊无险，有时因祸得福，有时困苦维艰，有时势如破竹。力量与技巧的结合，心理与体质的较量，这些都给了足球迷人的魅力。人们在看足球比赛，也在咀嚼漫漫人生。曾有过沮丧，有过遗憾，有过喜悦，也有过不悔。成功过，接受过鲜花和掌声；失败过，领略过脏水和笑骂洗礼。有人雪中送炭，有人锦上添花，有人受宠若惊终成了惯坏的孩子，有人经住了风雨飘摇最终走向成熟。人们在感谢足球，世界不能没有足球，足球是球迷心中的太阳，太阳在，世界就一片辉煌。

(《我看足球》)

我属鸡。鸡是鸟类，鸡是退化了的鸟。有翅飞不上蓝天，有嘴没鸟说话好听，我知道鸡的这些毛病，所以我特别爱听鸟说话。鸟是哲学家，鸟说话就是哲学家在发言。

　　我虽在社会上混了这么些年，但我喝酒不行，也学不会搓麻将，陪老婆少耐心，看电视没激情，整天在屋子转悠也不知要干啥事，我以为自己纯粹是个闲人、废人、无所事事的人。好在我喜欢听鸟说话。去郊外，去农庄，去深山，哪里鸟多我就到哪里去。爱听鸟说话不是我懂鸟语，鸟说话不像人说话好懂，我听了许多年真的没听懂几句，但我感觉好听，好听才让我长此以往。我在鸟的说话里终于悟出了许多道理，想通了许多问题。鸟知道我是来听它们说话的，鸟就不厌其烦地对我说话。鸟是诚心开启我，让我悟更多的道理，想更多的问题。鸟相信我一定能听懂它们说话，鸟对我的理解能力一点也不怀疑。

　　我很受感动。

　　有时我在阳台上看书，就有鸟在对面的房顶对我说话。鸟认识我，鸟怕我寂寞，我一边听鸟说话一边看书，感觉有很好的效果。有时我在屋子忙自己的事情，鸟就会站在阳台上。它们不吃我家的饭也不喝我家的水，大概鸟也有做鸟的原则。去年秋天的那个傍晚,暴风雨来得实在太猛,一只鸟在暴风雨中翻飞着翅膀回不了家,它落在我家的阳台上,它叫得很急切,我一时弄不清该给它帮什么忙。我说回不了家不要紧,我家有吃的也有住的,回不了家就住在我家吧。鸟依然叫得急切,我知道是我理解错了。后来雨小了点儿,鸟就很客气地和我告别了,我知道它家还有小鸟,我家房子大,可对鸟来说远不如它的鸟巢。

我有时也很惭愧,觉得有许多事情我们人类很对不起鸟。人类常常自作聪明,把自己看得太伟大、太了不起,好像这个世界就是自己的,其他动物——当然还有鸟都是陪衬,陪着人类在这个世界上生活。人类开会从来不邀请鸟参加,也不将会议精神给鸟传达。人类一定不会忘记那场打麻雀的运动。鸟成了人类盘中的美味。打麻雀的原因是认为麻雀吃粮食,麻雀吃虫子的事实却被抹杀了,人类为自己短浅的目光付出了沉重的代价。那场锣鼓声喊杀声累死了一群一群的鸟,后来地里的虫子就猖獗起来,人类又忙着打药灭虫,虫没杀死,鸟又死了不少。

鸟少了。

人多了。

人多了世界不再太平,于是战争频繁,环境恶化。鸟是和平的象征,鸟多绝对不会引起战争,鸟不会造枪炮,也不会造原子弹威胁人类。世界上少了鸟叫人类才想起鸟叫好听,晚会上乐器演奏鸟叫能得大奖,人用口技学着鸟叫能引来一片欢呼。我感叹人类多么无知,我代表人类向鸟检讨。鸟却不计前嫌,鸟依然快活地说话,鸟真大度。鸟成天在蓝天飞翔自然大度。听鸟说话,也许我们也会大度起来。

(《听鸟说话》)

古人说,人生小舞台,舞台大人生;古人还说,一方水土养一方人。我是秦人,我当然喜爱大秦之腔。许是年岁徒长,许是阅历渐多,生活节奏慢下来,便对秦腔愈爱得笃深、爱得纯粹了。我生性其实是个闷葫芦,不是我不想发声,实在是不知道应该怎样发声,我的家乡土话说出来常常被人讥笑,受了挫折便默默无语整天梗着脖子低着头,形象越发瓜呆了。新千年那个秋天,我来古城西安,日子过得潦草而潦倒,那时我落寞至极,也苦闷至极,就独自出了古城。旷野的风景一如我故乡的风景,望日月东西,听长风南北,我在郁闷中一时竟发了牛声。惊天动地的牛声连我都诧异,但却令我酣畅淋漓、痛快至极。那是早先我在农村时与我搭档犁地的老黄牛的声音。我们顶着烈日,迎着风雨,天地旷朗,时光漫长,我只是一味地给老黄牛倾诉我的心思，老黄牛回头就是一声长哞。老黄牛成了我的朋友。我和老黄牛相跟着走过一个又一个春夏秋冬，我长得越来越结实，老黄牛却终于老了。老黄牛给我发了最后一声长哞老去了。我忘不了那一双哀怜的眼睛，那一声长哞就永远留在我的记忆里。如今我的记忆竟然复苏，我发了老黄牛的声音，也陡长了我的精神。我说话开始变得瓮声瓮气，我的声音就被一位秦腔艺术家发现了，他说我这声音适合唱秦腔，他教了我几句，我果然唱得悲壮苍凉，慷慨激昂。当我唱"吃牛肉不知牛受苦，穿绫罗怎知蚕遭殃，老牛力尽刀尖丧，蚕把丝做成在滚锅里亡"时，我已是泪流满面了。

(《看戏》)

....
　　我还有许多别趣，这会儿我只想做而不想说，留给我只有独享那份快乐了。但别趣终归是别趣，像收麦子时也收获了麦草一样，我知道每个行道都有每个行道的道行，这我得心存敬畏，不敢狂妄自大。我不能因为读了几本书就真的认为自己有了学问，不能因为写了几篇豆腐块文章就认为自己成了作家，随意在纸上涂鸦就认为自己成了画家，知道一点阴阳五行就认为自己通了医道，发了久远的牛声就认为自己会吼秦腔，偶尔跳了几个蹦子就认为自己成了运动健将，在地球上随便走了几个地方就认为自己是旅行家……别趣就是别趣，识趣方才有趣。

　　面对天空，我只是一只小鸟；面对高山，我只是一块石头；面对大地，我只是一棵小草。

卧雪眠云

按照老家的习惯，2016年我交六十岁，这比我实际年龄提前了整整一年。想想，生命从孕育开始，也本该如此。六十初度，百感交集，我除了感恩，还是感恩。

六十岁，是生命的一个轮回，也是生命的节点。在我六十初度之际，周围朋友就开始鼓动我在退休时办一回个人书法展览，而其时我嘴上只是应承着，但并没怎么往心里去，更没有付诸行动。原因有三：一是我在单位工作，还没有退休，诸事缠身，也算一个借口吧；二是年轻时张狂，不知天高地厚，老是急于表现，随着时间的沉淀，心成了秋水深潭，身子也渐渐变得暮气沉沉，让人激动的事也越来越少；三是在书协工作十余年，组织或参与过大大小小不少展览，事无巨细，婆婆妈妈，这种琐烦，在我心理上已产生了疲劳，尤其是个人展览，单枪匹马，独当一面，难免露怯，往往是劳神费力，最终落个自讨苦吃。日子叠着日子，但越来越多的朋友总是热情不减，不断在我耳畔吹风，吹得我耳根子就软了，个展之事从没影儿的虚幻竟实实在在地推到了我的眼前。人一旦心里搁了事，就不能不背包袱，不能不想这个事了。

自从父母亲相继不在人世后，我心里非常落寞，就不再给自己过生日了。也就在我生日的那天，我逃避了城市的喧嚣热闹，悄然一人去了秦岭山下。那是个端午天，空气里弥漫着麦子成熟的气息和艾蒿苦辛的清香。我毫无方向毫无目的地走着、走着。那时太阳正朗朗地照着我，脚下是和我一样恍恍惚惚的影子。我是有点累了，就随地坐在一棵大槐树下小憩。听村民说眼前的这个村子叫太平庄，这是和我的家乡一模一样的小村庄，错觉里我仿佛回到了家乡。时间正值小麦收获的季节，我便分享着村民们收获的喜悦。触景生情，我忽然想到我的人生，六十岁恐怕也该是一个收获的季节了，生命里的庄稼是丰是歉，和农人一样，该收获的时候还是必须收获。岁月逝如流水，我的六十岁也就这一次。六十花甲，说是人生的驿站也罢、节点也罢，收获总是对六十年漫长人生的总结与证明。当书法融入了我的生活，我的生活也就成了书法生活，我的人生也就成了书法人生。而个人展览作为六十岁书法人生的一次收获，成功失败与否暂且不论，整理一下心情，以此作为自贺的礼仪，将自己坦坦荡荡地展示出来，接受更多朋友的批评与帮助，也许对自己今后的人生和艺术都大有裨益。态度决定风度。我就这样想着想着，久违了的激情竟随这端午的和风悄然而至。此时,眼前正飞过一对布谷鸟,悠扬地叫着"算黄算割,算黄算割……",于是,我满怀了和眼前这些农人一样的心情,仿佛走进了自己的庄稼地。而就在这时,正是夕阳西下,秦岭正东西逶迤,白云正南北飘飞,我披了一身霞光,鼓荡着一腔的兴奋回到了我的卧雪庐。

从此,卧雪庐就有了日夜明亮不息的一屋子白光,卧雪庐就有了一派繁忙的收获景象。

我的眼前,总是浮现出父亲在那些年面对收获季节时的身影来。父亲戴着一顶旧草帽,光膀子在太阳下流着汗珠子,好像总有一股使不完的劲儿。在卧雪庐,父亲仿佛赐给了我无穷的力量,我将送走一个又一个晚霞,迎来一个又一个晨光。人的心里一旦有了希望,希望就会不断点燃新的希望。但毕竟六十岁是一个看淡了一切的年龄,我已不再像二十多年前第一次举办个人书展时那般毛糙,岁月的沉淀让我于激情中多了些许沉稳,岁月真的能教会人许多东西。人生面对一件件所谓的大事,没有激情就缺少了动力,没有沉稳也容易失之草率。沉着痛快,于生活,于艺术,都当一以贯之。此时,我首先需要对展览做通盘考虑,再细化每个环节,然后才能满怀信心地投入其中。在有条不紊的秩序生活中挥洒激情,这是我从父亲当年面对收获时获得的经验,我只是一步一个脚印地照样学样罢了。

有幸在书协工作了十多年,举办展览也是书协重要的一项工作,展览办多了,也积累了一些经验。作为群体展览,人多势众，面目多样，只要策展协调好，展览就自有特点，也自有了看头。而个人展览，作品出自一人之手，若固化变通无多，容易产生千篇一律的感觉，劳神费力，展览往往难以成功。我之所以要事先想到展览的难点所在，并不是自己吓自己，而是要引起足够重视，寻找自己在展览中的入口和出口。我这人有些愚钝，想事慢，行事则更缓，经过两个多月的苦苦思索，方才在秋天一个晴朗的早晨大致想出轮廓，理顺头绪。我想起那句老话："大道至简"，人生虽没有夏花的灿烂，却有了秋叶的静美，况且朴素是我一贯追求的风格。我希望通过这次展览，总结过去，展望未来，还原一个真实的自己。

作为展览，还是得讲展厅效应。书法欣赏从书斋把玩，到通过展厅展示与观众互动，交流则更直接、更全面，信息也更多元，给观众的印象也更加立体，评点作品得失也更准确中的。于是，我提前一年多时间将展览场地预订在了亮宝楼。亮宝楼位于大雁塔东北角，交通十分方便。亮宝楼二层有东西两大展厅，展线逾三百米。两大展厅虽各自独立，但有走廊相通，又隔着挑空的大厅遥遥相望，浑然形成一个整体，视觉上能近观能远眺，我以为有别样的视觉效果。唯一的缺憾是展厅层高偏低。但是可以展出八尺立轴，而多块墙面可以延伸宽度，相对来说展现作品是绰绰有余了。

书法是视觉艺术，形式固然重要，但内容更是关键环节。形式是体现内容的形式，因为书法在欣赏中还要能识读。它不但悦之于目，更重要的是要会之于心。内容和形式完美统一，其精气神才能贯注其中相得益彰。能让欣赏者产生情感共鸣的作品含有多种因素，书法欣赏更是如此。作为一个大西北人，看惯了苍茫的高天厚土，也看惯了秦岭黄河，我喜欢雄浑厚重的气象，书法内容的选择自然喜欢豪放派一路。书法创作必须要情动于衷，古往今来的名贤大家，书写的内容多系自撰。自书自撰内容由于情感贯注，每每也能心手相会，至情至性，无意于佳而多有佳构。想以此效法，便翻检我以往所写的诗文对联，然能称心如意者无多。书到用时方恨少，我就只是遗憾追悔以往的懒散与荒唐，这就为展览留下了先天的不足，我只有无奈了。好在有先贤大家留了大量的优秀诗文，我只能充当一个文抄公，便在心里长久地感念着先贤大家了。

  我将展览时间预订在2017年10月底，为的是能有一个相对宽松的时段准备作品。书法创作是一个奇妙的过程。或云，"有心栽花花不开，无意插柳柳成荫"；或云，"踏破铁鞋无觅处，得来全不费工夫"。有时举步维艰，有时势如破竹；有时劳而无功，有时瓜熟蒂落，很难说清什么是有效劳动。常看运动员每临大赛都要讲调整状态，状态是什么？状态就是经意中的不经意，是聚精会神时的大而化之，是水到渠成时的自然而然，是胸有成竹时的随心所欲，是有为与无为时的平常心。创作这个词现在被用烂了，往往一提创作就先入为主，将架子首先端起来，一时间自己都不是平常的那个自己了，一味追求所谓的艺术性、视觉冲击力，使强用狠，忘了约束而恣意妄为。这样一来，真的性情流淌就不见了，心理一旦障碍，必然气结不顺，骨肉筋血气失之于常，作品何来其神？我们呼吸时没有想着呼吸，我们走路时没有想着走路，那我们写字时就应该是自自然然地写字，过多的想法等于是自设藩篱。所谓心手双畅，实际就是个常。平时我们最爱写"道法自然"四个字，道法自然难得的是心无挂碍，知行合一后的通脱。我们最爱说书法是作者情感的外化，是作者的心电图，只有自然了，才能求得那个本真吧。长期积累，偶然得之，花开见佛，随缘修果。有道是看山是山，看山不是山，看山还是山，这是艺术螺旋递进的哲学思考，将眼里的山藏进心里，悉心打磨，再重新表现出来。化育是美的创造过程，它凝结了作者的人生经验，也升华了作者的艺术智慧。齐白石说过，画家要弃除画家气，那书家呢，书家当然也要弃除书家气。苏东坡说："我书意造本无法，点画信手烦推求。"苏东坡是大才，技进乎道，得大自由，也得大自在了。书法有法，但法无定法，无法之法，乃为至法。所谓得兔忘蹄、得鱼忘筌、得意忘言等等，正一如苏东坡那样的通脱之人。我喜欢有性情立足于写的书法，我不喜欢端着架子搞所谓构成的书法。多年前我在北大学习，见那些资深老教授其貌纯朴，并无他奇，谈吐也如话家常，有时我感觉他们和我的农民父亲一样都是个平常不过的平常人。搞艺术的人看重的是艺术作品，而不是故作深沉，一味将自己装修得像个艺术家到头来只能沦为假大空。高山不需要再置小景，太阳底下也无须点灯，大自然自有大自然的神力，正所谓的是大音希声，大象无形，大朴不雕，大器有容。有感于书家里我喜欢徐渭的至情至性,就禁不住写了一首诗:"不衫不履徐文长,生性天真忧国殇。郁愤满腔酿苦酒,诗文书画一代狂。"书家里我还喜欢于右任的豁达痛快,也禁不住写了一首诗:"黄土布衣一髯翁,石门造像接古风。俯拾万象成草范,健笔凌云气如虹。"

人常说:"寸有所长,尺有所短。"我至今还看不出自己有多少长处,但对自己的短处体会却比较深。扬长避短,随性所适,是我对自己在展览前的反复提醒。比如这些年习碑期间,我曾对篆隶书诸如《散氏盘》《石鼓文》《张迁碑》《石门颂》《西狭颂》等下过较大功夫,但对篆隶书的追寻探索,只是为自己的楷行草书夯实基础,展览中我不敢将自己弄成五体皆能的所谓全才。大作品无疑就是整个展览的骨架,大作品能表现出雄浑的气势来。我写的最大的字是"卧雪眠云"四个字,每个字一米见方。书写时我饱蘸浓墨,结构外密而内疏,在笔墨流淌中寻浑厚华滋,是行楷书,却更见篆隶气息。落款写的是我在《我的卧雪庐》里的一段话:"许多年来,我心里的卧雪庐一直飘落着大雪,它一次又一次将我漂白,澡雪了我的精神,也滋养了我的灵魂。"落款则用草书,风中搅雪,弥漫飘洒,与四字的凝重拙朴形成对比,又统一成一个浑然的整体。这幅作品后来在展览中成了观众关注的一大亮点。而我写的最长的一幅作品是大楷书《千字文》,整幅作品由十四张六尺整纸拼接而成。这幅作品我先后写过两遍,第一遍试图追求苍茫的感觉,结果是有了苍茫却失了温润,我以为是心态上有些沉不住气。第二遍书写时我就没了过多的想法，只是立足于写，写出平常的感觉来。这样舒舒缓缓地写，写了三天时间，居然气息还很连贯，浑然形成一个整体，从中我又一次体味出本色书写是怎么一回事。我写的最大的一幅草书作品是杜甫的《秋兴八首》，由十张六尺整纸拼接而成。这幅字我也是写了两遍才调整到状态，在两个多小时的挥写中，一气呵成，势如破竹，倒也非常痛快。而两三丈长的大幅草书我还写过数幅，大都是豪放派诗人的诗词。我喜欢吟诵这些诗人的作品，因为熟悉，写起来也就心手相应，酣畅之至，适其性情也。那一回贾平凹先生看了我的这些作品后大加赞许，连说了三次"震撼"，还说能卧雪能眠云的人是能得大自在的人。我知道贾先生的抬爱过誉是念我辛苦，是对我的鼓励与鞭策，我可不敢飘飘然。我知道这些作品还有许多不足，目前只能写到这样的水平。我总是将希望留给下一次。

至于展览中的许多小作品，那都是我平常的懒散之作。或茶饭之余，读书既倦，或午睡乍起，迷瞪着双眼不知要干啥时，就裁了剩纸一角，蘸了砚中余墨，或记了杂感，或完全是抄书，日积月累就有了这些不经意之作。小作品也是我另一种休息方式，也是我的性情之作，尤其用毛笔写文稿，不求笔墨表现，完全是为了记录当时的心绪，散漫中往往得其自然。

不知不觉中，一年的时光就让我写成了过去。时间到了2017年8月，西安天气奇热，我待在书房又不爱吹空调，写字时额头的汗珠就落在纸上，纸往往被弄湿一大片。天热就上了心火,夜里难以安卧。正无奈着,书友毛凯歌约我去秦岭腹地的周至老县城住了半个多月。老县城果然是世外桃源,心情随之大好。当再回西安时也正好落了一场透雨,暑气不再,我在卧雪庐继续为展览准备作品,在随后的二十多天里,心气平和,创作也随心所欲,只是个畅快,展览作品准备的收尾工作进展也非常顺利。

翻检一年多来的创作,积作品四百余幅,选出自己较满意的作品一百五十余幅,矮个子里挑将军,没法子,这只能是我目前的水平与高度了。艺术永远都是遗憾的艺术。我只能说自己尽了最大努力。

既然大道至简,我就想一简到底。作品装裱,我采用的是传统的卷轴形式,一色的白绫。作品虽有大有小,但装裱要求整齐划一,在变化中求统一,在统一中求变化。一切形式都是服务于内容的形式,形式与内容协调统一,才能相得益彰。具体展览活动,我不想挂主办单位,因为是自贺展,花销是自己的,主办也没有必要。不举办展览开幕式,热闹不符合我的心境。研讨会也就免了,能来的都是朋友,现在的研讨会上已很难听到真心话了。既然是一次汇报、一次检验,对自己的一次心理拷问,还是铅华洗去,朴素的好。花甲了,耳顺了,一切也该放下了。

没了展览中的繁枝冗节,在正式展览前我竟有了二十多天的闲暇,无所事事,便将在周至老县城写的文稿拿出来,修改润色,最后形成一个系列,取名自述集《书法写我》。初稿分为四章,计二十七节,约七万字。书中穿插了展览部分作品,这样《书法写我》就成了一本书文合集,也可算作展览的另一种形式的文本。

开展前一天布展,我先给大幅作品预留了位置,然后再布置其他作品,只是稍事调整,不到两个小时竟布展完毕,这是我多年经手办展中不曾有过的速度,倒令我非常省心。

展览的那天我照例起得很早,虽然省却了一切形式,但我要提前整理好心绪迎接我尊贵的朋友们。当我赶到亮宝楼展厅时,竟有比我还早到的朋友,真自愧有些失礼了。到上午九点,展厅已聚集了二三百人。朋友见面,总是满面春风。在后来的五天展期里,参观的朋友一直络绎不绝,而外地闻讯赶来的朋友也越来越多。为了满足朋友们的参观热情,亮宝楼破例将展览时间延长了两天。

一个花甲结束了,另一个花甲开始了,这无异于一次新生。

仁慈的上帝啊,请赐给我力量!

回我故乡

我从哪里来?要到哪里去?这是一个永恒的哲学命题。我一直在寻找中追问,也一直在追问中寻找。如果说人生是个圆的话,而今,我大概正走在回故乡的路上。

我吟诵着陶渊明的《归去来兮辞》,我吟诵着贺知章的《回乡偶书》,我吟诵着鲁迅的《故乡》……我,要回故乡去。

长稔原那个小村庄是我的故乡,她,在百里之外的秦岭北麓一直等着我。

屈指算来,离开故乡已有四十个年头了。四十年,是春夏秋冬四十个季节的更迭;四十年,岁月一点一点地改变着故乡的模样。尤其是近年来父母亲相继过世之后,我心中为我遮风挡雨的院墙就一下子全然坍塌了。每逢佳节倍思亲,到了大年初一,我和弟弟妹妹们还是要照例赶回老家,坐在已没了人烟的老屋里,在父母亲遗像前燃一炷心香,默默地坐着,坐的是一天的悲恸与苍凉。如今我退休了,有时间陪父母亲了,父母亲却不在了,父母亲不在了,我们的家也一下子没了。我对弟弟妹妹们说,人不能没有家,家是根啊!我提议将老屋修缮一番,立即得到弟弟妹妹们一致赞同。是啊,家不能散,我们要继续守好这个家,这也是父母亲的心愿吧!

隔着四十年的眺望,梦一直连接着我与故乡,那是一条扯不断的脐带。

如今,我小时候的回字巷不在了。村头没了那棵大皂角树,大皂角树上那口统一全村人行动的大钟也没了。涝池还在,但漫平了泥土长满了蒿草。涝池岸边的大碾盘已不翼而飞。没了生产队也就没了饲养室和我心存敬意的老黄牛。村东边的大场已盖满了人家,只是不见黄土墙蓝屋顶,而立起的一律是水泥房子和砌了瓷片的大门楼。紧靠场面的那条水渠还在,但水渠一直没有水流。村西小时候经常去玩的窑场废了,只剩了一堆堆砖头瓦块,瓦窑坍塌裸露了半边通红的窑膛。生产队时的大土壕任谁也无法填平,它就一声不吭地像沉思在逝去的梦里。村北口的小学校竟感觉越发地小,庙堂早已拆掉,盖了两排校舍,学校却只剩下几十个学生了。而我当年就读的那所高中盖起的校舍更多,也因学生减少改成了初中。这些年家乡人的观念大变,已从过去的单种粮食变成多种经营,春天果树花香,秋天果实累累。鸟明显比早年多了,有时还能看见锦鸡振翅飞翔。故乡的确是变样了,但我梦里的故乡却一直没变,故乡的每一条土路,田野和村庄里的一草一木,还是原来的样子。历经四十年岁月的淘洗,我的心永远始终如一。

回故乡,走遍故乡的每一片土地,在纯熟的乡音里,找我小时候的伙伴,还有我的老师和同学……我想和过去一样靠着南墙,晒儿时的太阳,晚上在月亮和星光下听风声和虫鸣……我要将大地上的所有花草都采集在一起,编世界上最大最大的花篮,敬献在父母亲的坟茔之前……如果村子能给我一块土地,我要在心爱的土地上栽我喜欢的树,我要将树坑挖得大大的,趁栽树的时候也将自己一同栽下去,我不知道我能不能同树一样长高长大……我想在土地里种一片麦子,趁撒种子的那一刻也将自己的希望一同撒向大地,我不知道来年的夏天我在收获金色麦粒的时候是否也能收获一些希望……我想成为故乡的一棵草,春来发几枝叶片,摇一簇绿影,开一朵小花,在天地间绽无声的微笑……我想变成一只鹿或一只兔子,随便在野地里撒欢……我想变成一只鸟,不管是大雁还是麻雀,追着流云留一声声啭鸣……我想变成一只七彩的蝴蝶,去寻庄生的美梦……我还想变成一块石头,一滴水露,一把黄土,一漠轻烟……

无中生有是存在,从有化无归永恒。生命必将老去,但不老的是精神。

后　记

　　自述散文《书法写我》，是我六十岁后的第一本作品集。
　　书中内容记录了我懵懂记事到耳顺之年的庸常生活。拉拉杂杂，枝枝蔓蔓，颇像一本毫无特色的流水账。冠以自述，也说明是自己给自己说话，说在现实中，也说在梦境里。
　　书中有些地方，抄录了我以往写的部分散文，这似乎是在撒懒，好在这些文章都是我当时的一些真情实感，列入其中，也为的是在我驻足回眸时，能够较本真地还原那个曾经的自己。我实在不知道这种不伦不类的行文算什么文体，只好笼而统之，称作自述散文好了。
　　想想，竟经历了半个多世纪，我因使用汉字，进而对写字爱之笃深，至如今，写字一如我平常喝水吃饭，它已浸润到了我的日常生活之中。我不敢说我的书法能有多少艺术性，但我却因为热爱书法而人生的确发生了很大变化。今天的我固然还是昨天的我,但今天的我似乎已不全是昨天的那个我了,"我"变化在不知不觉之中。从学习书法到书法写我,凡事有因就有果,因果互证,这是一个连我都始料未及的奇妙转换。活着还真是有意思的事,这是生命难得的造化,也是上苍赐给我的莫大福分!

春生,夏长,秋收,冬藏。生命的四季,一如大自然的四季。童年像一个童话,天真烂漫;青年像一首诗,激情洋溢;中年像一部小说,风雨沧桑;老年像一本散文,平淡安然。庆幸的是,我的生命的四季,竟由书法这根线连缀在了一起,生命的四季,也是书法的四季了。书中行文,我分为四个部分,恰好对应,大概与此感怀有关吧。走过的路,虽时有缺憾,但已无法后悔,也不能后悔。活好当下,才是对生命最好的守望。

我不敢不继续努力!

《书法写我》说来非常幸运,初稿出来,就得到许多朋友的关爱与提携,让我感慨良多。王荣生、孟会祥和宗致远先生看过初稿,即决定在《书法导报》连载;兰干武先生看过初稿,即决定在《书法报》以《人物》栏目多版面推出;穆涛先生看过初稿,即决定在《美文》集中刊登,随即又由《散文选刊》转载;刘东风先生看过初稿,即决定由陕西师范大学出版总社出版;贾平凹先生看过初稿,拨冗为该书作序。其间多有鼓励与希望,这些都将成为我前行的动力。

还有许多我爱和爱我的朋友,他们和我都是因为书法而结缘，我的生活与朋友们的生活就相映成趣，这样的生活，也终于成了我们共同的快乐生活。在此，于感恩中，我只有抱拳深表谢意了！

附录 书法作品

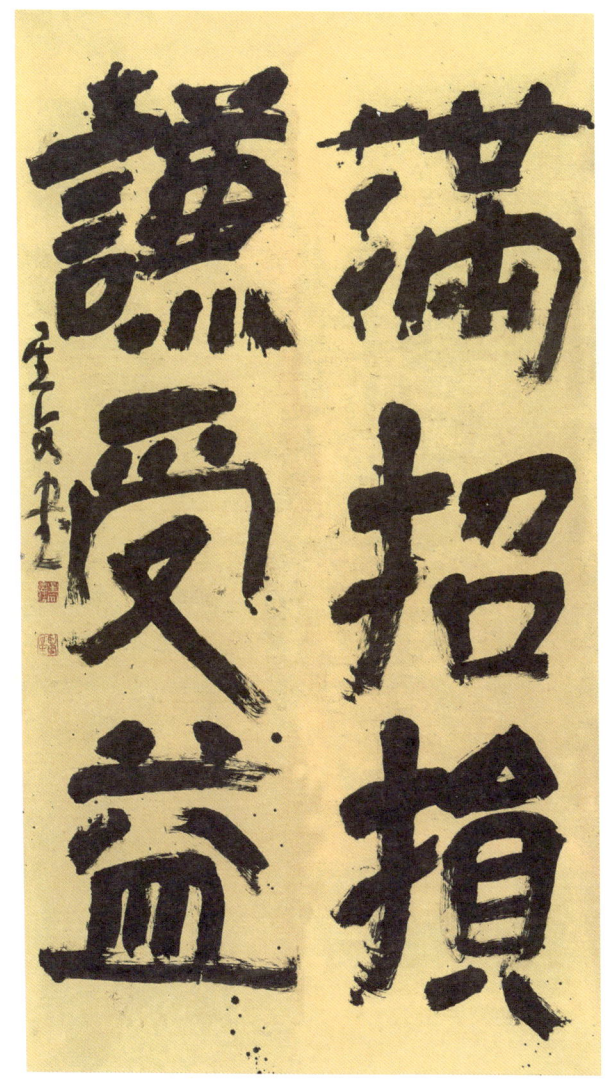

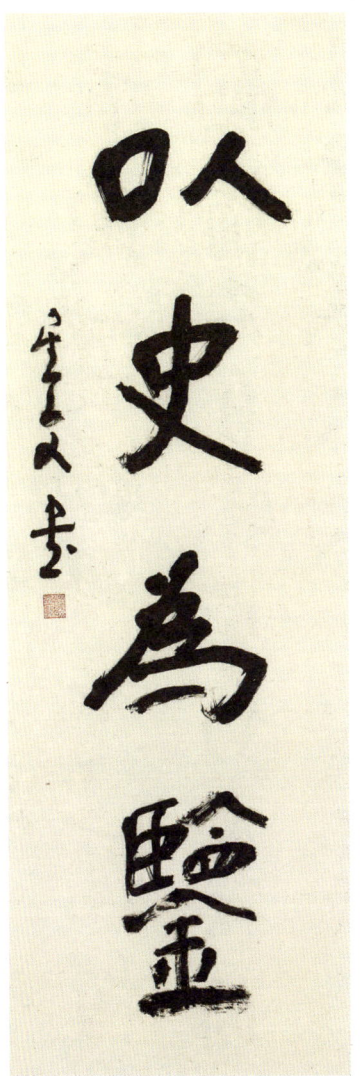

以史為鑒

十一月十三日羲之頓首頓首遘姨母哀痛摧剝情不自勝奈何奈何因反慘塞不次王羲之頓首

临王羲之哀姨母帖 乙未初秋 启功

崇山峻岭茂林修竹曲水流觞乃古贤人幸有兰亭开今兼思接千载追书砚舊地访兰亭

不彷不履徐文长生
性天真憂國鷄鳴憤
滿腔釀苦酒詩文走
鱼一代狂

希望是本无所谓有无所谓无的这正如地上的路其实地上本没有路走的人多了也便成了路

魯迅故鄉句
黃葉錄

最為覺斯功尤深頷前
王頤腹捷倫尺幅滿丈徑
揮灑點了巴巴尼見精神
錄應作巷王鐸五十一丁亥夏啓文

九嶷山上白雲飛帝子乘風下翠微斑
竹一枝千滴淚紅霞萬朵百重衣洞
庭波湧連天雪長島人歌動地詩
我欲因之夢寥廓芙蓉國裡盡
朝暉 毛澤東七律答友人一首 壬戌書

碧玉妝成一樹高，萬條垂下綠絲絛。不知細葉誰裁出，二月春風似剪刀。

賀知章詠柳
丙申 啟功書

如今此景偏叶窗虚度月虚度月
了瞬磨碎剃以报了困境为并没什么迹
生何纖色莞蕃更忍呢坐成实成
如海娇够奶色上层车柱秦标喜品加

丁未狗及书以怀书房行六 星太志

夜泊江门外钟声月
八楼吟别雨声坼
兼洞庭秋

大風起兮雲飛揚威加海
內兮歸故鄉安得猛士兮
守四方劉邦大風歌

西野芳菲路轉斜一城依旧
清古溉入修林長日少花紫逞人愛
綠陰咽未聲叭扳怪覺魚童釣深
徐渾
雪公書

綠遍山原白滿川 子規聲裡雨如煙 鄉村四月閒人少 纔了蠶桑又插田

翁卷鄉村四月 立之文書

身如菩提樹心如明鏡臺
時時勤拂拭莫使惹塵埃

菩提本無樹明鏡亦非臺
本來無一物何處惹塵埃

朝辞白帝彩云间，千里江陵一日还。两岸猿声啼不住，轻舟已过万重山。

李白早发白帝城

丙申腊月守义

昨夜江邊春水生艨艟巨艦一毛輕向來枉費推移力此日中流自在行 朱熹詩

花開紅樹亂鶯啼草長平湖白鷺飛風日晴和人意好夕陽簫鼓幾船歸

徐元傑湖上三十

山光物態弄春暉莫為輕陰便擬歸縱使晴明無雨色入雲深處亦沾衣

張旭山中留客 壬辰 啟功書

五月榴花照眼明枝間時見子初成可憐此地無車馬顛倒蒼苔落絳英朱晦老榴花丁午大壯書

好雨知时节,当春乃发生。随风潜入夜,润物细无声。野径云俱黑,江船火独明。晓看红湿处,花重锦官城。

杜甫春夜喜雨 启功

小橋溪路有秋泥半日無人到
水西賒酒江醒茶未熟一簾春
雨竹鳴鳩

鷲湖山下稻粱肥豚栅鷄棲宋
掩扉棗栢影斜春社散家~扶
得醉人歸 王雩社日 □□ 金農書 □

千里鶯啼綠映紅水村山郭酒旗風南朝四百八十寺多少樓臺煙雨中

杜牧江南春己巳丁丑臘月老人又書

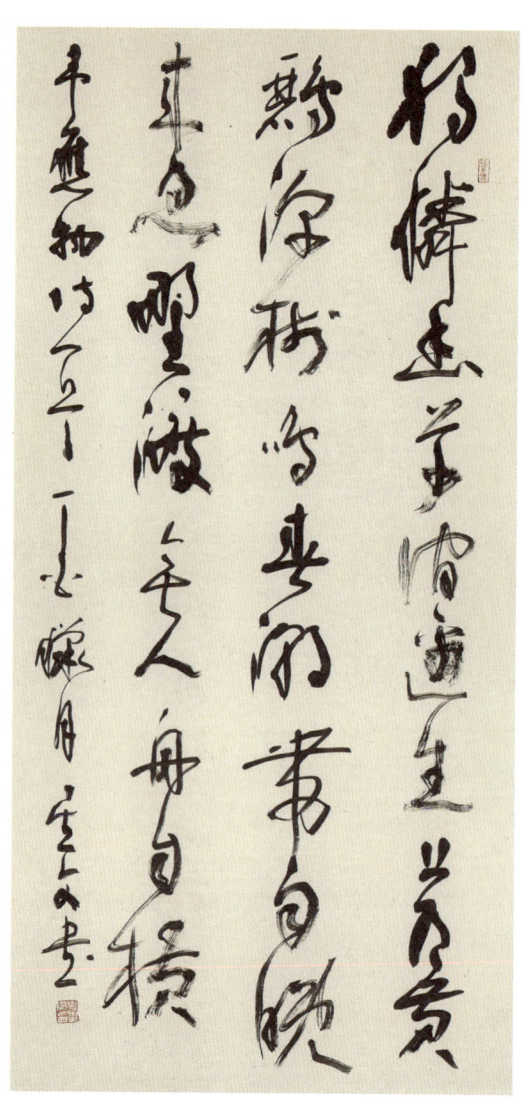

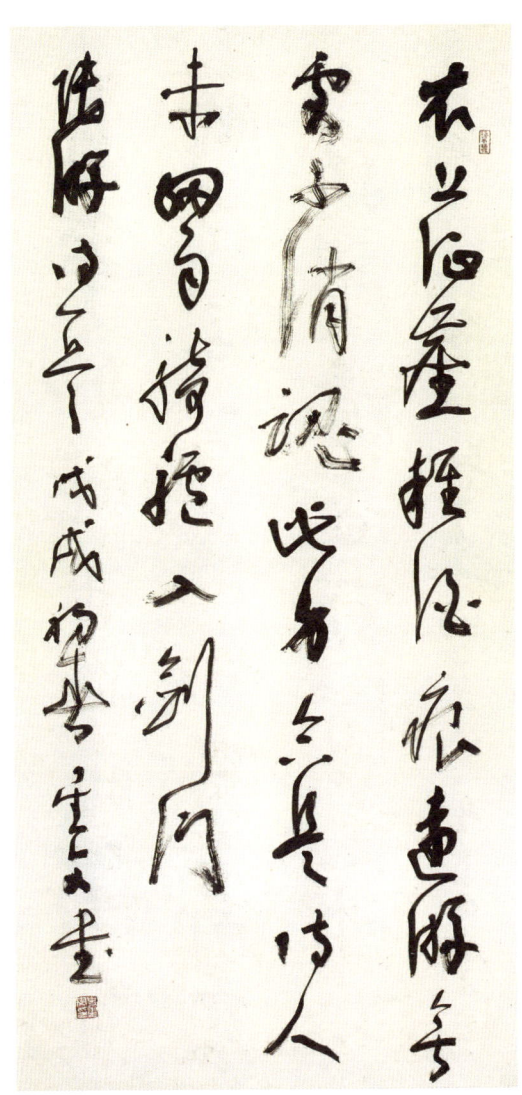

百年老女睡未醒时獨有
藤花满架蜂尚带寄寒
人瓶剪清香可惜蕙蘭心
齋白石老人戲畫付了一堂正人卖

枯木龙吟照胆寒
骷髅无识眼初明
喜识尽时消息尽
月中无影水无波

隔了老橋隔堅烟石磴
西畔向溪飛桃花卅日遲
流水洞中青汧何處尋

北地橫空詩五丁酉初夏 金戈

黄土布衣一野翁,门边造像摇头不俯拾。梦象破草飞健笔,凌云气如虹。

录焦心弯野翁句

灃水東並南山西四里入渭
柄谷醴水所出東與漆水合
人耶徑小舟撑遠橄欖東

徐渭書之 丙申七月 □□□書

黑云翻墨未遮山,白雨跳珠乱入船,卷地风来忽吹散,望湖楼下水如天。

苏轼六月二十七日望湖楼醉书,时丙申腊月 定文

大雪滿天地見一孤舟篷窗揜
打魚郎了无牽連都无兒女怎向煙波
往了我十年觀畫揮毫拣絕碼
不為送蘇黃雙魂我一个又從他
换一个開 坡老東词 八大山人

人间四月芳菲尽，山寺桃花始盛开。长恨春归无觅处，不知转入此中来。

白居易大林寺桃花诗一首 丙申苏迷滕月堂主人书

百歲老翁不種田唯知曝背樂殘年有時捫虱獨搔首目送歸鴻籬下眠丰欣野老曝背一首 星文書

空山新雨过 春草带风 竹怜淅
沥生初知鸟声 一样幽远声
摇动 楼空倚斜阳

杜牧空山新雨后

戊戌夏 宝玉

梨花金起正清明，游子尋春半出城。日暮笙歌收拾去，萬株楊柳屬流鶯

吳惟信蘇堤清明即事

李文杰

月下独酌

花间一壶酒,独酌无相亲。举杯邀明月,对影成三人。月既不解饮,影徒随我身。暂伴月将影,行乐须及春。我歌月徘徊,我舞影零乱。醒时同交欢,醉后各分散。永结无情游,相期邈云汉。

李白月下独酌而书 老雪

故人具雞黍邀我至田家綠樹邨邊合青山郭外斜開軒面場圃把酒話桑麻待到重陽日還來就菊花 孟浩然過故人莊

共向秋山對夕陽晚來扶病月
兔走烏飛廿載間池女逢迎雙
英雄去此更何之
松窗瀟灑一簾月
于謹以余柱寫之
金玉成書

夫天地者萬物之逆旅光陰者百代之過客而浮生如夢為歡幾何古人秉燭夜遊良有以也況陽春召我以煙景大塊假我以文章會桃李之芳園序天倫之樂事羣季俊秀皆為惠連吾人詠歌獨慚康樂幽賞以未已高談轉清開瓊筵以坐花飛羽觴而醉月不有佳作何伸雅懷如詩不成罰依金谷酒數

李白春夜宴桃李園序
戊戌初冬於許昌 生民

渡远荆门外，来从楚国游。山随平野尽，江入大荒流。月下飞天镜，云生结海楼。仍怜故乡水，万里送行舟。

李白渡荆门送别句
丁酉仲冬□□□书

日照香炉生紫烟 遥看瀑布挂前川 飞流直下三千尺 疑是银河落九天 庚辰腊月抄李白诗远了無下□ 王立成

江城如画裡山晚望晴空兩水夾明鏡雙橋落彩虹人烟寒橘柚秋色老梧桐誰念北樓上臨風懷謝公

綠樹重陰蓋四鄰青苔
日厚自無塵科斗此無蹤
長松下白眼淡他世上人
　王維詩句　戊戌臘月
　　　　　啓功書

信言不美美言不信善者不辯辯者不善知者不博博者不知聖人不積既以為人己愈有既以與人己愈多天之道利而不害聖人之道為而不爭 錄老子道德經句

遊人腳底一聲雷滿座頑雲撥不
開天外黑風吹海立浙東飛雨過
江來十分瀲灩金樽凸千杖敲鏗
羯鼓催喚起謫仙泉灑面倒傾
鮫室瀉瓊瑰

右錄蘇東坡有美堂暴雨二首
歲次丁酉七月於八之夜即雪廬

从阴阳则生。逆之则死。从之则治。逆之则乱。反顺为逆。是谓内格。是故圣人不治已病治未病。不治已乱治未乱。夫病已成而后药之。乱已成而后治之。譬犹渴而穿井。斗而铸兵。不亦晚乎。 素问·四气调神大论

凡治病必察其下。适其脉。观其志意与其病也。拘于鬼神者。不可与言至德。恶于针石者。不可与言至巧。病不许治。病必不治。治之无功矣。 五藏别论

今夫五脏之有疾也。譬犹刺也。犹污也。犹结也。犹闭也。刺虽久。犹可拔也。污虽久。犹可雪也。结虽久。犹可解也。闭虽久。犹可决也。或言久疾之不可取者。非其说也。夫善用针者。取其疾也。犹拔刺也。犹雪污也。犹解结也。犹决闭也。疾虽久。犹可毕也。言不可治者。未得其术也。 灵枢·九针十二原

戊戌初夏之夜 录医古文三则

以正治國以奇用兵以無事取天下吾何以知其然哉天下多忌諱而民彌貧民多利器國家滋昏人多伎巧奇物滋起法令滋彰盜賊多有故聖人云我無為而民自化我好靜而民自正我無事而民自富我無欲而民自樸

　　　　　老子道德經句

釋子吾家寶，神清惠有餘。能翻梵王字，妙絕伯英書。遠鶴無前侶，孤雲寄太虛。狂來輕世界，醉裡得真如。飛錫離鄉久，寧親喜臘初。故池淺窣滿，寒柳霽煙疏。壽酒還嘗藥，晨餐不薦魚。遙如禪誦外，健筆賦閑居。

唐錢起送陸僧懷素上人　八大山人書

神龜雖壽猶有竟附
騰蛇乘霧終為土灰老
驥伏櫪志在千里烈
暮年壯心不已盈縮之期
不但在天養怡之福可
得永年幸甚至哉歌以
咏志 曹操龜雖壽

思想境界還未達到與天地萬物為階梯報就談不上藝術家能夠把他人的痛苦視為自己的痛苦道德就高尚了古人云始平為士終平為聖人我們還談不到聖人但要以聖人為進德修業的目標書畫都是自己道德的體現

錄陳子莊石壺論畫一則 念文

大字猶用兵同在制勝兵無
常陣字無定形臨陣決機將
書審勢權謀妙算務在萬全
然陣勢雖變行伍不可亂也字
形雖變體格不可逾也隨情
緯具態審勢而揚具威每筆
皆成具形兩字皆異具體草書
之妙畢于斯也至于行草則復

蕪之 項穆書法雅言句

丁酉仲友於秋雪庵 念六生書

蘭亭繭紙入昭陵世間遺跡如龍騰頗公
變法出新意已前筋骨如黿鷹摶家父子本奇絶
宇外出夕中藏棱峰山傳刻典型在千載筆法留
陽冰杜陵評書貴瘦北論不公吾不憑祖長肥瘠
各在態玉環飛燕誰敢憎吳興太守真好古
購買斷缺揮縑繒遺跌入壁蠨隱壁重齋畫
静聞登龕徽士夫吳越勝事傳說多友朋吉
來无詩要自寫為把栗尾書溪藤護來視今
摘視筆過眼百世如風燈他年劉郎臨監遷道
同時須服膺
　　蘇東坡墨妙筆　　　　　書

魯公書雄秀獨出一變古法如
杜十美詩格力天縱奄有漢魏晉
宋以來風流後之作者殆難復措手
魯公平生寫碑唯東方朔畫讚為
清雄字間櫛比而不失清遠具後見逸
少本乃知魯公字臨以書雖大小相懸
而氣韻良是非自得於書未易為此
言也 蘇東坡論顏魯公書 丁卯夏 星文書

昔時張旭善草書不治他技喜
怒窘窮憂悲愉佚怨恨思慕酣醉
無聊不平有動於心必於草書焉發
之觀於物見山水崖谷鳥獸蟲魚
草木之花實日月列星風雨水火雷
霆霹靂歌舞戰鬥天地事物之變
可喜可愕一寓於書故旭之書變動
猶鬼神不可端倪

孫䖍禮送高閑上人序
丁酉端午於外寶堂燈下 書

辭曾懷素工草書古淪盡能新有餘神清
骨竦意真率醉來為我揮健筆且以破體變
風姿一花開香景遲忽為壯麗就枯澀龍
蛇騰盤獸欲立馳毫聚墨劇奔駒滿堂失
聲看不及心後相師勢轉奇詭形怪狀翻
合宜人人細問此中妙懷素自言初不知
唐戴叔倫懷素上人草書歌

众芳摇落独暄妍 占尽风情
向小园 疏影横斜水清浅 暗
香浮动月黄昏 霜禽欲下
先偷眼 粉蝶如知合断魂幸
有微吟可相狎 不须檀板共
金樽 宋林逋世二园小梅之一

丁酉年初春 外甥 庞 金文书

唐人書法多出於隋,隋人書法多出於北魏、北齊,不觀魏齊碑石不見歐褚之所從來。自宋人閣帖盛行世不知有北朝書法矣。即如魯公楷法亦從歐褚北派而來,具源皆出於北朝而非南朝。二王派也,爭坐位帖如熔金出冶,隨地流走,元氣渾然,不復以姿媚為念者,具品乃高,所以此帖為行書之極致。

阮元跋爭坐位帖 丁丙夔 年七十又八

朔風吹寒冰作墨梅等枝上雪如海清香散作天下
春草求無名籍光彩長林大谷月色新枝南枝北清無
塵廣平心事誰與論徒吹鐵石磨乾坤我曉燕山谷渺
居庸古北無人到白草黃沙羊馬群瓊樓玉殿煌花
繞凡桃俗李爭芳祇有老梅心自常貞沒女媒眩
冰玉正色凜欺風霜轉身西泠隔煌霧欲問通
儼否無所夜潯湖上酒船歸長嘯一聲雙鶴舞

元王冕題墨梅圖一首 丁酉正月星文書

筆硯精良人生樂事
氣質變化學問深時

別跟自己過系去
常對詩書放開懷

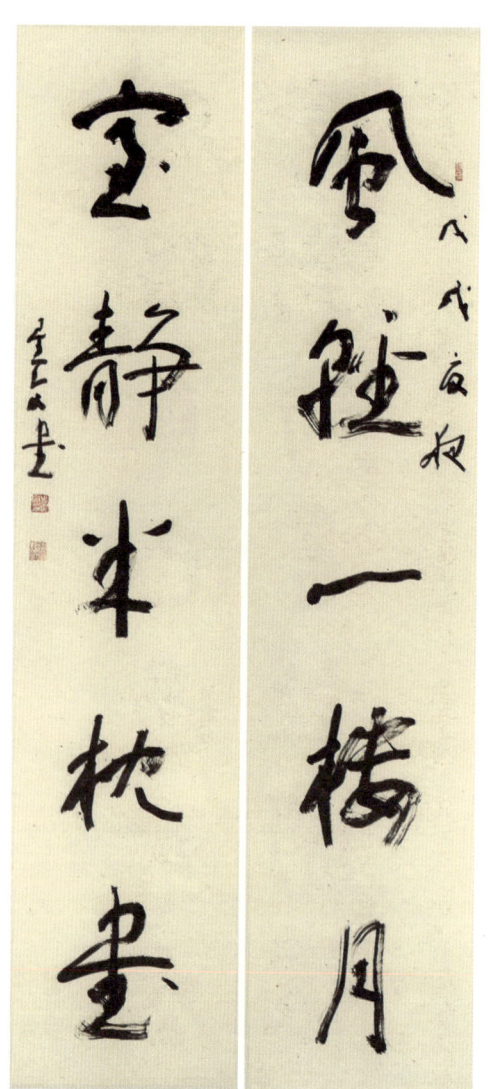

風雛一樓月
室靜半枕書

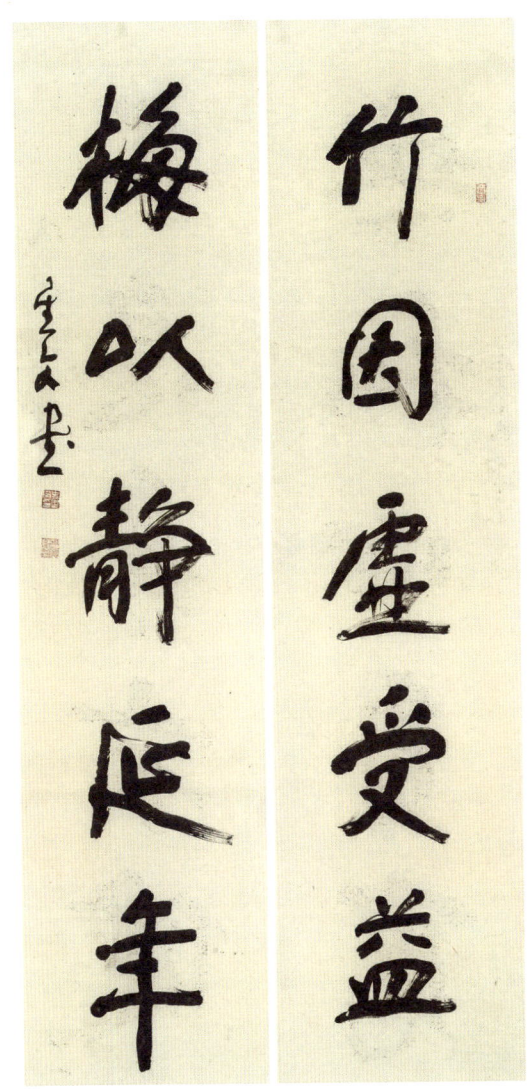

竹因虛受益
梅以靜延年

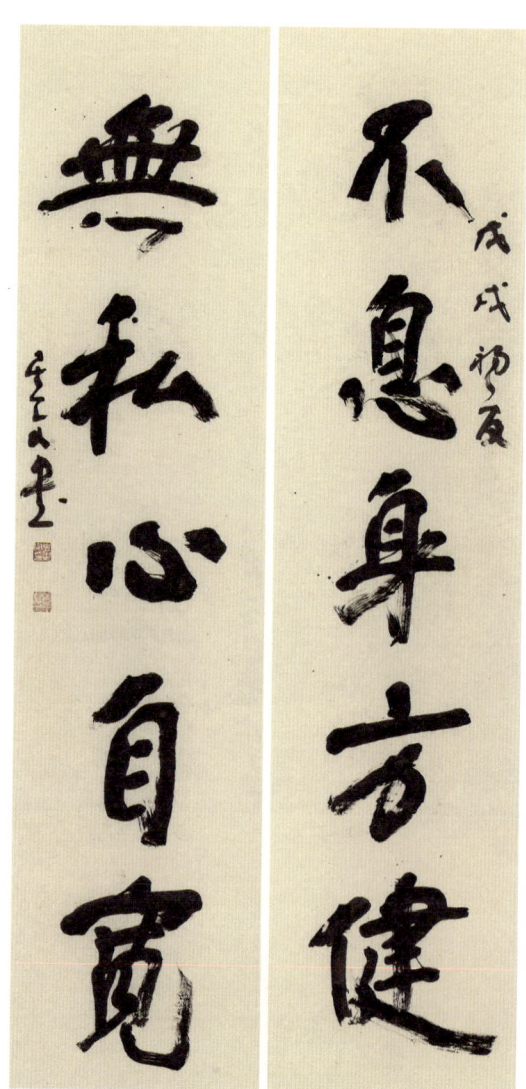

不息身方健
無私心自寬

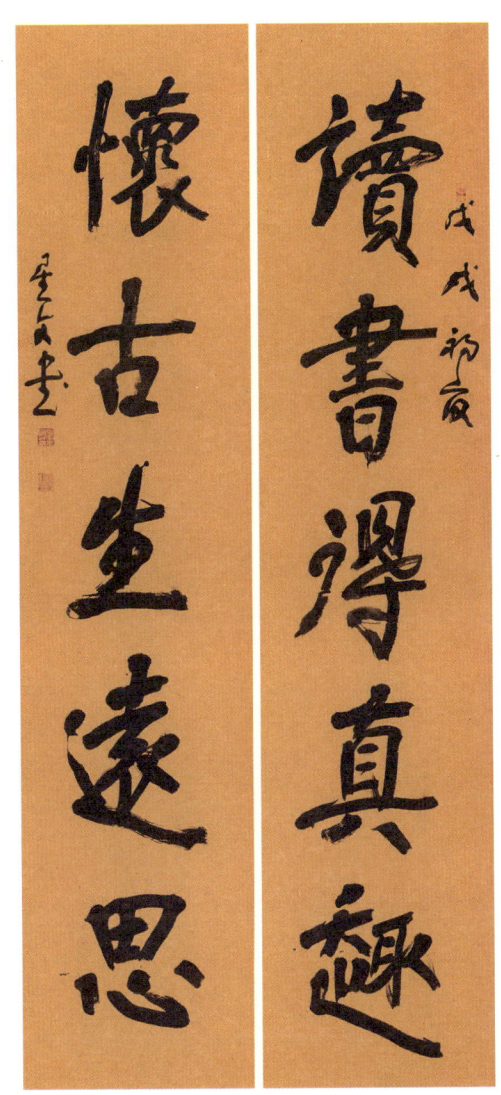

讀書得真趣
懷古生遠思

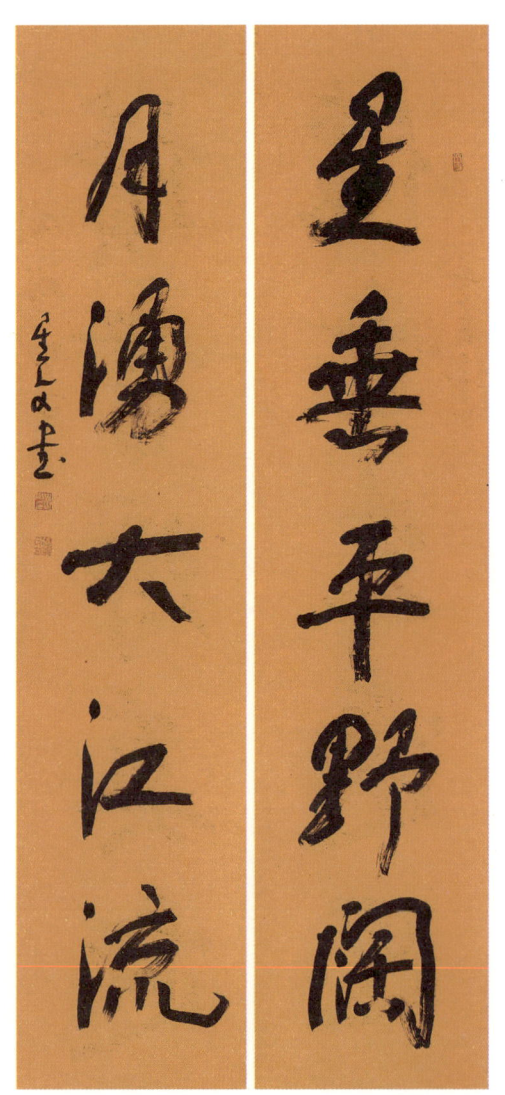

星垂平野闊
月湧大江流

清興忽來詩能下酒
豪情一注劍可贈人

荒城臨古渡

落日滿鼇山

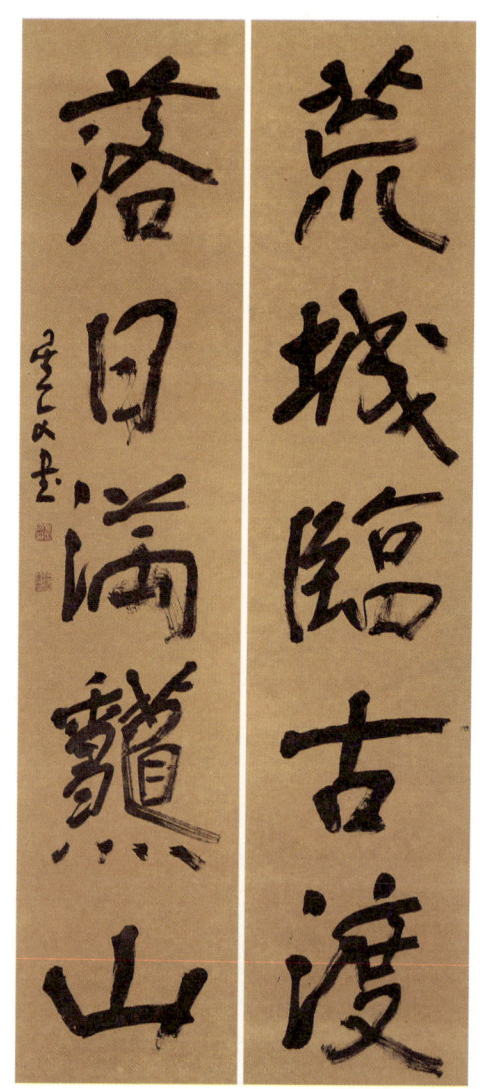

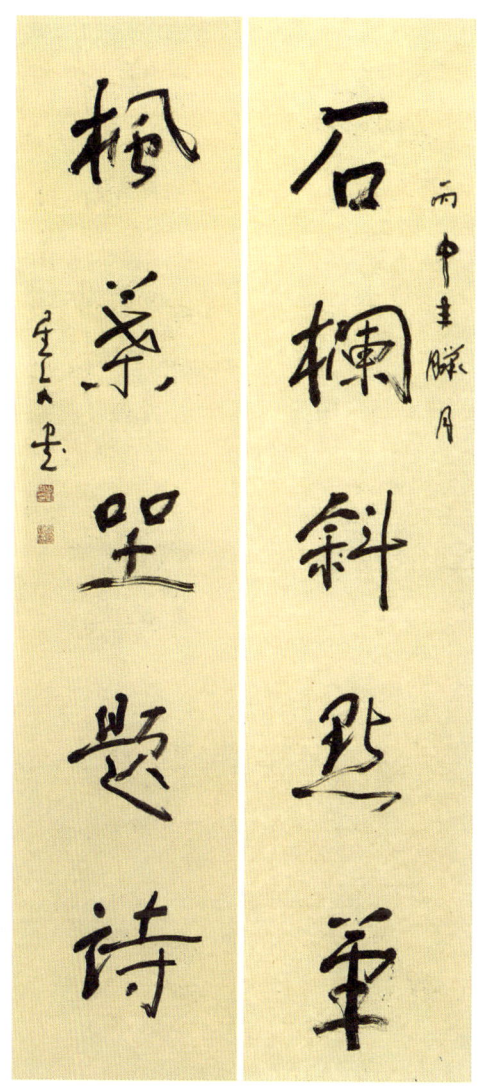

石欄斜點筆

楓葉望題詩

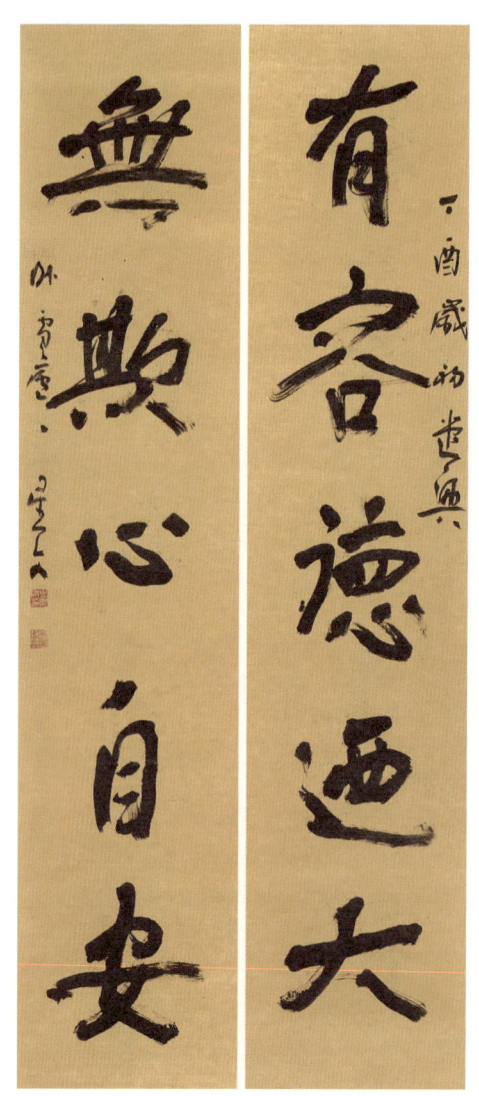

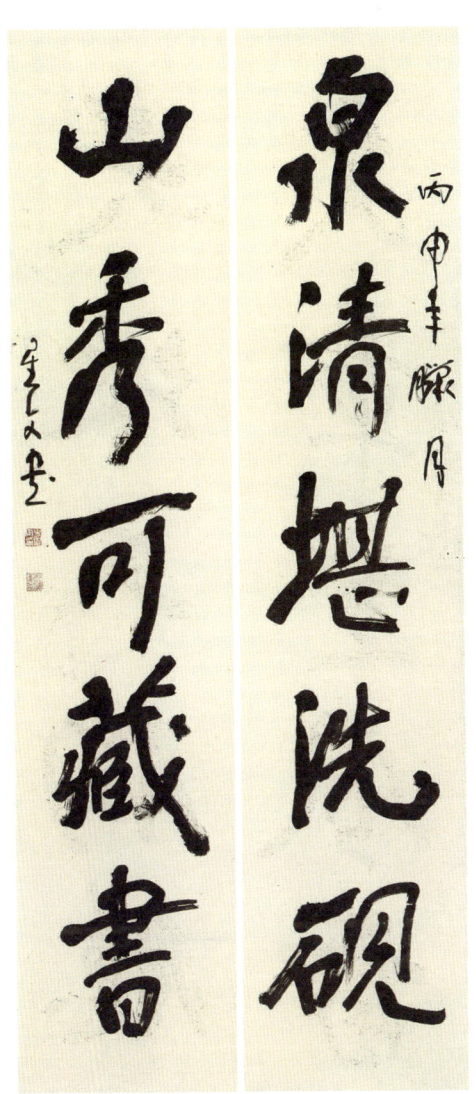

泉清堪洗硯
山秀可藏書

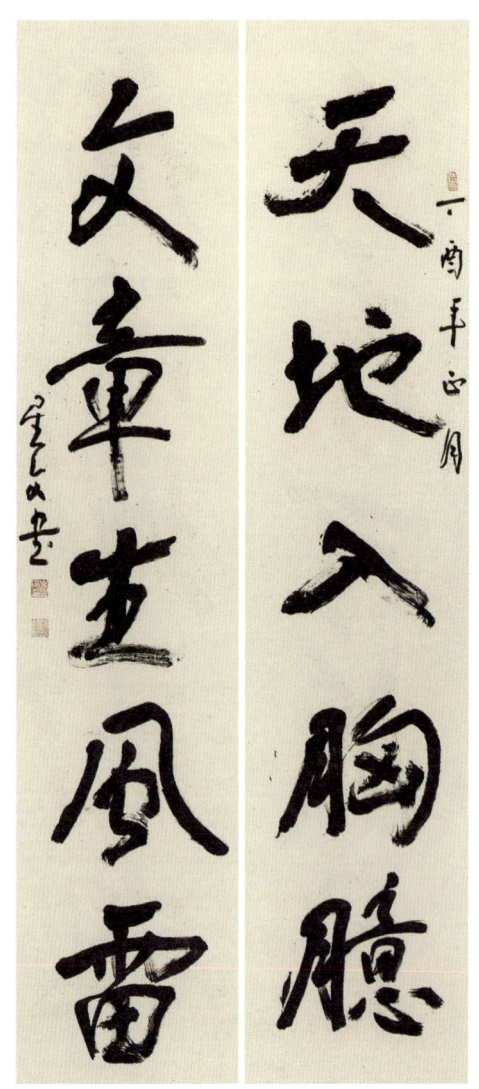

天地入胸臆　文章生風雷

從來多古意
可以賦新詩

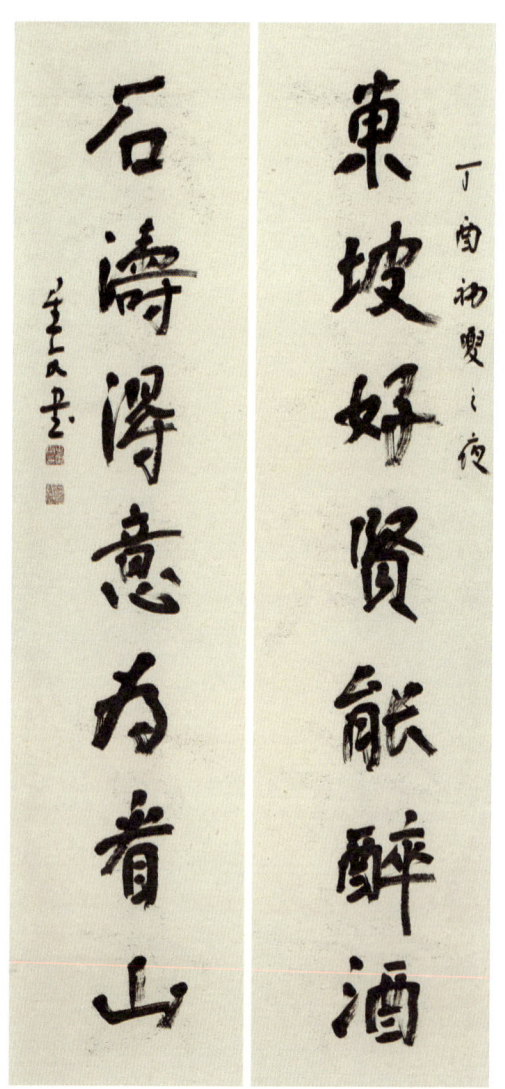

古人所重在大節
君子於學無常師

物不求餘隨處足

事如能省即心清

立腳怕隨流俗轉
留心學到古人難

丙申臘月
老人書

两腿放开为起好
一心收拢好读书

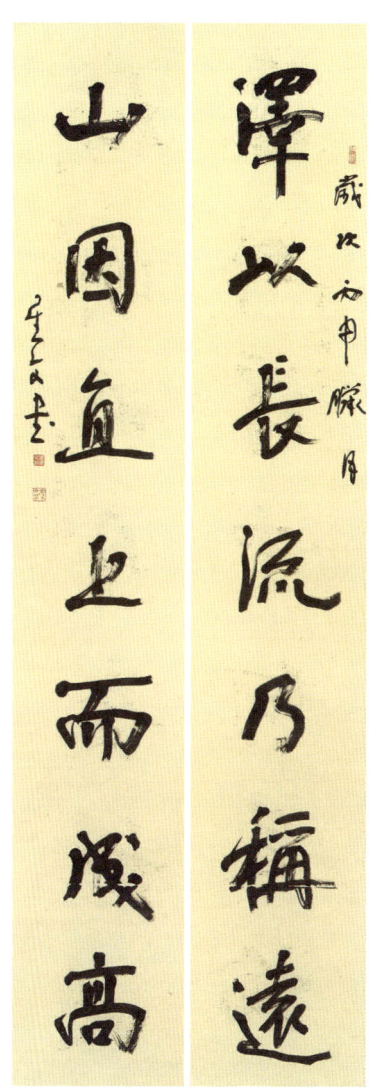

澤以長流乃稱遠

山因直上而成高

松间明月长如此
身外浮云何足论

集宋之问白居易诗句

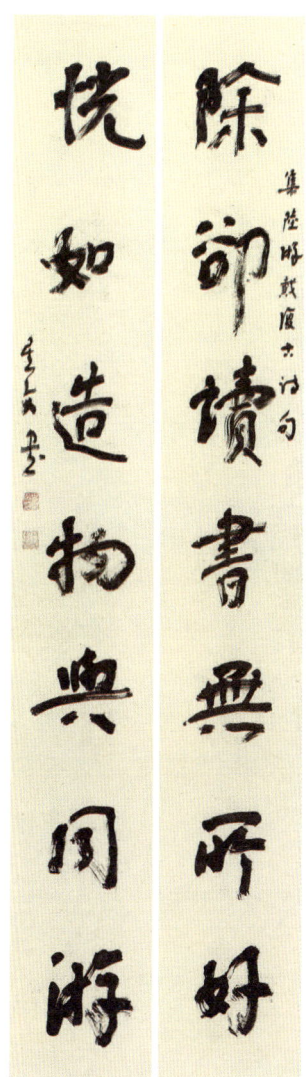

除卻讀書無所好
恍如造物與同遊

我書意造本無法

此老胸中常有詩

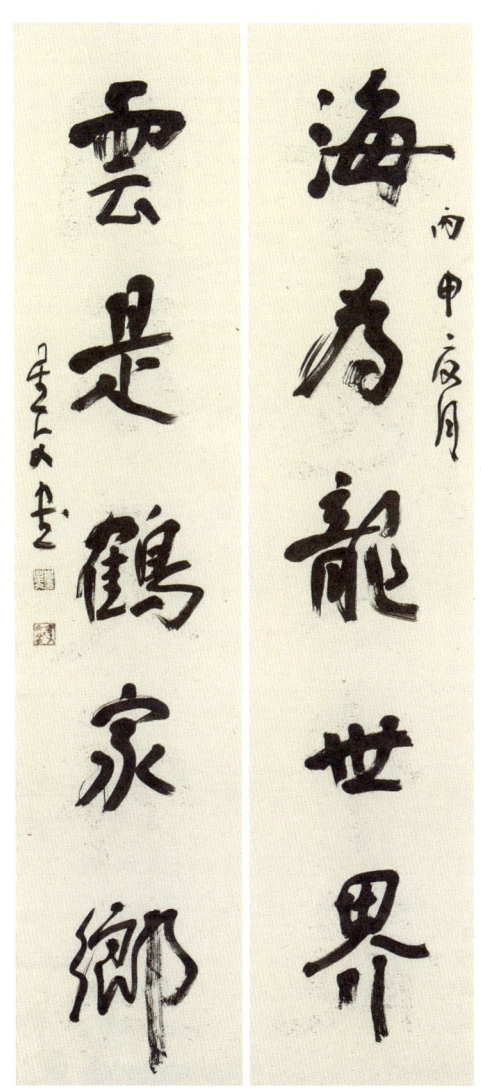

开张天岸马
奇逸人中龙

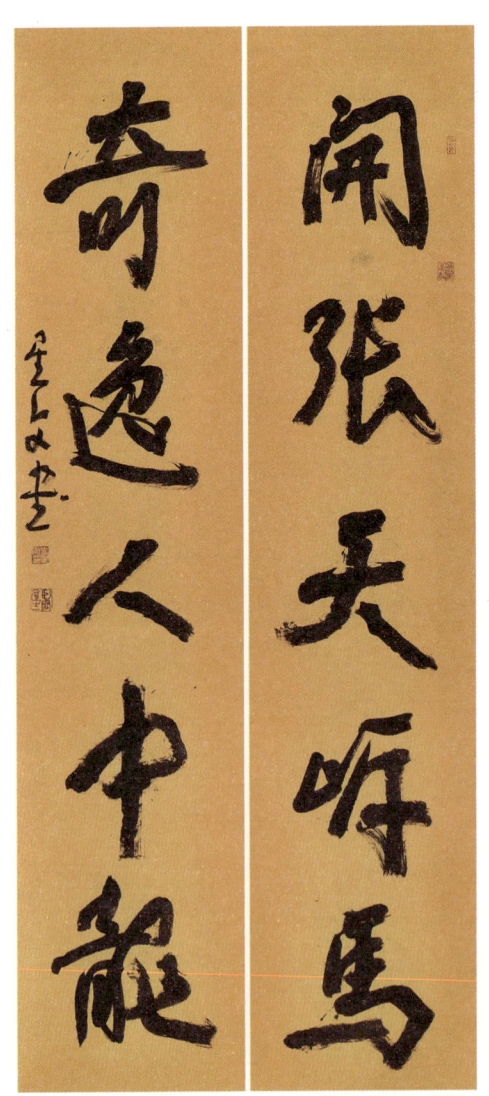

抱琴看鶴去

枕石待雲歸

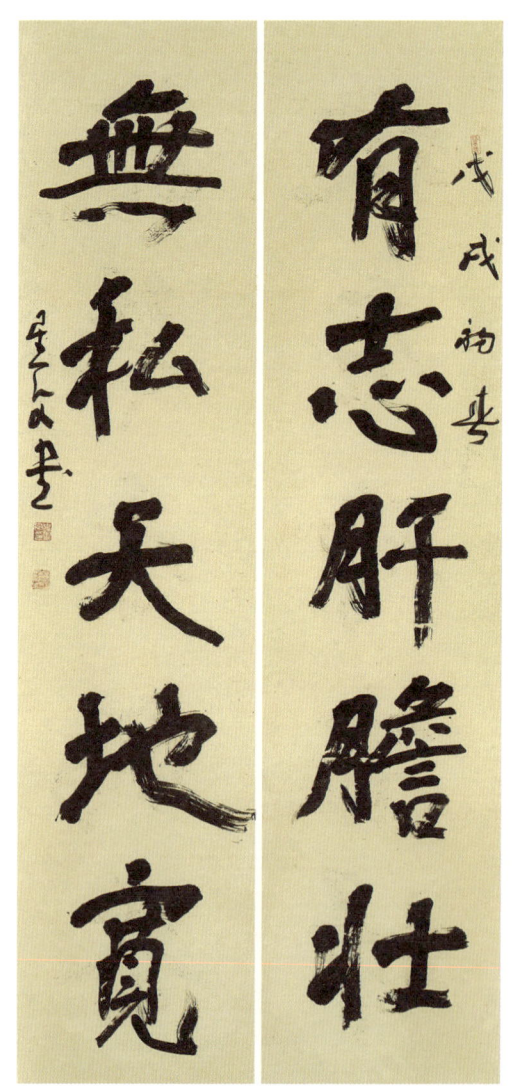

有志肝膽壯
無私天地寬

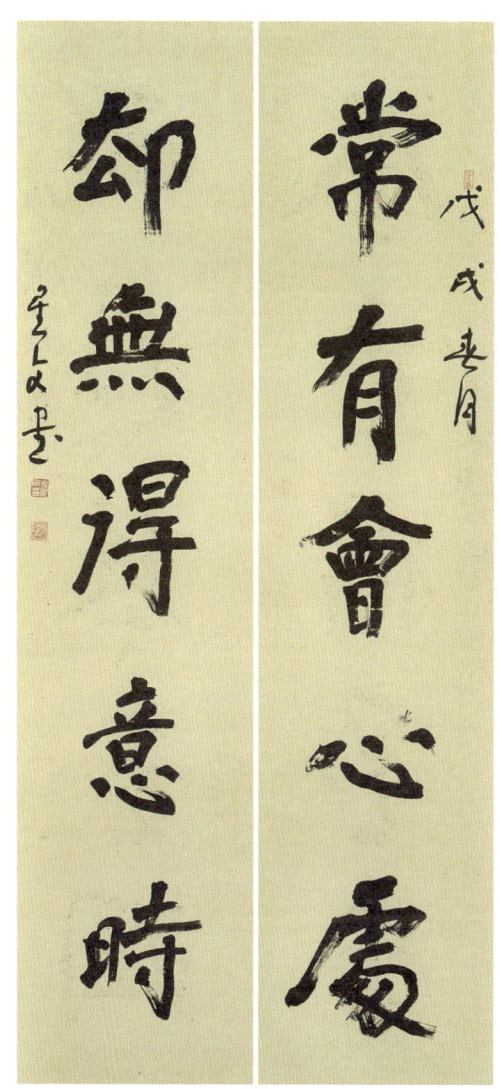

常有會心處
卻無得意時

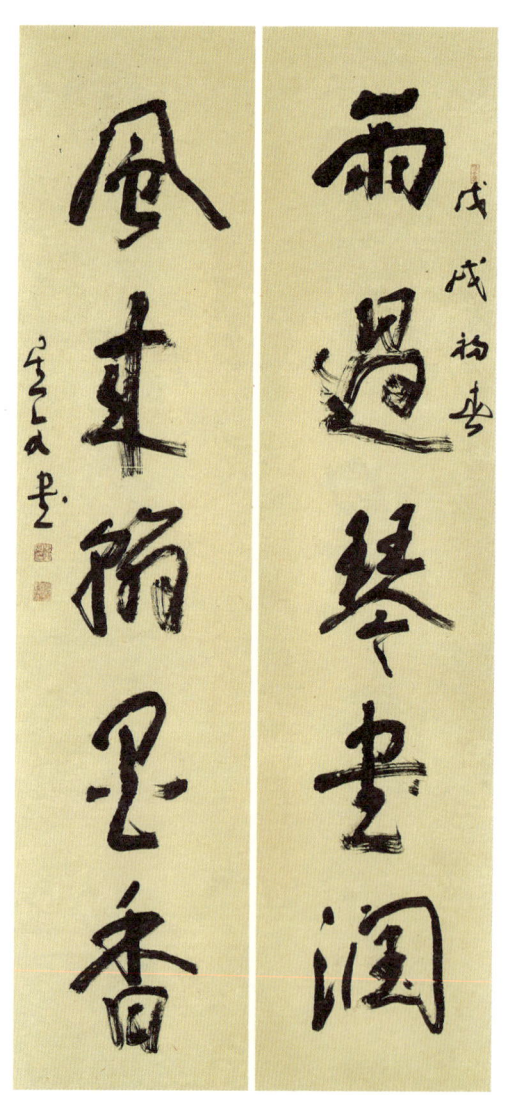

548

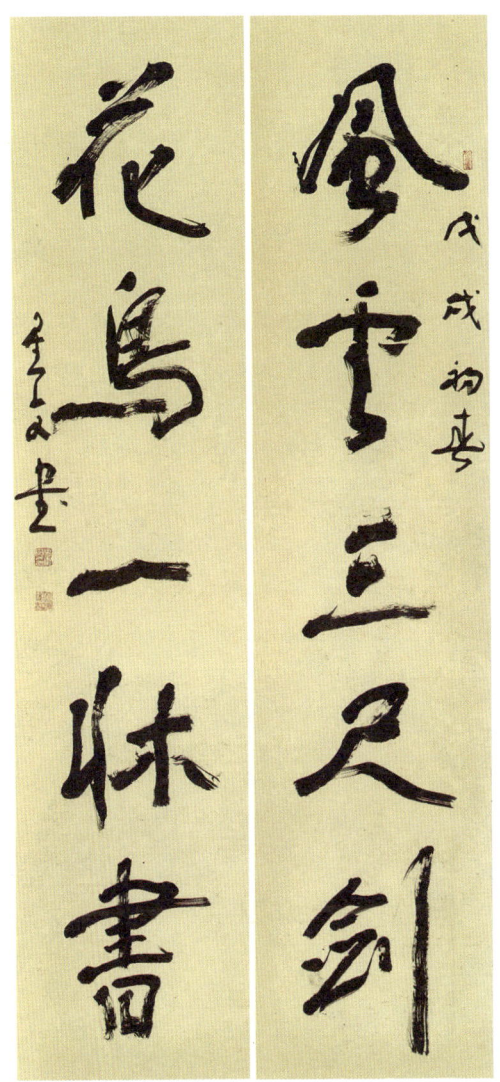

風雪三尺劍
花鳥一林書

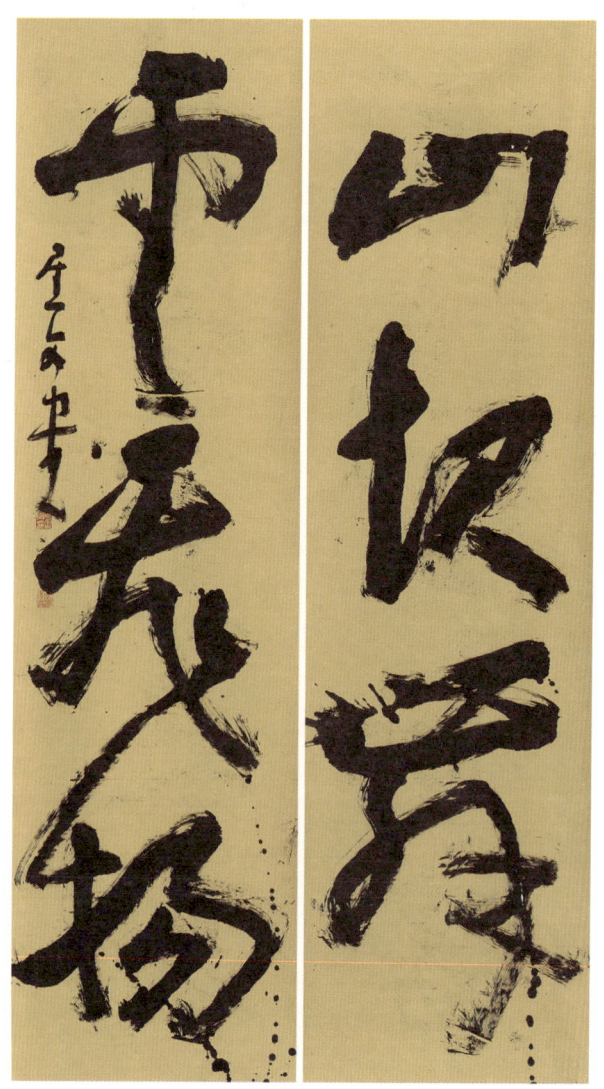

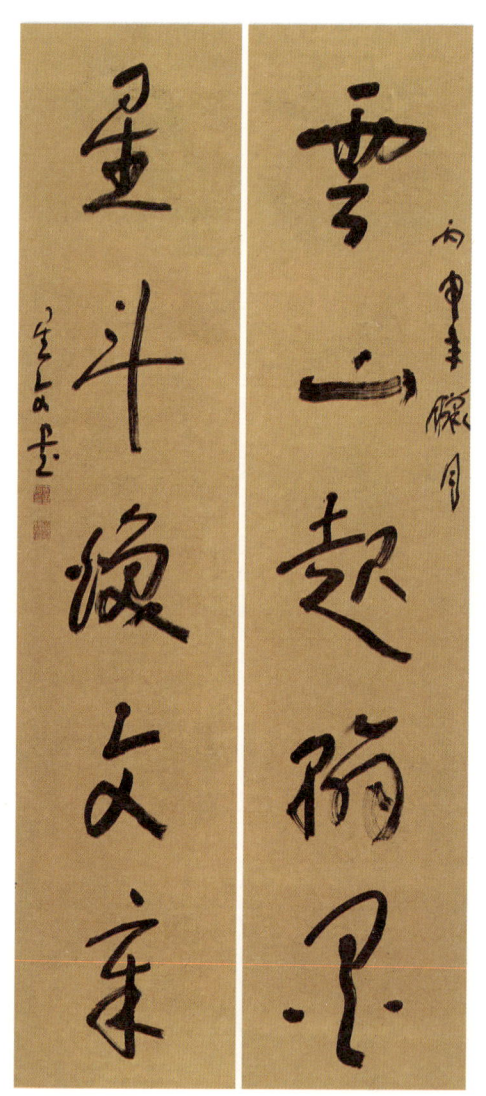

帝君千山动
飞竹万海碧

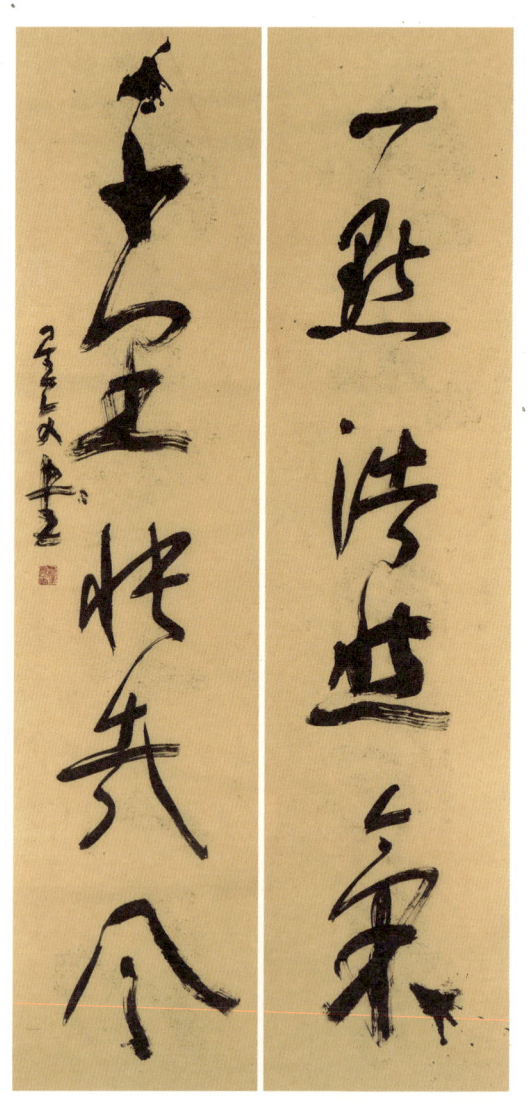